KB050882

마법 지팡이 너머의 세계

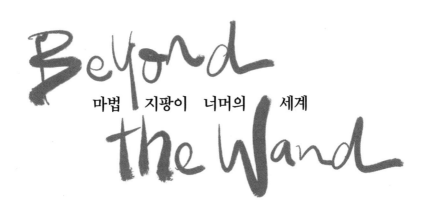

마법 지팡이 너머의 세계

톰 펠턴 지음 | 심연희 옮김

문학수첩

나를 이 자리에 있게 해준
머글들에게 이 책을 바친다.

CONTENTS

Beyond
the Wand

서문

에마 왓슨

여러분의 인생에는 내 마음을 알아줘서 너무 좋은 사람이 있는가? 왜인지 이제껏 나에게 일어난 모든 일을 곁에서 보아준 사람이 있는가? 나에게 무슨 일이 일어나고 있는지, 내가 무슨 일을 겪어내고 있는지 굳이 말하지 않아도 다 아는 사람이 있는가?

그런 사람이 내게는 있다. 바로 톰 펠턴이다.

이 책을 읽으면 알겠지만, 우리 사이는 시작이 좋지 않았다. 우리가 처음 만났을 때 나는 바보 같고 어느 정도는 짜증스러운 아홉 살짜리 꼬맹이, 강아지처럼 톰을 졸졸 따라다니며 관심받기를 간절히 바랐던 여자애였다. 하지만 이 책에서 톰이 아주 유려하고 아름답고 관대하게 썼듯이, 다행히도 우리의 우정은 거기서 끝나지 않고 계속 꽃피우며 이어져 갔다.

해리 포터 이야기를 하나의 개념으로 정리하자면(솔직히 여기서 내가 마음먹고 개념을 써보자면 아주 길게 나열할 수 있을 것이다), 바로 우정의 소중함일 것이다. 우정 없이는 진정으로 의미 있는 것을 아무것도 이룰 수 없다는 내용이 그 주제다. 우정은 인간 존재의 핵심이다. 그래서 내 인생의 중요한 전환점마다 곁에서 내 마음을 안심시켜주고 이해해 준 톰에게 정말로 고맙다. 우리가 나눈 우정 덕분에 나는 인생에서 가장 힘에 부치는 자기 탐구의 순간을 헤쳐나갈 수 있었다.

내 이야기는 이쯤 하겠다. 이 책은 톰 이야기니까. 그는 행성만큼이나 커다란 마음을 가진 사람이다. 그의 어머니 샤론 말고는 그만큼 넓은 마음을 지닌 사람을 실제로 본 적이 없다. 펠턴 가족에게는 정말 뭔가가 있다. 여러분은 이 책에서 해리 포터 촬영장의 단골이자 내가 만난 이 중에서 가장 재미있는 사람인 톰의 형 크리스 이야기를 많이 보게 될 것이다. 하나같이 특별한 펠턴 가족 중에서도, 사형제 중 막내인 톰은 가족의 친절함과 현실적인 사고방식을 물려받았다.

그래서 톰을 만나는 사람이 보는 그의 겉모습은 거짓이 아닌 **진짜**다. 다른 배우들은 그렇지 않은 경우가 많다. 대부분 대중과 마주할·때면 다른 인격의 가면을 쓰기 때문이다. 배우들은 마치 작동 스위치를 탁 켜듯 아주 전문적으로 다른 모습을 내보이며 그 모습을 매우 훌륭하게 연기하기 때문에, 그들을 만나는 사람은 겉과 속의 차이를 전혀 알 수 없다. 하지만 사실 그 겉모습은 배우의 참모습이 아니다. 이게 일반적인 현실이다. 그런데 톰은 그렇지 않다. 톰은 언제나 톰으로 존재하며, 스위치를 켠 것처럼 사람이 달라지지 않는다. 그에겐 스위치가 없다. 그는 겉과 속이 똑같은 사람이다. 그는 본인의 팬들은 물론이고 그보다 더 큰 해리 포터 팬덤에게 대단히 관대하다. 톰이 지닌 특별한 능력, 바로 **나를** 알아주고 내 마음을 참 흐뭇하게 만들어 주는 능력은 다른 모든 이들에게도 통한다. 그는 영화에서 남을 괴롭히는 모습을 연기했을지 모른다. 때때로 정말 남을 괴롭히는 사람이진 않은가 싶을 때도 있을 것이다. 하지만 내가 본 바는 다르다. 톰은 절대로 그런 사람이 아니다. 그는 창의적이고 감수성이 뛰어나며 일편단심인 사람이다. 그리고 모든 것을, 또 모두를 사랑하고 싶어 하는 사람이다.

소크라테스는 성찰하지 않는 삶은 살 가치가 없다고 했다. 톰이 이 책에서 자신의 삶과 경험을 두고 얼마나 솔직하게 성찰했는지 보면, 그의 자기 인식 수준이 정말 어마어마하다는 걸 다시금 깨닫게 된다. 그에게는 스스로를 비웃을 뿐만 아니라 힘들고 고통스러웠던 삶의 순간을 다시금 생생하게 떠올릴 능력이 있다. 톰은 자신을 이루어 나가는 여정에 있으며, 그런 여정에 있는 사람들만이 자신의 편이라고 말한 소크라테스의 말에 나는 동의한다. 하지만 톰은 대부분의 사람보다도 한 걸음 더 앞서갔다. 우리를 위해서, 독자들을 위해서 자기 삶의 여정을 펼쳐 보여준 것이다. 특히 SNS와 인스턴트 뉴스가 창궐하는 세상에서 톰처럼 자신의 모습을 있는 그대로 드러내면 사람들의 극단적인 의견 충돌 때문에 대단히 힘든 상황이 벌어질 수 있는데도 톰이 솔직하게 자신을 보여준 것은 아주 너그러운 마음씨 덕분이라고 본다. 누구나 바라는 진짜인 삶, 진실하고 성찰된 삶을 톰은 분명히 살아가고 있다.

톰과 마찬가지로 나 역시 항상 사람들에게 우리 사이와 관계가 정말 무엇인지 애써 설명하고 있다. 20년이 넘도록 우리는 특별한 방식으로 서로를 사랑해 왔다. 사람들은 내게 와서 "너희 분명히 한 번쯤은 술에 취해서 그렇고 그랬던 적 있을 거 아냐!" "너희 틀림없이 키스했을 텐데!" "둘이 뭔가 있다고!"라는 말을 수도 없이 했다. 하지만 우리 사이는 그보다 훨씬 깊다. 내가 상상할 수 있는 한 가장 순수한 사랑이라 하겠다. 우리는 영혼의 동반자이자, 항상 서로의 편이 되어주었다. 그리고 앞으로도 항상 그럴 것이다. 그 생각을 하면 나는 항상 마음이 벅차다. 때로 나는 사람들이 너무나 성급하게 판단하고 의심하고 의도의 진위를 캐묻는 세상에서 살기가 힘들게 느껴진다. 하지만 톰은 판단이나 의심을 하지 않는다. 내가 실수하는 일이 있다 해도, 나의 의도는 나쁘지 않았음을 톰은 이해해 줄 것이다. 그는 언제나 날 **믿으리라는** 걸 알고 있다. 모든 걸 이해하지 못한다고 하더라도 내가 좋은 마음으로 그랬다는 걸, 내가 최선을 다할 거라는 사실을 톰은 절대로 의심하지 않을 것이다. 이것은 **진정한** 우정이고, 이렇게 이해받고 사랑받는다는 건 내 삶에 존재하는 대단한 선물이다.

우리는 항상 언어에 대한 사랑을 나누고, 자신을 드러내는 언어를 어떻게 잘 사용할 수 있는지에 대한 생각을 나누어 왔다. 톰, 너는 시인이야. 너의 정신이 움직이며 사물을 표현하는 방식은 아름답고 매력적이며 재미있고 따스해. 네가 이 책을 써서 우리에게 보여줘서 정말 기뻐. 이 책은 즐거움이자 선물이야. 네가 있어주어 이 세상은 운이 좋고, 너를 내 친구로 둘 수 있는 나는 더욱 운이 좋아.

　잘했어! 내 영혼의 한 조각 같은 사람아. 그리고 축하해.

2022년 런던에서

에마 왓슨

01

위험인물
1호

---

or
처음으로 법을 어겨
제 무덤을 팠던
드레이코

Beyond
the Wand

솔직하게 말하겠다. 지금부터 나올 이야기는 그다지 자랑할 만한 내용이 아니다. 사실, 우리 엄마도 모르는 일이다. 미안해, 엄마.

그 사건은 어느 토요일 오후 북적이는 영국의 한 시내 쇼핑몰에서 일어났다. 손님들은 각자의 볼일로 바삐 움직였고, 십대들은 그 나이 대 애들이 으레 그러듯 여럿이 뭉쳐서 안을 어슬렁거리고 있었다. 그렇게 근처를 배회하던 녀석 중에 **삐삐** 마른 열네 살짜리 남자애가 하나 있었다. 무리에 둘러싸인 채로 창백하니 하얀 얼굴에 머리카락을 탈색한 소년을 눈여겨보는 사람은 아무도 없었다. 그렇다. 이 문제의 소년은 바로 나였다. 그리고 정말 안타깝게도 우리는 그때 사고를 칠 궁리 중이었다.

대번에 확 드러나는 나의 특이한 금발 때문에 사고 칠 생각 말고 **가만히 있어야** 하는 거 아니냐고 생각하는 사람도 있겠지. 맞는 말이다. 나부터가 스스로 어디서 문제를 일으킬 마음이 없었을 거라고 여길 것이다. 하지만 생각해 보면, 평범한 십대 애들이란 항상 올바르게만 살진 않는 법이다. 그 나이대 애들 생각이 언제나 올바르던가? 평범한 십대. 그때 나는 그게 너무나도 되고 싶었다.

그런데 제2의 자아가 마법사인 소년이 평범한 십대가 되기란 그리 간단하지 않더라.

* * *

당시는 내가 해리 포터 시리즈의 1편과 2편을 촬영하던 중이었다. 말하자면 마법사 초창기였던 셈이다. 우리 일행의 목표는 서리 Surrey(잉글랜드 남동부의 주—옮긴이)의 길퍼드 시내에 있던 HMV 음반 가게로, 당시 어울려 놀기에 딱 좋은 곳이었다. 그때 애들은 이 가게에서 CD를 훔치는 장난을 치기 일쑤였다. CD를 케이스에서 빼내 겉옷 아래 넣은 다음, 혹시 어떤 말썽꾸러기가 나쁜 짓을 저지르려나 감시하려고 진열대 사이를 순찰하는 불쌍한 경비원들을 제치고 가게를 빠져나오기는 언제나 재미있는 모험이었다. 하지만 그 문제의 토요일, 우리 무리는 그저 그런 CD가 아니라 더 큰 걸 훔치기로 했다. 바로 아직 나이가 되지 않아 살 수 없는 '성인용' DVD를 슬쩍하자는 것이었다. 지금에 와서 생각하면 눈살이 찌푸려지는 일이다. 솔직히 말하자면 그때도 속으로는 눈살을 찌푸렸지만, 내색하고 싶지는 않았다. 난 멋진 애들과 어울릴 만한 존재가 되려고 애썼으니까. 심지어 무리 중 대장 격인 애들도 이만한 범죄를 선뜻 저지르려 하지 않았다. 그러다 걸리면 얼마나 창피할지 잘 알아서였다.

그렇기에 바로 내가 하겠다고 자원한 거다.

이 책을 읽는 분들에게 미리 말해두자면, 나는 아트풀 다저Artful Dodger(찰스 디킨스의 소설 《올리버 트위스트》에 나오는 처세술 좋은 소매치기―옮긴이)와는 달리 뭘 슬쩍하는 데 능숙하지 않았다. 손에는 땀이 차고 심장은 두근두근 뛰는 가운데, 나는 보기 안쓰러울 만큼 여유로운 척을 하며 가게에 들어갔다. 여기서 제대로 성공하고 싶었다면 훔칠 대상을 알아본 다음 재빨리 낚아채어 최대한 빠르게 그곳에서 나와야 했을 것이다. 내 안에 슬리데린스러운 교활함이 조금이라도 있었다면 그렇게 했을 거다. 하지만 내게 그런 교활함 따윈 없었다. 빠르고 교묘하게 물건을 훔쳐야 했건만, 나는 DVD의 위치를 확인하고 슬그머니 그쪽으로 다가갔다. 그 진열대 쪽을 못해도 오십 번은 어슬렁거리다 보니 너무 불안한 나머지 피부가 따끔거렸다. 심지어 아무 어른이나 붙잡고서는 혹시 나 대신 DVD 좀 사달라고 부탁하기도 했다. 어쨌든 손에 넣기만 하면 나가서 애들한테 내가 훔쳤다고 둘러대며 멋진 녀석인 척할 수 있을 테니까. 하지만 그 사람은 당연히 거절했고, 나는 계속 진열대를 왔다 갔다 하며 근처를 맴돌았다.

계속 왔다 갔다…….

계속 왔다 갔다…….

족히 한 시간쯤 지났던 것 같다. 솔직히 지금쯤이면 날 알아보는 경비원이 하나라도 있을 텐데, 아무도 없다니 이게 말이 되나. 혹시 세상에서 제일 솜씨 없는 소매치기가 알고 보니 해리 포터 영화에 나오는 배우라는 걸 알아봤을까? 그건 나도 모르겠다. 내가 아는 분명한 사실은 하나뿐이었다. 당시 내 머리 색깔은 아주 섬뜩하리만큼 이상한 것까지는 아니라 해도 아주 특이했다는 사실 말이다. 확 드러난 머리카락이 마치 횃불 같아서 나는 주변에 자연스럽게 모습을 숨길 수가 없었다.

차라리 자원하지 말걸. 멍청한 짓이라는 걸 알면서도 왜 그랬을까. 하지만 차마 겁먹은 개처럼 꼬리를 말고 빈손으로 가게를 떠날 수가 없었다. 그래서 심호흡을 하고 다시 시도했다. 천장을 보는 척하면서, 땀에 젖은 손가락으로 서투르게 도난 방지 스티커를 더듬더듬 떼어내고는, 반짝반짝 빛나는 DVD 디스크를 플라스틱 상자에서 꺼내 주머니에 넣고 재빨리 출구로 향했다.

해냈다! 바깥에서 기다리는 무리를 보며 나는 다 안다는 듯 히죽 웃어 보였다. 애들의 흥분이 느껴졌다.

그러다…… 일이 터졌다!

내가 가게 바깥으로 채 한 발짝을 내딛기도 전에 건장한 경비원 세 명이 나를 둘러쌌다. 그들이 나를 정중하고도 더없이 단호하게 가게 안으로 데려가는 동안 내 속은 싸늘하게 오그라들었다. 난 아주 창피한 기색으로 상점 안을 걸어갔다. 모두가 나를 바라보는 가운데 고

19

개를 푹 숙이고서, 속으로는 제발 아무도 나를 알아보지 않았기를 빌었다. 그때는 해리 포터 배우들이 그다지 유명세를 누리던 때가 아니었지만, 누군가 알아볼 가능성은 있었으니까. 경비원들은 나를 가게 뒤에 있는 작은 부스로 데려간 다음, 셋이서 엄한 표정으로 나를 둘러싸고는 주머니에 든 걸 꺼내보라고 말했다. 나는 소심하게 디스크를 꺼내고는 그들에게 부탁했다. 아니, 솔직히 말하자면 **애걸복걸해** 버린 나머지, 이 가련하고도 무모한 장난질이 열 배는 처참해지고 말았다.

"제발 부탁이에요. 제발 우리 엄마한테는 아무 말 말아주세요!"

엄마가 알게 되면 이 수치심을 견딜 수가 없을 테니까.

경비원들은 엄마에게 말하지 않았다. 하지만 나를 벽에 세우고는 폴라로이드 카메라를 가져다가 곧바로 얼굴 사진을 찍은 다음 벽에 붙였다. 그 벽은 음반 가게를 털려다 잡힌 뻔뻔한 범죄자들의 사진을 붙여놓은 범죄자 전시장이었고, 경비원들은 내 사진이 평생 여기에 붙을 거라고 말했다. 그리고 HMV 음반 가게에 얼씬도 하지 말라고 했다.

오라 그래도 절대로 안 갈 거다. 나는 새빨개진 얼굴로 최대한 빠르게 그곳에서 벗어나 뒤도 돌아보지 않고 달렸다. 내 친구들은 경비원을 보자마자 이미 도망친 뒤였다. 그래서 난 기차를 타고 혼자 집으로 돌아와 아무도 모르게 숨었다.

* * *

그 후로 금발의 톰 사진은 HMV 음반 가게의 범죄자 전시장에 얼마나 붙어있었을까? 누가 알겠는가? 아직도 거기 있을지. 그 후로 몇 주간 워너브러더스사나 신문사에서 내가 저지른 멍청한 짓을 알게 될까 봐 나는 심하게 겁을 먹었다. 아무에게도 그 이야기를 하지 않았지만, 그래도 누군가 내 사진을 알아봤다면 어떡하지? 영화사에서 날 해고할까? 다음번 영화에서 해리, 론, 헤르미온느가 드레이코 말포이 역을 맡은 배우가 바뀐 걸 보고 깜짝 놀라게 되려나? 이런 민망한 짓으로 법을 어긴 나의 행동이 대중의 큰 웃음거리가 될 것인가?

앞서 말했듯, 나는 너무나도 평범한 십대가 되고 싶었다. 비록 미래에 참 많은 일이 일어나긴 했지만, 그래도 난 그럭저럭 평범한 십대로 살아왔다고 생각한다. 하지만 대중의 시선을 받으며 자라는 아이의 삶에는 평범함과 무모함 사이에 그어진, 넘지 말아야 할 미세한 선이 있게 마련이다. 그 토요일 오후에 나는 그 선을 확실하게 넘어버렸다. 어린 톰 펠턴은 드레이코 말포이가 아니었지만, 그렇다고 천사같이 착한 아이도 아니었다. 어쩌면 그때야말로 내가 진짜 드레이코 말포이가 된 순간이었을지도 모르겠다. 판단은 여러분에게 맡긴다.

* * *

아, 그 후로도 문제의 DVD는 보지 않았다. 절대로.

02

나의
머글 가족

---

or
무리의
꼬맹이

Beyond
the Wand

내가 연기한 인물 중 가장 유명한 드레이코 말포이는 냉정하고 잔혹한 가문의 외동아들이었다. 하지만 나의 진짜 가족은 그야말로 정반대였다. 끈끈하고, 가족애가 넘치며, 정신없지만 서로에게 든든한 의지가 되어주는 가족은 나의 어린 시절 확실한 구심점이었다. 사형제 중 막내로서, 나는 엄마와 아빠 이야기를 하기 전에 먼저 세 형 이야기를 하고 싶다. 형들은 저마다 서로 다른 방식으로 나에게 깊은 영향을 주었고, 형들이 없었다면 난 완전히 다른 사람이 되었을 테니까.

　누군가가 나에 대해 묻는다면, 형들은 기꺼운 마음으로 내가 형제 중 가장 약하고 비리비리한 꼬맹이였다고 말할 것이다. 적어도 형들은 나를 다정한 기색으로 그렇게 불렀다. (물론 농담이었다고 **나는 굳게 믿고 싶다**. 하지만 형들이란 족속이 어떤지는 다들 알잖아.) 나는 사형제의 막내였다. 형들은 조너선, 크리스토퍼, 애슐리로, 4년간 이 순서대로 삼형제가 태어났다. 그리고 약 6년째인 1987년 9월 22일에 엄마가 나를 낳았다. 내가 세상에 태어난 후로 끊임없이 형 셋은 내가 소파에 못 앉게 걷어차고 TV 리모컨에는 손도 못 대게 했다. 세 형은 애정을 담아 나를 괴롭혔다. 그리고 내가 이토록 늦게 태어난 게 부모님이 고심 끝에 낳아서가 아니라며, 사실은 내가 우유 배달부 아저씨의 아들이기 때문이라며 놀려댔다. (형들은 그때나 지금이나 마찬가지로 나보다 덩치가 훨씬 크다. 모두 180센티미터가 넘고 어깨가 우락부락한 덩치들이다.) 다시 말해, 세 형 때문에 나는 찍소리도 못 하고 컸다. 생각해 보면 나중에 마법사를 직업으로 삼게 된 애한텐 오히려 좋은 상황이었던 것도 같다.

형들은 나를 '비리비리한 애송이'라고만 부르지 않았다. 기분이 좋아서 너그러워질 때면 나를 '버러지'라고 부르기도 했다. 하지만 그것도 완전히 나쁜 취급은 아니었다. 나의 특이한 어린 시절 동안 형들은 내게 대단히 긍정적인 영향력을 끼쳤다. 그게 좀 여러모로 다르게 드러났을 뿐이다.

큰형 조너선을 우리는 다들 징크^{Jink}라고 불렀다. 그때를 돌이켜 보면 형은 내게 예술에 열정을 품는 모습이 멋지다는 걸 처음으로 몸소 보여준 사람이었다. 징크 형 방에는 '오아시스'의 포스터가 벽에 붙어있었고, 스트라토캐스터(펜더사에서 생산하는 일렉트릭 기타—옮긴이)가 보관되어 있었다(진짜인지 모조품인지는 모르겠지만). 형은 음악에 푹 빠져서 노래하고 연기를 했는데, 사실 애들은 보통 이런 걸 하고 싫어 하지 않는 경우가 많은데도 형은 열심히 했다. 징크 형이 아니었다면 나 역시 공연을 하고 싶다는 마음을 품지 않았을지도 모른다. 내가 아주 어렸을 때, 형이 연기 수업을 들어서 온 가족이 함께 무대에 선 형을 보러 간 적이 있다. 배우들은 모두 아이들이었고, 나이가 많아봤자 십대 초반이었다. 솔직히 말하자면 연극은 능숙한 전문가급 공연이 아니었다. 아, 잠깐 말해두자면 징크는 현재 척추 지압사로 일한다. 타고난 재능이 아깝게 되었다고 형은 종종 말하곤 한다. 하지만 형은 아주 창의적인 사람이다. 나는 형이 〈남태평양〉, 〈웨스트사이드 스토리〉, 〈아가씨와 건달들〉 같은 뮤지컬에서 공연했던 걸 기억하고, 그중 가장 인상에 남은 건 〈리틀 샵 오브 호러스〉였다. 나는 관객석에 앉아 눈을 휘둥그레 뜨고 뮤지컬을 보면서 앞으로 인생의 기틀이 되는 중요한 교훈을 깨달았다. 이런 걸 해도 전혀 이상한 게 아니구나, 재미있어 보이는구나. 무대에 선 큰형을 바라보며, 다른 사람들이 뭐라 생각하든 상관없이 나는 연기를 하고 싶어 해도 된다는 걸 배웠다.

자, 그래서 결론은, 징크 형은 좋은 사람이라는 것이다. 그럼 둘째 형 이야기를 해보자.

크리스는 어땠냐고? 둘째 형은 큰형과는 정반대였다. "야, 연기 따위 시시하잖아. 춤추라고? 꺼져!"

크리스는 펠턴 사형제 중 둘째다. 분홍색 레오타드를 입고 요정 대모인 척하는 짓을 할 수 있다니, 형이 보기에 그건 하늘을 나는 일만큼이나 말도 안 되는 짓이었다. 이렇게 말할 수밖에 없는 현실이 참 안타깝다. 크리스 형이 발레복을 입는다면 정말 멋있을 텐데. 징크 형이 주변 사람들의 감정적인 변화에 다소 예민하게 반응하는 편이라면, 크리스 형은 보이는 그대로 반응하는 사람이다. 그래서 어쩌면 예상과 달리 내가 해리 포터 시리즈를 찍는 동안 가장 가깝게 지낸 형이 크리스인지도 모르겠다. 형은 나를 돌봐주고 현실 감각을 잃지 않게 해준 존재로, 십대의 톰 펠턴에게 가장 큰 영향을 준 사람이었다. 크리스는 해리 포터 시리즈의 두 편 반을 찍는 동안 나의 샤프롱chaperon(과거에는 사교계에 나간 젊은 여성을 보살피는 사람을 뜻하던 프랑스어였으나, 현대에 는 어린이 배우를 전담 관리하고 보호하는 직원을 뜻하게 됨—옮긴이)으로 일 했다. 물론 말이 샤프롱이지, 형이 실제로 한 일은 배우용 트레일러에서 자면서 세트장에 차려진 무료 케이터링을 실컷 먹는 것뿐이었다. 그리고 잘 때보다 먹을 때가 더 많았다. 지금 와서 솔직하게 말하자면, 크리스 형은 나의 샤프롱 역할을 그다지 열심히 하진 않았다. 저녁 8시가 되면 우리는 정기적으로 세트장을 떠나 스튜디오에서 한 시간 거리에 있는 동네 낚시터로 곧장 갔다. 거기서 텐트를 치고 낚싯대를 드리우면서 밤새 낚시를 했다. 그러다 새벽 6시가 되면 낚싯대를 거두고 짐을 싸서 (살짝 진흙을 묻힌 채로) 다시 세트장으로 돌아와서는 착한 워너브러더스사 직원들 앞에서는 밤사이 집에서 새근새근 잔 것처럼 행동했다. 그러니 혹시 드레이코 말포이가 영화 속에서 좀 창백해 보일 때가 간혹 있다면, 그건 메이크업팀의 분장 덕분만은 아니라고 해두겠다.

당시 나는 크리스 형이 펠턴 사형제 중에서 가장 유명해질 거라고

믿어 의심치 않았다. 다들 보기에도 그랬을 것이다. 왜 형이 유명해질
거라 생각했냐고? 크리스는 잉글랜드에서 가장 전도유망한 잉어 낚시
꾼이었다. 잉어 낚시계에는 탄탄한 커뮤니티가 있는데, 그중에서 크리
스 형은 업계에서 상당히 눈여겨보는 인재였다. 형이 유명한 호수에서
유명한 고기를 잡아서 《카프 토크Carp Talk》나 《빅 카프Big Carp》 같은 낚
시 잡지의 표지에 몇 번이나 실린 덕분에, 낚시에 푹 빠진 내 또래 아
이들 사이에서 나도 덩달아 인기가 있었다. 낚시를 좋아하는 친구들은
크리스 형을 대단히 우러러보았고, 형의 동생인 나도 당연히 더 멋진
아이로 인정받았다. 나 역시 형을 우러러보게 되면서, 우리는 언제든
시간이 날 때마다 꽤 자주 함께 낚시를 하러 갔다. 그러다 해리 포터로
우리 모두의 인생이 바뀌어 버리는 바람에 형은 아마 무척 힘들었을
것이다. 얼마 전까지만 해도 영국에서 제일가는 낚시꾼으로 알려져 왔
건만 갑자기 모두가 자신을 드레이코 말포이의 형이라고 부르면서 '야,
어서 빗자루에 타!'라고 소리치게 되었으니까. 하지만 크리스 형은 자
신의 방식대로 상황을 받아들였다. 나 역시 앞에 수많은 일이 닥쳐왔지
만 그래도 형은 내가 자라는 동안 진짜로 나의 영웅이었다. 형은 내게
음악도 많이 알려주었고, 같이 들은 밥 말리와 프로디지, 마빈 게이와
투팍은 내가 평생 열정을 다해 좋아하게 될 가수들이었다. 물론 형은
내게 그다지 순수하지 않은 여가 활동도 알려주었다. 그게 뭔지는 조금
이따 이야기하도록 하자. 그래도 우리가 정말 푹 빠졌던 건 낚시였다.
　　크리스 형 덕에 나는 서리에 있는 버리 힐 낚시터의 단골이 되었

다. 심지어 해리 포터 시리즈 촬영 초창기에는 주말마다 거기서 아르바이트를 하기도 했다. 용돈도 더 벌고 공짜 낚시를 하고 싶은 마음도 있었으니까. 나의 주요 업무는 주차 관리로, 토요일과 일요일마다 새벽 6시에 나가 열정적인 낚시꾼들이 몰고 온 차를 작디작은 주차장으로 인도하는 것이었다. 물론 탈색한 말포이 특유의 금발은 낚시꾼용 비니를 푹 눌러 써서 가리고 일했다. 주차 업무가 끝난 다음에는 베이컨 샌드위치를 하나 들고서 갈색 가죽 가방에다 동전을 가득 채워 넣고 호수를 빙 돌면서 낚시꾼들에게 주차권을 팔았다.

솔직히 말해서 나는 아주 성실한 직원은 못 됐다. 가끔 나는 크리스 형이 묵던 집으로 가서 새벽 4시에 영국에서 중계되는 유명 복싱 경기를 보았다. 난 복싱 경기에 무척 열광해서 경기가 시작될 때까지 애써 깨어있었지만, 열두 살짜리 꼬맹이가 안 자고 견디는 건 4시까지가 한계라 그만 잠들어 버리기 일쑤였다. 그러다 두 시간 후에 형이 나를 깨우면 같이 낚시터에 일하러 갔다. 제때 가기는 했지만, 어느새 나무 아래에서 꾸벅꾸벅 졸다가 낚시터 주인에게 발견되어 깰 때가 많았다. 그동안 손님들은 알아서 주차장에 차를 대느라 그 좁은 공간이 난장판이 되곤 했다. 죄송했어요, 사장님.

드레이코 말포이가 낚시터에 오는 손님들에게 사륜구동차 댈 곳을 일러주고 주차권을 팔았다니, 손님들이 날 이상하다고 생각하지는 않았을까 궁금한 사람도 있을 것이다. 하지만 나는 그럭저럭 정체를 들키지 않고 지냈다. 사실, 사람들에게 정체를 들킬 뻔한 적은 다섯 번도 되지 않았다. 낚시터 손님들은 성격이 안 좋은 아저씨들로 이루어진 상당히 특이한 집단이었다. 적어도 당시의 어린 내가 보기에는 그랬다. 그중 나를 알아보는 사람은 아무도 없었다. 솔직히 토요일 새벽에 일어나 잉어를 잡으려는 십대 여자애들이 몇 명이나 되겠는가. 가끔 기자 하나가 나타나서 나의 머글스러운 행위에 대해 글을 쓰곤 했고, 때때로 낚시터 주인이 소소하게 내가 여기서 일하고 있다면서 홍보를 하긴 했지만, 그것도 대대적으로 한 건 아니었다. 전반적으로 이 일을 좋아할 수밖에 없는 상황이었고, 그리고 정말로 낚시터 일이 즐거웠다. 하루 일을 마치면 손에 20파운드의 현금을 쥐어서가 아니라, 공짜로 낚시를 할 수 있었기 때문이었다. 크리스 형과 내가 이 일에 끌린 주된 이유도 그거였다.

우리가 낚시에 광적으로 몰두한 건 사실이지만, 그보다는 낚시하면서 경험하는 것들이 훨씬 더 좋았다. 밤하늘의 달과 별, 가까이에서 느끼는 자연, 낚싯대와 낚싯줄과 숙박용 텐트, 그리고 떡밥이 그렇게 좋을 수가 없었다. 떡밥은 오징어 간과 몬스터크랩같이 마법약 만들기 수업에서 나올 법한 온갖 역겹고 냄새나는 재료로 만들었다. 우리는 그것들을 큼직한 구슬만 한 크기로 뭉쳐 우리 집 부엌에서 만들 때가 많았다. 난장판이 된 부엌에서 풍기는 냄새에 엄마는 머리끝까지 화가 나서, 우리가 그토록 사랑하는 낚시를 하러 떠나기 전에 반드시 깨끗하게 **치워놓고** 가라며 고래고래 소리를 지르고 욕을 했다.

나와 나이 터울이 가장 적게 나는 셋째 형 애시는 내가 어린 시절을 가장 많이 같이 보낸 형이기도 하다. 나와 셋째 형의 나이 차이는 다른 두 형만큼 크지 않아서 우리는 학교를 같이 다니기도 했다. (여기서 짚고 넘어가자면, 형이랑 같은 학교에 다니니 편하더라. 특히 당시의 애시처럼 건장한 체구의 형이면 더욱 좋다.) 애시와 나는 둘 다 아주 특이한 유머 감각을 지니고 있다. 우리는 함께 앉아 〈심슨 가족〉과 〈비비스와 버트헤드〉를 끝없이 보았다. 지금도 나는 형에게 말할 때 내 목소리보다 비비스의 목소리를 흉내 내어 말할 때가 많다. 그게 너무 심해서 남들이랑 있을 땐 일부러 자제해야 할 정도다. 우리는 같이 스포츠를 하기도 했다. 〈스페이스 잼〉을 본 다음에는 마당에 농구 골대를 설치해 달라고 아빠를 줄기차게 졸라댔고, 〈마이트 덕〉을 본 다음에는 아이스하키 선수가 되고 싶다는 말을 입에 달고 살았다.

애시는 넓은 마음과 더불어 내가 정말 좋아하는 유머 감각을 지닌 형이고 세상에서 가장 멋진 사람이지만, 십대 초부터 감정 기복이 무척 심해서 고생을 많이 했다. 사춘기에 들어섰을 땐 학교에도 가지 않으려 했고 심지어 가출도 했다. 자신의 모습으로는 행복할 수 없다는 생각에 끝없이 시달리는 바람에 결국 형은 오랫동안 정신병원 폐쇄 병동에서 지내야 했다. 나는 학교가 끝난 후 길퍼드의 병원에 입원한 형을 보러 자주 갔던 기억이 난다. 그때 조심스러운 마음과 인내심을 갖고 면회를 갔다고 말할 수 있다면 좋았겠지만, 난 어린 데다 이게 무슨 상황인지 완전히 이해도 못 하고 있었던지라 내가 정말로 기억하는 건 엄마에게 언제 집에 가느냐고 물었던 일뿐이다.

애시 형이 호전되어 집으로 돌아올 수 있게 되자, 다행히도 우리는 다시 함께 웃게 되었다. 하지만 형이 십대 때 겪었던 고충은 나머지 펠턴 형제들도 정신적인 고통을 겪게 되리라는 어두운 전조였다. 나 역시 같은 고통을 당하게 되었지만 그건 훨씬 후의 이야기니, 지금은 우리 형제들에게 그런 경향이 있다는 것만 기억해 두자. 그중 어떤 문제는 그냥 넘어가기에는 너무 어렵기도 했다. 정신적 문제는 언제나 끝까지 사람을 쫓아오기 마련이니까.

자, 그래서 정리를 해보자면 이렇다. 내게는 형이 셋 있고, 형들은 나름의 방식으로 나와 가까이 지냈다. 내가 해리 포터 영화를 찍게 된 것이 형들의 인생에 돌이킬 수 없는 영향을 주었다는 걸 난 뼈저리게 인식하고 있다. 형들은 아마도 영원히, 어느 정도까지는 드레이코 말포이의 형이라는 소리를 들으며 살아갈 것이다. 하지만 형들이 제각각 어렸던 톰에게 독특한 영향력을 끼쳤다는 것 역시 똑같이 인식하고 있다. 징크 형을 통해 창의력과 연기에 대한 사랑을 알게 되었고, 크리스 형을 통해 야외 활동을 열정적으로 사랑하게 되고 아주 현실적인 성격을 갖게 되었으며, 애시 형을 통해 유머 감각을 지니게 되고 빛이 있는 곳에는 어둠이 따르기 마련이라는 진리를 어릴 적부터 암암리에 알게 되었다. 이 모든 것은 인생의 중요한 교훈이다. 그리고 나는 버러지 같은 놈이고 또 형제 중 가장 비리비리한 애송이일지 몰라도, 형들이 없으면 지금의 내 모습은 있을 수 없었을 것이다.

* * *

아이들이 으레 그렇듯, 나도 무척 좋아하는 게 이리저리 바뀌곤
했다. 내 인생에서 가장 좋았던 점은 바로 나를 격려해 주는 엄마가 있
었다는 것이다. 그리고 엄마는 내게 그게 뭐든 하던 걸 계속해야 한다
고 과하게 압박하지도 않았다.

우리 형제는 서리에 있는 농장 맞은편에 자리 잡은 레드리프라는
쾌적한 집에서 편안하게 자랐다. 그 집은 즐겁고 북적이며 아늑한 공
간이었다. 우리는 돈이 많았던 적이 한 번도 없었다. 매주 특별한 곳에
놀러 간다고 하면 보통은 도킹에서 열리는 카 부트 세일car boot sale(집에
서 안 쓰는 물건을 자동차 트렁크에 얹어놓고 파는 벼룩시장의 일종—옮긴
이)에 가는 것이었는데, 거기선 20펜스만 있어도 살 수 있는 물건의 폭
이 확 늘어났고 50펜스가 있으면 웃음꽃이 필 정도였다. 우리 아빠는
부지런한 토목 기사였는데, 돈을 아주 조심스럽게 쓰기로 명성이 자
자한 사람이었다. 지금은 밝혀도 나를 용서해 주리라 생각해서 말하
는 건데, 나는 아빠가 자선기금을 모으는 중고품 가게에서도 물건 값
을 깎는 걸 본 적이 있다! 근면 성실한 아빠 덕분에 나는 먹을 걸 못 먹
었던 기억이 한 번도 없었지만, 또 그런 면 때문에 부모님의 결혼 생활
후반에 갈등이 생긴 것도 같다. 엄마는 언제나 '나는 톰에게 꼭 바이올
린을 사줘야 한다고 봐. 애가 배우고 싶다잖아'라고 말하는 쪽이었고,
아빠는 그럴 때마다 나름의 이유를 들어가며 '얼마 전에 쟤한테 하키

채 사줬잖아! 이제 하키 그만뒀어?'라고 대꾸하곤 했다.

아빠의 말에 대답하자면, 그랬다. 분명 나는 그때 하키를 그만둔 상태였을 것이다. 나는 마치 반짝반짝 빛나는 물체에 끌리는 까치처럼 새로운 게 눈에 들어오면 관심사가 휙 바뀌어 버렸다. 그래서 아빠는 정신없어 했지만, 엄마는 내가 새로운 데 열정을 쏟을 때마다 무척 신나 했다. 나의 흥미가 제아무리 빠르게 바뀌어도 전혀 개의치 않고, 그 흥미가 사그라지지 않게 해주었다. 얼마 전까지 가졌던 흥미가 결국 시들시들해져도 엄마는 나를 들볶거나 혼낸 적이 한 번도 없었다. 바이올린을 사고서 석 달이 지난 후부터 내가 멋진 새 요요에 정신이 팔려 남자 화장실에 바이올린을 숨겨두고 교습을 빼먹기 시작했어도 엄마는 눈썹을 치켜뜨지 않았다. 아빠가 그 바이올린으로 내 뒤통수를 후려치고 싶어 했어도 나는 뭐라 할 수 없었을 것이다. 하지만 일단 내게 새로운 관심사가 생기면, 엄마는 내게 예전에 하던 걸 계속하라고 강요하지 않고 새것을 해보라며 기분 좋게 격려해 주었다.

그렇다 해서 아빠가 우리에게 관심이 없었다는 말은 아니다. 아빠도 무척이나 우리에게 관심을 주었다. 아빠는 만들기에 아주 능숙해서, 우리 형제가 뭘 갖고 싶어 할 때마다 그걸 만들어 주려고 애썼다. 우리가 원하는 게 뭔지 정확하게 파악하고자 상담을 거친 다음 정교한 농구 골대와 하키 골대를 만들어 주었고, 심지어 마당에 스케이트보드 경사대를 설치해 주기도 했다. 아빠는 종종 자정까지 창고에 머무르면서 대개 지역 쓰레기장에서 '빌려온' 재료들을 톱질해서 우리에게 어마어마한 물건들을 만들어 주었다.

하지만 아빠가 만들 수 없는 물건들도 있었고, 때로는 아빠가 직접 만들 수 있는 물건이라도 우리가 마다하는 경우도 있었다. 친구들처럼 반짝반짝 빛나는 브랜드 제품을 갖고 싶었으니까. 그렇게 원하는 물건들은 엄마가 돈을 모아 사주어야 했다. 그래서 아들 넷을 보살피는 것 말고도(솔직히, 아빠까지 쳐서 아들 다섯이었다) 엄마는 추가로 돈을 벌기 위해 시간을 내어 다양한 부업을 했다. 엄마는 동네 부동산중개업소에서 일했지만, 그 외에도 우리가 샐리 이모라고 불렀던 엄마 친구와 밤에 사무실을 청소하고 상점에서 물건을 정리했다. 샐리 이모는 내 인생에서 언제나 한 자리를 차지해 온 분으로, 내가 어린이 배우로 영화를 촬영할 때 얼마간 샤프롱으로 일해주기도 했다. 엄마가 고생한 건 다 내가 새 요요를 갖고 싶어 했기 때문이었다. 그리고 애시 형이 울워스에서 파는 저렴한 농구공이 아니라 그보다 다섯 배는 비싼 에어 조던 로고가 새겨진 농구공을 갖고 싶어 했기 때문이었다. 우리의 눈길을 끄는 것이 무엇이든, 엄마는 최선을 다해서 현실로 이루어 주었다.

그래서 말하고픈 요점이란, 지금의 내가 있기까지 우리 엄마가 아주 큰 원동력이 되어주었다는 것이다. 물론 엄마는 나한테 배우가 되라고 등 떠민 적이 전혀 없다. 나는 바이올린 연주자가 되려 할 수도 있었고, 아이스하키 골키퍼가 되려 할 수도 있었고, 요요 전문가가 되려 할 수도 있었다. 하지만 내가 결국 어떤 길을 택할지는 엄마에게 중요한 게 아니었다. 확실한 것은, 내가 되고팠던 게 무엇이든 엄마는 그

꿈을 이루도록 도와주셨을 거란 점이다.

아빠는 예나 지금이나 예상치 못한 방식으로 상황을 반전시키는 분이다. 아빠는 너무 진지한 태도를 취하지 않는 편을 고수했고, 언제나 농담을 하거나 자신을 비하하는 유머 감각을 슬그머니 내비치는 방법을 찾아냈다. 말하자면 델 보이(BBC 시트콤 〈온리 풀스 앤 호시스〉의 등장인물—옮긴이)와 블랙애더(BBC에서 방영한 영국 시트콤 〈블랙애더〉의 주인공으로, 로언 앳킨슨이 연기했다—옮긴이)와 베이즐 펄티(1970년대 영국 시트콤 〈펄티 타워스〉의 주인공으로 냉소적인 속물—옮긴이)를 합쳐놓은 사람이랄까. 아빠의 특징을 물려받은 나는 오늘날까지 그 성격을 잘 이용하고 있다. 내가 일하는 분야에서는 새로운 사람을 만나 어색한 분위기를 빨리 깨고 친해져야 할 일이 종종 생기기 때문이다. 나는 언제나 상대방을 무장해제시키는 유머를 발휘하고 살짝 익살을 부리는데, 그게 바로 내가 아빠에게서 배운 기술이다.

토목 기사인 아빠는 온 세계의 건설부지에서 큰 건축 프로젝트를 진행했다. 그래서 자연스럽게 종종 멀리 출장을 가곤 했다. 내가 좀 자라면서 아빠의 출장 근무지는 훨씬 더 멀어지게 되었다. 그리고 엄마와 아빠의 사이가 멀어지면서 아빠가 집을 비우는 시간은 더욱 잦아졌다. 부모님은 25년 동안 결혼 생활을 유지했고, 나는 두 분이 서로 사랑하던 모습을 확실하게 기억한다. 부모님의 애정은 특히 매년 가는 여름휴가 캠핑에서 잘 드러났다. 서로 '허니 베어'라고, '달링'이라고 부르던 게 기억난다. 하지만 그 후로 상황은 변해갔고, 집 계단에 앉아

있을 때마다 들리는 말소리도 휴가 때와는 상당히 달라졌다. 물론 두 분이 싸운 건 아니었지만, 대화를 들어보면 서로 가까운 사이가 아니라는 게 명백히 드러났다. 그러다 내가 해리 포터 첫 편을 촬영했을 무렵, 엄마가 나를 학교에 데려다주면서 아주 사무적인 말투로 "네 아버지와 난 이혼할 거야"라고 말했던 기억이 난다. 그 소식은 극적인 분위기에서 전해지지는 않았다. 오히려 전형적인 영국인답게, 할 말을 해버린다는 식의 실용적인 발언이었다. 아빠에게 다른 사람이 생겼다는 이야기를 엄마가 내게 해주었을 때 화가 났거나 굉장히 괴로웠던 기억은 딱히 떠오르지 않는다. 그때 난 겨우 열두 살이라서, 그날 운동장에서 말을 걸어볼까 싶었던 여자애 생각을 더 많이 했을 것이다.

결국, 그 주에 짐을 빼서 나간 아빠는 주말에만 집에 왔다. 아빠가 집에 오는 주말 동안 엄마는 린디 이모의 집에 머물곤 했다. 이런 특이한 상태가 몇 년간 지속했던 것 같다. 우리 십대 형제들에게는 참 좋은 상황이었는데, 주말이 되면 우리 맘대로 아주 많은 걸 할 수 있게 되었기 때문이다. 엄마가 있을 때는 반경 1킬로미터 내에서 담뱃갑이라도 건드리는 순간 "너희 지금 뭐 하는 거야?"라는 고함이 들렸다. 하지만 아빠는 우리와 있을 때 약간 '네 멋대로 해라'라는 식이었다. 어느 토요일 새벽 3시에 계단을 터덜터덜 내려와 주방에서 팬케이크를 만들고 있던 나와 내 친구들을 본 아빠는 대뜸 우리에게 물었다.

"너희 지금 대체 뭐 하는 거냐?"

"어어, 팬케이크 만드는데요."

그러자 아빠는 어깨를 으쓱였다.

"그러냐."

그리고 미소를 짓더니 다시 터벅터벅 걸어서 자러 갔다.

부모님이 이혼하면 크게 상심하는 아이들도 있지만, 나는 그렇지 않았다. 단순히 함께 사는 게 옳다는 생각으로 이혼하지 않고 지내면서 부모님이 고통받는 일은 바라지 않았다. 헤어지는 편이 더 행복하다면, 나는 백 번 천 번 그러는 게 옳다고 생각한다. 이제껏 내가 계속 살아왔던 유일한 집인 레드리프에서 엄마와 함께 이사 나와 공공 주택 단지 근처에 있는 훨씬 작은 집에서 살게 되었을 때도, 엄마가 더 행복해 보여서 다행이라고 생각했던 기억이 난다. 그리고 집을 나온 충격에서 벗어난 다음, 엄마가 우리 집에 SKY 위성 TV를 다는 데 동의해 주자 난 무척 행복했다. 어린이들의 눈에 중요해 보이는 것이 발휘하는 힘은 참 대단한 법이다.

이렇게 말해도 될 것 같은데, 아빠는 내가 영화배우로 활동하던 초창기에는 영화 업계를 못 미더워했다. 특히 어린이 배우로 유명해지는 걸 걱정했다. 하지만 내가 보기에 아빠는 평범한 사람들, 그러니까 굳이 적당한 말을 찾아보자면 '머글들'과 내가 잘 어울리지 못하는 상황을 걱정했었다. 난 아빠의 마음을 이해한다. 굉장히 열심히 일해서 지금의 자리에 오른 분이니까. 아빠는 스물여섯 살부터 슬하에 아이 넷을 두었다. 돈의 가치를 잘 아는 분이었고, 내가 보기엔 그래서 아들들도 자신처럼 커야 한다고 상당히 마음을 썼던 것 같다. 아빠는 우리가 자신처럼 대단히 강력한 직업윤리를 배우고 체득하기를 바랐다. 그러니 내가 아빠처럼 열심히 일하지도 않으면서 어린 나이에 연기로 돈을 벌기 시작하자 참 이상해 보였을 것이다. 아마도 본인이 맡아야 할 아버지 역할을 뺏긴 것 같았겠지. 그런 상황에서 움츠러드는 건 당연한 일일 것이다.

아빠의 그런 면은 때로 내가 받아들이기 어려운 방식으로 나타나기도 했다. 해리 포터 4편 시사회 때, 나는 엄마와 아빠 사이에 앉아서 영화를 보았다. 그런데 엔딩 크레디트가 올라가기 시작하자 아빠는 "음, 넌 별로 많이 안 나왔네?"라며 나를 놀렸다. 그땐 아빠가 내 일에 뛸 듯이 기뻐해 주지 않는다는 데 상처 받았던 것 같지만, 지금 와서 다시 생각하니 상황이 다르게 보였다. 이제는 아빠의 친구들과 동료들 이야기를 통해, 내가 없는 자리에서 아빠가 나에 대해 무어라 말했는지 잘 알고 있다. 아빠가 나를 무척 자랑스러워한다는 걸 지금은 안다. 자신의 속마음을 이야기하고 감정을 표현하는 데 서투른 게 전형적인 영국 남자의 특징이라는 것도 지금은 안다. 아빠가 영화계를 미심쩍게 여겼다고 해서 나를 자랑스러워하지 않았다거나 나를 신경 쓰지 않았다는 생각은 한 번도 해본 적 없다. 다만 아빠는 어떻게 말을 해야 할지 몰랐던 것뿐일 게다. 본인이 보기엔 참으로 특이한 상황이라 어떻게든 이해해 보려 했는데 그게 쉽지 않았던 것이리라.

나는 연기자로 살면서 어린 시절부터 특이한 수준의 독립심을 갖게 되었지만, 그렇게 된 데는 아빠의 도움도 한몫했다. 내가 아홉 살

때, 아빠는 나를 데리고 암스테르담에 출장을 갔었다. 하루는 아빠가 커다란 광장에 있는 카페 바깥 자리에 앉더니 나더러 "그럼 네 맘대로 관광을 해봐, 어서"라고 말했던 기억이 난다. 그때 나는 돈 한 푼 없이 어디로 가야 할지 전혀 몰랐지만, 아빠는 내가 용기를 내어 직접 이곳을 돌아다녀 봐야 한다고 강경하게 주장했다. 그 당시에는 그런 행동이 그저 무심하게만 보였지만, 지금 생각하면 내가 성장하는 데 아주 중요한 부분이 되어주었다. 아빠는 내가 길을 잃어버릴 수도 있다고 생각했지만, 그렇다더라도 결국은 알아서 돌아오리라는 걸 알고 있었다. 그 와중에 섹스 박물관에 들어갔다가 당장 쫓겨난다 한들 아무런 피해도 없을 것이었다. 길 가다가 넘어질 수도 있겠지만, 그렇더라도 다시 일어나는 법을 터득할 것이다. 이 모든 경험이 중요한 교훈이 된다는 걸 아빠는 알고 있었다. 내가 앞으로 살아가면서 때로는 넘어질 때가 있을 테고, 그때마다 다시 일어나야 한다는 걸 알았다. 아빠가 어린 시절에 가르쳐 준 교훈과 내게 해준 모든 일에 난 무척 고마워하고 있다.

그 후 몇 년 동안 나는 아주 다른 가족, 바로 마법사 가족과 함께 살게 되었다. 하지만 우리 머글 가족은 흔히 볼 수 있는 다른 가족들과 똑같이 사랑스럽고도 복잡하며, 가끔 부족한 점이 있긴 해도 언제나 내 옆에 있어주는 이들이었다. 그리고 농구공이나 익살스러운 행동들 같은 것도 그렇지만, 우리 가족이 내게 주려고 최선을 다해 노력했던 게 하나 있었다. 내 삶이 정상적인 궤도를 벗어나게 되면서 없어지기 쉬웠던 것, 바로 사람의 마음이 건강해지는 데 필요한 평범성normality이었다.

03

초기
오디션 시기

---

or

엄마야!

Beyond
the Wand

내가 드레이코 말포이가 된 이유는 엄마의 발에 유리 조각이 박혀서였다.

이게 무슨 말인지 이제부터 알려주겠다.

나는 신동이 아니었다. 물론 징크 형을 통해 온갖 종류의 창의적인 활동에 흥미를 느껴도 된다는 걸 깨우쳤고, 또 내가 무언가에 흠뻑 빠져들 때마다 항상 엄마가 지지해 주기는 했다. 하지만 난 재능보다는 열정이 더 많은 아이로 태어났다.

이건 재능이 없는 척 내숭 떠는 말이 아니다. 난 확실히 노래에는 재능이 좀 **있었다**. 펠턴 사형제는 모두 북햄의 세인트 닉스 교회 성가대 소속이었다(이제 와서 솔직하게 모두 폭로하자면, 크리스 형은 학교 근처 가게에서 사탕을 훔치는 바람에 성가대에서 쫓겨났다). 어릴 적 나는 천사처럼 생긴 꼬마였던 데다, 유명한 콰이어스쿨choir school(교회나 수도원 부속학교로, 노래에 재능 있는 소년들이 입학해 성가대로 활동하며 정규교육을 받는다―옮긴이)에서 입학 제의를 받기도 했다. 하지만 그 제안을 받자마자, 전학 가면 친구들과 헤어져야 한다는 생각이 든 나는 그 자리에서 울음을 터뜨렸다. 엄마는 언제나 나를 지지하는 특유의 태도로 전학 가라고 안 할 테니 걱정 말라고 했지만, 가끔은 내가 그 학교 입학 제의를 받았다는 사실을 자랑스레 언급하곤 했다. 엄마들이란 다 그렇잖은가. 그래서 내가 처음으로 어딘가의 앞줄 한가운데 섰던 기억은 연기를 할 때가 아니었다. 세인트 닉스 교회에서 어느 크리스마스에 〈오 베들레헴 작은 골〉을 솔로로 불렀던 때였다.

성가대 활동에 더해, 나는 페첨 빌리지 홀 근처에 있던 방과 후 연극 클럽에 다녔다. 매주 수요일 오후에 열리는 클럽에는 여섯 살부터 열 살에 이르는 어린이가 열다섯 명에서 스무 명 정도 있었고, 엄마 아빠 보라고 석 달에 한 번씩 엉망진창인 연극을 했다. 그러니까 진지한 공연을 한다기보단 그냥 재미있게 놀아보자는 취지의 클럽이었던 거다. 다시 한번 말하는 게 좋을 것 같은데, 거기서 난 전혀 자랑할 만한 활동을 하지 않았다. 연극 클럽에는 당연히 가고 싶었지만, 지금 가장 또렷하게 떠오르는 공연의 기억은 멋지다기보단 창피한 것이었다. 그런 공연의 예를 들자면 아마 〈크리스마스캐럴〉이었던 것 같은데, 거기서 난 '눈사람 3'이라는 배역을 맡았다. 눈사람 역은 예술적인 성취감은 높으나 기술적으로는 고된 배역이었다. 엄마와 할머니는 철사를 드레스 모양으로 엮은 걸 두 개 만들어 내가 입을 눈사람 의상을 제작했다. 하나는 머리에 쓰고, 다른 하나는 몸통에 쓰는 식이었다. 그걸 입었던 기억은 끔찍한 악몽이었다. 날개를 달고서 커튼 사이를 빼꼼 내다보았던 기억이 아직도 떠오른다. 꼬마 톰 펠턴이 알몸뚱이로 서서 팔을 들고 눈사람 의상을 입는 모습을 보고 세 형이 낄낄대던 광경이 눈에 선하다. 내가 제아무리 사진 찍히는 데 익숙해진 사람이라 해도, 그때 사진이 남아있지 않아서 정말 다행이라고 생각한다.

또 한 번은 아이들이 〈벅시 말론〉(1976년에 나온 영국의 갱스터 뮤지컬 코미디—옮긴이)을 공연했을 때였다. 나는 지난번 연극에서 오스카상을 받아도 좋을 만큼 혼신의 눈사람 연기를 펼친 덕분에 그 공연에서 '나무 1'로 승진했다. 그때 주요 배역은 특히 조리 있게 말을 할 줄 아는 나이 많은 아이들 몫이었다. 나는 오로지 대사 한 줄만 잘 읊으면 되는 어린애여서, 온 힘을 다해 대사를 외우며 부지런히 연습했다. 그리고 가설무대 위에 줄을 서서 내 차례가 오기를 참을성 있게 기다렸다.

그렇게 난 기다렸다.

계속해서 기다렸다.

머릿속으로는 중얼중얼 대사를 연습하면서 기다렸다.

내가 등장하는 영광의 순간을 준비하면서 말이다.

그러다 문득 고통스러울 만큼의 침묵이 느껴지고야 말았다. 모두가 기대하는 눈빛으로 나를 바라보던 그 순간. 바로 내 차례가 왔건만, 머릿속이 하얗게 변해버렸다. 그래서 난 자존심 강한 젊은 배우들이 으레 하는 짓을 저질렀다. 울음을 터뜨리며 무대에서 뛰어나간 것이다. 나무 의상에 달린 가지들 속을 허우적대면서 나는 최대한 빠르게 도망쳤다. 그리고 공연이 끝난 후, 눈물을 그렁대며 미안한 마음을 한 가득 품은 채 엄마에게 달려갔다. '정말 미안해, 엄마. 미안해!' 엄마는 나를 위로하며 괜찮다고, 내가 그렇게 나가버렸어도 공연의 흐름에는 전혀 지장이 없었다고 말했다. 하지만 나는 지금까지도 그때를 떠올리면 부끄럽다. 우리 공연팀을 실망시키고 말았으니까!

요약하자면, 나의 연기 경력은 처음부터 운이 좋지는 않았다. 물론 난 아주 즐겁게 했지만, 실력이 뛰어나지는 않았다는 뜻이다. 그 후로 해야 할 학교 숙제가 많아졌고, 바이올린을 배우고 싶은 짧은 열정도 시작된 참이었다. 그래서 엄마에게 더는 연극 클럽에 갈 시간이 없을 것 같다고 말했고, 그때는 그렇게 끝나버렸다.

아니, 사실은 그렇게 끝나지 않았다.

연극 클럽 운영자는 앤이라는 여성분이었는데, 아주 열정적이고 극적인 사람이었다. 내가 연극 클럽을 그만둘 거라고 엄마가 말하자 앤은 그분답게 아주 화려한 반응을 보였다.

"안 돼요, 절대로, 그럴 수 없어요! 아드님은 연기를 해야 한다고요! 얘를 꼭 런던으로 데려가서 소속사를 구하셔야 해요. **천부적인 재능**을 갖고 있는걸요! 그런 재능이 있는데도 썩힌다면 **끔찍한** 낭비라고요!"

앤은 아마 클럽을 그만두려는 수많은 아이에게 분명히 똑같은 말을 했을 것이다. 난 그 수요일 방과 후 클럽에서 이렇다 할 재능을 보인 적이 없었으니까. 오히려 그 반대였지. 그러니 이는 연극에 심취한 분이 감상에 취해 극적으로 내뱉은 선언일 뿐이었다. 하지만 앤의 끈질긴 말은 내 머릿속에 씨앗을 심었다. 어쩌면 소속사를 **구할 수 있을지도** 몰라. 그럼 정말 좋겠지? 어쩌면 연기의 세계에는 '눈사람 3'이나 '나무 1'과는 다른 무언가가 많을지도 모른다. 그래서 나는 앤의 제안대로 연기자 소속사의 오디션을 보러 런던으로 가자고 엄마를 졸라댔다.

　엄마는 바쁜 사람이었다. 우리 아들들에게 끊임없이 농구공과 낚시용 릴, 바이올린을 사주느라 온갖 부업을 했기 때문이다. 그래서 평소였다면 엄마는 정신없이 일하는 중에 나의 이런 변덕스러운 요청을 들어주려고 짬을 내어 런던까지 갈 시간이 없었을 것이다. 하지만 때마침 유리 조각이 끼어들었다. 사실, 유리 조각은 아주 오래전부터 엄마의 발에 박혀있었는데, 엄마들이 대개 그렇듯 사는 게 바쁘다 보니 자기를 돌보지 못하고 계속 미뤄왔다. 하지만 이제는 정말로 치료를 받아야 할 때가 왔다. 그렇게 유리 조각을 제거한 엄마는 며칠간 목발을 짚고 다녀야 했다. 그 순간은 내게 큰 의미가 있었으니, 목발을 짚는 바람에 엄마가 일주일 동안 일을 쉬게 되었기 때문이다. 그래서 내가 엄마의 한쪽 귀를 붙잡고 계속 졸라대는 동시에 앤이 다른 쪽 귀를 붙잡고 설득한 결과, 엄마는 런던에 가자고 말했다.

　우리는 레더헤드에서 기차를 탔다. 엄마는 한 손에 믿음직스러운 A to Z 런던 지도를 들고 다른 손으로는 목발을 짚었다. 우리의 목적지는 런던 한복판 어디쯤의 건물 3층에 자리 잡은 애버커스 에이전시였다. 나는 인사를 하고 자기소개를 한 다음 자리에 앉으면서도 꽤 용기가 샘솟았다. 내게는 형이 셋이나 있다는 걸 기억해 두자. 형들 덕분에 나는 나이 많은 사람들과 대화하는 방법을 터득하고 있었다. 오디션 과정은 지원자가 혹시 아주 몹쓸 멍청이는 아닌지, 아니면 카메라 앞에서 심하게 수줍은 애는 아닌지 확인하는 정도에 불과했다. 적어도 내가 보기엔 그랬다. 소속사 측에서는 내게 나니아 연대기 중 《사자, 마녀, 그리고 옷장》의 한 단락을 주고 읽어보라 한 다음, 내가 카메라 앞에서 수줍어하지 않는다는 것과 내가 대본을 이리저리 연기해 보며 어떻게 하는 건지 배울 마음이 있음을 확인했다. 소속사에서는 일종의 배우 카탈로그라 할 수 있는 '스포트라이트' 홈페이지에 올릴 내 사진을 찍은 다음 우리를 집으로 돌려보냈다. 내가 오디션에서 한 것은 매주 수십 명의 아이가 했던 것과 다를 게 없으리라 생각했지만, 몇 주 후에 전화가 온 걸 보면 그때 틀림없이 뭔가를 잘했던 것 같다. 내게 미국에서 광고 촬영을 할 기회를 준 곳이 바로 애버커스 에이전시였기 때문이다.

합격했다는 소식을 알려주는 전화를 받을 때의 짜릿함은 누구든 잊지 못할 것이다. 게다가 난생처음 받는 합격 전화라면 더더욱 그렇다. 펠턴 형제 중 누구도 미국에 가본 적이 없었던 그때 나는 겨우 일곱 살의 나이로 미국에 갈 기회를 얻었다. 그것도 단순히 2주 동안 미국 여행을 하는 수준이 아니라, 2주 동안 미국 최고의 여행지들을 조금씩 즐기게 될 예정이었다. 그 일은 '커머셜 유니언'이라는 보험 회사 광고 촬영으로, 광고 주제는 '우리에게 투자하시는 고객은 노년에 손자를 데리고 여행을 다니며 행복한 여생을 보내실 겁니다'였다. 광고

사에서는 미국의 가장 멋진 장소에서 할아버지의 손을 잡고 서있을 손
자로 귀여운 아이를 섭외해야 했다. 그 일에 재능 따윈 전혀 필요하지
않았다. 그리하여 톰이 발탁된 것이다.

당연히 엄마도 나와 동행했다. 우리는 로스앤젤레스, 애리조나,
라스베이거스, 마이애미, 뉴욕을 여행했다. 제공된 호텔에서 숙박하는
경험은 우리에게 상당히 신세계였다. 엄마는 수영장에 놓인 탁자에 같
이 앉아있을 때 특히 즐거워했다. 그럴 때면 내가 몇 시간이고 조용히
앉아 〈카툰 네트워크〉라는 참으로 아름다운 만화 채널에 온통 정신을
빼놓고 있었기 때문이다. 호텔 숙박에 이어 또 다른 신세계였던 만화
채널을 보며 난 **종일** 만화를 볼 수도 있다는 사실을 깨달았다. 또한,
어떤 호텔에는 특별한 서비스가 있다는 것도 처음 알았다. 방에서 전
화를 걸어 아래층에 있는 사람에게 말하면 음식을 가져다준다니! 그
래서 나는 프렌치프라이를 시켜 먹었다! 나는 엄마가 소심하게 광고
제작자들에게 전화를 걸어 호텔 룸서비스로 감자튀김을 주문해도 되
냐고 물어봤던 일을 기억한다. 이제껏 아역 스타들의 사나운 엄마들만
만나왔던 광고 제작자들에겐 상당히 신선한 요구였을 것이다. 우리는
터무니없는 요구를 하지 않았다. 나는 방에 앉아서 감자튀김을 먹으며
〈조니 브라보〉를 보고 있으면 그저 좋았다.

우리의 첫 촬영은 타임스스퀘어에서 진행되었다. 그곳은 아마도
맨해튼에서 가장 붐비는 관광 명소이자, 내가 이제껏 살아온 나뭇잎
무성한 서리와 폐첨 빌리지 홀과는 어마어마할 만큼 다른 곳이었다.

촬영지에는 장벽을 쳐놓아 교통을 통제하고 촬영진을 군중과 떼어놓았다. 그곳에는 내 머리를 단장하고 화장을 해주고 옷을 입혀주는 사람들이 있었다. 비니를 쓰고 큼직한 빨간 패딩 차림으로 거기 서있던 나는 어느 순간 상황을 눈치챘다. 이쪽에 손을 흔들며 환호하는 사람들이 있잖아? 소리 나는 곳을 바라보자 사람들은 나에게 환호하고 있었다! 나는 씩 웃으며 열심히 손을 흔들어 주었다. 그러자 사람들의 환호성이 더욱 커졌다! 이거 꽤 재밌네. 나 벌써 유명해졌나 봐! 대단하다! 물론 내가 유명해서 그랬던 건 아니었다. 난 완전히 무명이었으니까. 알고 보니 천사같이 귀여운 얼굴 위로 비니를 쓰고 패딩을 입은 나의 모습이 〈나 홀로 집에〉에서 맥컬리 컬킨이 입었던 복장과 비슷했기 때문에 사람들이 나를 맥컬리 컬킨이나 그의 동생이라고 생각했던 것이다. 미안해요, 맥컬리. 비록 하루뿐이긴 하지만 내가 당신 팬을 훔쳤네요.

어쨌든 난 개의치 않았다. 내게 주어진 새롭고 신나는 경험을 맛보았을 뿐이다. 맥컬리 컬킨으로 오해받은 일은 일종의 전조와도 같았다. 맥컬리 컬킨의 〈나 홀로 집에〉를 감독한 크리스 콜럼버스가 해리 포터 시리즈에서 나를 드레이코 말포이로 캐스팅했기 때문이다.

나는 첫 광고를 찍고 200파운드라는 거금을 받았지만, 그땐 너무 어려서 그 돈이 얼마나 되는지 잘 몰랐다. 난 여전히 도킹 카 부트 세일에 20펜스를 들고 있어도 행복해하던 아이였다는 점을 잊지 말자. 게다가 광고사에서 반짝반짝 빛나는 빨간 패딩을 가져도 좋다고 했던 게 내겐 훨씬 좋았다. 광고를 찍은 경험에 한껏 들떴던 나는 그 이야기를 모두에게 열심히 해주고 싶었다. 당시 난 레더헤드 문화센터에 있는 크레이지 톳츠라는 어린이 클럽에 다녔는데, 어서 가서 친구들에게 나의 모험담을 들려주고 싶었다. 금문교와 시저스 팰리스와 타임스스퀘어 이야기를 하려던 건 아니었다. 그보다 더 **중요한** 걸 말하고 싶었다. 바로 룸서비스와 만화 채널, 그리고 바로 나의 빨간 패딩 재킷 이야기를 하고 싶었다. 하지만 곧바로 잔혹한 진실에 부딪히고 말았다.

정말로,

그 누구도,

관심이 없더라.

내가 설명하려고 했던 세계는 문화센터의 크레이지 톳츠와 너무나 동떨어진 곳이라, 내 친구들은 내 말이 무슨 뜻인지 이해하기 불가능했을 것이다. 그래서 난 잠자코 입을 다무는 법을 터득했다.

그 후로도 나의 오디션은 계속되었다. 성인이 오디션을 보러 다니면 꽤 잔인한 경험을 하게 된다. 나조차도 나름 그런 경험이 있다는 걸 알아두자. 오디션을 보러 들어갔는데 방귀를 참을 수가 없었다는 유의 경험은 나쁜 게 아니다(그리고 정말로 방귀를 참을 수 없는 경우가 발생한다). 오디션을 보러 들어갔는데 결정권을 가진 사람이 내 눈을 똑바로 바라보지 않는다는 걸 깨닫는 경험이야말로 나쁜 것이다. 또한, 내가 이 배역을 맡을 수 없다는 걸 **나도 알고 결정권자들도 아는** 상황에서 계속 장단 맞춰서 춤이라도 춰야 하는 상황이 나쁜 것이다. 이런 상황에선 관계된 모든 사람이 참 고역이다. 하지만 어렸을 때 나도 내 나름 꾸준하게 오디션을 보았다. 심지어 아주 끔찍한 오디션도 경험했다. 특히 창피했던 캐스팅 요청이 있었는데, 바로 스파게티 광고였다. 그때 나는 이탈리아 꼬마인 척하고 스파게티 한 접시를 우걱우걱 먹으며 '맘마미아!'라 외치고 노래를 잠깐 불러야 했다. 심지어 그때 난 스파게티를 좋아하지도 않았기 때문에 분명히 아주 멍청해 보였을 것이다. 하지만 그렇다고 거기서 주저앉지는 않았다. 엄마는 런던으로 오디션 보러 가는 걸 일종의 보상으로 여기도록 이끌어 갔다. 오디션을 본 다음에는 으레 리젠트 스트리트에 있는 장난감 가게인 햄리스에 갔는데, 거기서 엄마가 차를 마시는 동안 나는 지하에 있는 오락실에서 놀 수 있었다. 그리고 우리 둘 다 내가 오디션에 합격하면 어떻게 되는지 알고 있었다. 또 멋진 곳으로 여행을 가서 만화를 실컷 보고 룸서비스를 시킨 다음 마지막에는 200파운드짜리 수표를 받게 되겠지. 흠, 어떠냐고? 당연히 좋지!

내가 배역을 따낸 오디션들은 언제나 좀 이상했다. 두 번째로 맡게 된 광고도 확실히 이상했다. 바클레이 신용카드 광고였는데, 당시 바클레이의 광고 모델은 내가 너무나도 좋아하는 배우이자, 어렸던 내가 가장 많이 보고 완전히 사랑에 빠졌던 배우, 바로 로언 앳킨슨이었다. 그래서 나는 이 오디션에 꼭 합격하기를 신나는 마음으로 바랐다. 우리 가족이 가장 행복했던 순간을 꼽자면 모두가 TV 앞에 모여앉아 〈미스터 빈〉을 봤을 때다. 우리 아빠는 웃다가 오줌을 찔끔 지릴 정도였다. 엄마는 키득거리지 않으려고 애를 썼지만 결국 웃고 말았다. 우리 사형제는 말 그대로 웃다가 눈물을 흘리곤 했다. 그래서 나의 영웅인 미스터 빈과 나란히 서고 싶은 마음 이전에 그를 만날 기회가 생긴다는 것부터 너무나도 흥분되었다.

지원자들이 둘씩 짝지어 오디션을 보는 구조라서, 나는 캐스팅 담당자 서너 명 앞에 어떤 소녀와 나란히 서게 되었다. 그 소녀는 머리를 아주 커다랗게 부풀린 헤어스타일에 상당히 알록달록한 원피스 차림이었다.

"대본은 없어요. 그러니까, 우리가 원하는 대로 팬터마임을 해봐요. 초인종이 울리는 소리를 듣고서 문을 열었는데 앞에 미스터 빈이 서있는 상황이죠. 연기할 수 있겠어요?"

캐스팅 담당자의 말에 나는 고개를 끄덕였다. 이제껏 오디션을 꽤 많이 봤기 때문에 그다지 긴장이 되지는 않았다. 하지만 옆에 있는 소녀는 좀 특이해 보였다. 캐스팅 담당자들을 바라보더니 이렇게 말했으니까.

"기절해도 되나요?"

그 순간, 담당자들은 서로 시선을 주고받았다. 그리고 난 속으로 생각했다. '와, 애 정말 열심히 하려나 보다. 나도 힘내야겠다.'

그러다 담당자 중 하나가 말했다.

"내 생각에는 기절하지 **않았으면** 좋겠는데요."

그러자 소녀는 약간 의기소침해진 듯했지만 어쨌든 고개를 끄덕였고 이내 팬터마임이 시작되었다. 우리가 둘 다 문을 여는 동작을 한 순간, 내가 무어라 반응하기도 전에 특이한 소녀가 선수를 쳤다. 그 애는 목소리를 한껏 높여 뭐라 표현할 수 없을 정도로 비명을 질렀다.

"엄마야!"

그러더니 쓰러진 나무처럼 바닥에 쿵 엎어졌다.

정적이 흘렀다. 캐스팅 담당자들은 조심스럽게 서로의 시선을 피했다. 웃으면 안 되는 상황이 분명했으니까. 나는 미스터 빈을 만난 반응을 보여야 한다는 것도 완전히 잊고서 너무 놀란 채로 소녀를 빤히 바라보기만 했다. 바로 그런 모습 때문에 내가 배역을 딸 수 있었던 것 같다. 이 경험을 통해 배운 것도 있었다. 오디션에 갈 때 사전 준비를 너무 많이 하지 말자는 것이었다. 대사를 익히거나 요구에 맞춰서 울 수 있느냐가 중요한 게 아니다. 중요한 건 지금이 아니라 다음에 어떻게 반응하느냐. 그러니 오디션에서는 주변 상황에 따라 자연스럽게 반응해야 한다. 내 생각에 그 소녀는 오디션장에 들어가기 훨씬 전부터 바닥에 쓰러지기로 마음먹었던 것 같다. 하지만 그건 아무런 도움이 되지 못했다.

참 슬프게도 로언 앳킨슨은 내가 광고를 찍기 전에 바클레이 카드의 광고 모델을 그만두었기에 나는 그와 함께 연기하지 못했다. 물론 엄마와 함께 프랑스를 돌아다니며 광고 촬영을 한 시간이 즐겁기는 했다. 하지만 솔직하게 말하자면 미스터 빈과 함께 촬영했다면 훨씬 더 재미있었을 것이다. 어쨌든 촬영하는 동안 스키를 타보기는 했다. 진짜 탄 것은 아니었지만. 촬영 중 한 장면으로, 나는 유아용 슬로프 꼭

대기에서 스키를 신은 채 서있었다. 산에 간 것도 처음이었고, 그토록 많은 양의 눈을 본 것도 처음이었다. 난 너무나도 스키를 타보고 싶었지만, 손 하나 까딱하지 말라는 엄한 명령을 들었다. 광고 촬영진은 어린이 배우의 다리가 부러지는 상황을 절대로 바라지 않았기 때문이다. 다치면 보험 처리도 되지 않았다. 나는 시키는 대로 했지만 그 후 몇 년이 지나서는 영화 세트장의 규칙과 규정을 그다지 고분고분하게 따르지 않는 때가 오게 되었다…….

04

영화 분장의
마법

---

or

제임스 본드 아닌
제임스 블론드와
주황 머리 꼬랑지

Beyond
the Wand

내가 영화에서 처음으로 맞붙은 맞수는 포터가 맞긴 한데, 해리 포터는 아니었다. 어린이 고전 동화인 〈바로워즈The Borrowers〉를 각색한 동명의 영화에 나오는 악당 변호사 오셔스 P. 포터였다. 영화는 엄지손가락만 한 콩알 가족이 실제 크기의 '인간 콩알'과 함께 사는, 아니 정확히 말하자면 그들의 눈을 피해 숨어 사는 이야기다. 콩알 가족의 막내는 피그린이라 는 이름의 건방지고 까불까불한 꼬마라서, 건방지고 까불까불한 어린이 배우가 필요했다. 그리하여 아홉 살 난 톰이 발탁되었다. 솔직히 말해서 그때의 나는 진짜 말 안 듣는 꼬맹이였다. 교사용 의자에 방귀 방석이 몰 래 깔려있거나 교실 문이 잠겨서 선생님이 못 들어오는 사건이 벌어지면 어떤 식으로든 내가 연관되어 있을 때가 많았다. 그때의 난 그런 짓을 했 어도 귀여운 용모로 상대방을 무장해제시켜 버리곤 했기 때문에, 피그린 역에 꽤 어울리는 아이였다. 물론 그 귀여움은 오래가지 않았지만.

　　피그린 역 오디션을 봤던 기억은 아주 흐릿하게 남아있을 뿐이다. 물론 당시 내 누나인 아리에티 역으로 먼저 발탁된 멋진 배우 플로라 뉴비긴과 내가 호흡이 맞는지 보려고 같이 대본 리딩을 했던 기억은 또렷하게 난다. 그보다 더 선명한 기억은, 리허설과 촬영을 하느라 학교에 안 가도 되어서 무척 기뻐하던 순간이었다. 영화 촬영은 전에 찍었던 광고 촬영과는 또 다른 수준의 활동이었다. 광고 촬영에선 그저 여기 서라, 여기를 봐라 수준의 지시만 받았다. 그래서 능동적으로 연기하는 부분은 매우 적었다. 하지만 영화 〈바로워즈〉 촬영에선 진짜 연기를 해야 했다. 게다가 제대로 된 배역 연기뿐만 아니라 스턴트도 해야 했다. 그래서 사전 제작 기간 동안 엄마는 월요일과 수요일, 금요일 오후 1시마다 나를 데리러 학교로 왔다. 우리는 짐이라는 이름의 운전기사가 모는 차를 타고 학교를 떠나 일단 동네의 피시 앤 칩스 가게에 들렀다. 나는 메뉴로 점보 소시지 칩스를 골라 차에서 먹으면서 스턴트 훈련을 받으러 갔고, 그때마다 차 안에 풍기는 음식 냄새 때문에 엄마는 가는 내내 짐에게 미안하다며 연신 사과했다.

　　오후 스턴트 훈련은 올림픽 선수들이 훈련을 받는 커다란 체육관에서 진행됐다. 그때 나는 제임스 본드에게 푹 빠져있었던지라, 발터 PPK(독일 발터사가 개발한 자동권총―옮긴이)를 차고 달리는 차에 몸을 던지는 훈련을 하지 않아서 살짝 실망스럽기도 했다. 하지만 훈련은 재미있었다. 수학 수업과 비교하면 이건 꿈같은 일이었으니까. 우리는 체조의 기본 동작을 비롯해, 손이 아니라 발을 써서 밧줄 타는 법과 발목이 나가는 일 없이 높은 곳에서 뛰어내리는 법, 줄넘기, 매트에서 점 프하기, 평균대에서 균형 잡는 법을 배웠다. 나는 나름 신체 능력이 좋 았다. 물론 축구부 주장을 할 정도는 아니었지만 크리켓 배트를 잘 휘 두를 만큼은 되었던지라, 스턴트 훈련을 받아도 문제가 될 정도로 몸 이 힘들지는 않았다. 하지만 알고 보니 진짜 문제는 피그린답게 까부 는 나의 성격이었다. 어느 날 오후, 나는 평균대 옆을 걷다가 이런 결 심을 하고 말았다. 여기서 뛰어올라 한 발로 평균대 반대쪽에 착지하 면 진짜 멋지겠구나. 선 자리에서 평균대 높이를 가늠해 보니 될 것 같 았다. 나는 사람들 앞에서 나의 묘기를 뽐낼 기회를 날려버리고 싶지 않았다. 그래서 난 모두에게 하던 일을 멈추고 날 보라고 소리 질렀다. 사람들은 모두 고개를 돌려 나를 보았다. 난 온 힘을 다해 마치 빌리 엘리어트 같은 자세를 취한 다음 공중으로 펄쩍 뛰어올라 다리를 쫙 펴고서 의기양양하게 평균대 반대편으로 착지하려다가⋯⋯

이어서 어떻게 되었는지 예상이 되시는지? 나의 발끝이 바닥에 닿지는 않았다. 다만 뛰어넘는 도중 내 신체의 예민한 부분이 평균대 에 걸려 퍽 주저앉아 버렸다고만 말해두겠다. 그 충격의 순간에는 극 심한 고통만큼이나 극심한 수치심도 똑같이 느껴졌다. 아직도 그때를 생각하면 눈물이 핑 돌 정도다. 그 순간에도 당연히 눈물이 핑 돌았지 만, 체육관에 내려앉은 무시무시한 정적 가운데 그래도 최선을 다해서 아무렇지 않은 듯, 이게 바로 내가 하려던 묘기였다는 듯 평균대에서 비척비척 내려왔던 기억이 난다. 그러고는 얼른 도망쳐서 배를 부여잡고 몰래 고통스러워하며 나의 상처 입은 자존심을 애써 달랬다. 그리고 역시 상처 입은 그 부분도……. 거기가 어딘지는 여러분의 상상에 맡기겠다.

나의 자존심이 또 상처를 입었던 순간은 분장팀이 나를 피그린으로 분장시켰을 때였다. 나는 특이한 헤어스타일을 하고 어린이 배우 시절을 보냈다 해도 과언이 아니다. 나는 드레이코 말포이의 탈색한 백금발이 나를 평생 따라다니는 특징이 되기 훨씬 전부터 상당히 웃긴 피그린의 헤어스타일을 자랑스럽게 선보이고 다녔다. 〈심슨 가족〉에 나오는 광대 크러스티의 꼬불꼬불하고 거대한 헤어스타일을 떠올려 보자. 거기서 머리카락 색을 주황색으로 바꾸면 그게 바로 피그린 머리였다. 별로 멋있을 것 같지 않다고? 이야기를 끝까지 들어보도록 하자. 그 주황색 가발은 내 이마에서부터 정수리까지만 덮었다. 그래서 뒤통수는 전혀 가려지지 않았다. 이 문제를 해결하려면 내 뒷머리를 주황색으로 염색한 다음 파마를 하는 수밖에 없었다. 그래서 최종적으로 내 뒤쪽 머리카락은 기다랗고 꼬불꼬불한 주황색 꼬랑지로 변해버렸다.

여러분, 웃고 싶겠지만 자제해 주시기를 부탁드린다.

그때 나는 축구를 열심히 했다. 〈바로워즈〉 촬영장에 있던 내 분장실에는 스티브 맥매너먼(잉글랜드의 축구 선수로 리버풀, 레알 마드리드, 맨체스터시티에서 활약했다—옮긴이)의 실물 크기 등신대를 갖다 놓았고, 자아를 가진 모든 아홉 살 꼬마 애들처럼 축구선수 스티커를 열심히 모았다. 당시 내가 품었던 가장 큰 소망은 현재 B팀으로 소속

된 동네 축구 클럽에서 A팀으로 올라가는 것이었다. 하지만 영화 촬영 때문에 연습을 많이 빠질 수밖에 없었다. 그래서 시간이 나서 훈련에 나갈 때마다 내가 팀에 쓸모 있는 존재라는 걸 보여주려고 지나치게 노력했다. 하지만 앞머리는 금발 직모인데 뒤통수로는 기다란 주황색 파마머리를 휘날리며 경기를 뛰면서 거칠고 야성적인 모습을 보이기란 쉽지 않았다. 심지어 감독님도 나를 놀렸다. 우리가 아깝게 경기에서 졌을 때, 감독님은 이렇게 말했다.

"너희 진짜 아깝게 졌다. 조금 더 열심히 뛰었으면 이겼을 거다. 톰이 그 주황색 꽁지가 빠지게 뛰었으면 이겼을 거라고."

이 말에 모두는 감독님과 함께 웃었다. 나도 그 말이 웃기긴 웃기다 생각하고 소심하게 미소를 짓기는 했다. 하지만 슬프게도, 난 A팀으로 올라가지는 못했다.

영화 촬영 당시 나는 아직 어린애였기 때문에, 세트장에서 시간을 보내는 게 일반적인 상황과는 다르다는 현실 감각이 없었다. 그래서 축구 경기 도중 엄마가 나를 들볶아 차에 태워 촬영장으로 데려가려 할 때마다 경기를 끝내고 가겠노라고 애원했던 적이 한두 번이 아니었다. 물론 어린아이가 봐도 〈바로워즈〉 촬영장에서 시간을 보내는 건 아주 멋진 일이었다. 나는 내게 주어진 분장실에서 분장하는 게 참 좋았다. 거대한 양말에 클립 모양 옷에 골무 모양 신발이라니, 아홉 살짜리 꼬마가 입을 수 있는 최고의 파티 복장 아니겠는가. 예전에 입었던 눈사람 3 복장보다는 아무리 봐도 훨씬 훌륭했다. 하지만 옷보다 더 좋은 건 세트장이었다. 어느 정도는 특수효과 처리를 위해 아무것도 없는 초록색 배경에서 연기해야 할 때도 있었지만, 당시의 특수효과 기술은 아직 초기 단계였다. 그래서 자그마한 바로워즈 가족을 제대로 구현하기 위해 온갖 물건을 터무니없이 커다랗게 불려놓은 세트장을 만들어 놓았다. 나는 촬영 중 하네스를 몸에 착용하고 거대한 망치가 나를 내려치려는 벽 안을 마구 뛰어다녔다. 마치 내가 게임 속에 직접 들어온 느낌이었다. 어떤 장면에서는 버스 높이만큼 커다란 우유병 안에 갇혀있었는데, 그 안에는 우유와 비슷하게 진하고 냄새나는 하얀 용액이 차있었다. 그건 며칠이나 걸려 찍은 굉장한 스턴트 장면이었다. 또 다른 장면에서는 9미터 높이의 장대에 매달려 있다가 거대한 매트 위로 떨어져야 했다. 요즘 그런 스턴트를 나더러 하라고 하면 너무 무서워서 정신을 차릴 수 없을 것이다. 하지만 그땐 자진해서 몇 번이고 하겠다고 고집을 부렸다. 내 능력을 최대한 발휘하고 싶어서 그랬을 거라 다들 생각할 테지. 하지만 꼬마 애가 보기에 이보다 더 재미있는 게 어디 있겠는가? 아마 별로 없지 않을까.

하지만 나만의 슈퍼마리오 게임 같았던 영화 세트장에서의 촬영보다 더욱 신났던 건 아마도 우리 세트장이 셰퍼턴 스튜디오에 있었다는 사실일 것이다. 그때 우리 영화와 동시에 촬영 중이었던 건 제임스 본드의 새 시리즈인 〈007 네버 다이〉였다. 이는 내게 너무나도 중요한 점이었다. 나는 그때 분장실 문의 명패를 '피그린'이 아니라 '미래의 제임스 본드'라고 바꿔놓았다. 그리고 〈007 골든 아이〉의 스턴트팀에 있다가 〈바로워즈〉에서 나와 함께 일하게 된 스턴트맨들을 알고는 무척 기뻐했다. 셰퍼턴 스튜디오는 텅 빈 거대한 창고들을 쭉 이어놓고 안에 필요한 세트장을 짓는 구조였다. 그래서 A 세트장에서 B 세트장으로 갈 때는 자그마한 전기 골프 카트를 타고 이동했다. 그건 정말 신나는 일이었는데, 어느 날 샌드위치를 먹으며 카트를 타고 다니다가 완벽하게 분장한 해적을 마주칠 수도 있고, 몰래 담배를 피우는 외계인을 볼 수도 있기 때문이다. 특히 정기적으로 카트를 타고서 제임스 본드 촬영지를 빙빙 돌아가곤 했기 때문에 내겐 더욱 짜릿했다. 〈007 네버 다이〉 촬영에는 스턴트맨을 대역으로 썼기에 날렵한 정장을 입고 검은 가발을 쓴 대역 배우들이 보였는데, 뒤돌아선 모습이 제임스 본드와 똑같았기에 나에게는 그 모습으로도 충분했다. 그런데 딱 한 번, 골프 카트 뒷자리에 앉아서 스튜디오를 가로질러 가던 어느 날, 나는 너무 놀라 멍해졌다가 정신을 차리고 눈을 크게 뜨고 말았다. 방금 지나친 제임스 본드는 대역이 아니었기 때문이다. 바로 피어스 브로스넌 본인이었다. 우리는 아무런 말을 주고받지 않았다. 심지어 눈이 마주치지도 않았다고 생각한다. 그렇지만 그 순간은 어렸던 나의 인생 중에서 가장 신나는 순간이었다. 내 친구들은 세트장에서 내가 겪었던 일에 별 관심이 없었지만 제임스 본드와 스쳤던 일화는 그래도 꽤 멋진 이야기라서 들려주곤 했다.

물론 〈바로워즈〉에도 이름 있는 배우들이 출연했다. 다만 그때 내가 너무 어려서 깨닫지 못했을 뿐이다. 존 굿먼은 대단한 존재감을 지닌 유명 배우였다. 하루는 내가 슈퍼 서커 대형 물총을 들고서 분장실을 마구 뛰어다닌 적이 있었다. 그때 난 제임스 본드처럼 아무 문이나 활짝 열어젖히고는 사고뭉치처럼 깔깔 웃었다. 그런데 안에서는 존 굿먼이 조용히 분장을 받고 있었다. 그는 거울에 비친 나를 엄하게 한 번 노려보는 것으로 입을 다물게 했다. '여기서 까불지 마라, 꼬마야'라고 말하는 눈빛이었다. 그 길로 나는 아무 말 없이 그 자리에서 도망쳐 나왔다.

우리 엄마는 특히 극 중 나의 엄마 역이었던 실리아 임리를 보고 너무 좋아했다. 실리아는 빅토리아 우드(영국의 유명 코미디언으로 본인의 이름을 딴 여러 인기 쇼와 시트콤이 있음—옮긴이) 쇼에 출연했기 때문에 엄마는 그분을 마음속 영웅으로 여겼다. 엄마의 열렬한 팬심은 나에게도 옮았지만, 사실 나는 실리아가 얼마나 유명한지 전혀 몰랐다. 내가 아는 것이라고는 실리아가 세트장의 분위기를 편안하게 만드는 데 크게 이바지했기에 우리 어린이 배우들이 전혀 부담을 느끼지 않았다는 점이었다. 누군가가 촬영장에서 아이에게 소리를 지르면, 아이들은 언제나 주눅이 들어 더는 활발하게 사람을 대할 수 없게 될 수 있다. 하지만 실리아는 재미있고 어머니처럼 자애로운 성격이라서 그런 일이 일어나지 않게 해주었다.

그리고 그땐 몰랐는데, 나는 이 영화를 찍으면서 처음으로 해리 포터 식구를 만난 것이었더라. 당시 내 아빠 역을 맡았던 짐 브로드벤트는 나중에 엉뚱한 성격의 슬러그혼 교수님이 되었다. 짐은 속속들이 참 사랑스러운 분이었다. 유머 감각이 무척 뛰어나고, 조곤조곤한 목소리는 아주 재미있었으며, 언제나 우리 어린이 배우들을 도와주었다. 또 이 영화에서 후에 아서 위즐리를 연기하는 마크 윌리엄스도 만났다. 마크는 유치하다 싶을 만큼 장난기가 넘치는 분으로, 우리가 같이 나오는 장면은 없었지만 함께 있으면 아주 재미있는 사람이었다. 마크였다면 내가 슈퍼 서커 물총을 들고 들이닥쳤어도 못마땅하게 생각하지 않았을 게 분명하다. 실리아와 짐, 마크가 분위기를 유연하고 느긋하게 풀어주었기 때문에, 나는 상황을 너무 무겁게 여기고 주눅 들었던 적이 한 번도 없었다.

뭐든 재미있게 해야 가장 빨리 배우는 법이라는 말이 있다. 그 말대로, 나는 거의 의식도 못 한 채로 연기를 재미있게 배워나가기 시작했다. 어느 정도 이름 있는 배우들에게 둘러싸여 있다 보니 연기 기술을 어느 정도 습득할 수밖에 없게 되었다고 본다. 그리고 〈바로워즈〉에서 맡은 배역을 해내려면 내가 이제껏 경험한 광고 촬영 때보다 당연히 더 많은 연기력이 필요했다. 하지만 그때 내가 정말로 배운 것은 영화 세트장을 움직이는 핵심적인 기술이었다. 그런 기본적인 사항을 배워두니 차후 배우 생활을 할 때 상당히 큰 도움이 되었다. 나는 촬영 감독 앞에서 어떤 식으로 있어야 하는지 배웠다. 예를 들어, 촬영 감독이 카메라의 왼쪽을 보라고 말하면 실제로 나는 오른쪽을 봐야 한다는 식이다. 또한 바닥에 표시한 작은 분필 자국에 주의를 기울이는 법도 배웠다. 그걸 봐둬야 촬영 기사가 초점을 옮기는 일 없이 내가 걸어갈 수 있는 지점이 어디까지인지 알 수 있다. 무엇보다도, 나는 '촬영 시작!'이라는 마법 같은 단어가 들리면, 필름 통이 회전하며 달각거리는 순간부터 촬영장에 있는 사람 모두가 정신 바짝 차리고 상황을 파악해야 한다는 사실을 배웠다. 그 당시에는 35mm 필름으로 촬영을 했기 때문에, 촬영하는 매분 수천 파운드가 들었다.

그렇다고 내가 무슨 프로 정신이나 자기 절제의 본보기처럼 굴었다는 것은 아니다. 선생님이 조용히 하라고 말하면 오히려 더 반항심을 불태우면서 떠드는 애들이 있잖은가. 나는 그중에서도 반항심을 활활 불태우는 축에 속했다. 난 촬영 시작 바로 전에 마구 웃어대곤 했다. 다들 '조용!' 하고 소리치는 것만으로도 반항심이 활활 타올랐으니까. 보통 때라면 내가 그렇게 해도 어른들이 별로 대수로이 여기지 않았다. 하지만 한번은 정말로 날 잡아 죽이려나 싶을 만큼 혼난 적이 있었다. 감독인 피터 휴이트는 평소 아주 친근하고 참을성 많은 분이었는데, 그날은 심각한 기색을 띠고 나한테 다가왔다. 지금도 나는 그때 감독님의 표정을 기억하고 있다. 굉장히 스트레스를 받은 고통스러운 얼굴로, 시간은 촉박하고 카메라 필름이 다 떨어져 가는 상황에서 미친 것처럼 깔깔대는 아홉 살짜리 애를 제정신으로 만들어 촬영을 시켜야겠다는 표정이었다. 그때 상황을 그리자면 다음과 같다.

장면) 셰퍼턴 스튜디오. 낮.

피터: 톰, 제발 부탁이야. 이제 그만 웃어.

입을 꾹 다문 톰. 고개를 끄덕임. 그러다 다시 웃기 시작.

피터: (좌절감이 서린 목소리로) 이러지 마, 톰. 진짜 이러지 마. 이제 웃으면 안 돼.

눈살을 찌푸리는 톰. 아이는 감독이 진심으로 한 말임을 방금 알아차렸다는 표정이 됨. 고개를 끄덕이는 톰은 진지해 보임. 그러다 다시 웃기 시작.
눈을 감은 피터. 심호흡을 함. 그리고 눈을 뜸. 다시 입을 연 피터는 심하게 좌절한 사람이 있는 힘을 다해 침착함을 유지하려는 듯한 표정을 지음.

피터: 톰, 제발 부탁이야. 장난하는 거 아니야. 너 이제 웃으면 안 돼.

그러면서 톰에게 '이쯤이면 합의한 거다?'라는 미소를 슬쩍 지어 보임.

그쯤에서 나는 합의했다. 방금 전 그 말은 정말 최대한 부드럽게 내린 명령이라는 걸 알 수 있었다. 이윽고 카메라가 돌기 시작하면서 나는 그럭저럭 정신을 차렸다.

하지만 당시의 배우들이 **모두** 어른이었다면 나는 촬영을 반도 재미있게 하지 못했을 것이다. 영화를 찍는 동안 플로라에게 아주 큰 영향을 받았던 기억이 난다. 플로라는 나보다 몇 살 많았지만, 언제나 웃음을 잃지 않고 같이 있으면 즐거운 누나였다. 〈바로워즈〉처럼 비중 있는 영화는 처음 찍어보는 것이었는데도 세트장 상황을 정확하게 알았고, 말 그대로 내 손을 잡고 다니면서 날 이끌어 주었다. 내가 표시된 자리에 올바로 서있는지, 또 이상하게 생긴 내 가발을 제대로 쓴 게 맞는지 확인해 주었던 플로라 덕분에 나는 〈바로워즈〉 촬영 기간을 굉장히 멋지게 보냈다. 그래서 종영 때는 울어버리고 말았다.

우리가 촬영을 막 마무리 지었던 때가 기억난다. 저녁 6시 정각에 마지막으로 분장용 의자에 앉자, 분장사는 내 주황색 파마머리를 자르기 시작했다. 그러다 갑자기 나도 모르게 혼란스러운 감정에 격하게 휩싸이고 말았다. 눈물을 글썽이는 와중에도 난 미래의 제임스 본드가 될 사람이니 감정을 제어할 줄 알 만큼 강해져야 한다고 생각했다. 그래서 상황을 둘러대려고 교활한 꾀를 내었다. 애먼 분장사가 가위로 내 피부를 벤 척 소리를 질렀던 것이다.

"아야! 가위에 베었어요!"

아아, 나의 교활한 꾀는 도를 좀 넘었다. 그분은 날 다치게 하지 않았으니까. 심지어 내 가까이 있지도 않았고, 가까이 있지 않았다고 직접 말하기도 했다. 하지만 한 시간 동안 나는 생기지도 않은 상처 탓을 하며 핑계 좋게 눈물을 줄줄 흘려댔다.

그 순간이 감사하진 않았지만, 그렇게 울면서 또 다른 중요한 교훈을 얻기도 했다. 관객은 언제라도 원할 때 다시 돌아와서 영화를 볼 수 있다. 영화는 항상 볼 수 있는 것이다. 하지만 배우와 제작진이 영화와 맺는 관계는 좀 더 복잡하다. 영화 제작에는 마법 같은 힘이 있고, 그 과정은 과거를 신중하게 나눠놓은 시간의 단위다. 그 시간 단위를 되돌아보며 자랑스러워할 수는 있을지언정, 그 순간으로 다시 돌아갈 수는 없다. 〈바로워즈〉 촬영이 나만의 슈퍼마리오 게임을 즐긴 것이라면, 영화 촬영을 다 해간다는 건 게임의 '백업 시점'에 이르는 것과 같다. 다시 돌아볼 수는 있지만, 살면서 다시는 그 촬영의 처음 순간으로 되돌아갈 수는 없는 것이다. 그런 느낌은 앞으로 영화 촬영 막바지마다 항상 돌아오곤 했다. 몇 달 동안 서커스 순회공연을 다닌다고 생각해 보자. 그러면 같이 일하는 사람들과 아주 끈끈한 관계를 맺게 된다. 그동안 여러 도시를 방문하면서 동고동락하며, 같이 연기하고, 같이 일을 망쳤다가도 또 같이 수습한다. 집과 가족을 떠나 멀리 떨어진 호텔에 짐을 풀고 살며, 항상 웃고 떠들지만은 않더라도 결국은 일종의 유대감과 친밀감을 쌓아간다. 그러다 갑자기 모든 게 끝나면서 가족 같던 공동체가 사방으로 흩어져 버리더니 더는 존재하지 않게 되는 상황이 온다. 그럴 때마다 다들 으레 똑같은 말을 한다. 연락하고 지내자고, 다음 주에 만나자고, 앞으로도 예전처럼 살자고. 모두 다 확실하게, 진심으로 말한다. 때때로 정말 그 말이 이루어질 때도 있다.

하지만 우리 마음 깊은 곳에서는 모두 알고 있다. 결국 백업 시점에 도
달했다는 것을. 영화에서 경험한 것이 좋았든 나빴든, 특별하고 독특했
던 그 순간은 지나버리고 우리는 다시 돌아갈 수 없다는 것을. 그 후로
나는 이런 마음을 쉽사리 극복하지 못한다는 걸 알게 되었다. 특히 해
리 포터 시리즈 같은 거대한 프로젝트라면 더더욱 그렇다.

　아홉 살의 톰은 그런 감정의 아주 일부분을 더듬거리며 맛보았을
뿐이었다. 아홉 살의 톰은 지나버린 시간이라는 게 뭔지 아무것도 몰
랐다. 그 꼬마는 그저 다시 축구장으로 돌아가는 데만, 잉어 낚시터 호
숫가로 돌아가는 데만 관심이 있었지 그 감정을 더 깊이 분석해 보려
고 하지 않았다. 하지만 분장실 의자에 앉아서 주황색 꽁지 머리를 자
르던 그때, 어쩌면 귀중한 것을 잃어버린 마음이 어떤 것인지 처음으
로 느꼈던 것이리라.

　그건 앞으로 겪게 될 일의 맛보기였다. 톰은 삼십대가 되어서도
여전히 작품을 끝낼 때마다 눈이 퉁퉁 붓도록 울고 있으니까.

05

형들은
벌써 지겨워했다

---

or

개봉 날부터
쏟아진 온갖 것들

Beyond
the Wand

뭐든지 첫 순간은 기억에 남기 마련이다. 특히 나는 형들 덕분에 분명히 기억나는 첫 순간이 있다.

〈바로워즈〉가 처음 상영된 곳은 오데온 레스터 스퀘어 영화관이었지만, 실제로 내 모습이 담긴 영화를 처음으로 보게 된 곳은 거기가 아니었다. 첫 상영은 하드 록 카페의 영화 감상실에서 이루어졌으니까. 제작진이 나와 학교 친구들을 위해서 이벤트를 열고 영화를 먼저 보여주었기 때문이다. 정말 기분 좋은 기억이었고 내 친구들도 재미있게 봤다고 생각하지만, 좋았던 이유는 아마도 공짜 햄버거와 콜라가 있었기 때문이 아니었을까 싶다. 어쨌든 영화관에서 열린 첫 시사회는 상당히 우아한 행사였다. 물론 앞으로 일어날 일들에 비하면 아무것도 아닌 수준이긴 했지만, 그래도 대규모 행사가 맞기는 했다. 우리 가족은 이제껏 그런 행사에 한 번도 가본 적이 없기 때문에 뭘 해

야 할지 알 수 없었고, 엄마와 아빠는 시사회를 앞두고 날 어떻게 준비
시켜야 할지도 몰랐다. 이번에 바깥에 몰려든 군중은 날 맥컬리 컬킨
이라고 오해해서 환호하는 것도 아니었다. 정말로 나를 포함한 배우들
에게 환호성을 보내는 것이었으니까. 하지만 당시 내 머릿속은 별생각
을 하지 않았던 것 같다. 내가 이미 말하지 않았던가? 형이 셋이나 있
으면 내가 잘났다는 생각 같은 건 못 하고 현실 감각을 가질 수밖에 없
다는 걸.

　우리는 영화에서 사용된 클래식 카인 모리스 마이너 승용차를 줄
줄이 타고 영화관에 도착했다. 나는 하얀 정장에 하얀 셔츠를 받쳐 입
고 검은 넥타이를 맨 차림으로 차에서 내렸다(이미 말했듯, 당시 나는
제임스 본드 역에 눈독을 들이고 있었다). 그때의 분위기가 좀 압도적
이었는지라, 나는 플로라에게 바짝 붙어 다녔다. 플로라는 나의 안전
망이었다. 플로라는 영화에서도 나보다 더 많은 비중을 차지했다. 플
로라가 배트맨이라면 나는 로빈이었고, 플로라가 해리라면 나는 론이
었다(생각해 보면 그때 내 머리가 주황색이었으니까 더욱 론 같았을지
도?). 플로라는 자신감 넘치는 모습으로 조리 있게 의사 표현을 했으
며, 사진 촬영과 인터뷰도 놀라우리만큼 능숙하게 해냈다. 나는 그 곁
에 딱 달라붙어 우아하게 앞서가는 플로라를 따라갔다.

　내가 레드 카펫에 서있는 동안 우리 가족은 영화관으로 들어갔다.
그러자 잘 차려입은 예쁜 숙녀들이 무료 샴페인을 얹은 쟁반을 들고
돌아다니는 게 눈에 들어왔다. 그게 무료라는 건 또 어떻게 알았냐고?

식구들이 저마다 각기 다른 예쁜 숙녀들에게 샴페인이 얼마냐고 물어 봤기 때문이었다. 자신만만한 열여섯 살짜리 청소년이라면 누구나 그 렇듯, 큰형 징크는 특히 공짜 술을 마실 기회를 십분 활용했다. 도착 후 영화 시작까지는 한 시간이나 남았기에, 형은 내내 원 없이 샴페인 을 마시며 시간을 죽였다. 몰래 술을 몇 잔이고 마셨던 징크는 영화가 시작할 시간이 다 되어서 비틀비틀 영화관으로 들어갔다. 하지만 오프 닝 크레디트가 나오기도 전에 급히 어딘가에 가야 할 격한 욕구를 느 끼고 말았다. 그래서 자리에서 벌떡 일어나서는, 같은 줄에 앉은 관객 들이 짜증을 내는 사이를 터덜터덜 지나 사라졌다.

5분이 지났다. 하지만 징크 형이 돌아올 기미는 보이지 않았다. 아빠는 몇 마디 욕설을 내뱉고는 제멋대로인 큰아들을 찾으러 나갔 다. 아니나 다를까, 징크는 화장실 칸막이 안에서 무릎을 꿇고 변기를 부여잡은 채 공짜 샴페인을 토하고 있었다. 아빠가 격식을 갖춘 옷차 림으로 칸막이 바깥에 서있는 동안 형은 속을 게워냈다. 웃긴 일은 거 기서 끝이 아니었다. 어떤 관객 하나가 화장실에 왔다가 정장을 차려 입고 선 아빠를 보고는 화장실 사용료를 받는 직원으로 오해하여 1파 운드를 준 것이다. 정말이지 아빠는 오늘 밤 이런 일까지 겪게 되리라 고는 생각지도 않았으리라(하지만 아빠는 1파운드를 챙겼다).

그래서 징크 형과 아빠 둘 다 사이좋게 영화를 보지 못했다. 그런 데 그날의 웃긴 상황은 거기서 끝나지 않았다. 시사회 후 거대한 창고 에다 큼직하게 제작한 영화 소품을 꾸며놓은 파티장에서 거한 애프터 파티가 열린 덕분에 사람들은 음악과 게임, 디저트를 즐길 수 있었다. 그리고 다들 예상한 대로, 여기에도 공짜 샴페인이 있었다. 이번에 사고를 친 건 애시 형이었다. 열세 살 먹은 셋째 형은 큰형의 전철을 그대로 밟았다. 프랑스 전원 지방에서 생산된 샴페인을 종류별로 홀짝댄 것이다. 술을 몇 잔 목으로 넘긴 애시는 크리스와 함께 거대한 에어바운스를 타면 좋겠다고 생각해 버렸다. 물론 그건 좋은 생각이 아니었다. 에어바운스는 형 나이의 절반쯤 되는 어린이를 위한 놀이기구였기 때문이다. 크리스는 에어바운스를 타다가 실수로 아홉 살 꼬마의 뒤통수를 무릎으로 찍고 말았다. 애시 형도 둘째 형에게 질세라, 에어바운스에서 몇 번 뛰다가 기구 구석에다 대단한 기세로 구토를 하고 말았다. 그러고는 바깥으로 기어 나와 커다랗게 트림을 하고는 당당하게 소리쳤다.

"속이 한결 낫네!"

전반적으로 보자면, 그날 밤 펠턴 형제의 행동이란 아무리 좋게 말해줘도 취해서 돌아버렸다고 볼 수밖에 없다. 하지만 그런 모습에도 난 화가 나지 않았다. 그저 그 밤을 재미있게 보냈을 뿐이다. 그땐 내게 배우가 되겠다는 큰 꿈 같은 것도 없었고, 대스타가 되고 싶단 마음은 더더욱 없었던 것 같다. 나는 이미 주목을 받았고, 지금이 나의 처음이자 마지막 시사회가 될 가능성도 엄연히 있었다. 그렇잖아?

Beyond
the Wand

거짓말은 하지 않겠다. 나에게 특별한 연기 재능은 없다고 생각한 건 사실이고, 연극 클럽의 앤 선생님이 내게 해준 예언 같은 말이 이루어 질 줄은 전혀 몰랐어도, 나는 〈바로워즈〉를 찍으면서 만족스러웠다. 내가 그 영화에서 괜찮았다고 생각했다. 커다란 화면으로 내 모습을 보니 재미있었다. 어쩌면 심각한 오만이었을지도 모르겠다. 아니면 내 가 아직 어린애라서 다 큰 어른이라면 가졌을 법한 자의식과 자아비판 능력 같은 게 없어서 그랬을 것이다.

나는 극장에 가는 게 정말 좋았다. 물론 연기가 좋아서도 그랬지 만, 작품을 대하는 관객의 반응을 경험할 수 있어서였다. 내가 이제껏 본 것 중 가장 감동적인 반응은 뮤지컬 〈마틸다〉에서 나왔는데, 그때 내 옆에는 다섯 살도 안 된 남자애가 엄마와 함께 앉아있었다. 아이는 무대에서 시선을 떼지 못했다. 그 애가 결코 그 이야기를 이해했을 리는 없었다. 분명 무대에서 들려오는 재치 있는 대사를 상당수 못 알아들었을 것이다. 하지만 꼬마는 그 경험에서 그저 넋을 잃었다. 내가 보기에 이 뮤지컬은 사람의 눈물을 짜내려는 최루성 작품 같은 면이 있었다. 그래도 그 꼬마에게 이 뮤지컬이 **마음에 드냐고** 묻는 건 아무런 의미가 없었을 것이다. 너무 어려서 비판 같은 걸 할 수 있는 나이가 아니었으니까. 나는 그 모습을 보면서 어른 특유의 비판적인 태도와 자의식이라는 횡포에 굴복하기 전 어렸던 나를 떠올리게 되었다.

지금은 누가 연기에 대해 물을 때마다 난 항상 같은 조언을 한다. 장난치듯 즐겁게 하라고. 유치해도 좋다고. 어른들의 지겨운 분석에 너무 귀 기울이지 말고 거리를 두라고. 좋은 것도 나쁜 것도 잊어버리라고. 이런 말을 주문처럼 외면서 나 역시 많은 도움을 받았다. 남의 시선을 의식해 내 능력을 발휘하지 못하게 하는 마음에서 벗어나기 위해, 때로 나는 〈바로워즈〉를 연기했던 어린 톰이나 〈마틸다〉를 보던 꼬마 같은 마음가짐이 되려고 억지로 노력한다.

내가 다음번으로 촬영한 대작의 오디션을 봤을 때도 이런 자유로움은 어느 정도 남아있었다. 〈애나 앤드 킹〉은 규모와 이름값으로 봤을 때 〈바로워즈〉보다 한 단계 더 높은 작품이었다. 할리우드 톱스타인 조디 포스터가 주연으로 캐스팅되었고, 영화는 말레이시아에서 넉 달 넘게 촬영될 예정이었다. 캐스팅 과정은 이제껏 내가 겪었던 그 어느 때보다 훨씬 철저하게 이루어졌다. 나는 런던에서 두세 번의 오디션을 본 다음 최종 후보 두 명에 들어서 마지막 오디션을 보러 로스앤젤레스로 떠났다.

어른이 다 되고 난 다음에야 난 이것이 특별한 경험이었다는 걸 알게 되었다. 하지만 그때는 아직 어린애였는지라 그게 어딜 봐도 평범하지 않은 대단한 일임을 전혀 깨닫지 못했다. 사람들이 시키는 대로 엄마와 나는 비행기를 타고 로스앤젤레스로 가서 으리으리한 호텔에 묵었다. 그때 나는 호텔에 실내 수영장뿐만 아니라 월풀 욕조까지 있는 걸 보고 무척 기뻤다. 어느 꼬마가 월풀 욕조를 싫어하겠는가? 거대한 방귀를 뀌는 가마솥 같다며 웃지 않는 아이가 어디 있을까? 나만 그랬나? 그때 난 오디션보다 다시금 룸서비스를 시키고 카툰 네트워크 채널을 볼 수 있다는 데 온통 정신이 팔렸었다. 당시 그 배역을 두고 나와 최종 경쟁하던 다른 남자애의 엄마가 우리 엄마보다 훨씬 간섭이 심했던 게 떠오른다. 그 애 엄마는 아들과 함께 대본을 읽으면서 연기 지도를 하다시피 했다. 우리 엄마는 그런 걸 해준 적이 한 번도 없었다. 엄마는 나를 연습시키려 든 적이 전혀 없었고, 뭐라고 말해야 할지 가르쳐 준 적도 없었다. 다만 언제나 나를 격려하며 본능을 믿어 보라고 했다. 여러모로 나는 전혀 준비되지 않은 아이였지만, 결국 그런 태도 덕분에 배역을 맡은 거라고 생각한다. '엄마야!'라고 소리 질렀던 소녀 기억하는가? 나는 이번에도 그 소녀와는 완전히 다른 식으로 오디션을 봤다. 할리우드 오디션에 아무런 걱정도 선입견도 없이 들어간 것이다. 나는 그저 평범한 톰의 모습을 보여주었는데, 사람들이 찾고 있던 것도 바로 그 모습이었다고 본다. 나를 바라보며 노트를 쥐고서 서로의 귓가에 소곤거리는 열두 명의 사람들 앞에서도 태연하게 있던 내 모습을 사람들은 보고 싶었던 거다. 만약 내가 거기서 불편한 모습을 보인다면 영화 세트장 안에서도 불편하게 있을 테니까. 그들은 내가 융통성 있고 지시하는 대로 변할 수 있다는 걸 알고 싶어 했다. 또한, 같은 대사를 온갖 방식으로 전달할 수 있다는 걸 알고 싶어 했다. 무엇보다도, 그들은 나의 느긋한 모습을 보고 싶어 했다고 여겼다. 지금 생각하면, 그때 난 어서 면접을 끝내고 호텔로 돌아가 방귀를 뀌는 것 같은 월풀 욕조를 보고 싶다고 바랐던 마음 덕을 톡톡히 보았다.

오디션을 마친 나는 엄마와 함께 서리로 돌아왔고, 그 후론 그 영화에 대해서 그리 많은 생각을 하지 않았다. 당시의 난 여전히 축구 클럽에서 A팀으로 올라가는 데 더 관심이 있었다. 이번이 아니라도 더 좋은 기회를 얻을 수 있을 테니까. 이젠 머리카락도 좀 더 단정해졌으니까. 그런데 몇 주 후, 나를 데리러 학교에 온 엄마가 차에 탄 다음 놀라운 소식을 전해주었다.

"너 그 배역 됐어!"

나는 순간 너무나 신이 났다.

"정말?"

"응. 정말로."

그러자 갑자기 배가 고파졌다.

"엄마, 나 치즈 막대 과자 사주면 안 돼?"

그때 나는 치즈 막대 과자에 미쳐있었다. 지금도 그렇긴 하다. 영화 촬영보다 훨씬 더 좋아하는 과자다.

그리하여 엄마와 나는 넉 달 동안 말레이시아에서 지내기로 결정을 내렸다. 내 지식은 말레이시아라는 나라가 어딘가에 있다고는 들어본 적 있는 수준이었고, 우리 식구 중에서 아시아에 가본 사람은 아무도 없었다. 우리는 앞으로 뭘 해야 할지 아무 생각이 없었지만, 둘 다 무척 신나 했다. 엄마는 직장을 그만두고 나와 함께 여행길에 올랐다.

엄마가 없었다면 그 넉 달 동안 외로웠을 것이다. 학교에서 친구들과 하루를 보내는 평범한 일상과 단절되었던 건 그때가 처음이라 나는 일상이 그리웠다. 그때는 소셜미디어도 없던 시절이었다. 내겐 당연히 휴대폰도 없었다. 장장 넉 달간 친구들과 이야기 나눈 게 한두 번밖에 되지 않았던 것 같다. 아빠와 형들은 단 한 번 나를 만나러 와서 일주일간 머물다 갔을 뿐이었다. 세트장에 서양 어린이는 나밖에 없어서 좀 당황스럽긴 했지만, 난 곧바로 그 지역 아이들과 친해졌다.

그리고 개인 교사와의 일대일 수업도 그때 처음 경험했다. 수업은 외풍이 심하고 자그마한 창문이 하나뿐인 포터캐빈(차량에 달고 옮기는 게 가능한 작은 임시 건물—옮긴이)에서 하루에 세 시간에서 여섯 시간까지 진행되었다. 나의 개인 교사인 재닛은 참 애정 넘치고 지적인 분이었다. 그래도 나는 소란스러운 교실과 함께 있던 친구들이 그리웠고, 거기다 더해 솔직히 장난칠 기회가 그리웠다. 교실에 나 혼자뿐인 상황에서 웃긴 짓을 하려니 힘들더라. 촬영 현장에서 이루어지는 개인 교습은 내 어린 시절 내내 받게 된 것이었는데, 안타깝게도 난 혼자만 하는 수업을 아무리 해도 좋아할 수가 없었다. 당시 나는 롤러블레이드 타기에 푹 빠져있었다. 그래서 촬영이나 수업이 없을 때는 인라인 스케이트를 신고 페이크 그라인드fake grind(인라인스케이팅 기술 중 하나 —옮긴이)를 하는 모습을 사진으로 찍어달라고 엄마를 졸라댔다. 그래야 친구들에게 사진을 보내 내가 얼마나 재미있게 지내고 있는지 알려줄 수 있었으니까. 하지만 그때 내 말을 순순히 믿어준 애는 없었던 것 같다.

말레이시아에서 지내는 시간은 가끔 외롭기는 했어도 다양한 계층의 사람들을 새로 만나는 확실한 기회가 되었다. 그 후로 살아가면서 당시에 경험했던 문화적 자양분이 얼마나 인생에 도움이 되었는지는 이루 말할 수가 없다. 그리고 엄마는 이 새로운 경험을 내가 쉽게 받아들일 수 있도록 최선을 다했다. 영화 예산이 어마어마했기에, 우리에게 주어진 뷔페 음식도 수준이 달랐다. 촬영장에 차려진 거대한 천막 안에는 철판에 갓 구운 음식이나 송로버섯이 든 별미 등 5성급 호텔에서나 나올 법한 식사가 차려졌다. 하지만 나는 손도 대지 않았고, 지금도 마찬가지로 나의 미식 수준은 아주 평범한 데다 난 식욕도 별로 없는 편이다. 제공되는 고급 음식보다는 오히려 초코바나 과자가 더 좋았다. 엄마는 내게 과자 말고 다른 걸 어떻게든 먹여보려는 마음으로 차를 타고 용감하게 촬영장을 나가 KFC에서 내가 제일 좋아하는 치킨 너깃을 사 오곤 했다. 사실 엄마는 서리 주변의 한적한 도로를 운전하는 것도 꺼리는 분이었으니 쿠알라룸푸르 중심가의 붐비는 고속도로 운전을 기꺼이 했을 리가 없지만 그래도 용기를 낸 것이다. 엄마 덕분에 나는 배우들과 스태프들이 식중독으로 일주일 동안 앓아누웠을 때도 무사할 수 있었다. 그러니 치킨 너깃이 건강에 안 좋기만 하다는 소리는 내게 그만해 주길 바란다.

다른 아이들이 그렇듯, 나도 향수병에 걸려서 고립감으로 견딜 수가 없을 때는 휴가를 받았다. 아침에 일어나 엉엉 울며 더는 영화를 찍고 싶지 않다고 소리 질렀던 기억이 몇 번 떠오른다. 드레스 셔츠와 넥타이, 나비넥타이까지 세트로 맞춘 6피스 리넨 정장을 입고 땀을 뻘뻘 흘렸던 기억도 난다. 입었다가 벗는 데만 한 시간이 걸렸던 옷이지. 난 눈물을 흘리며 집에 가게 해달라고 애원했다. 하지만 오후가 되면 다시 마음이 가라앉아서 모든 게 괜찮아지곤 했다.

그러면 이제 당연히 말해야 할 분, 바로 조디 포스터 얘기를 해보자.

형들은 예전부터 내게 〈양들의 침묵〉을 보여주려고 했지만, 엄마는 나에게 겁을 잔뜩 주려는 형들의 시도를 원천적으로 차단했다(하지만 형들은 그래도 〈터미네이터 2〉까지는 나에게 몰래 보여주었다). 그래서 나는 조디 포스터가 얼마나 유명한 배우인지 감을 잡지 못했다. 물론 그분이 매우 영향력 있는 배우라는 말은 들었기 때문에, 참 순진하게도 마크 윌리엄스보다는 더 유명할 테니 존 굿먼 정도로 유명한 분인가 보다 생각했다. 하지만 존 굿먼 같을 거란 생각 역시 틀렸다. 조디 포스터는 더할 나위 없이 사랑스러운 분이었다. 이어서 나는 영화 촬영장에서는 모든 것이 위에서부터 결정되어 내려온다는 사실을 배우게 되었다. 일일 촬영 일정표 맨 위에 이름이 올라있는 배우가 힘든 사람이라면 촬영 전체가 힘들어지게 마련이다. 하지만 조디 포스터, 그리고 같이 주연을 맡은 주윤발은 친절하고 정중하며 인내심이 많았고, 무엇보다도 촬영 과정에서 대단한 열정을 보여주었다. 조디는 심지어 내가 발로 그분의 얼굴을 찼을 때도 애써 평정심을 지켰다.

그때 우리는 촬영 중이었다. 조디는 나의 어머니 역으로, 샴 왕국의 궁정에 가서 하렘에 있는 사람들과 왕의 자녀들에게 서양식 교육을 하는 교사를 연기했다. 아들인 루이스 역을 맡은 나는 어느 날 촬영에서 왕의 자녀와 싸움을 벌이다 바닥에 쓰러진 채로 사지를 붙잡히는 장면을 찍게 되었다. 그런데 조디가 다가와 우리를 떼어놓는 장면을 촬영하는 중, 내가 앞을 보지도 않고 다리를 마구 휘두르며 연기하는 바람에 조디의 입을 정통으로 차고 말았다. 발차기는 빗나가지도 않고 제대로 들어갔다. 만약 다른 배우 같았다면 분명히 내게 뭐라고 했을 것이다. 하지만 조디는 그러지 않았다. 촬영 내내 조디는 더할 나위 없이 상냥했다. 심지어 촬영 뒤풀이 자리에서 튼 NG 모음에서 그때 나의 발차기가 여러 번 나왔을 때조차도 말이다.

* * *

그로부터 시간이 좀 흐른 후의 이야기를 해보겠다. 나는 이십대

때 〈히치콕〉이라는 영화의 오디션을 본 적이 있다. 그건 영화 〈사이코〉의 제작 과정을 그린 영화로, 앤서니 홉킨스 경이 주연을 맡았다. 어릴 적에 조디 포스터와 함께 영화를 찍은 나로서는 〈양들의 침묵〉을 찍은 주연 둘과 모두 영화를 찍게 될지도 모르는 이 상황이 너무 멋지게 느껴지지 않았겠는가?

뭐, 아닐 수도 있고. 어쨌든 오디션은 아침에 시작되었는데 나는 당일 오후에나 연락을 받았다. 그래서 연습은커녕 대본을 간신히 읽어볼 시간밖에 없었다. 나는 노먼 베이츠(〈사이코〉의 주인공—옮긴이)를 연기하는 앤서니 퍼킨스 역으로 오디션에 참가했다. 그런데 나는 〈사이코〉를 본 적이 없었다. 그래서 영화에서 노먼 베이츠가 등장하는 장면을 몇 군데 짧게 보다가 내가 그 역할에 꽤나 어울리지 않는다는 걸 곧 깨달았다. 일단 노먼 베이츠는 190센티미터 가까이 될 만큼 키가 컸지만, 난 아니었다. 그는 검은 머리카락에 검은색 눈동자를 지녔지만 난 아니었다. 더욱이 베이츠는 나름 사이코패스적인 위압감을 발휘하는 인물이었지만 난⋯⋯ 음, 어떤지는 여러분도 잘 알 것이다.

내가 소속사에 전화해서 배역을 거절하는 일은 거의 없긴 하지만, 이번은 예외였다. 차에서 내려 오디션이 열리는 건물 바깥에서 전화를 걸고 말했다.

"나 이 오디션 **진짜로** 봐야 해요? 난 그 역에 맞는 것 같지 않은데요. 나한테 맞는 배역으로 앤서니 홉킨스와 일할 기회는 또 오지 않을까요?"

　내 말에 소속사도 동의하긴 했지만, 그들은 어쨌든 오디션에 가라고 날 설득했다. 감독과 제작자에게 얼굴이라도 비추고 오라는 말이었다.

　그래서 난 오디션장에 들어갔다. 바깥 대기실에 앉아서 기다리고 있노라니, 문이 열리고 나보다 먼저 오디션을 본 미국 배우 애나 패리스가 나왔다. 애나는 연극 무대에서나 할 법한 과장된 속삭임으로 오디션장을 가리키며 말했다.

　"저 안에 계세요!"

　'누가 있다는 거야?' 내가 미처 묻기도 전에 애나는 사라졌다.

　그래서 나는 오디션장에 들어갔다. 예상대로 안에는 깔끔한 옷차림의 제작자들과 감독이 쭉 앉아있었다.

　하지만 예상하지 못했던 점도 있었다. 앤서니 홉킨스 경도 몸소 이곳에 나와있었던 것이다. 그분은 편안한 옷차림으로 앉아 함께 대본을 읽을 준비를 하고 있었다. 이젠 나도 〈양들의 침묵〉을 여러 번 본 참이었다. 나, 지금 아무런 준비도 없이 한니발 렉터와 함께 대본을 연기해야 하는 거야?

　속이 뒤집혔다. 이제 망했구나. 난 대본 내용도 모르고, 인물도 모르고, 영화에 대해 아는 게 전혀 없다는 걸 깨달았다. 심지어 내가 여기에 있어도 되는 사람이라는 생각조차 들지 않았으니까. 하지만 어쨌든 오디션은 보기로 한 것이잖은가. 그래서 앤서니 홉킨스 경과 악수를 한 다음 그의 맞은편에 앉았다.

대본 리딩이 시작되었다. 앤서니 홉킨스 경이 첫 줄을 읽었다. 나는 별 특징 없는 미국식 억양으로 내 대사를 읽었다. 그러자 그분은 나를 빤히 바라보더니, 눈을 깜빡이고는 이어서 미소를 지었다. 그리고 대본을 옆으로 치우고는 이렇게 말했다.

"있잖나, 대본은 이제 그만 보세. 이 인물이 되어 이야기를 해보도록 하지. 자네가 정말로 이 인물에 대해 알고 있는지 알아보자고."

인물에 대해 알고 있느냐고? 난 등장인물 이름도 간신히 아는 수준이었다. 아는 게 아무것도 없었다. 이건 내 능력 밖의 일이었다.

하지만 간신히 대답했다.

"알겠습니다."

앤서니 경은 강렬한 눈빛으로 나를 바라보며 물었다.

"자, 말해보게. 자네가 연기할 인물은…… '살인'을 어떻게 생각하지?"

나도 그분을 응시하면서 한니발 렉터의 강렬한 존재감에 맞서보려 했다. 그래서 내가 뭐라고 했냐면……. 음, 나도 뭐라고 했는지 기억이 나면 참 좋겠다. 너무 어처구니없는, 너무 견딜 수 없을 만큼 손발이 오그라드는 말을 했던 나머지 뇌가 기억하기를 거부할 정도였으니까. 앤서니 경은 내게 몇 가지 질문을 더 했는데, 질문은 점점 더 기이해지기만 했다. 자네가 맡은 인물은 여기서 어떤 기분이었는지. 자네가 맡은 인물이 이건 또 어떻다고 보았는지. 내 대답은 이제 손발이 오그라들다 못해 순전한 헛소리가 되어갔다. 마침내 그분은 이렇게 물었다.

"자네가 맡은 인물은…… 어린아이를 어떻게 생각하나?"

"아이요?"

"그래. 아이."

"어……."

"말해보게."

앤서니 경이 재촉했다.

"음……."

"그 인물은 뭘 좋아하지?"

앤서니 경이 물었다.

"뭘…… 좋아하냐면…… 아이의 **피**를 좋아합니다."

나의 대답에 정적이 흘렀다. 나는 앤서니 경을 바라보았다. 앤서니 경도 나를 바라보았다. 제작자들은 서로를 바라보았다. 나는 저 구석으로 가서 죽어버리고 싶었다.

앤서니 경은 고개를 끄덕였다. 그리고 목을 가다듬은 다음 아주 살짝 미소를 지으며 정중하게 말했다.

"와줘서 고맙네."

그 말은 달리 말해 '차마 눈 뜨고 봐줄 수 없으니까 더 헛소리하지 말고 나가게'라는 뜻이었다.

앤서니 경 앞에서 오싹할 정도로 볼품없는 연기를 펼쳐놓고 오디션장을 떠나자 안도감이 온몸을 덮었다. 아주 좋은 경험이라 할 수는

없지만, 그래도 내가 겪은 최악의 오디션은 이런 거라며 친구들에게
신나서 전화를 걸 만큼의 경험은 되어주었다.

07

해리 포터 오디션

---

or

드레이코가
헤르미온느를
만났을 때

Beyond
the Wand

열한 살 이전까지 나는 나름 상류층 사립학교인 크랜모어에 다녔다. 남학교였던 그곳은 호그와트와는 달리 뾰족한 첨탑이 달린 성도 아니었고 호수나 거대한 강당도 없었다. 하지만 크랜모어는 무척 학구적인 곳이었다. 반에서 1등 하는 아이를 우러러보는 분위기였으니까. 말하자면, 수업을 빼먹고 영화 촬영장에 놀러 가는 애보다는 좋은 성적을 내는 애가 더 대접받는 곳이었다. 우리 할아버지는 내가 그 학교에 다니도록 학비를 대주었다. 나중에 이야기하겠지만 할아버지는 학자였고, 우리 사형제의 대학 학비로 돈을 모아두기보다는 어릴 때부터 모두 사립학교 교육을 받을 수 있게 해준 분이다. 우리가 아직 어려서 외부 환경의 영향을 쉽게 받을 때 학구적인 분위기에서 열심히 공부를 시키겠다는 생각이었다.

내가 가진 공부 재능은 기본적인 수학을 할 만한 실력과 독서가 즐겁다는 걸 깨달은 정도였는데, 이건 전적으로 크랜모어를 다녔기 때문이었다. 하지만 사립학교에 다니던 시절이 끝나갈 무렵, 공부를 향한 관심은 옅어지기 시작했다. 크랜모어에서 보낸 마지막 두 달 동안, 점심 식사를 마치고 30분의 쉬는 시간 동안 선생님이 가끔 우리에게 이야기책을 읽어주었던 기억이 또렷하다. 하루는 선생님이 계단 아래 벽장에서 사는 마법사 소년 이야기를 골라 읽어주었다. 솔직히 말하자면 그때 선생님이 읽은 책이 뭔지는 별로 중요하지 않았고, 그래서 난 다른 때와 똑같이 반응했다. '짜증 나. 뭘 또 읽어! 마법사 소년 이야기? 내 취향 아냐.'

그러다 열한 살이 됐을 때 나는 전학을 갔다. 새 학교는 에핑엄에 있는 하워드라는 곳으로, 집에서 가까웠고 훨씬 더 현실적인 곳이었다. 크랜모어에서 내가 읽기와 쓰기와 수학을 배웠다면, 하워드에서는 누굴 만나든 그들 모두와 친해지는 법을 배웠다. 하워드에서 나는 선생님에게 말대꾸하는 학생을 처음 보았다. 크랜모어에선 들어본 적도 없는 일이었다. 쉬는 시간에 담배를 피우는 아이와 너무 짧은 치마를 입었다는 이유로 집에 돌려보내지는 여학생들도 처음 보았다. 물론 미래란 어떻게 될지 모르는 것이긴 해도, 만약 내가 전학을 가지 않았다면 인생이 무척 달라졌을 거란 생각을 지금까지도 한다. 사립학교와 영화 촬영장은 둘 다 일상적이지 않은 공간이다. 반면, 에핑엄의 하워드 학교는 내가 건강하게 살아갈 만큼의 평범성을 준 곳이었다.

하지만 전학생 생활이 쉬웠던 것은 아니다. 7학년이 되는 첫 주에는 모든 학생이 이전에 다녔던 학교의 교복을 입고 와야 했었다. 당연히 아이들 대부분은 다들 비슷하게 티셔츠에 바지 차림이었다. 하지만 나와 내 친구 스티비만 교복이 달랐다. 밤색 모자에 재킷과 무릎까지 올라오는 양말 차림이었던 것이다. 다시 말하자면 진짜 멍청해 보였고, 실제로 나에게 멍청해 보인다는 말을 한 애도 적지 않았다. 교복 덕분에 새 학교에 녹아들기 쉽지 않아졌지만, 어쨌든 지금 생각해 보면 전학을 해서 다행이었다. 사립학교에 계속 다녔더라면 세상을 살아가려면 아주 똑똑한 사람이 되는 방법밖에 없다고 생각하며 자랐을 테니까. 하지만 하워드를 다니면서 난 세상을 살아가는 데는 온갖 계층의 사람들과 의사소통할 줄 아는 능력이야말로 훨씬 더 중요하고 효율적인 것이라는 사실을 서서히 깨닫게 되었다. 좀 더 평범한 환경에서 자라게 되니까 그 점을 쉽게 터득하게 되더라. 앞으로의 삶이 점점 평범함과는 거리가 멀어져 가던 내게 학창 시절 깨달은 사실은 상당히 큰 이점이 되어주었다.

그때쯤 나는 까불까불한 꼬마 소년의 모습에서 벗어나 있었다. 사실, 그저 벗어난 정도가 아니라 많이 변했다. 물론 어리고 까부는 모습 덕분에 영화계에 발 들일 수 있었지만, 청소년기에 들어서면서 까불까불하고 건방진 모습이 다른 면으로 발달하는 때가 오고 만 것이다. 나는 좀 골치 아픈 존재로 변했다. 살짝 타락했다고나 할까. 그렇다고 오해하진 말길 바란다. 나는 서리의 쾌적한 주택가에 살고 있었고, 타락하긴 했어도 상당히 수준 높은 척 구는 애였으니까. 사실 나는 새로 만

난 환경에 최선을 다해 적응하려던 중이었다. 그러니까 최선을 다해 평범해지려던 것뿐이었다.

그리고 나는 확실히 평범한 **사람이었다**. 물론 연기 경험이 좀 있고, 광고도 몇 편 찍고 영화에도 두 편 출연하긴 했다. 하지만 아무도 그런 나를 알아주지 않았다. 내 친구들은 스케이트보드 타기나 아마추어 불꽃놀이나 자전거 보관소 뒤에서 몰래 돌려 피우는 담배에 더 관심이 많았다. 솔직히 나조차도 영화 쪽에 큰 관심이 있었다고는 볼 수 없었다. 그건 재미있는 부업이었을 뿐 그 이상의 의미는 없었으니까. 연기로 진지하게 뭐가 돼보겠다는 생각은 추호도 없었고, 앞으로 다시는 영화에 출연하지 못하게 된다고 하더라도 상관없었다.

어쩌면 정말로 영화와는 담쌓고 지내게 되었을지도 모른다. 그때 나는 살짝 허세를 키워가던 중이었다. 좀 오만한 놈이었다는 소리다. 대놓고 이런 모습을 보이는 애한테 배역을 주고 싶은 사람은 아무도 없을 것이었다. 안 그런가?

* * *

처음 소속사에서 나에게 〈해리 포터와 마법사의 돌〉이라는 영화의 오디션을 보라고 연락했을 때, 난 이 영화가 내 이전 출연작들과는 규모가 상당히 다르리라는 걸 전혀 몰랐다. 속으로는 그저 〈바로워즈〉 같은 영화겠거니 생각했다. 예산이 그럭저럭 높고 애들이 잔뜩 나오겠구나. 내가 연기력을 제대로만 보여주면 배역이 생기긴 하겠지. 하지만 배역을 못 맡는다면? 그래도 상관없지 않을까. 내 인생의 하나뿐인 영화도 아니고 이걸 못 맡는다고 끝장인 것도 아닌데. 이번에 안 되더라도 다른 게 또 있겠지. 그땐 그렇게 생각했다.

하지만 이번 영화는 오디션 과정부터 다르다는 게 금방 느껴졌다. 일단, 공개 오디션이었다. 나는 소속사의 요청을 받고 오디션에 들어갔지만, 알고 보니 지원자 대다수는 해리 포터 시리즈를 무척 사랑해서 지원한 사람들이었다. 아마도 해리 포터가 뭔지, 또 그 책이 사람들에게 얼마나 중요한 의미를 갖는지 모르고서 오디션을 본 애는 나밖에 없을 것이다. 점심시간에 선생님이 읽어준 마법사 소년 이야기는 싹 잊어버린 지 오래였으니까.

오디션 과정은 이제껏 보던 것보다 길었고 일정은 질질 늘어져 갔다. 오디션을 보러 할리우드로 갈 일은 없다는 게 분명했건만, 캐스팅 과정은 확실히 보통 수준을 넘어서 공들여 이루어졌다. 일단 지원자만 수천 명이었다. 그 애들이 발탁될 기회를 한 번씩 주는 데만도 시간이 많이 걸렸다. 캐스팅 담당자들은 기진맥진했을 것이다. 나는 평소처럼 별로 열광적이지 않은 태도로 오디션을 보았다. 다른 애들은 모두 영화에 나올지도 모른다는 기대감에 잔뜩 들떠있었는 데다 책을 속속들이 아는 모양이었지만, 나는 전혀 그렇지 못했다.

직원들은 총 서른 명의 애들을 한 줄로 세웠다. 그중 한 어른이 줄 선 우리에게 다가와 책을 읽었을 때 영화에서 봤으면 하는 가장 신나는 장면이 뭐냐고 물어보았다. 알고 보니 그 사람은 크리스 콜럼버스 감독이었다. 나는 그 질문에 별 감흥이 없었던 기억이 난다. 하지만 애들은 또렷하고 분명한 목소리로 대답했다. 해그리드요! 팽이요! 퀴디치요! 나는 그때 멍하니 서서 곧 집에 갈 수 있으려나, 이런 생각뿐이었다. 그러다 내 옆에 있던 애가 답할 차례가 되어서야 비로소 난 이 질문에 뭐라 답해야 할지 생각하지 않았을 뿐만 아니라 이게 무슨 말인지조차 모르고 있다는 걸 깨달았다. 해그리드가 누구야? 퀴디치가 뭐지? 그런데 내 옆에 있던 애가 자기는 그린고츠를 가장 보고 싶다고 당당하게 말했다. 그때 난 생각했다. '그린고츠는 또 뭐야? 혹시 하늘을 나는 동물 같은 건가?'

이젠 그게 뭔지 알아볼 시간이 없었다. 크리스 콜럼버스 감독이 나에게 다가왔으니까.

"너는 책의 어느 장면을 가장 보고 싶니, 톰?"

나는 시간을 끌었다. 오디션장에는 어색한 침묵이 감돌았다. 이윽고 난 더할 나위 없이 의기양양한 미소를 지으며 옆에 선 아이를 가리키고서는 두 팔을 살짝 벌리며 말했다.

"애랑 똑같아요! 그린고츠를 너무 보고 싶어요!"

그러자 이번에는 무거운 침묵이 흘렀다.

"그린고츠를 보고 싶다고……? 은행이 보고 싶단 말이니?"

콜럼버스가 묻는 말에 나는 재빨리 요령껏 대답했다.

"그렇다니까요. 은행이 보고 싶어요! 진짜!"

그는 나를 오랫동안 바라보았다. 내가 헛소리를 하고 있다는 걸 알았던 거다. 나도 감독이 내 헛소리를 알아차렸다는 걸 눈치챘다. 그는 고개를 끄덕이더니, 이어서 쭉 늘어선 해리 포터 열혈 팬들에게 질문을 계속했다.

'아, 뭐. 될 때도 있고 안 될 때도 있는 거지.' 그때 난 그렇게 생각했다.

하지만 오디션은 거기서 끝이 아니었다. 콜럼버스 감독은 우리에게 잠시 휴식 시간을 주겠다고 했다.

"너희들은 여기서 잠깐 놀고 있어. 아무도 너희 촬영 안 할 거야. 그러니 하고 싶은 대로 하고 놀아."

물론 이건 사기였다. 카메라는 여전히 돌고 있었고, 오디션장에는 거대하고 복슬복슬한 붐 마이크가 걸려있었으니까. 나는 촬영장 경험이 있었던지라 이제 어떻게 될 것인지 예상하고는 꽤 우쭐함을 느꼈다. 저들의 덫에 걸릴 마음은 추호도 없었다.

그러다 호기심 많아 보이는 소녀 하나가 나에게 다가왔다. 갈색 곱슬머리를 한 소녀는 아홉 살도 안 되어 보였다. 그 애는 붐 마이크를 가리키며 물었다.

"저게 뭐야?"

나는 세상 물정을 알 만큼 안다는 살짝 건방진 자세로 위를 슬쩍 올려다보았다. 아마 슬며시 비웃었던 것도 같다.

"뭐가?"

"저거."

"저건 사람들이 우리를 촬영하고 있다는 뜻이야. 안 봐도 뻔하지."

나는 소녀에게서 돌아서서 어슬렁어슬렁 자리를 떴다. 꼬마 소녀는 눈을 커다랗게 뜬 채로 혼자 주위를 둘러보았다. 나중에 그 애 이름이 에마 왓슨이라는 걸 알았다. 그때는 에마가 영화계에 처음으로 발을 디뎠을 때였다. 우리가 나눈 짧은 대화를 누가 엿들었는지는 모르겠지만, 만약 그랬다면 분명 그때 나에게서 슬리데린적인 면을 좀 봤을 게 틀림없다.

마지막 배역 오디션은 콜럼버스 감독과의 독대로 진행되었다. 어린애와 오디션을 치르는 건 힘든 일이다. 현실적으로 말해서, 아이에게 그냥 독백 대사를 주고 무대에 서보라고 한들 애가 잘해봤자 얼마나 잘하겠는가? 하지만 콜럼버스는 우리에게서 자신이 보고 싶은 면을 끌어내는 재능이 있었다. 우리는 해리가 용의 알에 대해 해그리드에게 묻는 짧은 장면을 연기했다. 진짜 용의 알은 당연히 구하기가 힘들어서 소품으로 평범한 달걀이 주어졌다. 장면은 간단했다. 우리가 연기하면 사람들은 카메라를 돌렸다.

장면) 오디션장. 낮.

톰: (해리를 연기함) 저게 뭐예요, 해그리드?

콜럼버스: (최선을 다해서 해그리드의 목소리를 연기함) 노르웨이 리지

백의 알이야. 희귀종이지.

톰: 와! 진짜 용의 알이라고요? 저거 어디서 났어요?

콜럼버스: 아주 희귀한 거야, 해리. 구하기 아주 힘들었어.

톰: 만져봐도 돼요?

잠시 침묵.

콜럼버스: 좋아. 하지만 조심해야 한다. 이건 아주 연약해서…….

그는 아주 조심스럽게 내게 달걀을 건네주면서, 내 손에 올려놓기 직전에 일부러 달걀을 떨어뜨렸다. 당연히 달걀은 바닥에 떨어져 산산이 부서졌다. 용이 사라진 것이다. 그는 나의 반응을 지켜보았다. 아마 아이들은 대부분 여기서 뭐라도 말해야 한다는 압박감을 느꼈을 것이다. 아니면 완전히 바뀌어 버린 상황에 깜짝 놀랐거나. 하지만 나는 그저 키득키득 웃었다. 좀 재수 없게 말이다.

나의 까불까불한 면, 어쩌면 좀 건방진 면은 분명 오디션 과정에서 전혀 걸림돌이 되지 않았다. 그 첫날 이후로 나는 몇 번 불려갔다. 적어도 두 번은 해리 대사를 읽었고, 론의 대사를 읽기도 했다. 이번에는 영화 속 간단한 대사 몇 마디가 있었지만, 그런 대사는 나에게 별 의미가 없었다. 그때도 난 계단 아래에서 사는 마법사가 누군지, 걔의 빨간 머리 친구가 누군지 전혀 몰랐으니까. 사람들은 내게 둥근 안경을 써보라 했고, 이마에 흉터를 그려 넣기도 했다. 나는 다른 최종 오디션 대상자들과 함께 스튜디오에서 온종일을 보냈다. 어떤 무대에서는 사람들이 내 머리를 론의 머리 색깔로 염색하기도 했다. 그래도 주황색 파마머리 신세는 면해서 다행이었다. 그러면서 점점 이 해리 포터라는 애를 연기하면 꽤 멋있겠다는 생각을 하게 되었는데…….

그러다 오디션이 끝나고 몇 주 동안은 아무런 소식을 듣지 못했다.

아, 그래. 무소식이 희소식이잖아. 그렇지?

아니더라.

우리 가족은 매년 프랑스에 있는 유로 캠프 캠핑 리조트에서 휴가를 보냈다. 엄마와 아빠, 그리고 펠턴 사형제는 언제나 고속도로를 달리다 중간쯤에서 고장이 나는 낡고 파란 트랜짓 밴에 짐을 싣고 여행을 떠났다. 유로 캠프에서 보내는 나날은 당연히 내 인생 최고의 휴가였다. 프랑스의 갓 구운 바게트도 먹어보고, 누텔라라는 걸 처음 맛본 곳도 거기였다. 그 여름에 엄마가 신문을 읽는 동안 나는 텐트 주위를 돌아다니며 한가로이 요요를 갖고 놀았다. 그러다 엄마가 나를 부르더니 사진을 보여주었다.

사진에는 남자애 둘과 여자애 하나가 나와있었다. 그중 한 남자애의 머리카락은 검은색이었다. 다른 애는 빨간 더벅머리였다. 곱슬곱슬한 갈색 머리 여자애를 나는 대번에 알아보았다. 오디션에서 내가 그다지 친절하지 않게 대했던 바로 그 애였다. 기사 제목은 '해리 포터 캐스팅이 드러나다'였다.

나는 겉으로는 아무렇지 않은 척 굴었다.

"아, 뭐. 다음에 또 좋은 기회가 있겠지."

그리고 계속 요요를 갖고 놀며 어슬렁어슬렁 자리를 떴다. 솔직히 말하자면 일말의 실망을 느끼긴 했다. 하지만 난 능숙하고도 재빨리 마음을 추스르고 10분 후에는 다시 기운을 차렸다. 마법사가 되는 일이 재미있었을지도 모르겠지만 결국 안 되고 말았으니, 이제는 남은 휴가 동안 햇살을 만끽하며 요요나 갖고 놀면서 즐겁게 보내야겠지.

* * *

물론 나는 또 연락을 받았다. 영화사에서는 나에게 해리나 론 역할을(물론 헤르미온느 역할도) 바라지 않았다. 그들은 다른 역을 염두에 두고 있었다. 악역인 드레이코 말포이였다. 딱 봐도 그랬다.

열두 살짜리 톰이 오디션에 참가하게 되어서 감격한 나머지 해리 포터 책을 마구 사들였다고 밝힐 수 있다면야 좋겠지만, 그때의 톰은 그러지 않았다. 하지만 오히려 그래서 잘될 수 있었다고 생각한다. 제작자들은 배우를 찾는 게 아니었다. 그들은 그 인물이 되어줄 사람을 찾고 있었다. 대니얼과 루퍼트와 에마는 그 역에 딱 맞았다. 각자가 연기할 해리와 론과 헤르미온느와 아주 흡사하니까. 지금이야 어떨는지 몰라도, 그때는 그랬다. 솔직히 나는 드레이코 말포이와 내가 **아주** 똑같다고 생각하고 싶지는 않지만, 나의 무심한 태도 어딘가에서 말포이 같은 모습이 분명 드러났을 것이다. 드레이코 말포이라면 오디션이 끝나고 집에 가서 마치 헤르미온느처럼 해리 포터 책을 벼락치기로 읽었을까? 안 그랬을걸. 오디션장에서 영화에서 어떤 장면을 가장 보고 싶으냐는 감독의 질문에 요령껏 대답하긴 했을까? 그랬겠지.

영화에서는 배역 연기를 하는 것도 물론 중요하지만, 그보다 더 중요한 건 그 배역답게 보여야 한다는 것이다. 제작자들은 내가 백금발을 한 모습을 봐야겠다고 마음먹었다. 그래서 나는 여러 번 탈색을 거친 머리, 바로 장장 10년간 내 삶의 주된 요소로 자리 잡은 그 머리카락을 하게 되었다. 드레이코의 머리카락을 처음 만드는 과정은 생각보다 오래 걸렸다. 갑자기 머리카락 색을 확 바꾸기는 힘든 법이고, 옅은 색을 만들려 할수록 더 어렵다. 그저 머리털 위에 색을 얹는 게 아니라 과산화수소를 층층이 바르는 과정을 거쳐야 하기 때문이다. 과산화수소는 처음엔 내 머리를 태웠다. 마치 불개미가 두피를 갉아 먹는 느낌이었다. 아주 아팠단 뜻이다. 그런데 이걸 또 하라는 소리를 듣고 나는 못 하겠다고 애원했다. 하지만 아무리 애원해도 들어주지 않았다. 나는 곧바로 미용실 의자에 앉게 되었다. 문제의 그날, 탈색을 여섯 번인가 일곱 번 하고 난 뒤에야 원하는 머리색이 나왔다. 제작자들에겐 머리색이 딱 맞게 나오는 게 중요했다. 드레이코의 금발이 위즐리가의 빨간 머리나 헤르미온느 그레인저의 갈색 머리 옆에서 어떻게 보이는지 봐야 했으니까. 나는 카메라 테스트를 받은 다음 머리카락을 다른 색으로 만들기를 몇 시간 동안 거듭하면서 내가 이 머리카락을 하고 어두운색 호그와트 교복을 입으면 어떤지, 초록색과 은색이 들어 있는 슬리데린 퀴디치 복장을 하면 어떤지 보여주어야 했다.

그리고 제작자들은 내가 화면에서 해리, 론, 헤르미온느 옆에 서면 어때 보이는지도 알고 싶어 했다. 핵심 인물 세 명은 우리의 색과 키, 전반적인 분위기가 서로 어떻게 어울리는지 파악할 수 있도록 나의 최종 오디션 자리에 함께했다. 그리고 오디션 과정에서 드디어 한 장면을 함께 리딩하는 순간이 왔다. 그 자리에서는 전에 봤던 달걀 사건 같은 건 일어나지 않았다. 그리하여 우리는 해리와 드레이코의 첫 만남을 연기했다.

나는 루퍼트보다 한 살 많았고, 대니얼보다 두 살, 그리고 에마보다 세 살 가까이 많았다. 함께 촬영하면서 나이 차이는 점점 중요해지지 않았다. 하지만 열두 살과 아홉 살은 차이가 꽤 컸기에, 지금 떠올려 보면 그때의 나는 에마보다 훨씬 나이가 많다고 여겼다. 이 첫 만남의 순간은 아이들끼리 처음 마주쳤을 때만큼이나 어색했다. 우리 모두 꽤 수줍음이 많아서였다(물론 루퍼트는 좀 덜했던 것도 같지만……). 카메라가 꺼지면, 나보다 어린 애들이 보기에는 내가 약간 냉담해 보였을 것이다. 내가 형이 셋이나 있는 집에서 자랐다는 걸 기억하자. 게다가 형들의 청소년다운 무뚝뚝함이 나에게도 적지 않게 옮아있었다. 그런 면이 분명 카메라 테스트에서도 나타났을 것이다. 그래도 그런 면 덕분에 배역을 맡게 되지 않았을까?

* * *

그렇게 한두 주가 흘렀다. 그날 나는 친구인 리치네 집 정원에서 축구를 하고 있었다. 그런데 리치의 엄마 재니스가 창문 너머로 날 불렀다.

"톰, 네 엄마가 전화하셨다!"

나는 약간 짜증이 났다. 경기가 뜻대로 안 풀리던 참이었다. 나는 집 안으로 달려가서 다급하게 전화를 받으며 약간 허풍을 떨었다.

"무슨 일이야?"

"너 됐어!"

"뭐가?"

"배역 땄다고!"

"무슨 배역?"

"드레이코 말포이!"

잠시 정적이 흐르는 동안 나는 방금 들은 사실을 되새겼다.

"잘됐네. 재밌겠다."

나는 이어서 말했다.

"음, 이제 끊어도 될까, 엄마? 나 지금 1대2로 지고 있어서."

배역을 맡았다는 소식에 폭죽이라도 터뜨릴 만큼 기뻤다고 말하면 좋으련만, 사실 그때 난 얼른 축구나 다시 하고 싶었다. 그래서 정원으로 돌아갔다. 리치는 초조하게 공을 들고 서있었다. 나는 내 인생

의 이 다른 면에서 내가 뭘 하고 있는지 친구들에게 말하고 싶었던 적
이 드물었다. 예전에 크레이지 톳츠에서 경험한 친구들의 무관심 이
후로, 그 애들이 내 영화 이야기에 별 관심이 없으리라는 걸 깨달았기
때문이었다. 하지만 이번에는 이야기해야겠다는 마음이 확실하게 들
었다.

"무슨 일이야?"

리치가 물었다.

"별거 아냐. 내가 배역을 땄다고. 재밌을 것 같아."

"무슨 배역?"

"해리 포터. 거기서 악당을 맡게 됐어."

"해리 뭐?"

"신경 쓰지 마. 이제 축구 마저 할까?"

나는 축구 경기에서 졌지만, 배역은 따냈다.

그리하여 그 모든 것이 시작되었다.

08

대본
리딩

---

or

X나 축하!

Beyond
the Wand

대본은 다 작성되었다. 캐스팅도 완료되었다. 하지만 배우들이 대본을 처음 받는 날이 촬영 첫날이어서는 안 된다. 제작자들은 카메라가 돌아갈 때 모든 게 착착 진행되고, 모든 게 계획대로 소리가 나기를 바란다. 그래서 배우들은 대본 리딩을 먼저 해야 한다. 말 그대로, 탁자에 앉아서 정말로 소리 내어 대본을 읽는 것이다.

나는 전에도 대본 리딩을 해본 적 있지만, 이렇게 거대한 규모로한 적은 없었다. 캐스팅된 인원 규모를 보자 나는 적지 않게 주눅이 들고 말았다. 우리는 리브스덴 스튜디오에 있는 거대한 격납고에 갇혔다. 그 안에는 가로 6미터, 세로 6미터의 거대한 정사각형 탁자들과 어른 배우들, 어린이 배우들, 그리고 어린이 배우의 샤프롱들이 모여 있었다. 우리 어린이 배우들은 모두 서로 인사하고 놀기도 했지만, 나는 맡은 배역과 매우 비슷한 태도로 내가 저 애들과 어울릴 수준은 아

니라고 생각했다. 어린이 배우의 샤프롱들은 모두 격납고 가장자리
에 앉아있으라는 요청을 받아서, 엄마는 괜찮은 차 한 잔을 들고 편안
히 앉아있었다. 그동안 나는 이 으리으리한 탁자에 자리 잡고 앉아서
주위를 둘러보며 앞으로 10년간 내 삶의 일부분이 될 사람들을 찬찬
히 바라보았다. 대니얼, 루퍼트, 에마는 이미 만났다. 이제 와서 이런
말을 하기는 좀 이상하지만, 이 격납고에서 가장 유명한 얼굴은 그 애
들이 아니라 따로 있었다. 물론 나도 그때는 누가 유명한지 알아차리
지 못했다. 당시에 영국에서 가장 유명한 배우 중 몇 사람이 그 자리
에 모여있었다. 리처드 해리스 경은 탁자 한쪽 끝에 앉아있었고, 데임
Dame(영국에서 남자의 경Sir에 해당하는 훈장을 받은 여성에게 붙는 직함—
옮긴이) 매기 스미스도 다른 탁자에 자리를 잡았다. 리처드 그리피스,
존 허트, 줄리 월터스…… 난 영화계의 왕족들에게 둘러싸여 있었지
만, 그때는 누가 누구인지 잘 몰라서 많이 알아보지는 못했다. 물론 당
시에도 초조하긴 했지만, 만약 같이 앉아있는 이들이 누군지 알았다면
비교할 수 없을 정도로 **어마어마하게** 초조했을 거다.

　물론 예외적으로 내가 알아본 배우도 있었다. 독특한 코를 지닌
낯익은 얼굴 위로 심각한 표정을 짓고 탁자 한쪽에 앉아있는 남자였
다. 바로 앨런 릭먼이었다. 나는 무척 겁을 먹었다. 그가 세베루스 스
네이프다운 위협적인 태도를 보여서가 아니라, 내가 영화 〈로빈 후드:
도둑들의 왕자〉를 무척 좋아했고, 앨런이 연기한 악랄한 노팅엄주 장
관을 집착하다시피 좋아했기 때문이었다. 노팅엄주 장관과 같은 방에

있다는 것만으로도 건방진 학생다운 나의 허세가 무너지고도 남았다. 그리고 그 탁자의 다른 쪽에는 앨런 릭먼보다는 조금 풀어진 표정으로 히죽거리던 남자도 앉아있었다. 나는 지금도 그분을 생각하면 웃음이 절로 나온다. 바로 릭 메이올이었다. 릭은 나와 우리 형들이 영웅처럼 우러러보는 분이었고, 특히 애시 형의 우상이었다. 우리 형제는 〈더 영 원스〉와 〈보텀〉(둘 다 릭 메이올이 대본을 쓰고 출연한 영국의 시트콤— 옮긴이)을 보며 자랐고, 릭 메이올의 방송이 나올 때면 시간 맞춰 TV 앞에 모여 앉곤 했다. 난 어서 집에 가서 애시 형에게 '내가 릭 메이올을 봤다'고 말하고 싶었다. 그 자리에는 훈장을 받은 배우들이 날 둘러싸고 있었지만, 이 자리에 함께 앉게 되어 믿을 수 없을 정도로 기뻤던 배우는 바로 릭이었다.

　내 앞으로 대본이 놓였다. 나는 대본을 넘겨보면서 맡은 배역에 집중했지만, 전체 대본을 읽지는 않았다. 후에 촬영하게 된 다른 영화에서는 대본에 워터마크를 개별적으로 표시해서 대본이 유출되었을 경우 누구 것인지 알아보게 해놓았는데, 지금 받은 대본에는 워터마크가 없었다. 물론 그렇다 해서 중요하지 않은 대본이라는 뜻은 아니었다. 대본은 성경이나 다름없었다. 조 롤링 작가는 자신의 이야기를 무척 조심스럽게 보호했고, 책을 대본으로 각색한 스티브 클로브스는 이야기를 아주 철저하게 담아내었다. 물론 대본에 책 내용을 모두 넣을 수는 없었다. 그랬다간 영화 한 편이 일곱 시간짜리가 되었을 테니까. 일단 대본이 확정되면, 그걸 다시 맘대로 바꿀 여력은 거의 없다. 하지만 그래도 대본을 목소리로 들어보는 건 중요하다. 그래야 어울리지 않는 점이 뭔지, 혹은 대사가 너무 느리거나 너무 지루하지는 않은지 확인할 수 있기 때문이다. 당시 나는 몰랐지만, 대본 리딩은 영화 촬영 하는 배우들에게 무자비한 과정이기도 했다. 대본을 실제 목소리로 들어보면서 특정 배우의 억양이 다른 배우의 억양과 어울리지 않는다거나 어떤 말이 제대로 발성되지 않았다고 여기면 제작자들은 아무렇지도 않게 배우의 대사를 없애거나 아예 배우를 교체하곤 했다. 바로 그 일이 릭 메이올에게 벌어졌다. 물론 대본 리딩 자리에서 잘린 것은 아니었다. 릭은 장난꾸러기 폴터가이스트인 피브스를 연기했고, 촬영도 모두 마쳤다. 릭보다 그 배역에 잘 어울리는 사람은 없을 거라 생각했건만 무슨 이유에서인지 그의 촬영분은 모두 편집되고 말았다.

　우리는 탁자에 둘러앉아 자기소개를 했다. "안녕하세요, 저는 제작자 데이비드 헤이먼입니다." "안녕하세요. 저는 해리 포터 역을 맡은 대니얼이에요." "안녕하세요. 저는 알버스 덤블도어를 맡은 리처드입니다." "저는 드레이코 말포이를 맡은 톰이에요." 로비 콜트레인과 에마 왓슨은 나란히 앉아있었다. 그들이 인사할 차례가 되자, 둘은 서로의 배역을 바꿔 말했다. "저는 헤르미온느 그레인저를 맡은 로비입니다." "루비우스 해그리드를 맡은 에마라고 해요." 나는 그때 그들의 말이 너무 웃겼다. 거대한 로비와 자그마한 에마가 서로 배역을 바꾸다니. 이렇듯 뛰어난 유머 감각으로 분위기를 느긋하게 풀어주는 게 로비 콜트레인의 특기였다. 그는 아이들이 가득한 자리에서는 만사를 너무 진지하게 끌어갈 수 없다는 점을 잘 알았고, 분위기를 푸는 데 뛰어난 재주가 있었다.

하지만 그래도 나는 초조했다. 이윽고 대본 리딩이 시작되었다. 모두 대단한 재능이 있었다. 나는 미리 대본을 휙휙 넘겨보면서 내 첫 대사가 나올 부분을 알아보았다. 그리고 내가 나오는 부분에 줄을 쳐 두고 등장하는 페이지를 접어두었다. 머릿속으로는 계속 대사를 반복했다. '기차에서 애들이 했던 말이 사실이었군. 해리 포터가 정말 왔어.' 그 순간 갑자기 나무 1 역할을 했던 옛 기억이 떠올랐다. 대사를 잊어버리고 눈물을 흘리며 도망쳤던 그때. 설마 지금 그런 일이 또 일어나지는 않겠지…….

이윽고 내 차례가 되었다. 나는 급히 대사를 했고 모두 다 잘했다. 이제껏 느꼈던 초조함은 대부분 사라졌다. 그러다 리딩 중간 즈음 쉬는 시간이 있었다. 릭 메이올이 갑자기 벌떡 일어나 새된 소리를 질렀다.

"화장실까지 누가누가 빨리 가나 경주하자!"

그는 미치광이 피리 부는 사나이처럼 잽싸게 달려가기 시작했고, 그 뒤를 스무 명의 아이들이 따라 달렸다. 내가 첫 번째였다.

영화 제작은 만만찮은 일이다. 프로젝트에는 많은 돈이 투자된다. 사람들의 돈이 직접 얽혀있는지라, 투자한 프로젝트가 제대로 이루어지고 있는지 다들 확인하고 싶어 한다. 그날 대본 리딩 현장에도 확인차 거물급 인사들이 잔뜩 왔다. 하지만 로비와 릭 같은 분들 덕분에, 나는 〈해리 포터와 마법사의 돌〉이 아주 재미있는 영화가 될 거라는 느낌을 받았다. 영화가 성공할까? 속편이 계속 나오게 될까? 그것까지는 몰랐고, 솔직히 생각해 본 적도 없었다. 그때의 나에겐 이 영화 역시 다른 영화와 다를 게 없었으니까. 인생의 전환점이 되리라고 예상하지 못했다는 거다.

대본 리딩보다 훨씬 더 신나는 일은 따로 있었다. 끝 무렵에 나는 용기를 그러모아 릭 메이올에게 자기소개를 했다. 곧 애시 형의 생일이라서 마침 엄마의 핸드백에는 형에게 줄 생일 축하 카드가 있었다. 나는 소심하게 릭에게 가서 사인해 달라고 부탁했다. 그는 무척 친절하게 응해주었다. 그리고 오랫동안 생각해도 가슴 벅차도록 기쁜 일이 벌어졌는데, 글쎄 릭이 애시 형의 카드에다 이렇게 써준 것이다. '생일 축하한다, 애시. 사랑을 담아, 릭. ×나 축하!' 카드를 다 쓴 릭은 피브스처럼 춤을 추며 다른 아이들과 놀려고 자리를 떴다.

엄마는 카드를 보더니 고개를 저으며 눈살을 찌푸렸다.

"난 도무지 모르겠다, 톰. 이런 말을 써도 되는 거니."

엄마의 말에 나는 대답했다.

"화내지 마, 엄마. 재밌는데 왜 그래."

나는 카드를 보물처럼 챙겼다. 그건 **정말로** 보물이었으니까. 형들은 내가 부업처럼 하는 배우 활동에는 별 감흥을 보이지 않았지만, 릭 메이올이 '×나'라고 적어준 카드는 금덩이를 보듯 소중하게 여겼다.

드레이코와
다윈

---

or
말포이는 어쩌다
그런 썩은 미소를
짓게 되었나

Beyond
the Wand

우리 할아버지는 매우 명석하신 분이다. 그분의 성함은 나이젤 앤스터로, 직업은 지구물리학자다. 그것도, 수많은 수상 경력을 보유하셨음은 물론이고 그분의 이름을 딴 상도 있을 정도로 아주 뛰어난 지구물리학자라고 밝혀두겠다. 〈해리 포터와 마법사의 돌〉 영화가 현지 촬영을 시작했을 때 나와 촬영지까지 동행해 줄 샤프롱이 필요했기에 할아버지가 같이 가게 되었다. 엄마가 또 직장을 그만둘 수는 없었기 때문이다. 그동안 집안 살림은 웬디 할머니가 해주기로 하고, 할아버지는 나와 함께 촬영지로 떠났다.

할아버지는 풍성한 회색 수염을 기르고 있어서 꼭 찰스 다윈 같아 보였다. 아니, 독자들의 입맛에 맞게 말하자면 현명한 노마법사 같다고나 할까. 그래서 내가 분장을 받는 동안 크리스 콜럼버스 감독이 리브스덴 스튜디오 계단에서 샤프롱으로 촬영장에 온 할아버지를 처음

보았을 때, 그는 우리 할아버지를 아주 멋진 호그와트 교수님으로 만들자고 마음먹었다.

장면) 리브스덴 스튜디오 계단. 낮.

수염을 기른 노신사가 개털 같은 금발을 한 꼬마를 데리고 분장실로 가고 있음. 노신사와 꼬마를 마주친 크리스 콜럼버스는 잠시 멈춰 서서 눈을 두 번 깜빡이고는 고개를 갸웃거림.

콜럼버스: (미국 영화감독다운 열정 가득한 태도로) 저기요, 혹시 해리 포터 읽어보셨어요?

할아버지: (영국 학자다운 신중한 태도로) 읽어보았습니다.

콜럼버스: 선생님은 대단한 마법사가 되실 수 있어요! 혹시 연기하고 싶다는 생각 해보신 적 있는지요?

할아버지: 없습니다.

콜럼버스: 음, 저희가 말이죠, 선생님을 호그와트로 모시고 싶은데요! 혹시 생각 있으신가요?

잠시 후

할아버지: 그러죠.

출연자의 가족이 영화에 카메오로 나온다니, 들어본 적 없는 일이었다. 하지만 우리 할아버지는 예외적으로 영화에 나왔다. 영화 첫 편에서 학생들이 호그와트 대연회장에 들어왔을 때 교수들이 앉은 탁자맨 오른쪽을 보면 우리 할아버지가 있다. 그리고 퀴럴 교수가 지하 감옥에 트롤이 있다고 알려주는 장면에도 등장하고, 처음 열린 퀴디치 경기에서 리 조던 옆자리에 앉아있기도 했다. 할아버지는 리처드 해리스와 섬뜩할 정도로 닮아서, 종종 장면을 이어갈 때 덤블도어의 대역으로 활약하기도 했다. 하지만 할아버지의 영향력은 화면에 나오는 짧은 카메오 역할만이 아니라 영화 전반적으로 나타났다.

우리 할머니는 요정과 정령, 마법과 유령, 고블린 이야기를 즐겨 읽었다. 나는 판타지에 대한 할머니의 열정을 물려받았다. 반면 할아버지는 으뜸가는 학자로, 느긋하고 체계적이며 대단히 합리적인 분이다. 우리 펠턴 사형제가 할아버지와 체스를 두면, 할아버지가 어김없이 대승을 거두었다. 물론 말을 한 번 옮길 때마다 생각할 시간을 5분씩 두어야 한다고 고집을 부리시기는 했지만 말이다. 대개 우리 형제는 지루한 나머지 그냥 져버리곤 했다. 하지만 이런 합리주의적인 모습 외에도 할아버지는 예술에 대한 열정이 대단한 분이었다. 오페라와 클래식 음악, 현대음악과 연극, 시와 영화를 무척 좋아하셨다. 그래서 내가 보기에는 영화에 출연하게 되고 내가 배역을 잘 해내도록 같이 준비할 수 있어서 즐거우셨을 거다.

당시의 나는 말할 때 자꾸만 멈칫하는 버릇이 있었다. 너무 열의

에 찬 나머지 말들이 서로 먼저 나오려다가 말문이 막혀버리는 상황이
종종 벌어졌고, 급기야는 말을 살짝 더듬게 되었다. 할아버지는 그런
나에게 말을 천천히 하는 법을 가르치셨다. 분명하고 정확하게 발음하
는 법은 어린 배우가 배워야 할 중요한 점이었다. 하지만 할아버지의
조언은 그 정도의 평범한 수준에서 그치지 않았다. 드레이코 말포이의
가장 눈에 띄는 특징을 만드는 데 결정적인 도움을 주셨으니까. 바로
말포이의 썩은 미소 말이다.

　드레이코에게서 썩은 미소를 빼면 뭐가 남겠는가. 그래서 할아버
지는 내가 그 미소를 연습해야 한다고 주장하셨다. 우리는 촬영지의
작은 숙소에 앉아 거울을 마주 보며 빈정대는 미소를 연습했다. 할아
버지는 내가 아주 끔찍한 걸 보면서 미소 짓는 상상을 해보라고 했다.
미소가 너무 크면 과하게 기분 좋아 보이는 법이다. 그래서 할아버지
는 반드시 작고 질척하게 미소 지어야 한다고 하셨다. 일단 그런 미소
를 지을 수 있게 되자, 이번에는 고개를 들고 마치 역겨운 냄새를 맡듯
콧구멍을 벌름거리는 법을 가르쳤다.

　"아주 잘했다. 이제는 한쪽 콧구멍으로만 해보자."

　그러다 마지막으로, 할아버지는 나에게 가장 어리고 작고 힘없는
막내로 살면서 느꼈던 좌절감을 그 썩은 미소 속에 넣어보라며 날 북
돋아 주었다. 그 순간 써먹을 만한 좌절감이 참 많기도 하더라! 누군가
의 동생이라면 부당한 대우에 화가 났던 경험이 반드시 있기 마련이
다. 만약 형들에게 괴롭힘당했을 때 내가 느꼈던 바로 그 감정을, 내가

119

드레이코가 되어 다른 배우들에게 느끼게 해줄 수 있다면 나는 분명히 드레이코 역을 제대로 해낼 것이었다.

나는 할아버지의 조언대로 했다. 거울 앞에 앉아 형들이 날 버러지라고, 애송이라고 불렀던 그 모든 순간을 떠올렸다. 형들이 리모컨을 독차지하고 한 번도 양보하지 않았던 순간을, 아빠가 도킹 카 부트 세일에서 사 온 미니 당구대에서 당구를 쳤을 때 징크 형이 날 약 올리던 순간을 떠올렸다. 내가 당구채를 들고서 창 던지듯 형에게 던지자, 정말 얄밉게도 몸을 쓱 피한 형 때문에 곧장 날아간 당구채가 우리 집 뒷문 유리창을 산산이 깨뜨리고 말았던 그 순간을 떠올렸다.

물론 형들은 앞으로도 언제나 나의 가장 좋은 친구일 테고, 우리 집은 말포이네 저택과는 비슷한 데가 전혀 없는 행복하고 재미있고 사랑 가득한 공간이었다. 드레이코는 사람을 학대하는 음울한 가족의 자녀였지만, 나는 사랑이 넘치는 가족의 아이다. 하지만 거울 앞에서 할아버지와 함께 연습했던 그 시간을 통해 나는 중요한 연기 기술을 터득했다. 배우는 자신의 모습을 배역에 투영하며, 자기 삶을 이루는 요소들에 기반하여 연기하면서 그 요소를 다른 식으로 풀어낼 줄 알아야 한다는 것이다. 나는 드레이코가 아니다. 드레이코도 내가 아니다. 하지만 우리 사이를 가르는 선은 흑백을 가르듯 뚜렷하지 않다. 그 선은 수많은 음영으로 이루어진 불분명한 회색으로 존재한다.

10

위험인물
1호(제2탄)

---

or
그레고리 고일과
핫초코 폭발

Beyond
the Wand

영화 제작은 협동 작업이다. 영화 해리 포터 시리즈는 조 롤링부터 미술 담당자와 카메라 촬영팀과 놀라운 재능을 지닌 배우들에 이르기까지 수백 명이 창의적인 상상력을 눈부시게 발휘한 결과다. 하지만 내가 보기에 1편과 2편을 제작하는 동안 이 수많은 사람을 끈끈하게 이어서 우리가 아는 바로 그 영화를 만들어 낸 사람은 크리스 콜럼버스 감독이다.

나는 콜럼버스 감독을 알지도 못했을 때부터 그의 팬이었다. 그는 내가 자라면서 가장 좋아하게 된 영화, 예를 들어 〈미세스 다웃파이어〉와 맥컬리 컬킨이 나온 〈나 홀로 집에〉 같은 영화를 몇 편이나 만든 사람이었다. 내가 뉴욕에서 짧게나마 오해받아 팬들의 환호를 대신 받기도 했던 맥컬리 컬킨의 영화 말이다. 하지만 내가 봤던 영화를 만든 감독하고 언젠가 직접 영화를 찍게 될 거라고 생각하는 어린이가 세상에 어디 있겠는가? 나는 조디 포스터나 존 굿먼과 함께 연기하면서도 태연했으니, 이름을 들어본 적도 없는 감독과 영화를 찍을 때도 떨릴 일은 없을 거라고 생각했다. 하지만 상황은 곧 변해버렸다. 콜럼버스는 곧바로 촬영장에서 나의 스승 같은 존재가 되었고, 그가 없었더라면 내 연기는 분명히 달라지고 말았을 것이다.

콜럼버스는 어린이 배우와 함께 일하면서 어떻게 아이에게 최선의 연기를 시킬 수 있을지 선천적으로 아는 것처럼 능숙했다. 그가 다소 장난기 넘치고 유치한 기색이 없는 사람이었다면 〈나 홀로 집에〉 같은 영화를 만들 수 없었을 것이다. 콜럼버스는 어린아이를 스무 명이나 한 방에 두면 머지않아 다들 딴짓하며 놀게 된다는 사실을 잘 알았다(우리는 특히 엄지손가락 싸움이나 손 치기 게임을 좋아했다). 콜럼버스는 우리가 딴짓을 못 하게 막으려 들지 않았다. 오히려 얼마든지 놀라며 격려해 주었다. 아무리 영화 촬영이 대단한 일이라 해도, 거기에 전전긍긍하지 않는 대범한 능력을 지닌 사람이었다. 그는 감독이었지만 몸소 장난을 치고 노는 분위기를 만들었다. 그가 한 일 중 하나는 바로 스튜디오 한가운데에 떡하니 자그마한 농구 코트를 설치한 것이었다. 물론 골대는 하나밖에 없었다. 처음에는 그 코트를 쓰는 사람이 콜럼버스 감독뿐이라서, 그는 점심시간마다 슛을 쏘았다. 그러자 두세 사람이 같이 놀기 시작했고, 이어서 나도 끼어도 되냐고 물어보았다.

"그럼, 되고말고! 어서 와, 어서 들어와!"

결국 판이 커져서 여덟 명이 점심을 먹고 45분 동안 농구를 했다. 문제는 15분 후 내 머리와 의상이 땀에 흠뻑 젖어버리고, 창백한 피부를 만들어 놓은 화장이 다 녹아내렸다는 것이었다. 콜럼버스는 어린이 배우들을 그 꼴로 만들어 버렸다며 분장팀에게 혼이 났다. 그는 나에게 진심으로 후회하는 기색을 보이며 말했다.

"미안해. 너도 끼워주고 싶은데, 그럴 수가 없네."

(하지만 그 후에도 나는 몰래 몇 번 농구를 했다. 땀을 흘리지 않을 정도로만 말이다.)

콜럼버스는 우리가 뭘 해야 하는지, 어떻게 연기해야 하는지 이렇게 저렇게 지시하지 않았다. 그는 모니터 뒤에 앉아서 어떻게 장면을 연출해야 하는지 철두철미하게 알고 있는 감독이었다. 그리고 어린이 배우 개개인이 어떤 연기를 보여주어야 하는지 우리에게 정확하게 전달하는 능력을 갖추고 있는 것 같았다. 그런 전달 능력은 **말로** 나타날 때보다 **말이 아닌 것으로** 나타날 때가 더 많았다. 때로 그는 환경을 바꿔서 어린이 배우들의 연기가 자연스럽고도 유기적으로 장면에 녹아나도록 이끄는 전략을 썼다. 그 좋은 예가 바로 우리가 처음 대연회장에 들어서는 장면이다. 그 장면을 촬영하는 날까지 어린이 배우들을 일부러 세트장에 들어가지 못하게 막고서, 콜럼버스는 대단하리만큼 완벽하게 모든 걸 확실히 준비해 두었다. 탁자를 놓은 가운데 엑스트라들이 모두 자리를 잡았다. 너울대는 촛불 수백 개가 낚싯줄로 천장에 매달려 있었다(나중에는 낚싯줄이 녹아서 결국 촛불이 떨어지고 말았다). 덤블도어와 해그리드, 스네이프와 우리 할아버지는 예복을 차려입고 상석에 앉아있었다. 천장은 별이 빛나는 밤하늘이었다. 물론 실제로는 하늘처럼 보이도록 설치한 거대한 비계일 뿐이었지만, 그 공간에 처음으로 들어서는 순간 충격을 받지 않기란 불가능했다. 화면에 드러나는 호그와트 1학년 학생들의 반응은 진짜였다. 그들은 콜럼버스가 교묘하게 의도한 대로 무척 놀란 표정을 그대로 보여주었다. 콜럼버스는 우리에게 아무것도 말할 필요가 없었다. 그저 원하는 반응을 이끌어 내기 위해 완벽한 환경을 조성했을 뿐이다. (물론 그때도 난 겉으로는 심드렁하니 만사 귀찮고, 세상에 날 감동하게 만들 것 따윈 아무것도 없다는 태도를 드러냈다. 그래서 속으로는 다른 애들과 마찬가지로 감동했을지언정 겉보기엔 별로 넋을 잃은 것처럼 보이지 않았을 수도 있다. 그리고 그것까지도 콜럼버스가 이미 다 계획하고 있었다는 걸 믿어 의심치 않는다. 나의 태도는 그 장면에 완벽하게 들어맞았으니까.)

콜럼버스 감독의 열정은 지칠 줄 모르고 이어졌다. 그는 언제나 입버릇처럼 "야, 대단한데? 완전 **대단해!**"라고 말했다. 영화 2편 촬영 막바지에 이르러서는 우리에게도 그 말투가 옮아서 "야, 대단한데?!"라고 나름대로 흉내 내곤 했다. 하지만 우리가 놀리는 말에도 그는 분명 개의치 않았을 거다. 사실, 콜럼버스라면 우리에게 더 해보라고 부추겼을 것이다. 그는 우리 어린이 배우들이 까불거리며 재미있게 지내기를 바랐다. 그런 모습이 화면에 그대로 반영되리라는 걸 알고 있어서였다.

우리에게 일대일로 지시하는 콜럼버스의 기술 역시 마찬가지로 교묘했다. 그는 대단한 감독이었기에 어린이 배우들은 모두 그에게 잘 보이려 했고, 나 또한 마찬가지였다. 그는 자신이 드레이코를 참으로 싫어한다는 걸 무척 즐기면서 과장되게 보여주었다. 내가 썩은 미소를 짓거나 내심 우월감을 드러낼 때마다 그는 "컷!"이라고 외치며 얼굴을 찌푸리고는 씩 웃으며 "우, 이 **나쁜 자식!**"이라고 말했다. 나에게 원하는 바를 말해주기보다, 내가 맡은 배역을 연기하는 모습이 마음에 든다는 긍정적인 반응을 보여주곤 했다. 그런 식으로 콜럼버스는 스트레스를 주거나 무리한 요구를 하지 않고서도 내 연기를 부드럽게 끌어냈다. 내가 보기엔 그런 방식이야말로 위대한 감독이 지닌 특징이다.

하지만 언제나 장난만 치고 웃으며 일할 수는 없는 법이다. 콜럼버스의 여유로운 태도는 어린이 배우들이 최선의 연기를 펼치도록 정밀하게 계산된 것이었지만, 그렇다고 언제나 너무 여유롭게 굴 수는 없었다. 촬영장에 아이들이 수십 명씩 있다면 그야말로 야단법석이 벌어진다. 그런데 감독이 아이들을 재미있게 해줘야 한다는 것만 강조하면, 신나서 날뛰는 아이들을 어떻게 계속 제어할 수 있겠는가? 콜럼버스가 맘씨 좋은 경찰 역을 할 때 누군가는 총대를 메고 나쁜 경찰을 해주어야 했다. 나쁘지는 않더라도 **엄격한** 경찰 노릇을 해줄 사람이 필요했다. 그게 바로 크리스 카레라스였다. '크리스' 콜럼버스 감독에 이어, 그는 해리 포터 촬영장에서 두 번째로 중요한 '크리스'였다.

치프 조감독인 카레라스는 콜럼버스의 오른팔이었다. 즉, 촬영장을 이끌어 가는 일이 그의 몫이었다. 모든 게 제때 원활하게 돌아가도록 하고, 모두가 각자 무슨 일을 언제 할 것인지 정확하게 알려주는 임무를 지닌 사람이었다. 흥분한 아이들 수십 명이 규칙을 지키도록 하는 건 보통 어려운 일이 아니다. 그런데 카레라스는 그 일에 아주 적합한 사람이었다. 영화계에서 아주 탄탄하게 경력을 쌓고 무척 인정받는 치프 조감독이었던 그는 마치 훈련 교관처럼 촬영장을 제대로 이끌었다. 촬영 첫날, 그는 앞으로 항상 보게 될 검은 호루라기를 목에 걸고서 우리 모두에게 연설했다. 마치 덤블도어 교장이 전교생을 모아놓고 호그와트 3층 복도는 출입 금지라고, 거기 들어가면 가장 고통스러운 죽음을 맞이하게 될 거라고 공지하는 것처럼, 카레라스는 호루라기를 들고서 명령조로 말했다.

"내가 이 호루라기를 불었는데도 입을 안 다무는 사람은 집에 **보내버릴 거야.**"

카레라스는 좋은 사람이었지만, 우리는 모두 그를 조금 무서워했다. 난 그가 우리를 정말로 집에 **보내려던 건** 아니었을 거라 생각한다. 하지만 정말로 **그럴 수도 있을 거라고** 믿을 만큼 그는 진지한 태도로 명령을 내렸다. 그래서 그놈의 호루라기를 불 때마다, 소리를 들은 아이들은 모두 하던 걸 멈춘 채 입을 꾹 다물고 귀를 기울였다.

물론 가끔 예외도 있긴 했다.

그레고리 고일 역을 맡은 조시 허드먼과 나는 상당히 말썽을 피우곤 했다. 우리가 킹스크로스역에서 촬영한 첫날이 특히 기억난다. 그때 평소와 달리 아빠가 나의 샤프롱으로 따라왔었는데, 그날 말썽을 피운 펠턴가 사람은 나만이 아니었다는 걸 기쁘게 알리고 싶다. 촬영장에 온 아빠는 소품과 카메라, 엑스트라들을 비롯해 예의 '9와 4분의 3 승강장' 간판을 보고 대단히 놀라워했다. 그 승강장 간판은 이제껏 외부에 비밀로 유지되다가 처음으로 공개된 것이었다. 무척 신난 아빠는 카메라를 들고 사진을 찍으려 했다. 물론 사진 촬영은 엄격히 금지된 행동이자 촬영장 예절에도 반하는 짓이었다. 마침 뒤에 있던 조감독 하나가 아빠를 보고 사진 찍는 사람이 있다며 소리를 질렀다. 그 소리를 듣자마자 한 무리의 사람들이 미친 듯이 그 못된 파파라치를 찾으려고 나섰다. 아빠는 재빨리 카메라를 숨기고는 다른 쪽을 가리키며 소리쳤다.

"그놈 저쪽으로 갔어요!"

그렇게 아빠는 하마터면 큰일 날 뻔한 상황을 능숙하게 피했다.

아빠에 비하면 그날 나는 운이 좋지 못했다. 그날은 뼛속까지 시리도록 추운 날이라, 어린이 배우들에게 코스타 커피사의 핫초콜릿이 제공되었다. 나는 받은 핫초콜릿을 꿀꺽꿀꺽 마신 다음 빈 컵을 바닥에 놓았다. 그러자 조시가 내 컵을 발뒤꿈치로 납작하게 밟아 눌렀다. 그 동작이 내겐 참 멋있어 보였다. 하지만 조시는 자기 몫의 핫초콜릿을 천천히 홀짝이다가 그만 다 마시기도 전에 카레라스의 호루라기가 울리는 소리를 듣고 말았다. 그 애는 컵을 바닥에 놓고 선 채로 지시를 들으려 집중했다. 하지만 나는 그때 좀 말을 안 들었다. 그래서 그에 뒤질세라, 조시가 컵을 다 비웠다 생각하고 있는 힘껏 폴짝 뛰어서 두 발로 컵 위에 착지했다.

　이어진 광경은 믿을 수 없을 정도로 처참했다. 핫초콜릿이 사방으로 확 뿜어 나가면서 반경 2.5미터 안에 있던 아이들의 호그와트 교복을 전부 엉망으로 만들어 버렸기 때문이다. 이런 빠듯한 일정 가운데서 수많은 십대 아이들의 의상이 더러워져 급히 세탁할 일이 벌어지다니, 제작사에서 절대 바라지 않는 일이 일어나고 만 것이다. 카레라스의 얼굴이 일그러졌다. 그는 우리에게 성큼성큼 다가와서는 스네이프 교수도 울고 갈 정도로 무시무시한 표정을 지었다. 그 표정은 '이 망할 놈들아!'라는 뜻이었다. 나는 그때 카레라스가 너무 무서웠던 나머지 이제 뭔가가 제대로 시작되기도 전에 드레이코 역에서 잘릴 거라고 진심으로 믿었다. 다행히, 나를 혼내던 카레라스의 얼굴에 아주 살짝 스쳐 가는 미소를 감지할 수 있었다. 나는 그때 사건을 잘 모면했지만 우린 다시는 촬영장에서 핫초콜릿을 받지 못하게 됐다. 그리고 크리스 카레라스가 그토록 화를 냈으니 그 후로는 우리가 말을 잘 들었다고 말할 수 있다면 좋으련만, 안타깝게도 사실은 그렇지 않았다…….

* * *

　내가 해리 포터에서 배역을 맡게 된 그 순간부터 분명하게 지켜야 할 규칙이 몇 가지 생겼다. 일단 나는 **절대로** 위험한 짓을 해서는 안 됐다. 스키 타기? 안 될 말이었다. 익스트림 스포츠? 지금 장난해? 바 클레이 광고를 찍을 때와 똑같은 상황이 되어버린 것이다. 이런 제한 은 이해할 수 있었다. 수백만 파운드를 들여 영화를 반쯤 찍어놓았는 데, 어린이 배우 하나가 뼈가 세 군데 부러져서 앞으로 6개월 동안 병 원 신세를 지게 된 바람에 상당 부분을 다시 찍어야만 한다면 누가 좋 아하겠는가.

촬영 중에는 가벼운 부상조차 문제가 될 수 있었고, 실제로 문제 가 되기도 했다. 영화 2편을 찍을 때, 친구 리치가 우리 집에 놀러 와 서 잔 적이 있다. 엄마의 전화를 받고 내가 드레이코 역을 맡았다는 걸 알게 되었을 때 같이 놀던 내 친구 말이다. 우리는 거실에서 자기로 했 다. 나는 소파에서, 리치는 바닥에서. 그때 펠턴가에는 자랑스레 신식 무선 전화기를 갖춘 참이라, 리치와 나는 밤새 장난 전화를 하며 놀았 다. 우리가 안 자고 있다는 걸 엄마가 모르도록 거실 불은 끈 채였다.

"전화기 좀 던져줘."

나는 신난 목소리로 속삭였다. 그래서 리치는 그 말대로 전화기를 던졌다. 그것도 아주 세게. 명색이 극 중 슬리데린 퀴디치팀 소속인데, 내가 손 정도는 잘 쓸 거라고 생각했을 수도 있겠지. 하지만 안타깝게 도 난 손을 뻗긴 했으나 수색꾼의 솜씨를 제대로 발휘하지는 못했다. 전화기는 내 이마에 세차게 부딪혔다. 제길. 우리는 스위치를 더듬더 듬 찾아 불을 켰다. 리치가 나를 빤히 바라보았다.

"왜? 왜 그래? 뭐 이상한 거 봤어?"

"아…… 이런…… 세상에."

리치가 나직하게 말했다. 내 이마는 곧바로 부풀어 올라 골든 스니치만 한 혹이 생기고 말았다. 평소라면 별문제 없었을 일이었다. 하지만 난 다음 날 아침에 대연회장에서 중요한 장면을 촬영해야 했기에 이건 큰 문제였다.

엄마는 곧바로 촬영팀에 전화를 걸었다.

"저, 톰이 좀 사고를 당해서요……."

"그렇군요. 얼마나 심각합니까?"

예전부터 시달려 왔던 제작팀 사람이 묻자 엄마는 거짓말을 했다.

"음, **그렇게** 눈에 띄진 않아요. 그냥 이마에 살짝 혹이 나서요……."

하지만 다음 날 아침, 내가 분장실에 가자 다들 충격에 휩싸여 침묵했다. 내가 만화 〈톰과 제리〉에 나올 법한 꼴을 하고 있었으니까. 분장 담당자는 나를 재빨리 의자에 앉히고 최선을 다해 그 웃긴 혹을 가려주었지만, 그날 대연회장에서 내 얼굴을 찍을 때는 혹이 보이지 않는 부분만 잡아야 했다. 리치가 제대로 조준을 못 하고 내가 제대로 못 잡은 탓이었다.

그리하여 규칙은 '위험한 짓은 아무것도 하지 마라'로 한층 강화되었다.

하지만 규칙은 어기라고 있는 것 아니겠는가?

해리 포터 촬영 초기에 나는 항상 이런 태도를 고수했다. 우리의 첫 로케이션 촬영지는 노섬벌랜드에 있는 애니크 성이었고, 거기서 우리는 후치 선생님 역을 맡은 조이 워너메이커와 빗자루 비행 훈련 장면을 촬영했다. 그 장면 하나를 찍는 데만 사나흘이 걸렸다. 그래서 나는 딘 토머스 역을 맡은 앨피, 그러니까 앨프리드 이넉과 함께 무척 말썽을 많이 부렸다. 나보다 한 살 많은 앨피는 똑똑하고 재미있는 애였다. 그리고 부모님이나 가족이 아니라 전담 샤프롱을 따로 두었으며, 나처럼 스케이트보드를 좋아했다. 물론 스케이트보드 타기도 당연히 금지 항목이었다. 그런데도 나는 몰래 가방 속에 스케이트보드를 숨겨 가져오는 데 성공했고, 곧 인적이 드문 곳에서 가끔 보이는 썩 훌륭한 아스팔트 경사로를 찾아내고야 말았다. 그래서 둘이 몰래 가서 스케이트보드를 타자고 앨피를 설득했다.

그건 좋은 생각이 아니었다. 아무리 봐도 큰일이 날 수밖에 없는 생각이었다. 하지만 우리는 개의치 않았다. 그저 아스팔트 언덕을 뛰어 올라간 다음 코스가 얼마나 좋은지 시험해 보았으니까. 그나마 스케이트보드를 서서 타지는 말아야겠다는 개념은 있었던지, 우리는 봅슬레이를 타듯 앉아서 탔다. 그러나 앉아서 탔다 한들 우리에겐 전혀 도움이 되지 않았다. 안전 따윈 생각지도 않고, 또 다치기라도 하면 영화에 얼마나 지장을 줄지 생각하지도 않고 어마어마한 속도로 언덕을 내려오는 우리의 모습이 앨피의 샤프롱에게 포착돼 버렸기 때문이다. 그분은 제대로 분노했고, 우리는 꽤 망신을 당했으며, 나는 곧바로 주변 애들을 못되게 물들이는 놈으로 찍혔다.

　내가 뭐 주변을 못되게 물들이는 애냐고, 다 허튼소리라고 생각하고 싶지만 사실 난 그런 애가 맞았다. 영화 촬영이 시작되자마자 삶이 예술을 반영하기 시작하면서 나는 어쩌다 보니 제이미와 조시(극 중 크래브와 고일)랑 셋이서 뭉쳐 다니게 되었다. 킹스크로스역 장면의 핫초콜릿 사건 때문에 조시와 나는 벌써 제작진 사이에서 사고뭉치로 통하고 있었지만, 우리의 사고뭉치 행각은 곧바로 또 이어질 운명이었다.

　우리는 뉴캐슬 주변에서 촬영을 하고 같은 호텔에 묵었기 때문에, 촬영이 끝나면 함께 놀 수 있어서 참 좋았다. 그러다 조시가 공포 사격을 할 수 있는 모조 권총을 몰래 가져와 보여주자 우리는 무척 흥분했다. 이런 장난감은 백만 년이 지나도 우리 엄마가 절대로 손도 못 대게 할 물건이었고, 그래야 마땅하기도 했다. 그건 진짜 권총과 똑같이 생겼는데 총탄 없이도 발사된다는 점만 달랐다. 그러나 제아무리 총알이 없다 한들, 말썽꾸러기 십대 세 명이 가질 만한 물건은 결코 아니었다. 물론 그렇기에 짜릿한 것이었지만.

　우리는 총을 너무나도 쏴보고 싶었다. 하지만 그럴 만한 적절한 장소가 도무지 생각나지 않았다. 딱 봐도 호텔에서 쏠 수는 없었고, 우리가 아무리 생각이 없다 해도 세트장 근처에서 총을 쏠 만큼 멍청하진 않았다. 결국 우리는 한밤중까지 기다렸다가 근처 주차 타워 지하층으로 몰래 들어갔다. 지하층은 텅 비어있어서, 나는 참으로 멍청하게도 여기라면 누구에게도 겁주는 일 없이, 그리고 더욱 중요하게는 아무에게도 들킬 일 없이 안전하게 총을 쏴볼 수 있을 거라 생각했던 것 같다.

하지만 소리가 날 거라는 생각은 못 했다.

이런 주차 타워에 가본 적이 있는 사람이라면 소리가 얼마나 크게 울리는지도 잘 알 것이다. 그러니 제아무리 실탄이 없었다 해도 총소리가 얼마나 컸겠는가. 조시는 권총 레버를 젖혔다. 우리는 마음의 준비를 했다. 조시는 방아쇠를 당겼다. 귀청을 찢는 소리가 들렸다. 총소리가 온 주차 타워에 울려 퍼졌다. 아무도 모르게 총을 쏘고 싶었다면 뉴캐슬의 주차 타워에는 절대로 가지 말았어야 했던 것이다. 날카로운 총소리가 좀처럼 잦아들지 않는 가운데, 우리는 심한 공포에 사로잡혀 서로를 바라보았다. 총소리는 마치 대연회장에 나타난 하울러처럼 타워를 울려대며 사라지지 않았다.

우리는 도망쳤다.

살면서 그렇게 빨리 뛰어본 적은 없었던 것 같다. 겁에 질리고 땀에 젖고 숨이 찬 채로 우리는 주차 타워를 허겁지겁 빠져나와 호텔로 돌아와서는 방에 숨었다. 누가 우리를 보고 신고해서 경찰에 끌려갈까 봐, 더 심하게는 제작자인 데이비드 헤이먼에게 불려갈까 봐 난 무척 무서웠다. 이제 어떻게 될까? 분명히 해고당해 집으로 돌아가게 되겠지. 분명 이렇게 끝나버리겠지? 항상 웃던 크리스 콜럼버스 감독조차도, 우리가 저지른 멍청한 짓을 보면 분명 웃을 수 없겠지?

나는 오싹한 기분으로 누군가가 방문을 두드리는 상황을 조마조마하게 기다렸다. 더 심하게는 크리스 카레라스가 호루라기를 마구 불어대며 나타날 거라고 생각했다. 하지만 그런 일은 일어나지 않아서, 우리는 가까스로 목숨을 부지했다. 아무리 공포 사격이라지만 총을 쏘고도 살아남았으니 목숨을 부지했다는 말은 틀린 게 아니다. 하지만 우리가 공용 주차 타워에서 공포 사격을 하는 멍청한 짓을 다시는 저지르지 않은 것과는 별개로, 못된 짓을 함께 꾸몄다가 간신히 빠져나온 사람들 사이에 생기는 나름의 유대감이 우리에게 자리 잡았다. 드레이코, 크래브와 고일은 원작 소설과 영화에서 말썽꾸러기 삼인조로 나온다. 사람에 따라서는 현실 세계의 그 삼인조가 영화나 책보다 더 말썽을 부렸다고 생각할 수도 있겠다. 적어도 영화 촬영 초창기에는 말이다. 여기에 대해서는 뭐라 할 말이 없다.

11

어느 날
촬영장에서

---

or

세베루스 스네이프의
소시지 샌드위치

Beyond
the Wand

해리 포터 스튜디오 세트장 촬영이라는 말을 들으면, 배우들이 그곳에서 마법사답게 호사를 누리거나 할리우드 특급 배우 대접을 받을 거라고 생각할 수도 있겠다.

이제부터 내가 그 생각을 산산이 부숴주겠다.

오해는 마시라. 영화에 등장하는 배우로 사는 게 학교에 다니는 것보다야 훨씬 낫긴 하다. 하지만 대개 사람들이 하는 예상은 영화판의 현실과 다르다는 걸 난 잘 알게 되었다.

일반적인 스튜디오 촬영 날은 아침 6시에 누군가가 우리 집 현관문을 두드리며 시작된다. 두드리는 사람은 9년간 나의 운전기사로 일한 지미(우리는 그를 '크랙 빈'이라는 애정 어린 별명으로 불렀다)로, 밝고 쾌활한 지미는 나를 촬영장에 데려다줄 준비가 되어있었다. 아침 6시에 일어나야 하는 십대들이 으레 그렇듯, 그 시각의 나는 전혀 밝고 쾌활하지 못했다. 그래서 마지못해 비척비척 침대에서 일어나 좀비처럼 터덜터덜 걸어 베개 하나를 집어다가 차에 가져갔다. 그 차는 차체가 긴 짙은 초록색 BMW 7 시리즈로, 내겐 아무리 봐도 필요 없는 차였다. 나는 조수석에 앉는 즉시 비몽사몽 상태가 되어 한 시간 반 거리를 이동해 스튜디오에 도착했고, 지미는 촬영장의 상징이라 할 만한 5번 문 앞에 나를 내려주었다.

5번 문으로 들어가면 분장실과 제작 사무실, 미술부가 나왔다. 그곳은 내가 본 곳 중에서도 단연 초라하고 허름한 구역이었다. 오래된 계단은 금방이라도 무너질 것 같았고, 체커보드 무늬 리놀륨 바닥은 끈적끈적했다. 바깥은 맑을 때보다 비가 추적추적 내리거나 하늘이 타파웨어(미국의 반투명 플라스틱 용기 브랜드 이름—옮긴이) 색처럼 우중충한 날이 많아서, 여기가 할리우드가 아니라 잉글랜드라는 걸 확실하게 알 수 있었다. 나는 여전히 몽롱한 눈으로 아침을 먹으러 구내식당으로 향하곤 했다. 배고픈 십대에겐 해시 브라운과 콩이야말로 배를 잔뜩 채울 수 있는 괜찮은 영국 음식이다. 그런 다음 나는 또 비틀거리며 그 무너질 것 같은 계단을 올라 나의 '쪽대본sides'을 챙기러 제작 사무실로 간다. '쪽대본'이란 그날 내가 알아야 할 연기와 대사 순서가 기록된 조그만 대본이었다. 나는 항상 쪽대본을 잃어버리곤 해서, 그걸 만들고 배포하는 담당 조감독들이 골머리를 심하게 앓았다.

다음으로 가는 곳은 내 분장실이었다. 나는 미술부를 쭉 돌아다니곤 했는데, 거긴 정말로 놀라운 장소였다. 뛰어난 예술가들이 그린고츠 은행에나 있을 법한 기다란 탁자에 둘러앉아 점토를 가지고 마법 세계에서 쓰는 멋진 소품을 제작하거나 다양한 세트장의 모델을 정교하게 만들고 있었다. 미술부 끝에는 데이비드 헤이먼의 사무실이 있었다. 그의 사무실로 불려간다는 건 교장 선생님에게 불려가는 것과 마찬가지였고, 무언가 중요한 일이 생겨서일 때가 많았다. 대니얼, 에마, 루퍼트는 한쪽 복도 끝에 분장실이 모여있었는데, 그 근처에는 탁구대를 놓아두었다(참고로, 어릴 적 에마 왓슨은 탁구를 아주 잘 쳤다). 내 분장실은 다른 복도에 있었다. 문에는 '드레이코 말포이'라고 쓴 명패가 있었는데, 우리의 명패는 배우의 이름이 아니라 등장인물의 이름으로 제작되었다(6편을 찍을 때는 앨런 릭먼의 분장실 명패가 '혼혈 왕자'로 바뀌기도 했다). 혹시 나의 분장실이 말도 안 되게 편안한 시설과 특권으로 가득한 아늑한 공간이라고 생각했다 하더라도, 일단 안에 발을 디디는 순간 그런 생각이 싹 사라지게 될 것이다. 그 안은 벽면을 하얗게 칠한 작디작은 방으로, 철제 옷걸이와 플라스틱 의자가 하나씩 있을 뿐이었으니까. 옷걸이에는 내 호그와트 교복을 비롯해 그날그날 입어야 하는 의상들이 걸려있었다. 거기 걸린 옷으로 갈아입고 나서 머리와 얼굴 분장을 했다.

해리 포터 영화에서 머리 모양과 얼굴 화장은 대단한 작전이라고 봐야 했다. 분장사들은 하루에 스무 명에서 서른 명의 배우를 맡았고, 나는 아침마다 의자에 한 시간씩은 앉아있었다. 9일마다 돌아오는 뿌리 염색 날에는 더 오래 앉아있기도 했다. 때로는 온종일 분장을 받고 촬영을 했는데도 결국 그날 촬영한 분량을 다 편집 당하기도 했다(언젠가 티모시 스폴(웜테일 역할을 맡은 배우—옮긴이)은 내게 자기는 연기로 돈을 받는 게 아니라 기다리는 걸로 돈을 받는다고 말하기도 했다). 우리는 촬영장에서 혹시 우리가 필요한 장면이 나올 상황이 생길 때까지 대기했는데, 가끔은 결국 촬영을 못 할 때도 있었다. 그럴 때면 좀 좌절하기도 했지만, 우리가 아무리 힘들다 해도 플리트윅 교수와 그립훅 역을 맡았던 워릭 데이비스보다 힘들 수는 없었다. 그는 머리 모양과 분장을 완성하는 데만 서너 시간이 걸렸고, 그걸 또 제거하는 데도 두 시간이 들었다. 그렇게 하염없이 앉아서 기다리다가 결국 촬영장에 불려가지 않을 때도 있었다.

그렇게 교복 망토를 휘날리고 백금발을 한 채로 완벽하게 드레이코다운 복장을 갖추게 되면, 이제는 학교에 갈 시간이었다. 그리고 여기서 학교란 안타깝게도 호그와트가 아니라 개인 교사가 기다리고 있는 저쪽 다른 복도의 하얗고 평범한 방이었다. 모든 학령기 어린이 배우들은 매일 적어도 세 시간의 정규 교과목을 들어야 했다. 이런 의무교육은 말 그대로 백만 분의 1초까지 철저하게 준수되었다. 우리의 개인 수업 시간은 정말로 초시계로 쟀다. 우리가 펜을 드는 순간부터 초시계가 눌렸고, 펜을 내려놓고 세트장으로 가는 순간 초시계가 꺼졌다. 단 5분 이루어진 수업조차도 정해진 세 시간에서 차감되었는데, 이렇게 시간을 재가며 끊어서 수업하는 방식은 교육상 그리 효과적이지 않았다.

　그렇다고 내가 효과적인 교육에 유달리 관심이 있던 건 아니었다. 나는 개인 수업이 싫었다. 선생님이 싫어서는 절대로 아니었다. 우리 엄마가 〈애나 앤드 킹〉에서 나를 가르쳤던 재닛을 이번 영화에도 추천해서, 그분은 최선을 다해 우리를 가르치는 개인 교사 팀을 이끌게 되었다. 우리 반은 아무리 많아봤자 기껏해야 나와 제이미, 조시까지 세 명이었다. 우리가 함께 등장하는 장면이 많았기 때문이다. 하지만 나는 수업 시간에 항상 딴생각을 하다가, 동선을 설정해야 해서 불려갈 때가 되어야만 정신을 차렸다.

　리브스덴 스튜디오에는 세트장이 여덟 개 있었고, 각 세트장은 알파벳 A부터 H까지 이름을 붙였다. 기본적으로 거대한 창고라고 보면 되는데, 그 안에 놀라우리만큼 정교한 세트를 지어놓았다. 어떤 세트장에는 어마어마한 양의 표토를 갖다 놓고 진짜 나무를 심어서 금지된 숲을 만들어 놓았다. 또 어떤 세트장에는 당시 세상에서 가장 큰 물탱크가 있었다. 앞서 언급했듯이, 걸작이라 할 만한 대연회장은 5번 문에서 가장 멀리 떨어진 맨 끝 세트장에 지어졌다. 거기까지 걸어가려면 꽤 멀었지만, 운이 좋으면 골프 카트를 타고 재미있게 갈 수도 있었다(나는 거기까지 스케이트보드를 타고 가려고 여러 번 시도했고, 심지어 골프 카트를 직접 운전해 보려던 적도 한두 번 있었다. 그때마다 엄청나게 혼났다). 세트장으로 가는 길에는 기술자들과 직원들이 그날 촬영에 필요한 거라면 무엇이든 만드는 하얀 천막을 많이 볼 수 있었다. 영화 촬영이 계속됨에 따라, 이전 영화에서 썼던 소품들이 세트장

가는 길마다 계속 쌓여갔다. 이쪽에는 〈마법사의 돌〉에 나왔던 거대한 마법사 체스 말이 있었고, 저쪽에는 하늘색 포드 앵글리아가 있었다. 그중 가장 볼 만한 건 비밀의 방 입구에 늘어선 거대한 뱀 머리 석상들이었다. 그 석상들은 아주 정교하게 만들어져서 살아있는 듯 묵직해 보였지만, 가까이 다가가면 아주 가벼운 스티로폼으로 만들어서 전혀 무겁지 않다는 걸 알 수 있었다. 다른 세트장에도 온갖 소품과 잡동사니가 바닥부터 천장까지 쌓여있어서 해리 포터 팬이라면 누구든 와서 살펴보고 싶어 할 정도다.

이어지는 시리즈를 위해 제작된 곳 중 가장 멋있는 세트장을 꼽으라면 바로 필요의 방이다. 그곳은 무작위 마법 도구가 가득한 곳으로, 가방과 상자와 악기와 장갑과 병들과 신기한 동물 박제를 찾아볼 수 있다. 하늘을 찌를 듯 높이 아슬아슬하고 위태롭게 쌓인 의자와 책 더미는 언제든 와르르 무너질 것만 같다(사실은 더미 가운데 있는 강철 봉이 지탱하는 구조였다). 그 방에는 골동품 상점에 있을 법한 온갖 신기한 물건이 잔뜩 있었다. 필요의 방을 돌아보며 차근차근 살펴보려면 1년이 있어도 부족할 것이다. 그만큼 아주 멋졌다.

동선 설정은 장면을 촬영할 때 모든 이들이 무엇을 언제 해야 하는지, 무엇보다도 어디에 서있어야 하는지 알아가는 과정이다. 그 과정은 대사를 맞춰보고 움직임과 표정을 다양한 방식으로 표현할 기회라서 감독과 배우에게 중요하다. 나에게 주어진 지시 사항은 보통 한쪽 구석에 서서 짜증스러운 표정을 짓거나, 대연회장에서 평소 앉는 자리에 내 맘대로 앉아있는 것이었다. 어른 배우들은 좀 더 재량껏 연기할 수 있었다. 촬영하는 동안 역량 있는 배우들이 장면을 생생하게 만들어 내는 모습을 지켜보는 건 유익한 일이었다. 대본은 경전처럼 글자 하나 바꿀 수 없었지만, 대본 해석은 자유로워서 장면들이 점차 생동감 있게 살아났다.

동선 설정 과정은 배우만큼이나 카메라팀에게도 똑같이 중요했다. 움직임이 많았기에, 카메라팀에서 장면에 필요한 다양한 앵글을 잡아야 했기 때문이다. 우리는 엄청난 규모의 카메라팀과 함께 일하면서 시간도 충분히 쓰는 호사를 누렸는데, 그렇기에 그만큼 손도 많이 갔다. 대연회장 장면을 촬영한다고 생각해 보자. 문이 열리는 장면, 천장이 비치는 장면, 해리와 론과 헤르미온느가 그리핀도르 탁자에 앉는 장면, 해그리드와 덤블도어가 상석에 앉은 장면 말이다. 그 공간에서 해리와 드레이코가 말다툼을 벌인다면, 카메라 뒤에 있는 천재 감독들은 해리의 어깨 너머로 어떻게 드레이코의 반응을 잡아낼지 알아야 했다. 모두가 자신의 위치를 기억하도록 바닥에 자그마한 콩주머니를 놓아두었다. 종종 평소 사람이 보는 시선과 화면에서 자연스럽게 느껴지는 시선의 방향이 아주 다를 수 있어서, 어디를 봐야 할지 알 수 있도록 카메라 렌즈 주위에 테이프를 붙였다.

일단 동선 설정이 끝났다 해도 촬영 준비를 마치려면 아직 멀었다. 세트장에 조명을 설치하는 데도 때때로 두세 시간이 걸리곤 했으니까. 어린이 배우였던 우리들은 수업을 들어야 하는 시간이 정해져

있을 뿐만 아니라, 한 번에 촬영장에 머무르는 시간 역시 법적으로 제한되어 있었다. 그 말은, 촬영 때도 누군가가 스톱워치를 들고 시간을 쟀다는 뜻이다. 그래서 우리가 개인 수업에 가있는 동안, 우리 자리에는 대역이 앉아있었다. 이 대역 배우들은 우리와 얼굴이 비슷하게 생기지는 않았어도 키와 피부색이 각자 맡은 배우와 똑같았다. 세트장에 조명을 설치하는 동안, 대역들은 우리의 움직임을 그대로 따라 했다. 그동안 우리는 재닛이 이끄는 개인 교사들에게 수학 같은 재미없는 수업을 들으러 터덜터덜 교실로 가서는 촬영 준비를 마칠 때까지 스톱워치를 켜고 수업을 들었다.

점심시간이 되면 구내식당에 한데 모였는데, 그때는 언제나 재미있었다. 식당에서 역할의 구별 따윈 없었다. 전기 기술자가 점심을 받으러 마법사와 고블린 뒤에 서있었고, 그 뒤로 카메라맨과 목수, 그다음에 해그리드가 줄을 섰다. 영화 촬영이 계속되면서 일정은 점점 바빠졌는데, 특히 대니얼, 에마, 루퍼트가 바쁜 일정을 보내게 되었기에 우리는 시간을 아끼려고 음식을 받아다 먹었다. 하지만 앨런 릭먼은 하루도 빠짐없이 스네이프 교수의 펄럭이는 복장을 완벽하게 차려입고서 구내식당에서 식판을 들고 다른 사람들과 함께 줄을 섰다. 나는 첫날부터 앨런에게 위압감을 느꼈다. 삼사 년이 지나서야 겨우 앨런을 볼 때마다 약간 주눅 들고 새된 목소리로 "안녕하세요, 앨런!" 하고 인사할 수 있었을 따름이다. 하지만 그가 어딜 봐도 스네이프 교수 같은 모습으로 소시지 샌드위치를 받으려고 참을성 있게 기다리는 것을 보면 무서웠던 마음도 조금 누그러지곤 했다.

촬영장 방문 투어는 촬영 날에 일상적으로 이루어졌다. 보통 방문객은 어린이들이었고, 이런 투어는 대개 아동 자선사업의 일환이었다. 앨런 릭먼은 그가 후원하는 자선단체로부터 투어 요청을 가장 많이 받는 사람이었다. 내가 보기엔 거의 매일 방문객이 있는 것 같았다. 어린이가 해리 포터 촬영장에서 바라는 게 무엇인지 아는 사람이 바로 앨런이었다. 우리를 방문한 어린이는 대니얼이나 루퍼트, 에마를 만나고 싶어 하지 않았다. 그 애들은 내게도 별로 관심이 없었다. 그들은 배우가 아니라 캐릭터를 보고 싶어 했다. 해리의 안경을 쓰고 싶어 하고, 론과 하이파이브를 하거나 헤르미온느와 포옹하고 싶어 했다. 그리고 대니얼, 루퍼트, 에마의 실제 삶의 모습도 어린이들이 생각하는 이야기 속 캐릭터와 아주 비슷했기 때문에 걔들은 방문객을 실망하게 하는 법이 없었다. 하지만 우리 슬리데린 캐릭터들은 사정이 달랐다. 물론 내 진짜 모습에 드레이코와 비슷한 부분이 어느 정도 있으므로 내가 그 배역을 맡은 것일 수도 있다. 그래도 솔직히 난 알고 보면 **별로 드레이코스럽지는 않으니까**, 이곳을 방문해서 긴장과 흥분을 동시에 느끼고 있는 어린이 일행에게 불쾌감을 주지는 않을 거라 생각하고 싶었다. 그래서 생글생글 웃으면서 아이들을 맞이했고, 최대한 친절한 목소리로 잘 왔다며 인사해 주었다.

"안녕, 애들아! 재미있게 구경하고 있니? 제일 좋았던 세트장은 어디였어?"

이런. 내 생각은 완전히 틀렸다. 단 한 번의 예외도 없이 아이들은 심하게 놀라고 어리둥절해했다. 드레이코가 착한 녀석이라니, 아이들에게 그건 론한테 덜떨어진 녀석이라고 하는 것만큼이나 있어서는 안 될 일이었다. 아이들은 내 친절한 모습을 어떻게 받아들여야 할지 몰랐다. 하지만 앨런은 아이들의 심리를 암암리에 파악했다. 물론 배우 앨런 릭먼을 만나고 싶어 하는 아이도 있을 수 있지만, 그보다는 세베루스 스네이프 교수를 훨씬 더 보고 싶어 하는 심리 말이다. 그래서 앨런은 이 어린이 방문객들을 맞이할 때마다 스네이프 교수와 만나게 하는 상황을 한껏 연출했다. 아이들은 얼굴을 툭 치는 스네이프의 손길과 더불어 '셔츠 자락은…… 안으로…… 넣어 입어라!'라는 간결하고도 느릿느릿한 명령을 들었다. 그러면 아이들은 눈을 휘둥그레 뜨고 겁을 먹으면서도 무척 신나 했다. 참 보기 좋은 광경이었다.

세월이 지나면서 나는 사실과 허구, 환상과 현실을 구별하기 어려워하는 사람들이 있다는 걸 알게 되었다. 때로 그게 힘들기도 하다. 하지만 난 리브스덴 스튜디오에서 그런 사람들과 만나서 인사했을 때 앨런이 캐릭터로 존재할 수 있었던 그 자신감이 내게도 있으면 얼마나 좋을까 생각한다. 앨런은 그런 방식으로 수많은 이들에게 잊을 수 없는 기억을 선사한 거니까.

12

팬

---

or

진짜 나쁜 놈이 되(지 않)는 법

Beyond
the Wand

다시 오데온 레스터 스퀘어로 돌아가 보자.

　나는 예전에도 여기서 시사회를 한 적이 있다. 그때 애시 형과 징크 형이 아주 대단한 볼거리를 선보였던 〈바로워즈〉의 시사회를 앞에서 소개했었다. 형들이 애프터 파티 때 토했던 일 말이다. 그래서 〈해리 포터〉의 첫 시사회가 내겐 전적으로 생소한 행사는 아니었다. 우리 가족과 나는 까만 택시 두 대에 나눠 타고 영화관에 도착했다. 난 정장에 타이를 맸지만, 셔츠를 바지에 단정히 넣어 입거나 윗단추까지 꼼꼼히 잠그지는 않았다(우리 할아버지는 무척 경악하셨다). 그리고 흥분한 관중이 모인 가운데서도 팬들의 반응과 카메라 세례와 전반적으로 난장판인 분위기를 한껏 즐겼다. 하지만 영화가 끝나고 자리를 뜨려는데, 어떤 꼬마가 내게 달려왔다. 아마 스튜디오에서 일하는 거물급 인사의 아들이었던 것 같다. 그 애는 다섯 살도 되어 보이지 않았는데, 두 눈 가득 엄청난 노기를 띠고서 내 앞에 섰다.

장면) 오데온 레스터 스퀘어. 밤.

꼬마: 저기! 드레이코 맞지?

톰: 응, 맞아.

꼬마: 진짜 나쁜 놈!

톰: (당황하며) 어?

꼬마: 진짜 나쁜 놈이라고!

톰: 잠깐만…… 뭐라고?

꼬마: 꺼져!

꼬마, 정당한 분노를 표출하는 몸짓으로 톰에게서 돌아서서 사람들 속으로 사라짐. 톰, 머리를 긁적이며 이게 대체 무슨 일인지 생각함.

이해할 수 없었다. 저 꼬마가 나한테 왜 저러지? 내가 뭘 잘못했다고? 내 연기를 혹평한 건가? 그러다 고개를 돌리자 할아버지가 날 보며 빙긋 웃고 있었다. 그제야 난 방금 일어난 일이 '덮어놓고 좋은 것'임을 깨달았다. 할아버지는 꼬마가 나를 미워하는 게 **당연하다**고 설명했다. 다섯 살 먹은 꼬마가 본능적인 감정으로 내 연기에 반응했다면 그건 내가 제대로 연기했다는 뜻이었다. 마침내 모든 게 이해가 되면서, 내가 나쁜 놈이 될수록 이렇게 날 미워하는 꼬마들이 더욱 많아지고, 그래서 더 재미있어진다는 걸 깨달았다.

하지만 그때도 완전히 이해가 가지 않았던 건, 톰이라는 배우와 드레이코라는 캐릭터를 구분하기 어려워하는 팬들이 있다는 사실이었다. 다섯 살짜리 꼬마야 그럴 수 있다 해도, 그보다 더 나이 많은 사람들이 톰과 드레이코를 구분하지 못하는 건 좀 이해가 안 되지 않나? 정말로, 미국에서 열린 초기 시사회에서 어떤 여자가 아주 험악한 눈초리를 하고 내게 다가온 적이 있었다.

장면) 뉴욕 시티 타임스퀘어. 밤.

험악한 여성: 너 해리한테 왜 그리 못되게 구니?
톰: (가만히 있다가 허를 찔린 채) 뭐라고요?
험악한 여성: 해리한테 재수 없게 굴지 좀 말아줄래?

톰, 곁눈질함. 혹시 여기서 얼른 도망칠 수 있을지 생각하는 게 다 보임. 하지만 그럴 수가 없음. 빠져나갈 길이 없음.

톰: 어, 지금 농담이시죠?

그런 말은 하면 안 되었음. 여자의 험악한 눈빛이 더욱 강렬해짐. 여자, 눈을 가늘게 뜨고 입을 꾹 다묾.

험악한 여성: 농담 아니야. 부모님이 안 계신 불쌍한 애한테 그렇게 못 됐게 굴어야겠니!

톰, 입을 쩍 벌렸다가 이내 다묾. 그리고 다시 입을 열어서 조심스럽게 말을 고름.

톰: 아, 그렇네요. 알았어요. 맞는 말이네요. 난, 어, 앞으로는 최선을 다해서 좀 착해져 볼게요.

이게 바로 여자가 듣고 싶었던 말이었음. 여자, 눈썹을 찌푸린 채 만족스럽게 고개를 끄덕이고는 톰에게서 돌아서서 저벅저벅 자리를 떠남.

어떻게 생각하면, 배역과 배우를 혼동하는 사람들이 존재할 수밖에 없다는 사실은 칭찬이기도 하다. 나는 해리 포터 세계관에 내가 이바지한 점이나 해리 포터 현상이 사람들의 삶에 미친 영향을 과장하고 싶은 마음은 전혀 없다. 만약 내가 그날 오디션에 가지 않았어도 누군가 다른 아이가 그 배역을 맡았을 테고, 잘 해냈을 것이며, 영화도 전반적으로 똑같았을 것이다. 하지만 나의 연기를 통해 사람들이 드레이코 말포이라는 캐릭터에 대한 생각을 확고하게 구축했다는 사실을 생각하면 느껴지는 얼마간의 만족감이 있다. 비록 때때로 관객이 허구를 현실로 착각할 때도 있긴 하지만 말이다.

가끔씩은 그들이 품은 마법의 환상을 깨뜨리지 않는 게 중요하다는 걸 난 알게 되었다. 나는 몇 년 동안 수많은 코믹콘Comic Con 행사에 초대받았다. 코믹콘은 팬들이 영화와 책을 비롯한 다양한 대중문화 작품에 대한 열정을 온갖 방식으로 표현하고자 집결하는 자리다. 열여섯 살 때 처음으로 갔던 코믹콘 자리에서 나는 수천 명의 관객 앞에 앉아 해리 포터 관련 질문에 답변하게 되었다. 관중석 한가운데서는 사람들이 마이크를 받아 나에게 질문할 차례를 줄서서 기다리고 있었다. 이윽고 머리부터 발끝까지 헤르미온느로 분장한 꼬마가 질문할 차례가 되었다. 그 애는 키가 크지 않아서 같이 온 엄마가 마이크를 잡아주어야 했다. 아이는 눈을 동그랗게 뜨고서 내게 물었다.

"빗자루를 타면 어떤 느낌이에요?"

나는 아이에게 곧바로 솔직하게 대답했다.

"어마어마하게 불편해요. 기본적으로 금속 막대기에 자전거 안장을 단 다음에 끈으로 몸을 연결하거든요. 그래서 아마 난 아이를 못 만드는 몸이 되었을걸요."

내 대답에 관객들이 조금 웃었다. 하지만 질문을 던졌던 꼬마 소녀의 눈에서 환상이 사라져 가는 걸 본 순간, 나는 내 대답이 완전히 잘못되었음을 깨달았다. 그리고 다음 날, 또 다른 헤르미온느 꼬마가 똑같은 질문을 했다.

"빗자루를 타면 어떤 느낌이에요?"

나는 어제 일로 깨달은 바가 있었다. 그래서 몸을 숙이고서 우리만 알고 있자는 듯이 그 애에게 눈을 찡긋한 다음 물었다.

"너 아직 열한 살 안 됐지?"

"네."

"그럼 아직 호그와트 입학 통지서 못 받았겠네?"

"네."

"일단 입학 통지서 올 때까지 기다려. 그럼 알게 될 거야."

내 말에 꼬마의 얼굴이 밝게 빛났다. 관객들 역시 진짜로 흥분한 기색이었다. 이제는 누가 그 질문을 할 때마다(실제로 아직까지도 똑같은 질문을 하는 사람들이 있다) 난 이처럼 대답해 주곤 한다.

시리즈의 첫 편이 개봉한 후, 나는 스튜디오를 통해 팬레터를 받기 시작했다. 요즘은 팬들이 소셜미디어로 소통하지만, 그때는 진짜 편지를 보내던 시절이었다. 영화가 나오자마자 편지가 몇 자루씩 내 앞으로 도착했다. 물론 대니얼이나 에마, 루퍼트가 받는 양에 비하면 내 팬레터는 아무것도 아니었지만. 그 세 사람을 위해 워너브러더스 사에 팬레터를 담당하는 팀이 따로 있었을 것이다. 하지만 내게 오는 편지의 양도 적지는 않았다. 편지가 오면 먼저 엄마가 점검하면서 혹시 모욕적이거나 외설적인 내용이 있지는 않은지 확인했다. 그런 다음 나는 시간을 들여 편지를 모두 읽었다. 오해는 마시라. 사형제의 막내로 자라온 내가 팬레터 좀 받았다고 해서 우쭐해진다는 건 말도 안 되는 일이었다(크리스 형은 이렇게 말했다. "세상에 누가 애 같은 놈 한테 편지를 쓴대?"). 우리 집 식구들은 나처럼 편지를 몇 자루씩 받는 게 굉장하다거나 심지어 특이한 일이라는 티를 전혀 내지 않았다. 나는 그게 고마웠다. 찬사를 늘어놓는 편지를 수백 통씩 받는 환경에 놓인 사람 가운데는 바보가 되어버리는 녀석도 있기 때문이다. 하지만 난 시간을 많이 들여 편지를 많이 읽었다. 나중에는 그렇지 못했지만, 적어도 초창기에는 그랬다. 사람들이 시간을 내어 나에게 편지를 썼다는 걸 알기에, 그 성의를 무시해선 안 된다고 느꼈다. 나는 최대한 많은 편지에 답장했다. 하지만 결국 답장 쓰기란 너무 벅찬 일이 되었다. 날아오는 편지의 양이 많아도 압도적일 만큼 많았기 때문이다. 엄마는 돈을 주고 사람을 써서 팬레터를 처리할 방법이 있나 알아보았지만, 결국 잘되지 않았다. 그리고 드레이코의 인지도가 높아짐에 따라 내가 편지를 다 읽어볼 여력도 점점 줄어들었다.

내가 읽은 팬레터는 대부분 다정하고 읽기 좋았다. 어떤 편지는 문화적으로 아주 생소하기도 했다. 예를 들어, 일본 팬들은 종종 은 스푼을 행운의 부적으로 보내왔다. 혹시 스푼이 필요한 사람이 있다면 말씀하시라. 내가 줄 수 있으니까. 온 지구상에서 사탕과 초콜릿이 날아왔지만, 엄마는 혹시 독이 있을지도 몰라서 내게 먹이지 않았다. 그 중에서도 기억에 끈질기게 남은 건 웬 이상한 팬레터였다. 미국에 사는 어떤 남자가 자기 이름을 루시우스 말포이로 개명하고, 자기 집 이름을 말포이 저택으로 바꿨다는 내용이었다. 그러면서 나더러 이름을 드레이코 말포이로 개명하고 본인과 함께 살자고 했다. 엄마는 나 대신 그 제안을 부드럽게 거절했다(크리스 형은 물론 이렇게 말했다. "뭐, 걔 그냥 그 집에 보내버려!"). 그땐 우습기만 했다. 집에서 그 편지 내용을 보고 우리 모두 정말로 좀 웃었다. 나중에 다시 생각해 보고야 **좀** 섬뜩한 내용일 수도 있겠다 싶었다.

이상한 사건들도 계속해서 일어났다. 한번은 스페인 가족 하나가, 그러니까 스페인에서 온 부부와 자녀 둘이 내가 다니는 '머글' 학교에 나타났다. 그들은 학교 안에 불쑥 들어와서 날 찾기 시작했다. 물론 교직원들은 금방 그 가족을 내쫓았고, 내게 하굣길을 조심하라고 경고했다. 그 가족이 대체 무슨 생각이었는지, 아니면 뭘 할 작정이었는지는 모르겠지만, 그날 나는 평소보다 빠른 속력으로 자전거를 타고 집에 갔다.

나는 이런 특이한 성장 과정을 정상적으로 만들어야 했다. 그렇지 않았다면 미쳐버렸을 것이다. 어떤 면으로는 정상적인 삶을 살아가는 게 그렇게 어렵진 않았다. 나는 천성적인 영국인답게 내향적 인간인지라, 지금도 누가 다가와서 "톰 펠턴 맞죠?"라고 물어볼 때마다 살짝 당황하곤 한다. 아직도 나는 이게 대체 무슨 일인지 가만히 생각해 보곤 한다. 어쩌다가 이렇게 됐을까? 물론 나에게는 내가 항상 버러지라는 걸 끊임없이 알려주는 형이 셋이나 있다. 게다가 나는 누군가의 팬이 된다는 게 어떤 건지 알고 있다. 나도 무척 우러러보는 분들이 있고, 또 나와 가까운 사람들에게서도 그런 면을 보기 때문이다. 한번은 코믹 릴리프Comic Relief(영국의 자선단체로, 대표적인 캠페인은 기부를 독려하는 '빨간 코의 날'이다. 그날 BBC에서는 특별 모금 프로그램을 진행하는데, 연예인과 유명 인사들이 무료로 출연해 짧은 코너를 생방송으로 진행한다—옮긴이)에 루퍼트와 함께 출연한 적이 있었다. 그 프로그램에는 제임스 코든, 키라 나이틀리, 리오 퍼디낸드, 조지 마이클 등 유명 인사들이 대거 출연했지만, 그날의 스타는 바로 폴 매카트니 경이었다. 엄마는 그의 열렬한 팬이라서, 나는 폴 경에게 혹시 우리 엄마와 인사해 줄 수 있느냐고 물었다. 폴은 친절하게도 승낙했고, 나는 엄마를 찾아가 말했다.

"자, 지금이 기회야!"

나는 엄마를 데려가서 인사를 시키려 했지만, 엄마는 마지막 순간에 심하게 흥분한 나머지 그를 직접 만나는 상황을 견디지 못했다. 급기야 폴 경이 엄마를 찾으러 왔지만, 나는 그분을 가벼운 말로 돌려보내야만 했다.

"아, 죄송해요. 저희 엄마를 만나시려면 다음 기회를 기다리세요."

하지만 세월이 흐르며 영화의 인기가 높아지자, 팬덤이 있다는 게 어떤 면으로는 좀 힘들어졌다. 오해는 말라. 낯선 사람과 마주칠 때마다 그들에겐 이 순간이 대단한 사건이라는 걸 아는 입장에서는 누가 날 알아볼 때마다 분명 묘한 짜릿함이 들곤 한다. 하지만 마찬가지로, 묘하게 소외되는 기분 역시 든다. 특히 같은 세상에 속하지 않은 사람들 사이에 있게 될 때 그렇다. 내가 열일곱 살쯤에 히스로 공항에서 겪

었던 일이 떠오른다. 그때 나는 여자 친구와 함께 미국으로 출국하려
던 참이었다. 우리는 비행기를 기다리다가 과자를 사려고 슬그머니 가
게에 들어갔다가 1분쯤 후에 누군가가 나를 쳐다보는 익숙한 느낌을
받았다. 고개를 돌려 보니 열아홉 명이나 되는 외국 여학생(우리는 그
애들 숫자를 셌다)이 나를 빤히 쳐다보고 있었다. 다들 얼굴을 손으로
가리고 놀라울 정도로 깔깔 웃어댔다. 나는 곧바로 움찔하고서 근처에
있던 뜨개질 잡지를 집어 그 시선을 피하려고 했다. 그 학생들이 날 알
아본 건 분명했고, 내가 잡지에 나온 코바늘 패턴을 보려던 게 아님은
더더욱 분명했지만, 어쨌든 좋은 의도를 지닌 팬이라도 나에겐 불편하
게 다가올 수 있다는 걸 처음으로 알게 된 때였다. 내 옷을 조금이라도
만지고 싶어 하는 사람들에게 잔뜩 둘러싸여 있는 상황만 불편한 게
아니라는 사실 역시 그때 알게 되었다. 공항에는 수천 명의 사람이 있
었다. 그중 하나라도 나를 알아본다면 곧 두 사람이 알게 되고, 네 사
람으로 늘어나는 연쇄 반응이 일어나면 걷잡을 수 없게 된다. 그 여학
생들에겐 다행스럽게도 우리 엄마는 그 자리에 없었다. 사람들이 나를
둘러싸면 엄마는 상당히 비협조적으로 변하곤 했으니까. 나는 여학생
들과 함께 사진을 찍었고, 그들은 나를 민망함과 안도감, 고마운 마음
이 뒤섞인 묘한 기분으로 남겨두고서 사라졌다. 나는 그때부터 명성이
란 이상한 마약 같다는 깨달음을 얻기 시작했다.

　예전에도 그렇고 지금도 그렇듯, 유난히 끈질기게 집요한 팬들이
있다. 이상하게도 그런 팬은 연예인의 삶의 일부가 되기도 한다. 연예

인과 나름의 관계를 쌓아가는 것이다. 나는 왜 나를 비롯한 다른 배우들이 그런 팬들의 초점이 되는지 이해해 보는 게 좋겠다고 생각하게 되었다. 어떤 영국인 여성은 내가 가는 곳마다 마법처럼 불쑥 나타났고, 지금도 여전히 나타난다. 내가 처음으로 그분을 알아본 건 파리에서 열린 홍보 투어에서 사인을 요청받았을 때였다. 그날부터 그 여성은 내가 가는 곳마다 나타나는 것 같았다. 만약 내가 어떤 행사가 열리기 30분 전에야 참석하겠다고 알린 다음 그곳에 간다 해도 어떻게든 그 자리에 나타날 것이다. 그 팬이 나에게 뭘 기대하는지 난 전혀 모른다. 초창기에는 그런 팬의 행동이 무척 건강하지 못한 행태라고 생각했다. 그래서 엄마는 그분이 나타날 가능성이 조금이라도 있는 곳에선 나를 심하게 보호하려 들었다. 그러던 어느 날 그 팬이 내가 참석한 행사장 밖에서 네 시간을 기다렸다가 카드를 한 장 건네주었는데, 읽어보니 내 반려견 팀버가 세상을 떠나서 참으로 안타깝다는 내용이었다. 그 카드에 상냥함과 진심이 담겨있어서 나는 그 팬에 대한 생각을 고쳐먹게 되었다. 결국 나는 그 팬의 집까지 방문했는데, 알고 보니 그분은 자녀를 가져본 적이 없고 상상 속에서 해리 포터에 나오는 아이들을 입양했다고 생각하게 된 사람이었다. 그리고 오로지 나만이 어떤 식으로든 그분과 접촉했기 때문에 그분은 내게 집착하게 되었다. 이는 특이한 상황이긴 해도, 이야기와 영화가 사람들의 삶에 얼마나 큰 영향력을 미치는지를 일깨워 주는 일화다.

드레이코 말포이를 연기하는 배우로서, 나는 나 자신이 사람들의

기억 속에 자리 잡은 플레이스홀더(사용자가 어떤 정보를 입력해야 하고
어떤 행동을 취해야 하는지 입력창에 미리 표시된 기호—옮긴이)라고 생각
한다. 마치 특정한 노래를 들으면 노래와 관련된 무언가가 연상되듯
이, 사람들은 나를 보고 다른 시간과 장소로 이동하는 것이다. 나는 책
과 영화를 보며 삶의 힘든 시기를 이겨낼 수 있었다고 말해주는 팬들
을 만나왔다. 그런 말은 듣는 사람을 겸허하게 만드는 진실이다. 예전
에 조 롤링은 자신의 작품을 읽고서 인생의 어려운 순간을 헤쳐나가는
데 도움을 받았다는 사람들의 이야기를 알게 될 때마다 더없이 만족스
럽다고 말한 적이 있는데, 나 역시 동의한다. 물론 때때로 나를 본 사
람들이 특이한 방식으로 반응하긴 하지만, 나는 그들의 반응이야말로
사람들의 마음에 이야기와 영화가 자리 잡았기 때문이라 생각하고 그
에 맞춰 반응하려고 한다. 드레이코가 진짜 나쁜 놈처럼 군다고 해서
나도 나쁜 놈이라는 법은 없으니까.

* * *

하지만 그러기가 쉽지 않을 때도 있다.

스물다섯 살이 되었을 때 나는 친구들과 함께 캘리포니아 토팽가
해변에서 처음으로 서핑을 했다. 서핑 전문가인 친구들이 내게 서핑하
는 법을 알려주었다. 어떤 파도를 타야 하는지, 어떻게 보드에 올라가
는지 등등 기술적인 조언을 해준 것이다. 솔직히 귀담아듣진 않았다.

속으로 '서프보드의 움직임이 느껴질 때까지 기다렸다가 일어서서 해보면 되겠지'라고 생각했을 뿐이다. 이윽고 첫 번째 파도가 왔다. 파도는 괜찮은 크기였다. 나는 일어서서 균형을 유지하며 안으로 쭉 미끄러져 들어갔다. 서핑 진짜 쉽네!

아니, 그렇게 쉽지는 않았을지도 모른다. 다음에 이어진 다섯 번의 파도에서 나는 탈수기 안에 들어간 듯 완전히 데굴데굴 굴렀다. 바닷물을 잔뜩 먹고, 물속에 푹 잠겨 어디가 위고 어디가 아래인지도 전혀 모른 채로 빙글빙글 돌며 방향감각을 잃게 되자 무섭기까지 했다. 나는 녹초가 된 채로 바다에서 해변으로 기어 나왔다. 여전히 입으로 바닷물을 토해대며, 걱정하는 친구들을 손을 저어 물리쳤다. 조금만 하면 잘 거라니까, 응?

그러다 눈에 들어온 사람들이 있었다. 젊은 여자 두 명이 20미터쯤 떨어진 곳에 서서 카메라를 들고 나를 가리키며 서로 속삭여 댔다. 아, 지금은 안 되는데. 지금은 안 된다고! 하지만 여자들은 약간 소심한 모습으로 기어코 다가왔고, 나는 그들이 뭐라고 할지 예상이 되었다. 그들이 바라는 게 뭔지 알았지만 나는 유머 감각이 정말이지 꽝이다. 그래서 일어서서 두 팔을 흔들며 소리쳤다.

"알았어요! 그러자고! 사진 찍고 싶은 분?"

여자들은 서로를 쳐다보았다. 살짝 묘한 눈빛이었다. 하지만 아니나 다를까, 그중 하나가 카메라를 들어 보였다.

"그럼 이리 오세요. 나 이런 데 익숙하거든요."

그들은 다시금 묘한 눈빛으로 서로를 바라보더니, 이젠 나를 보았다. 이윽고 그중 한 명이 이탈리아 억양으로 더듬더듬 영어를 했다.

"서프보드랑 찍어도 돼요?"

"그럼요! 뭐든 같이요! 나랑 보드랑 같이 찍어요!"

여자들은 고개를 저었다. 그러더니 각각 나에게 카메라를 건네주었다. 그제야 나는 저들이 내가 누군지 전혀 모른다는 걸 깨달았다. 두 사람은 그저 캘리포니아에 온 기념으로 서프보드와 같이 사진을 찍고 싶었고, 나한테 사진을 찍어달라고 부탁하려던 것이었다.

그날 나는 너무 우쭐했다. 그리고 두 가지 중요한 깨달음을 얻었다. 첫째, 함부로 넘겨짚으면 우스운 꼴을 당하게 된다. 둘째, 서핑은 정말 무지 어렵더라.

빗자루를 타고
나는 법

---

or

말벌과
겁쟁이

Beyond
the Wand

빗자루를 타고 나는 게 어떤 느낌이냐고? 음, 여기까지 읽었으면 내가 지금 의도적으로 이 질문을 꺼냈다는 걸 눈치챘을 거다. 코믹콘에서 마법을 믿는 아이의 동심을 파괴해선 안 된다는 걸 진작에 배웠다는 것도 이미 말했다. 혹시 해리와 드레이코의 퀴디치 경기를 화면에 나왔던 마법 경기로만 기억하고 싶다면, 지금 정중하게 말씀드리니 이 장을 읽지 말고 다음 장으로 넘어가시길 바란다.

우리가 초창기에 로케이션을 갔던 곳은 애니크 성이었다. 내가 엘피 이넉을 꼬드겨 함께 스케이트보드를 타다가 혼났던 곳 말이다. 그곳에서 우리는 처음으로 빗자루를 타고 나는 장면을 찍었다. 조이 워너메이커가 맡은 후치 선생님이 호그와트 1학년들에게 첫 비행 수업을 하는 장면이었다.

하지만 그 자리에 있던 건 후치 선생님과 1학년 학생들만이 아니었다. 그날은 화창하고 따뜻한 날이었고, 짙은 화장과 헤어 젤 냄새를 맡은 말벌 떼가 우리에게 관심을 보이기 시작했다. 더 정확하게는 바로 나에게 관심을 두었다. 드레이코의 머리를 만드는 데는 매일 젤이 한 통씩 들었고, 나의 금발은 젤로 아주 딱딱해져서 마치 방탄모를 쓴 것 같았다. 그리고 말벌 떼가 인식하기에는 헤어 젤이 딸기잼 같았던 듯했다. 말벌들은 내 머리에 몹시 흥미를 느꼈다. 솔직히 다 고백하겠다. 나는 말벌이라면 질색하는 겁쟁이다. 영화 속 드레이코는 건방지고 오만하게 행동했을지 몰라도, 카메라 바깥의 나는 뭍에 나온 생선처럼 마구 몸을 흔들어 대면서 새된 소리를 지르며 말벌을 쫓으려 했다(물론 나의 우스운 꼴을 사람들이 비웃으면 비웃을수록, 내가 겉으로는 더 고통스러운 연기를 했을 수도 있다).

이때 후치 선생님이 날 구해주러 왔다. 조이 워너메이커도 머리에 비슷하게 젤을 퍼부어 뻬죽뻬죽한 머리를 만들었던지라 나와 똑같은 문제를 겪고 있었다. 조이는 나에게 전략을 알려주었다.

"'초록 나무green trees'라는 말을 계속 해봐."

엥?

그녀는 말벌이 나를 해치지는 않을 거라며, 내가 말벌 옆에 있어도 여유를 갖는 방법을 알아야 한다고 설명했다. 그 방법으로, 주문을 외우듯 '초록 나무'라는 말을 반복하면 마음이 편해진다고 했다. 그래서 영화 속 그 장면에서 드레이코를 보면, 내 딱딱한 머리 위를 맴돌고 있는 말벌이 너무 무서워서 비명을 지르지 않으려고 애쓰며 머릿속으로 조용히 그 말을 외고 있는 내 모습을 볼 수 있다.

　말벌은 그렇게 처리해 두고, 학생들은 빗자루를 땅에 놓은 채 두 줄로 서서 서로 마주 보았다. 그리고 후치 선생님의 말에 따라 빗자루에게 "위로!"라고 명령을 내렸고, 제각각 다양한 실력 수준으로 빗자루가 휙 올라와 손에 닿는 마법을 해냈다. 이런 식의 소소한 마법, 다시 말해 일종의 특수효과를 제대로 해내는 제일 좋은 방법은 직접 몸으로 때우는 것이다. 시각효과팀이 쓸 수 있는 기술이 그리 발달하지 않았던 초창기에는 특히 그랬다. 그래서 카메라가 두 줄로 선 학생들 사이의 빈 곳에 초점을 맞추는 동안, 화면 바깥 보이지 않는 곳에서는 빗자루 뒷부분에 시소 같은 장치를 설치해 두고 사람들이 그 옆에 누워서 빗자루를 바닥에서 올려주었다. 심지어 그러면서 빗자루를 약간 띄워주기도 했다.

　실제로 사물을 띄우는 효과를 낼 때는 좀 더 독창적인 방법이 이용되었다. 그건 사람이 누워서 시소를 작동시키는 정도로는 할 수 없었다. 비행 장면은 모두 스튜디오 촬영으로 이루어졌다. 파란색 천으로 뒤덮인 거대한 방을 상상해 보자. 나중에는 파란색이 아니라 초록색 천을 사용했다. 빗자루는 대단히 불편한, 자전거 안장을 단 쇠봉이었다. 그리고 쇠봉에서 떨어지지 않도록 발에는 등자를 달고 몸에는 하네스를 찼다. 이런 끈으로 쇠봉에 몸을 매달아 떨어지지 않게 한 다음 좀 더 정교한 시소 장치로 몸을 좌우로, 또 위아래로 움직이는 것이다. 얼굴에는 선풍기로 바람을 날려서 머리카락이 바람에 휘날리는 것처럼 보이게 했다. 게다가 배경은 디지털 그래픽으로 처리하면서 솜씨 좋게 만들어 낸 빗자루의 움직임도 후에 다 딸 예정이라, 배우들은 모두 장면에 맞는 방향을 보고 있어야 했다. 시선이 올바른 곳을 향하게 하려고 직원 중 하나가 기다란 장대에다 오렌지색 테이프로 테니스공을 붙여서 들고 있었다. 치프 조감독 하나가 "용이다!" 내지는 "블러저다!"라고 소리치면, 우리는 진짜 용이나 블러저인 것처럼 테니스공을 쳐다보아야 했다. 가끔은 테니스공이 여러 개 나타나기도 했는데, 공들이 다 너무 비슷하게 생겨서 헷갈린 나머지 나중에는 각자가 봐야 할 물체를 따로 만들어 주었다. 우리는 장대에 붙일 것으로 마음에 드는 사물이나 사람의 사진을 골랐다. 대니얼 래드클리프는 아주 아름다운 캐머런 디아즈의 사진을 골랐다. 나는 훨씬 더 아름다운 잉어 사진을 골랐다. 대체 무엇이 잉어와 맞먹을 만큼 아름답단 말인가…….

　퀴디치 경기를 비롯해 대규모 빗자루 비행 장면을 촬영하는 일은 오래 걸리고 고통스러우며 엉덩이가 아픈 과정이었다. 천재적인 카메라 감독들은 믿을 수 없을 정도로 정교한 수준의 작업을 해내야 했다. 그들은 먼저 참고용으로 배경을 촬영한 다음 배우들이 빗자루에 탄 장면을 다시 촬영해서 장면을 겹쳤다. 두 촬영분의 카메라 동선이 정확하게 맞아 들어가야 했는데, 그 작업을 위해 카메라와 컴퓨터에 늘 수많은 사람이 배치된 듯했다. 그들이 정확히 무슨 작업을 했는지는 모르겠다. 난 그저 쇠봉에 앉아 얼굴에 선풍기 바람을 맞으며 참으로 아름다운 잉어 사진을 노려보는 일만 했으니까. 하지만 내가 알기로 아주 작은 장면 하나를 완성하는 데만도 어마어마한 시간이 드는 것 같았다. 비행 촬영을 끝냈을 땐 허벅지에 안장에 쓸린 상처가 남곤 했다.

* * *

우리 어린이 배우들은 되도록이면 스턴트 연기를 직접 하고 싶어 안달이 났었다. 나는 〈바로워즈〉에서 했던 스턴트 연기가 즐거웠던 기억이 여전했고, 평균대에서 소소한 실수가 있기는 했지만 놀랍게도 그 사고 때문에 스턴트 연기를 향한 나의 열정이 사그라지는 일도 없었다. 확실히 우리는 그때 스턴트 연기를 많이 했다. 지금이었다면 제작진이 우리에게 그토록 스턴트 연기를 많이 시키진 않았을 것이다. 〈해리 포터와 비밀의 방〉에는 해리와 드레이코가 대연회장에 설치된 무대 위에서 마법 결투를 벌이는 장면이 있다. 그때 우리는 해리와 드레이코가 마법으로 서로를 공격하는 장면을 연출해야 했는데, 그중 하나가 해리의 마법에 맞은 내가 공중에서 한 바퀴 도는 장면이었다. 그건 실제로 내가 한 스턴트 연기였다. 나는 등에 와이어가 달린 전신 하네스를 입고 있었다. 몇 겹이나 몸에 칭칭 감은 하네스를 제대로 한 번 당기면 드레이코가 휙 회전하게 되어있었다. 그때 난 그게 참 멋지다고 생각했다. 거기에 있는 백 명쯤 되는 엑스트라 앞에서 굉장히 멋진 스턴트 촬영을 하게 되었으니까. 몹시 고통스러운 촬영이었고, 와이어가 쓸리는 데마다 흉하게 멍이 들었지만 상관없었다. 다소 건방진 십대 배우에겐 재미있는 시간이었다. 스턴트는 멋지잖아?

음, 그렇기도 하고 아니기도 하다.

대부분의 스턴트 연기는 우리가 아니라 스턴트팀이 했다. 나는 관객들을 즐겁게 해준다는 이유만으로 영화 제작이라는 이름 아래 극한의 상황으로 자신을 몰아붙이는 스턴트 배우들을 그저 존경했다. 누군가가 빗자루에서 떨어지거나 점프하거나 얻어맞는 광경이 나오면 그건 거의 다 우리가 아니라 스턴트팀이 연기한 것이다. 나는 해리와의 결투 장면을 촬영하고 힘든 장면을 찍었다며 상당히 우쭐했지만, 사실상 스턴트 배우들이야말로 단연 고생한 분들이다. 그들은 러시안 스윙이라는 장치로 작업을 하며 많은 시간을 보냈다. 특히 〈비밀의 방〉 때그랬다. 러시안 스윙이 뭐냐고? 놀이터에 있는 평범한 그네를 상상해보자. 그 그네를 크게 만들고 밧줄 대신 금속 막대기로 이은 거라고 생각하면 된다. 스턴트 연기자들은 그네 발판에 서서 앞뒤로 계속 움직이며 최대한 크게 궤적을 그렸다. 그런 다음 그네가 최고점에 도달하면 공중으로 펄쩍 뛰어올라 아래에 있는 안전 매트에 떨어진다. 재미있어 보이겠지만 전문 스턴트 연기자들만이 할 수 있는 작업이었다. 그리고 그런 전문가 중에서도 나와 가장 많이 일했던 사람은 그 대단한 데이비드 홈즈였다. 우리는 그를 '홈지'라고 불렀다.

홈지는 영화 첫 편에선 대니얼의 스턴트 대역이었고 두 번째 편이후로는 나의 대역까지 맡아주었다. 해리와 드레이코가 온갖 무모한짓을 하고 다녔기에, 홈지는 계속 일이 많았다. 그의 일과를 보면 아침

에는 해리로 분장하고 스턴트 연기를 했다가 점심을 먹고 나서 오후에
는 드레이코 분장을 하고 스턴트 연기를 했다. 그는 아주 어렸을 때부
터 올림픽 수준의 체조 선수였기에, 대니얼이나 내가 영화에서 위험한
행동을 하는 장면이 나오면 사실은 홈지가 연기했다고 보면 된다. 그
리고 〈죽음의 성물〉을 찍는 동안, 우리는 모두 스턴트 연기란 순진하
게 접근할 일이 아니라는 걸 깨닫게 되었다.

　스턴트 배우들은 작업 중의 위험을 최대한 줄이기 위해서 온갖 노
력을 다한다. 하지만 그래도 위험을 완전히 없앨 수는 없다. 높은 곳에
서 떨어지거나 자동차에 치이면서 전혀 위험하지 않을 수는 없다. 그
리고 예기치 않은 돌발 상황을 위해 법을 제정하는 것 역시 불가능한
일이다. 우리가 〈죽음의 성물〉을 찍을 때 바로 그런 상황이 벌어졌다.
홈지는 당시 스턴트팀과 함께 공중에 날아가 벽에 부딪히는 묘기를 연
습 중이었다. 그는 하네스를 입고 고강도 와이어에 매달려 있었는데,
뭔가 문제가 생겼다. 와이어가 갑자기 휙 당겨지는 바람에 홈지는 예
정된 수준보다 훨씬 더 강하게 벽에 부딪힌 다음 아래에 있는 안전 매
트로 떨어졌다. 그는 곧바로 뭔가가 잘못되었음을 알아차렸다. 구급대
원들이 홈지를 급히 병원으로 이송했지만, 결국 그는 허리 아래가 마
비되고 두 팔도 아주 제한적으로 움직일 수밖에 없는 몸으로 평생을
살아야 한다는 사실을 알게 되었다.

　당연히 영화 촬영을 하던 모든 이들이 괴로워했다. 선 자리에서
뒤로 공중제비를 돌 수 있었던 사람이 병원 침대에 누운 채로 다시는

걸을 수 없게 되었다는 통보를 받았다고 상상해 보라. 물론 스턴트 배우들은 매일 그런 위험을 감수하고 살지만, 정말로 현실에서 그런 일을 맞닥뜨리면 세상이 무너지는 충격을 받게 된다. 홈지가 용감한 사람이 아니었다면 아마 괴로움에 빠져 몹시 어려운 삶을 살아갔을 것이다. 하지만 그는 내가 알고 지내게 돼서 참 좋은 지인 중에서도 단연 용감하고 의지력이 강한 사람이다. 홈지는 사자처럼 용맹한 사람이며, 지금도 나와 가장 가깝고 좋은 친구로 지내고 있다. 홈지가 병원에 있을 때 스튜디오에서 음식을 보내주어서 병실에 있던 다른 환자들이 무척 부러워했다. 그래서 홈지는 스튜디오 측에 그와 같은 병실에 있는 환자들이 먹을 음식도 보내달라고 요구했다. 다 주지 않을 거면 자기 것도 보내지 말라면서 말이다. 그야말로 홈지다운 면모였다. 그는 어려운 상황 속에서도 계속해서 우리에게 큰 기쁨을 주었고, 최대한 평범하고도 활동적인 삶을 살아가고자 하는 그의 결심은 타인에게 진정한 본보기가 되었다. 홈지는 자신의 생명을 구해준 병원을 위해 지치지 않고 기금을 마련했으며, 현재는 자신만의 제작사를 갖고 있다. 그를 보면 항상 영화에 출연하는 스턴트 배우들은 지금보다 훨씬 좋은 대접을 받아 마땅하다는 생각이 든다. 배우들이 온갖 칭찬을 지나치게 쓸어가는 상황에서, 사실 우리 배우들이 멋지게 보일 수 있는 건 스턴트 배우 덕일 때가 많다. 그중에서도 홈지는 최고다. 그는 한 줄기 빛과도 같은 존재다.(이 데이비드 홈즈의 이야기는 대니얼 래드클리프가 제작에 참여하여 〈데이비드 홈즈: 살아남은 소년David Holmes: The Boy Who Lived〉이라

는 다큐멘터리로 만들어졌다—옮긴이)

홈지를 기리는 의미에서 현재 우리는 홈지가 사고 후 며칠 동안 치료를 받았던 왕립 정형외과 병원 후원 기금 마련을 위해 매년 슬리데린과 그리핀도르의 크리켓 경기를 개최하고 있다. 그때마다 대니얼 래드클리프와 내가 각 팀 주장을 맡는다. 호그와트 동문 사이의 해묵은 원한은 세월이 지났어도 절대로 줄어드는 법이 없더라. 그럼 어느 기숙사가 승리를 더 많이 거두었느냐고? 그건 굳이 말하지 않아도 알거라 생각하는데?

14

두 세계의
가장 좋은 점

---

or

빗자루 타고
다니는 녀석

Beyond
the Wand

드레이코가 되는 건 그다지 멋지지 않다.

대니얼, 에마, 루퍼트는 캐스팅되자마자 인생이 변했다. 학교를 떠난 그 순간부터 쭉 해리 포터가 그들의 삶이 되었으니까. 그들은 좋든 싫든 외부와 단절해 주는 막에 둘러싸여 살았고, 평범한 어린 시절을 보낼 기회는 실질적으로 사라졌다. 하지만 나는 그렇지 않았다. 그 셋이 항상 촬영장에서 지내는 동안, 나는 한 주 촬영하면 한 주는 집에서 살았다. 해리 포터 세상 바깥에 있을 때면 난 평범한 학교에 다니며 평범한 친구들을 사귀고 평범한 십대가 되기 위해 정말 열심히 노력했다.

다들 평범한 십대가 어떤지 알 거다. 지금 이 책을 읽고 있는 사람 중에도 평범한 십대가 있을 것이다. 그렇다면 이상한 놈처럼 튀어 보이는 게 평범한 십대에겐 좋은 상황이 아님을 이해할 것이다. 내가 바로 그랬다. 머리는 탈색한 채로 정기적으로 결석을 일삼는 드레이코가 되는 건 그리 멋진 일이 아니었다. 학교 복도에 선 수많은 사람에게 나는 〈해리 포터〉 영화에 나오는 재수 없는 놈이었다. 빗자루 타고 다니는 멍청한 녀석 말이다.

그래서인지 나는 매사 약간 과하게 행동하곤 했다. 버릇없이 굴었다는 뜻이다. 사춘기가 오기 전의 나는 건방지다 못해 파괴적인 애가 되었다. 내가 공부 잘하는 게 최고의 가치였던 사립학교에 다니다가 평범한 학교로 전학 왔다고 했던 이야기 기억하는가. 새로운 학교에서는 담배를 잘 구해 오거나 스케이트보드 또는 비엠엑스 자전거를 솜씨 좋게 타는 애가 멋있다고 인정받았다. 그래서 난 담배를 피우기 시작했다. 그리고 HMV 음반 가게에서 저지른 무모한 장난에 대해서도 앞서 말했다. 그렇다고 학교에서 제일가는 문제아였던 건 아니다. 솔직히 그런 축에 끼지도 못했다. 하지만 〈해리 포터〉가 없는 내 또 다른 세상에서는 좀 평범성을 갖춰서 나의 이 특이한 상황을 상쇄해야겠다는 마음이 강하게 들었다. 나는 걸핏하면 지각했고, 체육 시간에는 항상 도망치지 않으면 간식을 사 먹으러 자전거를 타고 사라졌다. 때로 나는 그런 짓을 저질러도 그럭저럭 빠져나가곤 했다. 물론 나의 일정은 수시로 바뀌어서, 영화 촬영 때문에 수업하다 말고 나가는 일도 있었다. 그래서 선생님들은 내가 수업에 빠져도 다 협의가 된 것이려니 생각했다. 수업 시간에도 나는 모범생과는 거리가 멀었다. 물론 내가 아주 **형편없는** 학생이었다고 생각하진 않지만, 항상 책에 낙서를 하거나 친구들과 수다를 떨거나 아니면 선생님을 약 올리곤 했다. 주머니에 MD 플레이어를 두고 이어폰 줄을 옷소매 속으로 끼워 넣었다. 그러면 수업 시간에 앉아서 손바닥으로 턱을 괸 채 음악을 들을 수 있었다. 나는 이게 굉장히 천재적인 발상이라고 생각했다. 하지만 선생님들은 그렇게 생각하지 않았다. 화가 난 선생님이 나에게 "펠턴, 넌 정말 끝까지 제멋대로구나"라고 말했던 적이 수도 없이 많았다. 그리고 나는 언제나 **제멋대로였기** 때문에 "당연하죠, 선생님!"이라고 대답하며 이겼다는 걸 드러내 보이고픈 승리의 미소를 씩 지어 보이곤 했다.

하지만 나이가 들어감에 따라 문제가 나타났다. 어릴 때야 건방지게 굴어도 상대방의 마음을 풀어줄 수 있지만, 커가면서는 그런 능력이 사라져 버리니까. 촬영을 한답시고 몇 주 동안 학교에 나오지 않던 애가 돌아와서는 돼먹지 못한 태도로 학교에서 소란을 피운다면 선생님 눈에는 어떻게 봐도 건방져 보인다는 것을 난 알게 되었다. 선생님은 나를 특별 대우해 주지 않았다. 오히려 정반대였다. 내가 어떤 선생님과 말싸움을 하면서 내가 알아서 하겠다고 말하자, 그분은 내 머리카락 색을 놀리면서 누가 머리에다 달걀을 깼기에 머리 색이 그 꼴이냐는 말로 나의 기를 확 꺾었다. 심지어 내가 무척 잘하리라 다들 기대했던 연극 수업에서도 나는 분위기를 망치는 애가 되었다. 나는 대형 촬영장에 들어가 빗자루를 타고 얼굴에 바람을 맞는 가운데 장대에 달려 흔들리는 테니스공을 바라보며 하늘을 나는 마법사 연기는 문제없이 해낼 수 있었다. 촬영은 안전한 환경에서 마음 맞는 사람을 옆에 두고 이루어졌기에, 나의 사회적 위치에 조금도 영향을 미치지 않았다.

하지만 내가 못할 때는 물론 잘할 때조차도 날 비웃는 십대 애들을 앞에 잔뜩 두고 연극 수업에서 연기를 한다? 그건 완전히 다른 상황이었다. 나는 바로 방어선을 올렸다. 의심의 여지 없이, 그건 척 보기에도 보통 십대들이 품는 경멸감 같았을 거다. 선생님들은 내가 완전히 드레이코 말포이 같은 면을 드러내고 있다고 생각했을 게 뻔하다. 하지만 실상은 좀 더 복잡했다. 나는 연극 수업에서 연이어 D를 받고 낙제했다(그런데도 연극 선생님 중 하나는 농담조로 나더러 영화사에 잘 말해서 자기에게 배역 하나를 달라는 부탁을 계속 해댔다).

그래서 나는 학창 시절 초반부에 어린이 배우로서 선생님들로부터 받았던 존중을 커서도 계속해서 받지는 못했다. 하지만 그래도 예외는 하나 있었던 것 같다. 학교 다니는 애들이라면 인생에서 덤블도어 같은 고마운 선생님이 필요한 법이다. 내게는 페인 교장 선생님이 그런 분이었다. 교장 선생님이 처음 부임하셨을 때, 나는 몇 주간 학교에 나오지 않았던지라 그분을 곧바로 만날 수 없었다. 그러던 어느 날 음악 수업 시간이었다. 나와 스티비가 건반 앞에 앉아서 작곡을 하고 있는데, 교장 선생님이 문을 두드리고 들어오더니 나를 잠깐 보자고 했다. 이분이 왜 나를 불렀는지 모르는 채로 나는 교장 선생님을 따라 밖으로 나갔다. 하지만 나쁜 일 때문에 부른 게 전혀 아니었다.

"넌 몇 주간 학교에 안 나왔잖니. 나는 페인이라고 한다. 앞으로 네가 졸업할 때까지 여기서 교장직을 맡을 거야. 그래서 내 소개를 하고 싶었다."

나는 곧바로 손을 내밀며 말했다.

"톰 펠턴입니다. 만나 뵙게 되어 반갑습니다."

선생님은 내가 이런 반응을 보이리라고는 예상하지 못한 게 분명했다. 이건 어른들 사이에서 수많은 시간을 보내온 아이가 보일 법한 반응이었으니까. 말하자면 다른 세상에 한 발을 걸친 아이의 반응, 이쪽을 무장해제시키려고 하는 아이의 반응이었다. 아이가 이런 행동을 보이다니, 쉽게 무시하거나 전적으로 부적절한 모습이라고 생각할 수도 있었을 거다. 하지만 교장 선생님은 그러지 않았다. 잠시 주저했어도 결국 나와 악수한 다음 미소를 지으셨으니까.

그 미소는 계속 이어졌다. 심지어 내가 평소대로 교장 선생님 앞에서 자잘하게 규칙을 위반해 버렸을 때도 마찬가지였다. 선생님은 항상 공정했고 절대 빈정대는 모습을 보이지 않았다. 그리고 끝없이 인내심을 갖고, 본인의 담당 과목인 수학을 사랑하는 마음을 학생들과 열정적으로 나누려 하셨다. 다른 교사들과는 다르게 그분은 나를 어린 어른처럼 대해주었다. 어쩌면 페인 교장 선생님은 내게 다른 사람을 골치 아프게 만들고 싶은 욕망이 아니라, 그저 나라는 존재에 일종의 평범성을 부여하고픈 무의식적인 욕구가 있었음을 알아주었던 것 같다. 아니, 어쩌면 선생님이 그저 좋은 분이라 친절했던 건지도 모른다. 어쨌든 페인 교장 선생님이 그때 내 삶에 정박 효과anchoring effect(가장 처음 접했거나 익숙해진 것을 기준으로 가치를 평가하려는 본능—옮긴이)를 주었다는 건 확실하다. 가끔 난 그때로 돌아가서 어른으로서 선생님과 다시 악수하고 싶다는 생각을 하곤 한다. 페인 선생님, 혹시 이 책을 읽고 계신다면 감사하다고 말씀드리고 싶습니다.

* * *

평범성, 이게 나의 목표였건만 그건 언제나 얻을 수 있는 게 아니었다.

친구 몇몇과 나는 우리 집 길 끝에 있는 스프링 그로브의 연못 두어 군데로 낚시를 하러 가곤 했다. 그 연못에는 고기가 많지 않았지만 상관없었다. 거기선 같이 어울려 놀며 몰래 담배를 피울 수 있었으니까. 운이 좋으면 가끔 잉어도 낚을 수 있고 말이다. 나는 엄마한테 친구네 집에서 자고 오겠다 말하고, 또 그 친구도 우리 집에서 자고 오겠다고 말한 다음 실제로는 밤새 연못가에 낚싯대를 드리우고 앉아 담배를 피워대며 역겨운 맛이 나는 차가운 스팸을 안주로 먹었다. 행복한 생활이었다.

그날 밤에도 나는 친구 셋과 함께 놀았다. 우리는 여느 때처럼 낚싯대를 드리워 놓고 밤새워 놀 준비를 했다. 가볍게 수다를 떨고 같이 좀 웃기도 하던 그때, 문득 저 멀리서 목소리가 들렸다. 그런데 그 목소리가 점점 가까워지더니, 몇 분 지나자 마흔 명쯤 되는 애들이 눈앞에 나타났다. 난 배 속에 얼음이 박힌 것 같은 싸늘함을 느꼈다. 그 애들이 누군지는 몰랐다. 아마 나보다 한두 살 많은 애들이었을 것이다.

하지만 그들의 의도가 뭔지는 파악할 만큼 나도 세상 물정은 알고 있었다. 그 애들은 이 지역을 돌아다니는 양아치들로, 동네 집을 털고 문제를 일으키며 노는 애들이었다. 그들이 다가오자 나는 본능적으로 알수 있었다. 저들이 해리 포터에 나오는 '빗자루 타고 다니는 멍청한 녀석'을 우연히 만났다는 걸 알면 대박이라고 여기겠지. 날 알아본다면진짜 큰일이었다. 저 양아치들의 태도를 보니 어딜 봐도 싸울 준비가되어있었다. 게다가 저쪽은 마흔 명인데 우리는 네 명이라니, 너무 불리했다.

나는 고개를 계속 숙이고 친구들 뒤로 숨으려 했다. 이런 상황이라면 친구들도 해리 포터에 나오는 재수 없는 놈과 엮이고 싶지 않을테니까 어떻게든 나를 저 양아치들의 눈에서 가려줄 거라고 생각해서였다.

내 판단은 반만 맞았다. 친구들은 정말로 나와 엮이고 싶어 하지않았다.

무슨 상황인지 파악하기도 전에, 친구 셋이 도망쳤다. 어떻게 이럴 수가. 양아치 중 몇 명은 내 낚싯대를 들더니 연못으로 던져버렸다. 그러는 동안 나머지 애들은 내가 누군지 알고야 말았다. 난 도망치고싶었지만, 너무 무서워서 차마 발이 떨어지지 않았다. 양아치 두어 명이 나에게 슬쩍 다가오더니 날 밀치기 시작했다. 그 애들은 둘 다 손에불붙은 담배를 들고 그 끝을 내 얼굴에 들이밀었고, 나머지 애들은 이광경을 아주 즐거워했다. 정말 극적이었을 것 같지 않은가? **실제로도**

극적이었다. 하지만 담뱃불보다 훨씬 더 심각했던 건, 이 양아치 무리에게서 발산되는 것 같은 억눌린 폭력과 위협의 낌새였다. 내가 있는 힘껏 도망친다고 하더라도 놈들은 날 사방에서 둘러싸고 내 탈색된 머리카락을 잡아 얼굴부터 진창에 처박았을 것이다.

나를 넓게 둘러싼 양아치 무리가 이젠 너무 가까이 다가왔다. 난 뒷걸음질을 치려 했다. 놈들과의 거리가 점점 좁혀지는 가운데, 나는 그만 미끄러져 진창에서 비틀대며 앞으로 닥칠 운명을 맞이할 준비를 했다.

그때, 갑자기 뒤에서 차가 끼익 브레이크를 밟는 소리가 들렸다. 불안한 눈빛으로 뒤를 슬쩍 돌아보자, 크리스 형의 아주 작은 푸조 승용차가 보였다. 난 형에게 연락한 적이 없었다. 형도 내가 어디 있는지, 지금 큰일이 났는지도 모른 채 아주 우연히 나타난 것이었다. 내 평생 누군가를 보고 이토록 반가운 적이 없었다. 차에서 내린 형은 곧바로 양아치 무리에게 둘러싸였다. 그런데 머리를 빡빡 밀고 귀에 피어싱을 한 크리스 형의 모습은 상당히 존재감이 있어서, 형을 마주한 양아치들은 곧바로 주눅이 들었다. 놈들은 소심해져서 나를 괴롭히려던 것에 흥미를 잃었고, 내가 비틀비틀 더 뒤로 물러서며 거리를 두어도 쫓아오지 않았다. 이윽고 크리스가 놈들에게 다가갔다. 그들은 몇마디 말을 나누었다. 형이 나직하게 한 말이 무슨 내용이었는지는 들리지 않았다. 지금도 난 형이 뭐라 했는지 모른다. 그저 몇 분 후에 양아치 녀석들이 꽁무니를 빼고 사라졌다는 것만 알고 있다.

어쩌면 난 재수 없는 마법사 놈이 되지 않았다 하더라도 원래 구설에 휘말리기 쉬운 사람일지도 모른다. 누가 알겠는가? 하지만 그때 내 탈색 머리와 유명세 때문에 남들에게 주목받는 대상이 되었다는 건 확실하다. 만약 크리스 형이 제때 나타나지 않았더라면 결말은 아주 달라졌을지도 모른다.

그 사건을 비롯해 이런저런 일을 겪으며 나는 조심해야 한다는 걸 배웠다. 나의 삶은 좋았지만 가끔 무서운 일이 벌어지기도 했으니까. 내가 열다섯 살 때 누가 학교 자전거 보관소에서 내 자전거를 훔쳐 갔다. 그것도 내가 애지중지하던 코나 디럭스를 가져갔다. 대체 누구였는지는 모르겠지만 거기엔 쪽지도 남아있었다. '우린 네가 어디 사는지 알아. 이제껏 널 지켜봤으니까 죽이러 갈 거다.' 물론 누가 그랬든 진심으로 쓴 것은 아니라고 생각한다. 그저 이상하게 허세를 부린 것이라고 봐야겠지. 하지만 막상 받아보니 무서운 협박문이었던지라 얼마간 나는 정말로 날 죽이러 올 미친 인간과 마주칠까 봐 심하게 겁에 질렸다.

그래서 내겐 일종의 '직감' 같은 게 생겼다. 누군가가 나를 알아보겠구나, 난처한 상황이 생길 수도 있겠구나 싶은 감지 레이더가 속에 장착되었다고나 할까. 한번은 친구들이 같이 가자고 꼬드겨서 길퍼드에 있는 18세 이하 청소년용 나이트클럽에 가서 고개를 푹 숙이고 눈을 바닥에 내리깐 채로 클럽 앞에 줄을 선 적이 있었다. 누군가 한 사람이라도 "저기, 혹시……"라고 말을 거는 순간 도미노가 무너지듯 사방에서 난리가 날 수 있었기 때문이다. 그러면 오늘 밤은 망하는 거였다. 그래도 마음 한구석으로는 괜찮을 거라고, 클럽 바깥에 줄 선 사람들은 해리 포터를 좋아하는 부류가 절대로 아닐 거라고 생각하기도 했다. 굳이 설명하지 않아도 내 말이 무슨 뜻인지 다들 알 것이다. 하지만 줄 선 자리가 점점 시끄러워지면서 사람들이 팔꿈치로 서로 밀쳐대기 시작하자, 나의 '직감'이 발동하면서 당장 여기서 빠져나가야 한다는 사실을 깨달았다. 과거의 경험을 떠올려 보니 이곳은 나에게 좋은 환경이 아니라는 걸 알 수 있었다. 그래서 조용한 인생을 위해 나이트클럽에서 하룻밤 노는 건 포기할 수 있다고 결론을 내렸다. 목깃을 올리고 고개를 푹 숙인 채로, 아무런 설명 없이 나는 집으로 갔다.

* * *

앞서 말했듯, 드레이코 되기란 그리 멋진 게 **아니다**.

하지만 알아둘 것이 있다. 나의 머글 인생을 돌아보면, 좋은 경험이 나쁜 경험보다 훨씬 많았다. 그래도 나는 어느 정도까진 평범한 학교에 다니면서 평범한 사람들과 나름대로 평범한 경험을 하며 살아서 다행이었다. 그리고 내가 배우로 보내는 삶에 별로 개의치 않고 빈정댔던 선생님과 같은 반 애들이 있어주어 다행이었다. 어떻게 생각하면, 심지어 내 얼굴에 담뱃불을 들이대던 놈들을 만나서 다행이었다. 그놈들조차 평범한 학창 시절에 일상적으로 겪을 수 있는 소동의 일부이기 때문이다. 나는 어쩌면 폐쇄적인 환경에서 경험도 많이 쌓지 못하고 컸을 수도 있는데, 그랬다면 그놈들 같은 양아치를 만날 기회조차 없었을 테니까. 해리 포터 세계의 일부가 되어 도취된 삶을 살아가기만 했다면, 그래서 이런 평범한 삶의 굴곡을 겪을 기회가 주어지지 않았다면, 나는 아주 다른 인간이 되었을 것이다. 하지만 나는 나름대로 두 세계의 가장 좋은 점을 다 누리고 살았다.

15

변신의
어려움

---

or
매기와
노래기

*Beyond
the Wand*

해리 포터 영화 촬영에는 살아있는 동물을 써야 했다. 올빼미, 쥐, 개, 뱀 등등 그 종류도 무척 다양했다. 리브스덴 스튜디오에는 동물들이 지내는 특별 보호 공간이 있었다. 나는 개를 무척 좋아했기에, 해그리드의 반려견인 팽 역할로 출연했던 대여섯 마리의 개들이 노는 모습을 떠올리면 지금도 기분이 좋다. 그 개들은 말 덩치의 반이나 될 정도로 육중한 초대형견이라서 너무 가까이 접근할 수는 없었다. 녀석들이 거대한 턱을 들고 사람을 한번 휙 핥기만 해도 온몸이 끈적끈적한 개 침으로 뒤덮일 정도였으니까. 어쨌든 그곳의 동물들은 쓰다듬거나 건드려 보거나 쿡 찔러보라고 데려온 게 아니었다. 화면에서는 해리가 조용히 올빼미를 들고 있는 모습이 나오지만, 카메라 뒤로는 백 명은 족히 되는 사람들이 조명과 음향 효과를 맡아 포진해 있었다. 그러니 이토록 소란스러운 공간에서 원하는 대로 동물을 움직이기란 쉬운 일이 아니었다.

　동물을 다루는 방법은 따로 있었다. 어린이 배우들이 오기 몇 시간 전에 훈련사를 대동하고 세트장에 온 동물들은 어른 배우들과 제작진이 같이 자리한 가운데, 그들이 해야 할 연기를 지칠 줄 모르고 연습했다. 편지를 떨어뜨리는 올빼미(편지 말고 하울러를 떨어뜨리기도 하지만)는 촬영이 본격적으로 시작되기 전에 몇 시간이고 연습했다. 하지만 연습을 제아무리 잘했더라도 막상 본격적인 촬영에 들어가면 사정이 달라졌다. 수백 명의 아이가 재잘대고 조명이 번쩍이며 특수효과 기계에서 연기가 흐르고 불이 뿜어지는 등 사방이 정신없는 가운데 놓인 동물들은 너무나 쉽게 주의력이 흐트러졌다. 그래서 영화 촬영 초기에 우리 어린이 배우들은 동물이 곁에 있을 때는 **반드시** 조용히 하라는 지시를 받았다.

　몇 년이 흘러 촬영 규모가 커지자 덩달아 동물이 머무는 공간도 커졌다. 촬영 막바지에는 리브스덴에 신비한 동물들이 수백 마리나 있어서 다들 동물들과 즐겁게 촬영했다. 하지만 동물들과 어린이들을 데리고 일하는 게 어떤 건지는 다들 알잖는가. 〈해리 포터와 비밀의 방〉을 촬영하는 동안, 데임 매기 스미스는 "어린이나 동물과 함께 일하지 마라(Never work with children or animals)"라는 이쪽 업계 격언이 하나도 틀린 게 없다는 생각을 했을 거라 믿어 의심치 않는다.

　데임 매기는 당당한 분위기를 지닌 분이다. 나는 운 좋게도 그분이 얼마나 전설적인 인물인지 깨닫지 못한 채 있는 그대로의 매기 스미스를 먼저 알게 되었다. 맥고나걸 교수라는 인물과 똑같이 매기는 조용하고 차분한 권위를 발휘했고, 언제나 떨떠름한 미소를 숨기고 다녔다. 앨런 릭먼과 마찬가지로 매기 역시 대단한 인내심을 유지하면서도 또 굉장히 엄격한 모습을 드러내는 능력이 있었다. 그분이 얼마나 대배우인지, 얼마나 존경받는 사람인지 전혀 모르는 말썽꾸러기 아이들이 가득한 영화 촬영장에서 그런 능력은 상당히 유용했다. 그리고 참 안타까운 사실을 밝히자면, 초창기의 나는 정도를 넘어설 만큼 그분의 인내심을 시험했다.

맥고나걸 교수의 변환 마법 수업 장면에서 있었던 일이다. 경사진 상판이 뚜껑처럼 열리는 구조인 구식 책상에 학생들이 앉은 가운데, 교실 둘레에는 동물을 넣어둔 우리를 놓아두었다. 뱀, 원숭이, 큰부리새는 물론이고 심지어 길들여지지 않은 개코원숭이까지 있었다. 문제의 개코원숭이는 이 사회에서 예절을 갖춰 섬세하게 행동해야 한다는 걸 전혀 알지 못했다. 대체 저 원숭이를 애초에 우리에는 어떻게 넣었을까? 특히 심각한 문제는, 그 개코원숭이가 애들이 잔뜩 있는 앞에서 부적절한 행동을 해선 안 된다는 걸 몰랐다는 점이다. 방금 한 말은 솔직히 많이 에두른 표현이다. 우리는 변환 마법 수업을 촬영하는 동안 개코원숭이가 해대는 자기만족적 행위로 인해 촬영이 방해받지 않도록 어떻게든 대처해야 했다. 배경에서 그 원숭이가 계속 자위를 하는 바람에 다 찍고도 버려야 했던 분량이 엄청났다. 원숭이의 지칠 줄 모르는 여가 행위 때문에 장면을 버리는 일이 없도록, 제작진은 불쌍한 녀석의 위치를 몇 번이고 옮겨야 했다. 번번이 그러는 동안 아이 중 하나가 도대체 무슨 일인지 슬며시 곁눈질로 바라보다 소리를 지르는 바람에 어떤 난장판이 벌어졌는지 상상이 되시는가?

"세상에, 저 개코원숭이 좀 봐!"

그 장면을 위해 아이들은 각자 동물을 한 마리씩 받았다. 내가 받은 동물은 자그마한 나뭇가지에 올라앉은 도마뱀이었다. 도마뱀은 도망치지 못하도록 낚싯줄에 묶여있었다. 그리고 난 절대로 도마뱀의 꼬리를 잡지 말라는 지시를 받았다. 도마뱀의 초능력은 꼬리를 잘라도 새 꼬리가 생기는 것이라서, 만약 꼬리를 잡으면 손에 꼬리만 남고 도마뱀은 도망갈 가능성이 크다. 나의 도마뱀은 자그맣고 상당히 얌전한 녀석이었다. 나뭇가지에 앉은 녀석은 꽤 예의가 있었다. 나는 과연 저 꼬리를 건드리면 진짜로 꼬리가 잘릴까 시험해 보고 싶은 마음을 애써 참았다. 내 도마뱀과 마찬가지로, 교실에 여기저기 놓인 동물들은 대부분 더없이 차분했다(뭐, 정도의 차이는 있겠지만 개코원숭이와 비교하면 확실히 차분했다). 거기엔 부드러운 털을 가진 뾰족뒤쥐와, 상당히 크지만 얌전한 곤충들도 있었는데, 그중엔 조시 허드먼이 받은 노래기가 있었다.

노래기는 척 봐도 내 엄지만큼 굵고 팔뚝만큼 길었다. 다리가 수십억 개나 달린 것 같은 그 절지동물은 온몸을 가만둘 수가 없는 것처럼 움직였다. 옆자리 경사진 책상에서 꼼지락대고 꿈틀대는 노래기는, 움직임이 전혀 없는 내 도마뱀과는 정말 딴판이었다. 보고만 있어도 너무 환상적이라서 난 그걸 만져보지 않을 수가 없었다.

평범한 학생이라면 이럴 때 연필을 쓰겠지만, 우리에게는 더 좋은 도구가 있었다. 바로 마법 지팡이 말이다! 과학적 탐구열에 불타올랐던 우리는 불쌍한 노래기를 (부드럽게) 건드리고 쿡쿡 찔러보다가 참으로 놀라운 사실을 알게 되었다. 한참을 찔리던 노래기는 마치 고슴도치처럼 몸을 둥글게 말더니, 소용돌이 모양으로 말린 소시지 같은 모습이 되었다. 그러더니 결국 일이 터지고 말았다. 노래기가 스르르

　　　천천히

　　　　　　경사진

　　　　　　　　책상

　　　　　　　　　　아래로

　　　　　　　　　　　　미끄러졌다.

그게 나와 조시에게 얼마나 웃겼는지 이루 말할 수가 없었다. 찌를 때마다 돌돌 말린 소시지 모양으로 변해서 쭉 미끄러지는 노래기의 모습에 우리 둘은 대사 한 마디 못 하고 NG를 냈다.

평소 촬영장에서 누군가가 대사를 잊어버리고 NG를 내는 모습을 보면 재미있었다. 크리스 콜럼버스는 참을성이 무한한 분이라서 재미있는 촬영 환경을 조성하는 건 전혀 힘들지 않았고 우스운 일을 벌였다고 잔소리를 하지도 않았다. 하지만 쉴 새 없이 웃고만 살 순 없는 법이다. 영화로 만들 만한 촬영분을 뽑아야 할 때가 반드시 있으니까.

그래서 콜럼버스 감독은 이런 만일의 사태에 대처하는 시스템을 만들었다. 누군가가 촬영분을 망치면 레드카드를 받는 시스템이었다. 레드카드를 받은 사람은 벌금 가방에 10파운드를 내야 했고, 촬영이 끝난 다음 모인 돈은 자선단체에 기부했다. 이는 우리가 한눈팔지 않고 집중하도록 이끌려는 좋은 계획이었지만, 항상 잘되지는 않았다. 루퍼트 그린트는 이 벌금 제도에 제일 많이 걸린 배우였다. 웃음이 터지면 자제를 못 하는 성미라서 루퍼트 혼자서만 첫 두 영화에서 2,500파운드 넘게 냈을 것이다. 이번에도 역시 벌금 제도는 아무런 소용이 없었다. "액션!"이라는 소리가 울려 퍼질 때마다, 조시 아니면 내가 노래기의 돌돌 말린 모습을 보려고 쿡쿡 찔러댔기 때문이다. 그때마다 노래기는
스르르

　　　천천히

　　　　　경사진

　　　　　　책상

　　　　　　　아래로

　　　　　　　　미끄러졌다.

우리는 그 모습을 보고 도저히 참을 수가 없었다.

"컷!"

레드카드가 주어졌다. 사과도 했다. 조시와 나는 지금부터 못된 짓을 꾸미지 않겠다고 엄숙하게 맹세했다. 하지만 "액션!"이라는 말이 떨어지기가 무섭게 우린 어쩔 수 없이 또 웃고 말았다. 우리 중 하나가

킬킬 웃으면 나머지 하나도 덩달아 웃음이 터졌다. 서로의 목소리를 듣지 못해도, 서로를 쳐다보지 않아도, 그놈의 노래기는 책상에서 스르르 미끄러졌고, 그러면 또 우린 배를 잡고 웃어버렸다.

"컷!"

우리는 결국 한쪽으로 불려가 꾸지람을 들었다.

"얘들아, 잘 들어라. 너희는 우리 시간이나 너희 시간을 낭비하는 건 물론이고 무엇보다도 데임 매기 스미스의 시간을 낭비하고 있다고. 이러는 건 예의가 아니야. 이게 지금 다 장난 같아 보인다면 우린 이 세트장에서 너희를 내보낼 거야. 정말 그래야겠니?"

우리는 고개를 저었다. 이러는 게 아주 형편없는 행동이라는 걸 알고 있었다. 우리가 프로답다는 걸 너무나도 증명하고 싶었다. 그래서 자리로 돌아가, 혼나서 잦아든 마음으로 무심코 터지는 웃음을 꼭 참아보자고 결심했다. 우리는 교실 앞에서 참을성 있게 감정을 내비치지 않는 데임 매기에게 집중했다. 조시와 나는 지금 최대한 진지한 모습이었다.

"액션!"

하지만 연기가 될 리가 있나.

"컷!"

이번에도 NG였다. 웃고 싶지 않았지만 참을 수가 없었다. 서로가 히죽거리는 걸 감지했으니까. 이건 사납게 간지럼 태우기를 당하는 거나 마찬가지였다. 괴롭지만 어쩔 수 없이 웃게 되는 상황 말이다. 크리스 콜럼버스를 비롯한 촬영진은 이제 적잖게 지쳐버렸다. 저 멍청한 슬리데린 녀석 둘이서 미끄러지는 노래기 때문에 촬영을 계속 망치고 있는데 어떻게 이 장면을 끝낸단 말인가?

결국, 사람들은 동물을 치워버렸다. 각 장면은 다양한 각도에서 촬영됐고, 가장 많이 필요한 건 매기의 모습이며 우리의 역할은 매기의 연기를 돕는 것이었기에 동물들은 치워도 된다는 결정이 내려졌기 때문이다. 이는 다 조시와 내가 노래기와 제대로 연기를 하지 못했기 때문에 벌어진 일이었다.

난 스스로의 행동이 무척 창피했기에 나중에 매기에게 가서 사과를 드렸다.

"정말 죄송해요, 매기. 저도 대체 왜 그랬는지 모르겠어요. 다시는 이런 일 없을 거예요……."

그분은 나의 사과를 받고 괜찮다며 손을 내저었다. 내가 보기에 매기는 수십 년 동안 연기를 해오면서 통달한 분이라, 본인 눈앞에서 십대 아이 두 명이 지팡이로 노래기에게 장난치느라 촬영을 계속 지연시키는 일쯤은 얼마든지 넘어갈 수 있었던 것이다. 그런 면을 보면 매기 같은 경험을 지닌 배우는 그 무엇도 뚫을 수 없는 방탄복을 입은 거나 마찬가지였다. 그리고 내 행동 때문에 우리 관계가 위태로워지지도 않았다고 생각한다. 촬영 중 엄격하면서도 친절한 그분의 모습은 맥고나걸 교수와 흡사했다. 하지만 촬영장이 아닌 시사회나 여러 행사에서는 언제나 놀라우리만큼 다정하고 협조적이었다. 우리 부모님이 매기를 직접 만나 무척 냉철하고 세련된 멋이 흐르는 모습을 너무 보고 싶어 했던 게 떠오른다. 대체로 볼 때 그분의 분위기는 진정 영국적인 소중한 가치다. 타인이 우러러보게 되는, 심지어 나 같은 슬리데린 출신조차도 우러러보게 되는 분위기를 지니고 있으니까.

* * *

　주는 만큼 받는다는 말은 진실일 때가 종종 있다. 〈해리 포터와 불의 잔〉에는 매드아이 무디가 드레이코 말포이를 족제비로 바꿔버린 다음 맥고나걸의 핀잔을 듣고 다시 인간으로 돌려놓는 장면이 나온다. 그때 대본에는 인간의 모습으로 되돌아온 드레이코가 홀딱 벗은 채로 안뜰에 모여든 사람들을 헤치고 수치스럽게 도망친다는 지문이 아주 분명하게 적혀있었다. 나는 그때 별생각이 없었다. 그저 그 장면을 찍을 때 렌즈를 너무 확대하지 말라고 농담처럼 몇 번 말했을 뿐이다. 그런데 그 장면을 촬영할 때가 되자, 제작진은 내게 시스루 끈팬티를 주었다. 정말이지 그 옛날 입었던 '눈사람 3' 의상에 이은 입고 싶지 않은 복장을 보자 갑자기 현실이 파악되었다.

　"우리 이거 정말로 해요?"

　백 명이나 되는 십대 엑스트라 배우들이 보는 가운데, 나는 끈팬티를 손에 들고 물었다.

　"정말로 할 거야."

"지금요?"

"응, 지금."

나는 노출이 심한 끈팬티를 바라보았다. 그리고 카메라 촬영진을 바라보았다. 엑스트라들과 조감독들과 다른 배우들도 바라보았다. 그들 중 몇몇이 키득키득 웃기 시작했을 때야 나는 이 자식들이 이제껏 나를 놀렸다는 걸 알아챘다. 장난의 먹잇감이 된 나는 약간 바보 같은 꼴을 보였지만, 그래도 내 엉덩이가 노출되는 일 없이 품위를 지킬 수 있어서 참 다행이었다.

16

드레미온느

---

or

닭과 오리

이 이야기는 그 후로 몇 년 후 로스앤젤레스의 산타모니카에서 있었던 일이다.

당시는 해리 포터 시리즈 전체의 촬영이 끝난 상황이었다. 나는 베니스 비치에 살았는데, 그곳은 어떤 식으로든 대중에게 얼굴이 알려진 유명인이 살기에 여러모로 최악의 장소였다. 수만 명의 관광객이 매일 이곳으로 내려왔는데, 알다시피 미국인들이란 저 앞에서 유명인이 다가오면 수줍어하며 물러서는 사람들이 아니다. 하지만 난 어찌어찌 그런 상황에 맞닥뜨리지 않고 살았다. 내가 일주일 내내 똑같은 수영복 차림으로 흠뻑 젖은 채 보란 듯이 야구모자 챙을 뒤로 해서 쓰고 부두 옆을 스케이트로 활강하며 다녔기 때문인지도 모르겠다. 누군가가 나를 알아봤다 하더라도 그들은 고개를 저으며 '저게 드레이코 말포이일 리 없어, 아무리 봐도 해변에서 죽치고 사는 서핑족이잖아'라고 생각했을 것이다.

하지만 이런 유명인이 있는가 하면 또 저런 **유명인도** 있기 마련이다. 에마 왓슨이 여기에 놀러 왔을 때가 떠오른다.

나는 그날 에마에게 놀러 나가자고 했다. 별일 아니잖은가? 오랜 친구와 해변에 하루 놀러 나가는 것뿐인데. 하지만 그건 에마에겐 별일이 아니지 않았다. 내가 권하지 않았다면 과연 에마가 정말로 그날 놀러 나갈 수 있었을지는 나도 모르겠다. 그리고 문밖으로 한 발짝 나간 순간, 에마가 왜 그랬는지는 다들 충분히 예상했을 것이다.

그때 나는 '여자가 더 잘해Women Do It Better'라고 쓰인 티셔츠를 입고 있었고, 에마는 그 티셔츠를 칭찬해 주었다. 그때 에마는 조거 팬츠와 티셔츠 차림으로, 모두가 아는 레드 카펫에 선 에마와는 완전히 동떨어진 모습이었다. 그렇지만 우리가 처음으로 마주친 사람은 에마를 알아보고 우리 쪽으로 고개를 휙 돌렸다. 에마는 해리 포터 시리즈 촬영을 마쳤을 때와 거의 똑같은 모습이었으니까. 게다가 아무리 봐도 서핑족처럼 보이지 않았다. 우리가 아무에게도 들키지 않고 움직일 가능성은 없었다.

우리는 손을 꼭 잡고서 나의 전기 스케이트보드를 타고 보드워크를 달렸다. 우리가 지나갈 때 어느 멕시코인들은 마치 파도가 일듯 줄줄이 고개를 돌려댔다. 처음에는 다들 깜짝 놀랐다. 그런 다음에는 흥분했다. 사람들은 에마의 이름을 외쳤다. 헤르미온느라고 소리치기도 했다. 결국, 그들은 보드워크 위로 우리를 따라왔다. 우리는 맥주 한

잔 마시러 '빅 딘스'라는 가게로 갔다. 나는 그곳 단골이었다. 거기 직원들은 모두 내 친구나 다름없었다. 하지만 갑자기 다들 나를 생전 처음 본 것처럼 굴었다. 모두의 시선은 에마에게로 향했다. 직원 중 하나는 심지어 자기가 만든 음반을 들고 에마에게 다가왔다. 에마는 '유명한' 사람이니 이걸 거물급 인사에게 전달해 줄지도 모른다는 희망을 품고 말이다.

에마는 이런 소동을 대수롭지 않게 받아들였다. 어렸을 때부터 이런 종류의 반응을 겪으며 살아왔기 때문이다. 나는 호그와트의 삶과 더불어 평범한 삶도 나름대로 살아올 수 있었지만, 에마는 거의 그러지 못했다. 그래서 이런 상황에서 어떻게 대처해야 하는지 터득할 수밖에 없었다. 우리는 술집을 나와서 해변으로 돌아온 다음, 낡은 인명구조원 대기석 아래 숨었다. 영화 속에서는 서로 원수였지만 이제는 사람들이 계속해서 보이는 관심의 눈빛에서 잠시 몸을 피해 그 어느 때보다 가까이 붙어 앉은 것이다. 우리는 거기에 앉아서 지금과 같지 않았던 옛 시절을 떠올렸다. 아직 에마가 사람들의 관심을 한 몸에 받는 일이 편치 않았던 그때를, 내가 그다지 좋은 친구는 아니었던 그때를.

* * *

나와 에마 왓슨의 관계는 시작이 좋지 않았다. 일단, 해리 포터 오디션장에서 내가 차갑게 대꾸한 전적이 있다. 그때 나는 머리가 복슬

복슬한 아홉 살짜리 꼬마에게 양쪽 콧구멍으로 있는 대로 콧방귀를 뀌면서 세상이 지긋지긋하다는 티를 냈다. 그랬으니 그 꼬마가 나랑 친해지고 싶어 하지 않았대도 뭐라 할 수가 없었을 것이다.

그런데 상황은 더 나빠졌다.

영화 촬영 초창기에 그리핀도르와 슬리데린 아이들은 서로 아주 분명하게 선을 긋고 지냈다. 양편으로 두 파벌이 존재하면서 서로의 거리감은 계속 유지되었는데, 주된 이유는 같이 촬영하는 시간이 많지 않아서였다. 대니얼과 에마와 루퍼트가 한 파벌, 제이미와 조시와 내가 또 다른 파벌이었다. 물론 우리가 서로에게 불친절하게 군 건 결코 아니었지만, 왜 그런진 몰라도 그들과 우리는 달랐다. 주인공 삼인방은 어디 나무랄 데 없는 애들이었다. 우리 슬리데린 삼인방은 아니었다. 주인공 삼인방은 교육을 잘 받은 좋은 집안 애들이었다. 물론 나도 힘들게 산 적은 없지만, 그 애들의 성장 배경과 우리의 상황을 비교해 보면 확연히 차이가 났다. 그때 나는 우리가 좀 더 멋지다고 생각했던 것 같다. 우리는 한가한 시간에 우 탱 클랜이나 노토리어스 B.I.G., 투팍의 랩을 듣곤 했다. 그래서 그 아홉 살짜리 에마가 자기 분장실에서 점심시간에 우리에게 소규모 댄스 공연을 보여주고 싶어 한다는 이야기를 듣자, 조시와 나는 당연히 별 관심을 보이지 않았다. 이스트 코스트 랩과 웨스트 코스트 랩 중 어느 쪽이 최고인지 토론해야 할 시간에 댄스 공연을 보러 가라고? 설득력이 없잖아, 친구.

우리는 에마의 댄스를 보러 가면서 키득키득 웃었다. 그리고 에마가 춤을 추는 동안 더 크게 웃어버렸다. 우리는 재수 없는 녀석들이라서, 그 상황이 민망하다는 생각과 상대를 열 받게 만드는 게 재밌다는 생각에 웃은 거였다. 하지만 우리의 생각 없는 반응을 본 에마는 속상해하는 것 같았다. 난 살짝 못된 짓을 했다는 느낌을 받았고, 실제로도 참 못된 짓이긴 했다. 결국엔 분장사 하나가 내게 다가와 사정을 설명해 주었다.

"에마가 무척 속상해하고 있어. 넌 걔를 비웃으면 안 됐다고. 가서 사과해."

나는 **사과했고**, 에마는 사과를 받아주었다. 그렇게 모두는 다시제 할 일을 계속해 나갔다. 이는 그저 멍청한 십대가 생각 없이 저지른 행동일 뿐이었고, 매일 수도 없이 일어나는 일이었다. 그런데 왜 내게는 너무나 힘들었던 기억으로 남아있을까?

내가 보기에 그건 에마야말로 아주 어릴 때부터 우리 배우들 중에서도 가장 많은 상황에 대처해야 했고 가장 어려운 상황에서 앞길을 헤쳐나가야 했던 사람이었다는 걸 지난 세월을 통해 알게 되었기 때문인 것 같다. 에마는 세상에서 가장 유명한 여성이 되어갔다. 그리고 내 머릿속에서는 가장 인상적인 여성이기도 했다. 하지만 사람들은 그저 에마를 겉만 보고 유명인이라고만 생각하지, 그에 따른 역경이 얼마나 클지는 잠시 멈춰서 생각해 보지 않는다. 영화 촬영 처음에 에마는 아홉 살이라서 이미 열두 살이었던 나와는 달랐고, 열한 살이 된 대니얼과도 달랐다. 그 나이 차는 무척 크다. 에마는 영화 촬영장에 온 게 그

때가 처음인 데다, 주인공 중에서 유일한 여자애였다. 그래서 사람을 웃음거리로 만드는 바보 같은 장난과 사춘기 전 남자애들이 할 법한 말을 감당하며 '남자애들의 유머'에 둘러싸여 지냈다. 비록 에마 본인도 남자애들의 유머를 만만치 않게 발휘하고 심지어 우리 모두를 합친 것보다 더 까불기도 했지만, 그래도 그런 분위기에서 지내기란 쉽지 않았을 거다. 또한 에마가 계속 심하게 겪어야 했던 압박은 그저 멍청한 남자애들과 어울려 지내는 것에만 그치지 않았다. 에마는 단 한 번도 평범한 어린 시절을 누리지 못했다. 영화에 발탁된 그날부터 에마는 어른처럼 대접받았다. 내 생각에 이런 현상은 남자애들보다 여자애들에게 더 힘들 수 있다. 여자들은 대중매체는 물론이고 그 너머에서까지 부당하게 성적 대상화가 된다. 외모 품평을 당하고, 자기주장을 세게 내비치는 모습만 보여도 남자애라면 겪지 않을 따가운 시선을 받는다. 만약 누군가가 미래를 미리 내다보고 아홉 살짜리 에마에게 이런 일이 일어날 거라고 말해주었다면 어떻게 됐을까 생각해 본다. 계약서에 사인하는 순간부터 앞으로 해리 포터가 계속 함께한다는 걸, 다시는 벗어날 수 없으리라는 걸, 영원히 쫓기게 된다는 걸 알았다면 어땠을까. 그래도 에마는 이 역을 맡았을까? 그럴지도 모르지. 하지만 아닐 수도 있다.

그리하여 평소에는 안전하고 다정하고 친근했던 환경이었건만 그날따라 그러지 못했던 분위기에서 조시와 내가 에마의 댄스를 보고 비웃어 버리고 말았으니 그 애가 얼마나 속상했겠는가. 내가 우리의 행동을 떠올릴 때마다 부끄러워하는 것도 그 때문이다. 우리의 우정이 내 생각 없는 면이 아니라 그보다는 더 깊은 마음에 토대를 두어 정말 다행이라고 생각한다. 바로 우리 둘의 인생의 시금석 말이다.

*　*　*

나는 언제나 에마를 남몰래 사랑했다. 물론 그 사랑이 사람들이 듣고 싶어 하는 방식의 사랑은 아니었을 것이다. 우리 둘 사이에 불꽃이 튄 적이 없었다는 말은 아니다. 분명히 그런 순간이 있기는 했지만, 서로 다른 때 튀었을 뿐이다. 우리가 해리 포터 시리즈 후반부를 촬영할 때, 헤어 담당 분장사 가운데 리사 톰블린이라는 분이 있었다. 나는 그분과 〈애나 앤드 킹〉에서 함께 일했으니, 일곱 살 때부터 알고 지낸 사이였다. 에마가 나를 좋아한다는 사실을 가장 먼저 말해준 사람이 리사였다. 에마가 열두 살, 내가 열다섯 살 때의 일이었다. 하지만 그때 내겐 여자 친구가 있었고, 나는 어찌 되었든 그런 얘기는 죄다 거절해야 한다고 머릿속에 단단히 박혀있었다. 그래서 리사의 말을 웃어넘겼다. 사실, 그 말을 진짜 믿었던 것 같지도 않다.

하지만 시간이 흐르자 상황이 변했다. 우리는 점점 가까워졌고, 내가 에마의 삶에 대해 많은 걸 보고 이해하게 될수록 나는 그 애에게 더욱 공감하게 되었다. 그래서 에마를 옹호해 주어야 할 때마다 에마의 편을 심하게 들었다. 난 다시는 에마를 꼬마 여자애로, 누구나 알

권리가 있는 유명인으로 보지 않았다. 이제는 평범한 사회 안에서 평범한 관계를 맺으며 사는 게 불가능해진 삶에서도 최선을 다해 앞길을 헤쳐가고 있는 젊은 여성으로 보게 되었다. 때로 나는 그런 삶이 에마에게 얼마나 어려웠을지 생각하곤 한다. 가끔은 참 감당하기 벅찼을 수도 있었겠다는 생각도 해본다. 그런 점을 이해 못 하는 사람들도 있었다. 너무나 어린 나이부터 주목을 받으며 사는 압박감이 얼마나 큰지 헤아릴 수가 없어서겠지.

하지만 그 어린 시절 에마가 말수가 적어지는 날이 있었는데, 그런 경우는 그 애가 몸이 좋지 않아서가 아니라 뭔가 복잡한 이유가 있을 때가 대부분이었다. 〈해리 포터와 아즈카반의 죄수〉 촬영 중 우리는 버지니아 워터(잉글랜드 북부 서리에 있는 지역으로 삼림이 많다—옮긴이)에 가서 히포그리프 벅빅이 드레이코를 공격하는 장면을 촬영하게 되었다. 촬영지에는 대니얼과 에마, 루퍼트와 루비 콜트레인을 비롯한 배우와 촬영진이 오십 명쯤 있었고, 당연히 벅빅도 있었다. 그만한 수의 사람들이 근처 주민들 몰래 촬영하기란 쉬운 일이 아니었다. 게다가 그곳은 공공장소였기에 우리는 곧 팬들의 이목을 끌게 되었다. 외부인들이 에마의 이름을 불러대자 그녀는 본능적으로 시선을 돌리고 눈길을 피하며 거리를 유지했다. 그 모습은 에마가 오만한 것처럼, 남에게 사인을 해주거나 구경꾼에게 반응해 주기 귀찮아하는 것처럼 보일 게 뻔했다. 하지만 사실을 따져보면 에마는 당시 겨우 열두 살이라서 겁이 났던 것뿐이었다. 모두가 자신에게 이토록 관심이 있다는 걸 그 나이의 에마가 속속들이 이해하지 못해서였다. 우리는 이제껏 스튜디오 촬영을 했는지라, 이런 상황에서 어떻게 대처해야 하는지 거의 배우지 못했기에 그런 반응이 나오는 것도 무리가 아니었다.

하지만 나는 에마보다 몇 년 더 경력이 있어서 대중들과 소통하는 게 비교적 어렵지 않았다. 나는 에마를 옆으로 데리고 간 다음 무서워할 이유가 없다고, 친절하게 굴어도 전혀 문제 되지 않는다고, 우리와 대화하고 싶어 하는 팬들에게 기억에 남는 순간을 만들어 주는 것도 우리의 재능이라고 알려주려고 애쓰며 에마가 깨닫도록 이끌었다. 그런 다음 함께 앞으로 나가서 팬들과 가볍게 대화를 나눴고, 에마의 어깨에서 부담감이 사라지는 모습을 보았다. 어쩌면 그 일로 내가 아무 생각 없이 에마의 댄스 공연을 비웃었던 일을 속죄하게 되었던 것도 같다. 데이비드 헤이먼도 후에 나에게 말하기를, 그때의 날 보고 내가 건방진 꼬마에서 성장해 더 사려 깊은 어른이 되어가고 있음을 알아보았다고 한다. 내 말을 통해 에마가 자신이 살아가게 된 삶의 기묘함을 조금이나마 이해할 수 있게 되었다는 생각도 든다. 어떻게 보자면 우리는 그날 둘 다 서로를 어느 정도 성장시켜 주었던 거다.

언제부턴가 우리 사이가 외부에 언급한 것보다 더 깊은 관계라는 뜬소문이 잔뜩 퍼지기 시작했다. 나는 그런 식으로 에마를 좋아하지는 않는다고 부정했지만, 사실은 달랐다. 당시 내 여자 친구는 에마와 나 사이에 말로 표현할 수 없는 무언가가 있다는 걸 곧바로 알아챘다. '나는 걔를 여동생처럼 사랑해'라는 진부한 표현을 스스럼없이 했던 기억이 난다. 하지만 실은 그 이상이었다. 나는 에마와 사랑에 빠진 적은 한 번도 없었다고 생각하지만, 그 누구에게도 설명할 수 없는 방식으로, 한 인간으로서의 에마를 사랑하고 우러러보았다.

한번은 우리 둘이 호그와트 바깥에서 만난 적이 있다. 사실 나는 같이 일하는 배우나 제작진을 일터가 아닌 곳에서 만나는 일이 거의 없었다. 촬영장에서 나오면 그날그날의 평범한 삶으로 돌아가는 게 좋았기 때문이다. 어쨌든 나는 에마를 데리고서 우리 집 가까이 있는 호숫가를 한 바퀴 쭉 돌았다. 에마는 상당한 시간을 들여 내가 담배 피우는 걸 꾸짖더니, 갑자기 내가 평생 잊지 못할 말을 했다.

"난 내가 오리duck라는 걸 항상 알고 있었어. 하지만 난 평생 닭이라는 소리를 들으며 살았어. 내가 꽥꽥거리려고 할 때마다 세상은 내게 꼬꼬댁이라고 하래. 그래서 이젠 심지어 난 **처음부터** 닭이었지 오리가 아니었다는 생각마저 들어. 그러다 너랑 같이 어울리기 시작하면서 꽥꽥 우는 존재를 알게 된 거야. 그때 난 생각했어. 사람들에게 말하자, 난 사실 오리라고!"

에마 왓슨의 말솜씨가 좋다는 거, 내가 앞에서 이야기했던가?

에마가 해준 닭과 오리 이야기를 다른 이들이 들었다면 아마도 이해하기 힘든 말이라고 생각했을 것이다. 하지만 난 아니었다. 난 에마의 의도를 정확하게 이해했다. 우리는 마음이 맞는 사람이라는, 서로를 이해하는 사람이라는, 서로를 돕고 서로의 존재와 삶을 파악하는 사람들이라는 뜻이었다. 난 언제나 에마의 편에 설 것이고, 에마 역시 내 편에 설 거라는 점을 난 확신한다.

내가 장담하는데, 에마는 누군가에게 나쁜 일이 생기지 않도록 주위 사람을 거뜬히 돌봐줄 수 있는 사람이다. 특히 오른쪽 주먹을 제대로 휘두를 줄 알기 때문이다. 난 그 사실을 어느 날 얻어맞으면서 알게 되었다.

우리가 〈해리 포터와 비밀의 방〉을 촬영하고 있을 때 《해리 포터와 아즈카반의 죄수》 책이 출간되었다. 모두가 예상했다시피 나는 배우 중에서도 그 책을 제일 늦게 읽은 애라서 내용을 몰랐는데, 들리는 말로는 신간 내용 중에 드레이코가 맞을 만한 짓을 해서 헤르미온느가 따귀를 때리는 장면이 있다고 했다. 좋아, 재밌겠네! 나는 그때 성룡 영화에 푹 빠져있었고, 이듬해에 찍을 다음 편에서 에마와 내가 영화 속 격투 장면을 연기하게 된다는 걸 알게 되어 너무 좋았다. 그래서 이 소식을 듣자마자 조시와 함께 에마를 찾아가서 격투 장면을 연습하려고 했다. 당시에는 촬영장 옆에 야외 결혼식 연회장 비슷하게 생긴 천막을 하나 쳐두고 어린이 배우들이 촬영이나 개인 교습이 없을 때 모여 노는 장소로 사용했다. 그곳에는 초콜릿, 과자, 코카콜라가 잔뜩 쌓여있었고, 정말 놀랍게도 레드불까지 있었다. 나는 장난으로 어린애들에게 레드불을 마음껏 먹으라고 부추겼다. 어쨌든 공짜였으니까. 하지만 상황은 곧바로 바뀌고 말았다. 네빌 롱보텀 역을 맡은 매슈 루이스의 엄마가 나를 유심히 지켜보시더니, 아홉 살 난 애들한테 초콜릿과 에너지 드링크를 제한 없이 주는 내 행동이 아무리 생각해도 좋지 않은 것 같다고 지적했기 때문이다. 그렇지 않아도 나빴던 나의 평판은 어린이 배우의 샤프롱들 사이에서 다시금 악화되었다. 우리에겐 실망 스럽게도 그 후로 간식이 신선한 과일과 물로 바뀌어 버린 바람에 천 막은 이전보다 좀 갈 만한 곳이 아니게 되었다. 하지만 거기엔 탁구대 가 있어서 탁구를 아주 잘 쳤던 에마는 종종 그곳에 머물렀다.

조시와 나는 천막에 불쑥 들어갔다. 아니나 다를까, 에마는 거기 서 어떤 여자애와 탁구를 치며 놀고 있었다. 성룡처럼 영화 속에서 완 벽하게 따귀를 때리는 장면을 찍게 되었다는 생각에 나의 상상력에 불 이 붙었다. 내 뒤로 한 치의 오차도 없이 정렬한 카메라들이 에마의 손 바닥이 내 얼굴을 제대로 치는 것처럼 찍어줄 테니 에마가 나에게 손대 지 않더라도 영화상으로는 내가 맞은 것처럼 나올 거라고, 손은 가까이 닿지도 않겠지만 장면은 멋지게 나올 거라고 꿈에 부풀어 생각했다. 그 래서 난 열정 가득한 발걸음으로 에마에게 다가갔다.

장면) 천막. 낮.

톰과 조시가 탁구대 주변을 어슬렁거리며 에마가 상대방을 이기기를 기다림. 에마, 두 남자애의 눈빛에 서린 광기를 보며 조금 당황함.

톰: 너 내 따귀 때리는 거 연습할래?

에마: (눈살을 찌푸리며) 뭐라고?

톰: 다음 편 영화에 그 장면 나오잖아. 네가 나 때리는 장면. (말도 안 되는 거짓말을 하며) 나 방금 책 읽었거든!

에마: 아, 잘했어.

톰: (남자 특유의 거들먹거리는 태도로 설명함) 좋아. 그럼, 어떻게 하는지 알려줄게. 넌 여기 일단 서봐. 그리고 몸을 움직일 때는, 전체를 다 움직여야 속여 넘길 수 있어. 그러니까 어떻게 하냐면…….

톰이 이야기하는 동안 에마가 차분하게 톰을 가늠해 보다가 한 손을 듦. 지금 톰이 말하는 게 영화상의 격투 연기임을 깨닫지 못함. 그래서 있는 힘껏 톰의 뺨을 침.

철썩.

에마: 이렇게?

톰, 눈을 깜빡임. 세차게 깜빡임. 눈물이 나려는 걸 참는 중.

톰: (갈라진 목소리로) 훌륭하네. 응. 잘했어. 이건…… 훌륭해. 잘했어. 멋지다고. 그럼 나중에 보자. 알았지?

톰, 에마에게서 돌아서서 고분고분하게 천막에서 나감. 기가 잔뜩 죽

없음.

내 얼굴을 때리라는 말이 아니었다고, 너 때문에 눈물을 찔끔 흘릴 뻔했다고 에마에게 말할 용기가 내겐 없었다. 에마는 훨씬 나중이 되어서야 진상을 알게 되었다. 그리고 이듬해 우리가 그 장면을 촬영할 때, 대본이 수정되어 손바닥으로 뺨을 치는 게 아니라 주먹질을 하는 것으로 바뀌었다는 걸 알게 된 내가 얼마나 주저했는지 상상이 되는가? 나는 에마에게 사정해서 주먹이 내게 닿는 일은 절대 없게 해달라고 했다. 에마 왓슨의 오른손이 날아왔던 순간을 떠올리자 뺨이 움찔했다는 사실을 난 얼마든지 솔직하게 말할 수 있다.

에마는 오랜 세월 동안 내게 소중한 깨달음을 참 많이 주었다. 그 중에서도 가장 중요한 깨달음은 이것이다. 남들 하는 대로 할 필요는 없다. 여성의 힘을 과소평가하지 말아라. 그리고 뭘 하든, 내가 오리라는 걸 잊지 말고 계속 꽥꽥거려라.

17

일터에
위즐리가 우글우글

---

or
그리핀도라이들과
골프 치기

Beyond
the Wand

우리 어린이 배우들은 커다란 버스를 타고 세트장을 오갈 때가 있었다. 정기적으로 버스를 타고 소풍을 떠나는 시끌벅적한 아이들을 생각해 보자. 차에 탄 학생들은 교복이 아니라 마법사 망토를 걸치고 마법 지팡이를 갖고 있다는 게 다를 뿐이다. 나는 열세 살 때 해리 포터를 찍고 받은 돈으로 휴대용 CD플레이어와 림프 비즈킷 CD를 하나 샀다. 그리고 버스에서 루퍼트 그린트의 옆자리에 앉아 헤드폰으로 림프 비즈킷의 〈Break Stuff〉를 크게 틀어놓고 들었다.

림프 비즈킷의 음악을 아는 사람이라면 그 곡이 열세 살 먹은 애가 듣기에는 그다지 적합하지 않다는 생각이 분명히 들 것이다. 노래의 주제는 성인 대상이고, 가사도 약간 제정신이 아니니까. 내 취향에는 딱 맞았다. 옆자리를 슬쩍 보니 루퍼트는 조용히 자기 일을 하고 있었는데, 문득 이런 생각이 들었다. 혹시 쟤를 놀라게 해서 너무 충격받아 멍해진 론 위즐리 특유의 표정을 짓게 할 수 있으려나? 그래서 나는 헤드폰을 벗어서 루퍼트의 귀에 씌웠다. 그러자 루퍼트는 눈살을 찌푸리고 눈을 휘둥그레 떴다. 이어서 림프 비즈킷의 가사가 귀에 마구 꽂히자 론 특유의 표정이 얼굴에 퍼져나갔다. 뭔지 다들 알 거다. 내가 자기 무릎에 거미를 한 마리 떨어뜨린 것 같은 얼굴이었다.

그때 일을 생각하면 두 가지 진실이 떠오른다. 하나는 어린이 배우의 샤프롱으로 따라온 엄마들이 한두 번쯤 날 싫어하게 된 데는 다 이유가 있었다는 것이다. 스케이트보드 사건 기억하는가? 레드불 사건도 앞에서 언급했다. 내 생각에 그때의 나는 가끔 어린애들에게 나쁜 영향을 끼치는 아이여서 그랬을 것이다. 남의 집 귀한 자녀들에게 설탕 가득한 간식을 잔뜩 주거나, 노골적인 미국 랩 음악을 들려주곤 했으니까. 또 다른 진실은 위즐리 식구들 역을 맡은 배우들이 하나같이 현실에서도 같이 어울리고 싶을 만큼 좋은 사람들이었다는 점이다. 그들은 재미있고 친절하며 느긋한 성품을 가졌다. 그중에서도 루퍼트가 가장 그랬다.

* * *

예전에 찍었던 영화인 〈바로워즈〉에서 나는 위즐리 씨 역의 마크 윌리엄스를 이미 만났다. 하지만 해리 포터 시리즈를 촬영할 때 같은 영화에 출연하는데도 서로를 본 적이 거의 없었다. 우리의 촬영 장면이 겹칠 때가 없어서 나는 마크를 시사회에서만 만났을 뿐이다. 하지만 내가 해리 포터 이전에 만났던 기억을 떠올리면, 그분은 언제나 웃고 떠드는 배우였다. 촬영장에서 여유로웠던 건 물론이고, 주변 사람들도 본인처럼 여유롭고 느긋하게 있기를 열렬히 바라던 분이었다. 우리가 뭐 그리 대단한 걸 하냐고, 그저 영화 촬영하는 것뿐이지 않냐고, 그러니 그 과정을 재밌게 보내도 괜찮다는 걸 마크는 가장 먼저 깨달은 분 같았다.

마크는 위즐리 부인 역을 맡은 줄리 월터스(우리 엄마는 이분이 영화에 나온다니까 너무 좋아했다)와 완벽한 한 쌍을 이루었다. 촬영장에서 줄리는 친절함의 나라가 있다면 여왕님 같은 분이었지만 장난기 또한 다분했던지라 마크와 둘이서 끊임없이 수다를 떨고 장난을 쳤다. 두 사람 모두 따스하면서도 놀라우리만큼 현실적이었다. 다시 말해, 완벽한 위즐리의 표본이랄까. 나는 루퍼트를 비롯해 프레드와 조지 역을 맡은 제임스와 올리버 펠프스 형제가 촬영장에서 그토록 장난기 넘칠 수 있었던 건 두 분 덕이 아주 크다고 굳게 믿는다. 함께 있을 때 위즐리가 사람들은 언제나 느긋하니 즐겁게 시간을 보냈다.

영화를 보면 루퍼트와 나는 철천지원수다. 하지만 영화 밖에서 나는 예전에도 그랬고 지금도 이 주황 머리 넌자 같은 친구가 너무 좋기만 하다. 그러지 않을 수가 없으니까. 처음부터 루퍼트는 언제나 단연 웃긴 사람이었다. "안녕 내 이름은 루퍼트 그린트, 이 영상 좋아하면 좋겠어, 나 구리다고 생각 안 함 좋겠어"라는 길이길이 남을 가사로 랩을 하는 영상을 찍어 오디션에 응모하고 배역을 따낸 게 바로 루퍼트였다. 그가 론과 흡사하다는 사실이 전혀 놀랍지 않았다. 루퍼트는 굉장히 건방진 건 물론이고, 다른 사람 같으면 대부분 입 밖에 내지 않을 다소 부적절한 발언을 불쑥 내뱉는 버릇이 있었다. 촬영장에서는 웃음을 참지 못하는 어마어마한(또 돈도 많이 깨지는) 문제를 일으켜서 크리스 콜럼버스의 레드카드를 받아 수천 파운드의 벌금을 냈다. 촬영장에서 연기하다 말문이 막혀서 내는 NG는 배우들, 특히 어린이 배우들이 겪는 직업상의 위험 요소다. 누가 말 한 마디만 잘못해도, 어떤 식으로든 눈길을 끄는 행동이 보이기만 해도 얼마든지 NG가 날 수 있다. 제아무리 엄하게 꾸중을 들어도, 제아무리 전설적인 배우들과 같이 일한대도 소용이 없어서, 카메라가 돌기 시작할 때마다 결국 마구 웃지 않기란 불가능하다. 그리고 우리 모두를 통틀어 가장 많이 웃는 건 단연 루퍼트였다.

루퍼트는 항상 뭐든 전혀 개의치 않는 것 같았다. 해리 포터 촬영 첫날부터 심하게 압박을 받아도 그가 불평했다는 소리를 들은 적은 한 번도 없었다. 간혹 원치 않게 대중의 눈초리를 받게 되었을 때도 살짝 짜증 내는 모습조차 본 적이 없다. 그는 그저 착하고 상냥한 성품의 사람, 무엇이든 다 순순히 받아들일 수 있을 것 같은 사람이다. 사실 루퍼트만큼 유명세를 지닌 배우를 상상할 때 떠오르는 '스타 같은 면'은 그에게 절대로 많지 않다. 우리가 연기하는 역할은 서로를 미워하지만, 촬영장 밖에서 나는 늘 우리에게 공통점이 꽤 많다고 느꼈다. 우리는 둘 다 돈을 받으며 똑같은 일을 했다. 즉 연기를 진심으로 즐겼다.

우리 둘 다 집에 가보면 기괴한 소유물이 많다. 나는 개를 데려왔고, 루퍼트는 라마를 샀다. 사실 두 마리를 샀는데 몇 년 지나자 열여섯 마리까지 불어났다(보니까 라마는 아주 열렬하게 짝짓기를 하는 듯하다). 그와 나는 둘 다 멋진 자동차를 사기도 했다. 하지만 내가 산 자동차는 BMW 컨버터블이었던 반면, 그는 열심히 돈을 벌어 시설이 완비된 아이스크림 트럭을 남몰래 사서 아이스크림 장수가 되겠다는 어릴 적 꿈을 이루었다. 그리고 자연스레 차를 몰고 촬영장에 와서 공짜로 아이스크림을 나누어 주기 시작했다. 심지어 조용한 마을에 트럭을 끌고 가 그 마을 아이들에게 나누어 주기까지 했는데, 아이들은 직접 캐드베리 플레이크 아이스크림을 나누어 주는 론 위즐리를 보고 무척 놀랐다. 정신 나간 짓이었지만, 어떻게 보면 아주 루퍼트다웠다. 어떤 상황에서도 그는 그다운 모습이 아닐 때가 없었다.

하지만 사람은 자라면서 다들 조금씩 바뀌는 법이다. 우리가 시리즈 후반부를 촬영했을 때 루퍼트는 말수가 적어졌고 장난기도 줄어들어 좀 더 내성적으로 변했다. 하지만 그의 고유함이나 타고난 부드러운 성격은 절대로 사라지지 않았다. 그리고 나중에 이르러서는, 해리 포터 촬영장에서 만난 친구들 가운데서도 특히 루퍼트가 내가 열정을 품고 진행하는 몇몇 프로젝트에 함께해 주었다. 현재 나는 크리스마스 때마다 런던의 그레이트 오몬드 스트리트 어린이병원에 가서 크리스마스인데도 병원에 입원해 있는 어린이들에게 선물을 나눠주고 있다.

그날 나는 먼저 햄리스 장난감 가게(그렇다, 한때 내가 오디션을 본 다음 엄마와 함께 갔던 바로 그 가게다)에 가서 최선을 다해 해리 포터 장난감들을 최대한 쓸어온다. 그런 다음 산타의 선물 자루에 장난감을 가득 넣고 병원으로 간다. 한번은 크리스마스이브에 루퍼트에게 문자를 보내서 혹시 같이 가겠느냐고 물었다. 병원에 가는 것쯤이야 별로 대단한 일이 아닌 듯 보일 거다. 사실, 병원에 입원한 아이들이 겪어야 하는 고통에 비하면 전혀 힘들지 않은 일이다. 하지만 대니얼, 에마, 루퍼트가 자선사업을 하겠느냐는 질문을 받는다면 선뜻 대답하기가 어려울 거라는 사실을 난 아주 잘 알고 있다. 우리 나머지 해리 포터 출연진보다도 이 셋에게 훨씬 더 부담스러운 질문일 거다. 우리는 그저 모습을 비추는 것만으로도 사람들을 도울 수 있다. 가끔은 아예 모습을 드러내지 않아도 괜찮다. 예를 들어 대니얼은 사진 열 장에 사인만 해도 하룻밤 새 기부금을 수천 파운드는 모을 수 있으니까. 그러니 대다수 사람이 자선사업에 소중한 자기 시간을 많이 쓰고 싶어 하지 않는 건 얼마든지 이해할 수 있어도, 우리 같은 사람들이 자선사업을 하지 않는다면 의아해할 것이다. 물론 나보다 운이 나빠서 곤경에 처한 이들을 위해 무언가를 할 수 있는 위치에 있다는 것은 상당한 특권이다. 하지만 이런 특권에는 불편한 질문이 따라온다. 한다면 어디까지 해야 하는가? 어디서 멈춰야 하나? 도움이 필요한 사람들은 끝이 없기에, 왜 좀 더 베풀지 않느냐고 스스로를 채찍질하게 되는 상황이 쉽사리 벌어진다. 우리 모두와 마찬가지로 루퍼트 역시 자신의 유명세를 발판 삼아 좋은 일을 하고 있지만, 만약 내가 크리스마스 전날에야 그레이트 오몬드 스트리트 어린이병원에 같이 가자고 요청한 게 너무 과했다 말해도 충분히 이해할 수 있는 일이었다(특히 몸이 아픈 어린이들을 보는 게 루퍼트에게 얼마나 힘든 일인지 잘 알기 때문에 더욱 그랬다). 하지만 루퍼트는 덮어놓고 찬성하더니 다음 날 파트너와 함께 나타났다. 매니저도 대동하지 않고, 기사가 운전하는 차를 타지도 않고, 야단법석을 떨며 나타나지도 않았다. 그저 수수하고 태연한 루퍼트 본연의 모습으로, 행복한 나날이 절실하게 필요한 아이들에게 행복한 순간을 건네기 위해서 자신의 시간을 기꺼이 할애한 것이다.

그래서 루퍼트를 간단히 표현할 단어를 들자면, '별난', '건방진', '사려 깊은', '믿음직한', '친절한' 등이 있다. 아이스크림을 좋아하는 사람이라면 알아둘 만한 인물이기도 하고.

* * *

프레드 위즐리와 조지 위즐리 역은 쌍둥이인 제임스 펠프스와 올리버 펠프스가 연기했다. 둘은 나보다 몇 살 많아서 쩌렁쩌렁 울리는 갱스터 랩을 들려주는 걸로는 그들을 놀라게 할 수 없었다. 난 둘 중 누가 누구인지 알아맞히게 되기까지 거의 십 년이 걸렸기에, 혹시나 둘을 헷갈릴까 봐 절대로 그들을 이름으로 부르는 법이 없었다. 물론 우리가 같이 출연하는 장면이 많지 않았어도 나는 쌍둥이 형제와 오늘날까지 이어지는 우정을 쌓았다. 둘 다 본인들이 연기하는 인물처럼 따스하고 재미있는 사람들이다.

이야기 속 프레드와 조지의 장난기가 1이라면 현실의 제임스와 올리버의 장난기는 100이라고 말할 수 있다. 이 둘은 작품 속 쌍둥이의 특징을 고스란히 지녔고, 어떤 상황에서도 최상의 결과를 뽑아내는 능력이 놀라우리만큼 뛰어났다. 장난이 필요한 상황에서는 장난을 직접 만들어 치기도 했다. 뭔가를 구슬려서 뺏어야 한다면 구슬려서 뺏었다. 우리가 시리즈 후반부를 촬영할 때, 제작자들은 보너스 자료로 들어갈 '비하인드 신'을 되도록 많이 찍기를 바랐다. 그래서 배우들의 집으로 찾아가 '머글'의 일상생활을 하는 모습을 찍으면 어떻겠냐고 우리에게 제안했다. 반려견 산책이나 세차하는 모습, 잔디 깎는 모습 등등을 담겠다는 말이었다. 우리 대부분은 제작자들의 제안에 시큰둥했다. 그런데 펠프스 형제는 나름의 생각이 있어서, 몹시 프레드와 조지다운 방법으로 본인들이 '역제안'을 했다. 그 둘과 루퍼트는 취미로 골프를 쳤고, 당시는 나 역시 골프에 슬슬 재미를 들이기 시작했을 때였다. 그래서 쌍둥이는 아무렇지 않게 제안했다. 우리 모두 멋진 곳에 가서 골프를 치면 어떨까요? 제작진이 그걸 찍으면 되잖아요? 예를 들면 웨일스에 있는 셀틱 마노어는 어때요? 거긴 아주 인기 있는 골프 휴양지잖아요? 거기에 새로 개장한 '난이도 높은' 코스가 있어서 라이더컵이 열린다던데요?

우리에겐 너무나 기쁘게도 제작진은 여기에 홀랑 넘어왔다. 그리하여 제임스와 올리버, 루퍼트와 나는 셀틱 마노어로 장거리 자동차 여행을 떠날 준비를 했다. 앗, 잠깐! 혹시 우리가 골프를 칠 때 앞 시간이나 뒤 시간에 다른 사람들이 있으면 안 될 것 같은데요? 쌍둥이는 참으로 맞는 말만 골라서 했다. 우리를 따라다니는 촬영진이 있으면 다른 사람들이 골프를 칠 때 방해가 될 테니 말이다. 멋진 아이디어가 술술 나왔다. 쌍둥이는 입을 모아 합창하듯 말했다. 우리가 골프 코스 전체를 다 쓰는 게 더 낫지 않을까요? 그들의 교활한 관찰력은 순풍에 돛 단 배처럼 쭉쭉 나아갔고, 그 결과 온 세상 골퍼들이 너무나 가고 싶어 하는 바로 그 골프장을 우리 넷이서 온종일 빌려 골프를 칠 수 있었다. 그리고 이제껏 우리가 내기한 골프 경기마다 언제나 위즐리네 식구들이 이겼다. 망할 놈의 그리핀도라이들Gryffindorks.

18

드레이코와
해리

---

or

동전의
양면

대니얼 래드클리프로 살아간다는 건 어떤 기분일까. 아무도 모를 일이고, 알려 해도 알 수 없을 일이다. 해리 포터 영화 촬영 과정을 통틀어 대니얼보다 더 심한 압박을 받은 사람은 아무도 없다. 주연으로 발탁된 날부터 그는 머글 아이로 살아도 괜찮았던 적이 단 하루도 없었다. 그는 언제나 마법사여야만 했다. 에마와 루퍼트도 같은 고충을 겪었겠지만, 대니얼에게 가해지는 스포트라이트가 좀 더 강렬할 수밖에 없었으니까. 그는 '살아남은 아이'였지만, 또한 앞으로 평범한 삶을 살 수 없을 아이이기도 했다. 대다수의 평범한 십대처럼 어린 시절의 치기로 멍청한 짓을 저지를 수 있는 특권이 나에게는 있었다. 그 특권이 가장 최악의 영향력을 발휘한 결과가 바로 길퍼드의 HMV 음반 가게 사무실 벽에 걸린 나의 폴라로이드 사진이라 하겠다. 하지만 대니얼이 평범한 십대들이 저지를 법한 난동을 부렸다면 그 여파는 훨씬 더 컸을 것이다. 촬영 첫날부터 사람들은 항상 그의 사진을 찍어댔고 몰래 그를 촬영하려 들었으며 그가 부끄러운 모습이나 약한 모습을 보이지는 않는지 포착하려고 했다. 하지만 대니얼은 남들이 그를 먹잇감으로 삼을 기회를 주지 않았고, 줄 수도 없었다.

영화의 압박감이 거의 전적으로 그의 어깨를 짓누르고 있는 거나 마찬가지였다.

대니얼이 그 압박감에 대처하는 법을 배우는 모습을 나는 정말 존경하고, 또 한 인간으로서 그를 정말 좋아한다. 해리 포터 영화를 촬영하며 같이 지내게 된 수없이 쟁쟁한 사람들 가운데, 내가 가장 많이 배우고 또 나 자신의 모습을 가장 많이 찾아볼 수 있었던 사람은 바로 대니얼이다.

우리가 연기하는 배역과 현실 모습 사이에 어느 정도 유사한 점이 있기에 뽑혔다는 사실을 생각하면 내 말이 이상하게 들릴지도 모르겠다. 해리와 드레이코는 처음부터 적이었으니까. 하지만 난 그렇게 생각하지 않는다. 난 해리와 드레이코가 동전의 양면과도 같다고 말하고 싶으며, 또 비슷한 방식으로 나 자신과 대니얼을 보고 있다.

처음에 우리는 대개 거리를 두고 지냈다. 촬영장에서 상대를 볼 때마다 전형적인 영국식으로 고개를 까닥이며 "안녕, 잘 지냈어? 그랬다니 좋네"라는 식의 인사말만 주고받았을 뿐이다. 난 슬리데린 애들과 장난치며 노느라 바빴고, 대니얼은 이것저것 일이 많아 바빴다. 우리가 마주친 경우는 사람들이 생각하는 것만큼 많지 않았다. 그러다 우리가 정말로 많이 마주치게 되면서 난 대니얼에게 놀라고 말았다. 그는 날카로운 지성을 갖추었고, 거의 서번트 증후군(몇 가지 뇌 기능 장애를 갖고 있지만 암기나 계산 분야에서는 엄청난 능력을 발휘하는 것— 옮긴이) 급의 기억력을 발휘하여 남들은 이해 못 할 크리켓 기록과 〈심슨 가족〉의 소소한 것들을 다 기억했다. 촬영 중간중간 제작진이 새로운 장면을 위해 세트를 정비하는 동안 우리는 빗자루에 앉아서 〈심슨 가족〉에 관한 퀴즈를 내며 놀았는데 그 누구도 대니얼만큼 소소한 트리비아를 풍부하게 기억하진 못했다.

영화 촬영이 진행되면서 우리는 점점 친해지고 서로를 훨씬 더 많이 보게 되었다. 나는 가끔 대니얼의 집에 놀러 가서 크리켓 경기를 보며 피자를 먹었고, 아마도 담배를 꽤 많이 피우기도 했을 것이다. (우리는 법적 연령이 되기 전부터 담배를 피운 애들이었다! 리브스덴 스튜디오에 온 방문객들이 어쩌다 수상쩍어 보이는 낡은 창고 뒤에 가서 높다랗게 쌓인 탑 뒤를 봤다면, 해리와 드레이코와 덤블도어가 추운 날씨에 옹기종기 모여 차를 마시고 담배를 피우는 모습을 봤을 것이다. 우리는 담배 피우러 가자는 말을 완곡하게 돌려 '신선한 바람 좀 쐬러 가자'고 말하곤 했다.) 대니얼을 알면 알수록, 우리가 얼마나 많은 면에서 비슷한지 알 수 있었다. 우리 둘 다 주변 환경과 타인의 감정을 아주 민감하게 인식하는 사람이다. 그리고 둘 다 감정적으로 상당히 예민하며 주변의 기운에 쉽게 영향을 받는다. 그때나 지금이나 항상 드는 생각이 있는데, 만약 내가 대니얼처럼 외동아들이라서 세 형의 영향을 받지 않았더라면 나도 대니얼과 아주 비슷한 성격이 되었을 것이다. 그리고 만약 대니얼이 징크와 크리스와 애시 같은 형들이 주는 변덕스러운 영향 속에서 살았더라면, 그도 나와 아주 비슷한 성격이 되었을 것이다. 그리고 내 생각에 해리와 드레이코 역시 우리와 비슷한 관계였기에, 우리와 극 중 배역은 서로 대칭적이었다. 해리 포터 촬영 초창기에는 전혀 깨닫지 못했지만, 촬영이 진행되면서 그 점이 내 눈에 점점 선명하게 보이기 시작했다. 지금 와서 알게 된 것인데, 우리가 대칭적이라는 게 명백하게 눈에 들어온 이유 중 하나는 바로 대니얼의 배우 기량이 날로 발전했기 때문이었다.

  우리가 처음 영화를 찍기 시작했을 때, 지금 이게 뭐 하는 건지 실은 모르고 있었다는 걸 가장 먼저 인정한 사람은 대니얼이었을 것이다. 물론 대니얼과 나는 이 영화 전에도 다른 영화를 촬영한 적이 있지만, 솔직히 그토록 나이 어린 배우들이 잘해봤자 얼마나 잘하겠는가? 하지만 대니얼은 처음보다 더 나은 모습을 보이고 싶어 했다. 그는 언제나 살짝 눈살을 찌푸린 채 전작을 다시 보곤 했다. 그리고 예전과 똑같은 모습으로 쉽게 연기해도 된다는 걸 알면서도 그러기를 바라지 않는 훌륭한 자질을 갖추고 있었다. 대니얼은 촬영장에 들어온 첫날부터 있는 힘을 다해 최고의 배우가 되고자 마음을 단단히 먹었다. 해리 포터 역을 맡게 된 배우에겐 상당히 힘겨운 과제였다. 내가 보기에 그 역할은 연기하기 대단히 어려웠다. 해리라는 인물은 예전도 그렇고 지금도 마찬가지로, 주인공이자 이야기의 단단한 기반이며 믿음직한 캐릭터다. 그는 우리가 그의 주위에서 마음껏 춤추도록 스스로를 공간으로 설정해야 했다. 드레이코의 냉담함과 론의 장난기, 헤르미온느의 날카로운 재치와 해그리드의 서투른 친절함, 볼드모트의 사악함과 덤블도어의 지혜까지 이 모든 것이 항상 한결같은, 단단한 해리라는 기반 위에서 돋보였다. 이런 견고함을 이뤄내면서도 여전히 관객의 시선을 사로잡고 감동을 주는 그의 능력은 특별하다.

대니얼은 빠르게 배웠고, 또 잘 배웠다. 곧바로 그는 아주 특별한 배우가 되었다. 그건 어쩌면 우리 중 누구보다도 대니얼이 뛰어난 사람들에게 둘러싸여 지내면서 결과적으로 그들의 영향을 받았기 때문일 것이다. 아니면 그가 내면에 지니고 있던 뛰어난 속성이 꽃핀 것일 수도 있다. 사실이야 어쨌든, 대니얼은 촬영장에 있을 때마다 곧바로 주변 사람 모두의 관심을 끌기 시작했다. 그 모습은 우리 다른 배우들에게 영감을 주었다. 우리는 그가 이끄는 대로 따라갔다. 만약 전쟁터에 나갈 때 누구 밑에서 출전하고 싶냐 묻는다면, 해리가 지도자가 되었듯 우리는 대니얼을 지도자로 삼고 따를 것이었다. 아주 즐겁게 연기하는 동안에도, 그저 대니얼이 가만히 있는 모습만 봐도 우리는 주어진 기회를 진지하게 여겨야 한다는 사실을 아주 크게 되새길 수 있었다.

물론 내가 언제나 대니얼처럼 성실하게 살지는 않았지만, 대니얼의 성실한 태도는 결국 나에게도 옳았다. 난 어른 배우의 연기에서 배운 것보다, 대니얼의 연기를 보고 그와 함께 연기하면서 배운 게 더 많다. 드레이코가 인물로서 발전해야 할 때가 왔을 때, 내가 그 발전을 내면화시키는 데 조금이라도 성공했다면 그건 얼마간은 대니얼의 연기를 보고 배웠기 때문이다.

촬영 초창기에 난 드레이코라는 인물의 발전에 대해서 그리 많이 생각해 보지 않았다. 우리는 〈해리 포터와 마법사의 돌〉에서 질척거리고 재수 없는 드레이코의 캐릭터를 만들었다. 그리고 〈해리 포터와 비밀의 방〉에서는 드레이코의 특권 의식이 드러난다. 최고의 빗자루를 얻어서 퀴디치팀에 한결 쉽게 들어갈 수 있었으니까. 말하자면 드레이코는 아빠가 첫 차로 사준 페라리를 몰고 학교에 오는 학생인 거다. 그에겐 일말의 인간성도 없어 보인다. 하지만 온 머글 세상이 드레이코를 싫어한다 해도, 그의 오만함을 부풀려서 더 심하게 만드는 건 별 의미가 없었다. 그래서 나는 첫 편부터 다섯 번째 편까지 주로 화면 한구석에 서서 비웃음을 날리기만 했다. 드레이코의 발전에 대해서는 그다지 생각할 필요가 없었다. 발전이랄 게 없었으니까. 그는 언제나 변함이 없었다.

그러다가 〈해리 포터와 혼혈 왕자〉에서 모든 게 바뀌어 버린다. 드레이코를 통해 우리는 남을 괴롭히는 애들도 종종 괴롭힘을 당하게 된다는 사실을 알게 된다. 이 영화 촬영이 시작된 지 얼마 되지 않았을 때, 데이비드 예이츠 감독이 나를 한쪽으로 데리고 가서 말했다.

"우리가 드레이코에게 단 1퍼센트의 공감이라도 할 수 있다면 우린 성공할 거다. 네가 마법사 세계에서 이제껏 일어났던 일 중 최악의

상황을 계획하고 있다는 걸 명심해. 바로 덤블도어를 죽인다는 것 말
이다. 네가 마법 지팡이를 쥐면 군대의 힘을 손에 쥐고 있는 거나 다름
없어. 우리는 너를 동정해야 해. 드레이코에게 선택의 여지가 없었다
고 생각해야 한다고."

드레이코 말포이는 선택의 여지가 없었던 어린애였다. 고압적인
아버지에게 휘둘리고, 죽음을 먹는 자들에게 강요받고, 볼드모트에게
생명의 위협을 느끼며 주눅이 들었기에, 그의 행동은 스스로 결정해서
한 것이 아니다. 그저 자기 힘을 뺏긴 소년이 꼭두각시처럼 저지른 행
동일 뿐이었다. 그는 스스로 결정을 내릴 수가 없었고, 격변한 삶 때문
에 잔뜩 겁먹은 채였다. 이런 점이 가장 뚜렷하게 드러난 장면은 해리
가 드레이코와 결투를 벌이며 섹툼셈프라 주문을 쓰기 전, 세면대 앞
에서 울고 있던 드레이코를 마주치는 순간이다. 그 장면은 대니얼과
내가 단둘이서 찍은 몇 안 되는 장면 중 하나였고, 나는 그 장면을 연
기하고서 받은 대단한 칭찬이 좀 과했다고 생각했다. 사실, 그건 대본
이 뛰어난 덕분이었다. 하지만 내가 어찌어찌 노력해서 드레이코의 발
전된 캐릭터를 표현할 수 있었다면, 그건 상당 부분 대니얼을 보며 배
운 덕이 크다. 난 이제 구석에 서서 썩은 미소를 짓는 소년의 모습으로
대충 연기해서는 안 되었다. 이제는 드레이코라는 미완의 캐릭터에 살
을 붙여낼 방법을 찾아야만 했다.

마지막 편에서 나타난 드레이코의 궤적은 해리 포터 이야기의 큰
주제 중 하나인 '선택의 문제'를 관통하고 있다고 본다. 그 궤적은 말

포이 저택 장면에서 절정으로 치닫는다. 해리의 얼굴이 알아볼 수 없게 일그러져 있는 상황에서 드레이코는 그를 확인하기 위해 불려온다. 이자가 해리 포터인가 아닌가? 얘가 해리라는 걸 드레이코가 확실하게 알아봤는지 아닌지는 처음부터 너무나 확실했다. 내가 보기에 드레이코는 그 사람이 해리라는 걸 정확히 알고 있었다. 그렇다면 왜 해리라고 하지 않았을까? 내 생각으로는 이제껏 선택의 여지가 없던 드레이코가 드디어 선택을 하게 되었기 때문이라고 본다. 그는 해리가 맞다고 말하는 쪽을 선택할 수 있었지만, 또한 옳은 쪽을 선택할 수도 있었다.

그전까지 드레이코는 매 순간 해리를 밀고하기만 했다. 하지만 마침내 그는 덤블도어가 작품 초반부에서 해리에게 말했던 걸 깨달았다. 우리의 진정한 모습을 보여주는 건, 우리가 가진 능력이 아니라 우리가 하는 선택이라는 것을.

이게 바로 내가 해리와 드레이코가 동전의 양면이라고 생각하는 이유다. 해리는 자신을 무척 사랑해 주고 아이를 위해서 목숨도 버릴 각오가 돼있는 가족에게서 태어났다. 드레이코는 그를 괴롭히고 학대하는 가족에게서 태어났다. 하지만 그들이 스스로 선택할 자유를 갖게 되자, 둘은 비슷한 목적지에 다다르게 되었다.

19

콧잔등을
퍽

---

or

크래브, 해그리드,
그리고 소름 끼치는
고무 모형 톰

Beyond
the Wand

해리 포터 촬영장에는 배우가 수백 명 있었다.

그중에는 내가 거의 보지 못한 배우도 있고, 심지어 한 번도 못 본 이들도 있다. 하지만 잘 알게 된 사람들도 있다. 자, 그럼 나와 함께 호그와트를 잠시 돌아보도록 하자. 소개해 줄 사람이 몇 명 있으니까.

* * *

에마 왓슨이 나에게 라이트훅을 날렸다는 이야기는 이미 했다. 긴 이야기지만 짧게 줄여 말하자면, 에마의 주먹은 잘 피하도록 하자. 하지만 내 뺨에 주먹질을 한 건 에마만이 아니었다. 그리고 난 가끔 맞을 만한 짓을 했다.

셰이머스 피니건 역은 데본 머리가 맡았다. 촬영장에서 언제나 총명한 모습이었던 데본은 자그마한 셰이머스 역에 아주 잘 어울렸다. 데본은 실제로 굉장히 말이 많은 장난꾸러기였지만 상냥한 애였다. 우리가 로케이션을 나갔을 때 그가 백화점에서 내 얼굴을 때린 적이 한 번 있었다. 이유는 기억나지 않는다. 내가 뭔가 빈정댔던 것 같다. 아니면 나는 정말 아무 잘못도 하지 않았는데 옆에서 뭔가 부추기는 바람에 맞은 걸 수도 있다. 우리는 자라면서 이런 식으로 온갖 종류의 장난을 쳤다. 누군가 신맛 나는 물약이랍시고 콜라와 우유, 커피 원두를 섞어놓고 마시는 사람에게 1파운드를 주겠다고 했던 게 기억난다. 그러니 어쩌면 비슷한 분위기로 누군가가 그 애에게 나를 때리면 50펜스를 주겠다고 했을지도 모른다. 어쨌든 개인적인 감정이 있어서는 아니었다. 얼굴을 한 대 치는 게 비인간적인 일이긴 하지만 악감정은 없을 수도 있으니까.

크래브를 연기한 제이미 웨일럿은 대연회장에서 나한테 콧잔등을 얻어맞은 적이 있다. 그 역시 악감정이 있어서는 아니었다. 그저 수상쩍을 만큼 친한 슬리데린 삼인방이 늘 할 법한 행동을 한 것뿐이다. '고일'인 조시 허드먼은 나와 비슷한 나이였지만, 제이미는 우리보다 몇 살 어렸다. 하지만 나이 차이가 난다고 해서 우리가 못 친해진 건 아니었다. 제이미는 제 또래보다 성숙한 아이였기 때문이다. 나와 조시처럼 제이미도 힙합에 푹 빠졌고, 랩을 아주 잘했다. 하지만 가끔은 그에게 일종의 억눌린 공격성이 있다는 느낌이 들었다. 우리는 친하면서도 많이 싸웠다. 그런 점에서 보면 실생활에서도 우리가 연기하는 캐릭터와 아주 비슷했던 것 같다. 대개는 유치한 어린 혈기 때문이었다. 제이미는 가끔 나를 이런저런 일로 자극했고, 그럴 때마다 내가 받아치면 상황이 심각해지곤 했다. 우리는 같이 등장하는 장면이 많았기에, 당연히 쉬는 시간도 같이 보냈다. 같이 붙어있는 아이들일수록 때로 서로 맘 상할 일이 많다는 건 다들 잘 알 것이다. 하지만 다음 날엔 아무 일도 없었다는 듯이 또 잘 지냈다. 우리가 좀 까불까불하고 건방지긴 했지만, 그래도 애는 애였으니까.

그러던 어느 날, 대연회장에서 촬영할 때의 일이었다. 슬리데린 탁자에서 제이미는 내 왼쪽에, 조시는 내 오른쪽에 앉아있었는데, 제이미가 자꾸 나를 약 올렸다. 악의는 없는 행동이었고, 다른 날 같았다면 오히려 나나 조시가 제이미를 약 올렸을 것이다. 어쨌든 제이미는 카메라가 막 돌기 시작했을 때 탁자 아래로 나를 계속 걷어차고 팔꿈치로 쿡 찌르며 나더러 멍청이라 속삭였다. 당장 촬영 중인 상황을 엉망으로 만드는 데 일조했으니 나도 잘못이 아예 없는 건 아니었지만, 그래도 난 프로답게 행동하려고 **애썼다**. 성실한 연기자가 되려고 **애썼단** 말이다. 어른들이 우리 어린이 배우들에게 귀에 못이 박히도록 한 말 중 하나는, 제작진이 몇 시간을 들여 촬영 준비를 해놓은 다음 카메라가 돌아가기 시작하면 지금 뭘 하고 있었든 상관없이 입을 꾹 다물고 마법과도 같은 "액션!"이라는 단어가 들리기를 기다려야 한다는 것이었다. 그리고 카메라가 나를 중점적으로 찍고 있지 않다고 해서 연기를 안 해도 되는 게 아님을 명심해야 했다. 사실, 카메라가 찍고 있

지 않은 상황에서도 연기하는 것이 카메라를 받으며 연기하는 것만큼
이나 중요할 때가 있기 때문이다. 지금 카메라로 찍는 배우가 누구든
간에 나의 반응과 시선, 대화가 그들의 연기를 든든히 잡아주기 때문
이다. 그런데 왜 그랬는지, 나는 그날따라 제이미에게 짜증이 났다. 그
래서 "액션!"이라는 소리가 들리려는 찰나, 몸을 홱 돌려 제이미의 콧
잔등을 주먹으로 퍽 쳤다. 세게 치진 않았지만, 그래도 코피가 조금 날
정도는 되었다. 그런데 이상하게도 결국 제작진 앞으로 불려 나가 제
이미를 건드리지 말라고 꾸중을 들은 건 조시였다. 서로 오해가 있었
던 것이다. 미안해, 조시.

　한바탕 주먹질을 해댈 때도 있었지만, 조시와 제이미와 나는 아주
끈끈한 사이였다. 우리는 보통 나름의 장난을 꾸미곤 했다. 그렇지 않
을 땐 우리가 매우 좋아하는 음악을 들었다. 나는 배우용 트레일러에
자그마한 스튜디오를 차려놓고 꽤 많은 곡을 녹음했다. 우리가 녹음한
랩은 영국 백인 슬리데린 소년들이 최대한 거칠게 내뱉어 보는 갱스터
랩이었다. 그 녹음본은 아직도 있는데, 크래브와 고일의 작사 실력은
지금 들어도 놀라울 정도라 난 아직까지도 가끔 그걸 듣는다.

　하지만 촬영이 진행됨에 따라 제이미가 해리 포터 시리즈 촬영에
흥미를 잃기 시작하는 모습이 점점 뚜렷하게 보였다. 그는 연기에 열
정이 없는 듯했고, 풀죽어 보이기까지 했다. 감독의 이야기를 들어야
하는 순간에도, 내가 예전에 학교에서 그랬던 것처럼 소매 속에 이어
폰을 넣고 몰래 음악을 들었다. 그런 태도가 제이미가 맡은 크래브 역

에 어울리긴 했다. 크래브는 그 무엇에도, 그 누구도 신경 쓰지 않았으니까. 하지만 그를 아는 우리의 눈에는 제이미가 촬영 중에 힘들어하는 게 확실히 보였다. 심지어 특히 즐거울 때도 마찬가지였다.

그러다 제이미는 실생활에서도 곤란한 문제에 휘말리기 시작했다. 〈해리 포터와 혼혈 왕자〉 촬영을 마쳤을 때 제이미가 범죄를 저지르는 바람에 제작자들은 그를 영화 최종편에 등장시키기 곤란해했다. 나는 제이미가 안쓰러웠다. 첫 편부터 내 옆에서 옥신각신해 오던 친구였으니까. 법 따위 신경 쓰지 않는 게 크래브의 캐릭터였는데, 그 캐릭터가 실생활에서 드러나자 갑자기 추방되어 버리다니. 물론 그럴 수밖에 없다는 걸 잘 알지만 그래도 슬펐다. 원래의 슬리데린 삼인방은 이제 존재하지 않는다.

* * *

해그리드 역을 맡은 로비 콜트레인은 해리 포터 영화를 처음 찍기 시작했을 때부터 내가 알아봤던 몇 안 되는 배우였다. 그가 이전에 〈007 골든아이〉와 〈크래커〉(영국의 TV 수사물 드라마—옮긴이)에 출연했기 때문이었다. 로비는 편한 분위기가 얼마나 중요한지 그 누구보다도 잘 알고 있었다. 그는 장난을 아주 잘 치는 사람인 동시에 남들도 장난을 치도록 이끌어 낼 줄 알았다. 아니, 누군가가 그에게 장난을 걸도록 판을 깔아주는 사람이라고나 할까. 그럴 때 로비의 반응은 이루 말할 수 없이 소중했다. 한번은 대니얼과 내가 세트장에서 아주 웃긴 장난을 친 적이 있었다. 촬영장을 쭉 돌면서 사람들의 통역기 언어 설정을 바꿔놓고 설정을 영어로 되돌리기 어렵게 만든 것이었다. 로비는 당연히 여러 번이나 이 장난의 대상이 되었는데, 그건 그의 반응이 너무 재미있었기 때문이다. 로비는 눈을 가늘게 뜨고 주변을 노려보면서 투덜댔다.

"이게 대체 뭔 지랄이지?"

그는 범인을 찾으면 죽여버리겠다는 듯 굴었지만, 사실 그건 이런 장난의 본질에 근접한 행동이었다. 로비는 우리가 여기에 무슨 암을 치료하러 온 게 아니라, 영화를 찍으러 온 거란 사실을 잊지 않게 해주려고 언제나 애를 썼다. 우리는 세상을 구하려는 게 아니라고, 우리의 분수를 잊고 까불면 안 된다고, 그리고 촬영하는 동안 즐겁게 웃어야 한다는 걸 강조했다. 그는 해그리드와 비슷한 면이 아주 많았다. 로비는 살면서 뭐가 중요한지 절대로 놓치는 법이 없는 커다랗고 다정한 거인이었다.

〈해리 포터와 아즈카반의 죄수〉에는 드레이코가 벅빅에게 걷어차이는 장면이 나오는데, 거기서 해그리드는 기절한 드레이코의 몸을 들어 올려야 했다. 온갖 종류의 마법 같은 기술을 통해 분장한 해그리드는 거인처럼 보였다. 사실 나와 해그리드가 같이 나오는 장면은 대부분 로비가 아니라, 거대한 애니메트로닉스 슈트를 입은 2미터 7센티미터의 럭비 선수 마틴 베이필드와 촬영했다. (그 슈트는 입으면 무지

막지하게 더웠다. 제이미와 나는 해그리드의 귀에서 김이 솟아 나오는 걸 보고 너무 웃겨서 NG를 내는 바람에 종종 꾸지람을 듣곤 했다.) 하지만 그 장면에서는 해그리드의 얼굴이 완전히 드러나야 했기 때문에, 이번에는 해그리드를 커다랗게 만들기보다는 차라리 나를 작게 만들기로 했다. 제작진은 로비가 들기 쉽도록 실제 내 몸보다 4분의 1가량 작은 드레이코 모형을 만들었다. 이건 장난감이 아니라 수만 파운드를 들여 몇 달이나 걸려서 만든 도구였지만, 나 같은 애들이 보기엔 그저 장난감일 뿐이었다. 자그마한 크기의 나를 만든다니, 그걸 갖고 놀 수 있을 거란 생각에 난 기뻤다. 그리고 곧바로 내 모형을 주차장으로 가져다가 장난을 쳐야겠다는 계획을 세웠다. 누군가가 차를 후진하기를 기다렸다가 그 뒤에 휙 던지면 얼마나 재미있을까. 물론 결국엔 어찌어찌 마음을 다스려서 사람을 웃음거리로 만드는 그런 장난을 치지는 않았다. 하지만 그날 촬영장에는 우리 엄마가 있었기에, 난 이 소름 끼치는 고무 모형 톰으로 엄마를 놀라게 해야겠다는 마음에 공들여 계획을 짰다. 그 장난에는 로비도 동참했다. 막내아들이 영원히 늙지 않는 고무 모형으로 만들어진 걸 보고 엄마가 몸서리를 치면 칠수록 로비는 말포이의 고무 모형을 엄마 쪽으로 흔들어 댔고, 우리는 모두 웃겨 죽는 줄 알았다. 참 로비다웠다. 그는 어른의 매서운 유머 감각을 지녔으면서도 아이들과 어울려 노는 재능도 아주 뛰어났다. (드레이코 말포이 모형은 행복하게 쓰임을 다한 다음, 현재 리브스덴에 있는 해리 포터 스튜디오에서 여생을 보내고 있다.)

로비는 또한 상냥하고 남을 배려하는 사람이었다. 첫 편에서 해그리드는 해리와 론과 헤르미온느와 드레이코를 금지된 숲으로 데려간다. 이 장면 일부는 금지된 숲을 재현해 놓은 스튜디오에서 촬영했다. 하지만 또 일부는 로케이션 장소에서 야간 촬영을 해야 했다. 어느 추운 날 아침, 숲에 가서 차가운 비닐 방수포를 깔고 대니얼, 루퍼트, 에마와 함께 앉아있던 기억이 유난히 떠오른다. 다음 장면을 촬영하기 위해 장비를 설치하는 동안 우리는 자리에 앉아 기다렸는데, 그때 겨우 아홉 살이었던 에마는 몸을 옹송그리고 내 옆에서 잠들어 있었다. 그때, 다들 미친 듯이 바쁘게 자기 일을 하는 상황에서도 로비는 끊임없이 우리의 기운을 북돋아 주며 우리가 편안하고 따뜻하게 잘 있는지 확인했다.

몇 년 후에는 로비와 기자 시사회와 홍보 투어 자리에서 주로 만나게 되었다. 그는 기계와 승용차, 자동차와 비행기에 대한 지식이 방대한 자동차광이다. 로비처럼 나 역시 차를 무척 좋아한다. 하지만 내가 항상 그와 함께하는 홍보 투어를 기다리는 이유는 같이 있으면 언제나 웃음이 가득하고 재미있을 게 분명해서다.

* * *

솔직히 말하자. 네빌 롱보텀은 이 영화에서 잘생기고 매력적인 인물로 등장할 예정이 전혀 없었다. 영화 1편에서 네빌 역을 맡은 매슈

루이스의 모습은 그가 맡은 캐릭터와 아주 흡사했다. 귀도 네빌, 얼굴도 네빌, 무척 귀여운 억양까지 네빌, 말하자면 머리부터 발끝까지 다 네빌이었다.

하지만 문제가 생겼다. 매년 우리가 죄다 모여 다음 편 영화를 찍을 때마다 매슈는 조금씩 매력적으로 변하기 시작했다. 그러니까 몸매를 따져보자면 점점 네빌과 거리가 멀어졌다는 뜻이다. 다행히 매슈는 아주 훌륭한 배우라서 네빌을 잘 연기했지만, 결국 시리즈 후반부에 가서는 제작진이 네빌의 귀 뒤에 모양을 잡아주는 도구를 붙이고 가짜 치아를 씌우고 살짝 뚱뚱해 보이는 옷을 입혀서 매력을 죽여야 했다. 네빌이 장차 상의를 탈의하고 《애티튜드》지 표지에 나오게 될 줄 그 누가 상상했을까?

매슈는 해리 포터 세계관에 등장하는, 좋은 면은 다 갖춘 굉장한 표본이다. 그는 사랑스럽고 아주 현실적이면서 지나치리만큼 겸손하다. 온갖 종류의 주제에 지식과 흥미가 있어서 같이 대화하면 아주 즐겁다. 그래서 맥주 한잔 나누며 이야기하기에는 그만한 사람이 없다. 나처럼 매슈도 이미 찍은 영화는 별로 보고 싶어 하지 않지만(세상에 녹음된 자기 목소리를 듣고 싶어 하는 사람이 누가 있을까?) 그는 아주 인상 깊은 배우로 성장했고 자신의 능력에 대해 상당한 자신감을 지녔다. 내가 알고 지내게 된 포터 시리즈의 옛 동료 중에서 매슈야말로 내가 가장 즐겨 만나는 사람이다. 슬리데린-그리핀도르 사이의 경쟁의식 따위는 잊힌 지 오래다.

* * *

촬영장에는 누가 봐도 전설적인 배우인데 배역으로만 보면 누군지 절대로 알아볼 수 없는 분들 또한 있었다. 그런 배우들은 정말 아주 좋게 말해서 좀 꾀죄죄한 아저씨처럼 보일 뿐이었다. 올리밴더 역을 맡은 존 허트가 바로 그 예다. 나는 지금 그분의 열렬한 팬이고, 특히 〈미드나잇 익스프레스〉에서 존이 펼친 연기를 좋아한다. 하지만 어렸을 때는 그분이 이토록 유명한 사람인지 몰랐다. 그냥 보기만 해서는 전혀 알 수 없는 일이니까.

필치 역을 맡은 데이비드 브래들리 역시 마찬가지였다. 그는 맡은 배역과 정반대인 분이라서 마음씨가 악하지도 않았고 어리바리한 모습 역시 전혀 없었다. 촬영장 근처에 있을 때 어떤 배우가 관심을 요청하면 데이비드는 언제나 소탈한 모습으로 응했다. 보통 구석에 조용히 앉아있는 그의 모습은 차분함의 상징과도 같았다. 하지만 난 데이비드가 혐오와 경멸을 담은 표정을 하고 필치라는 인물로 아주 역겹게 변하는 모습을 보면서 많은 걸 배웠다. 그래서 그의 연기를 언제나 즐겁게 바라보았다. 자신의 직업을 사랑하는 게 분명히 드러나서였다.

어느 날, 촬영장에 앉아있던 나는 낡은 청바지에 티셔츠 한 장을 걸친 조금 꾀죄죄한 아저씨를 보게 되었다. 여기서 가끔 그 사람을 본 적이 있었기에 청소하는 직원이라고 생각했다. 내가 달리 어떻게 알겠는가? 정말 청소 직원처럼 보였는데. 우리는 대연회장 바깥에 있었고,

나는 그 아저씨가 청소를 열심히 하는 모습에 감사하다고 말씀드리는 게 좋은 행동일 거라고 생각했다. 그래서 난 반질반질한 콘크리트 바닥을 신발 밑창으로 끼익 소리 내 밟으면서 아저씨에게 엄지를 치켜들고는 이렇게 말했다.

"아저씨, 수고가 많으십니다!"

그 아저씨는 내가 누구에게 말하고 있는지 둘러보더니, 자기에게 한 말이라는 걸 알고 살짝 묘하게 눈가를 찌푸리고는 아무 말도 하지 않았다.

그러고 몇 시간 후 헤어 분장을 받고 있으려니까, 아까 봤던 아저씨가 분장실로 들어왔다. 가족과 친구들에게 이곳을 보여주고 있는 것 같았다. 청소 담당 직원이 스튜디오 분장실까지 사람을 데리고 들어오다니 좀 이상했다. 어쩌면 내가 실수를 저질렀을지도 모른다는 불길한 예감이 들자, 나는 그 아저씨가 자리를 떠난 다음 누군가에게 물어보았다.

"저 아저씨 누구예요?"

"누구?"

"아까 그 아저씨요!"

그러자 사람들이 웃었다.

"누구긴, 게리 올드먼이지!"

그분을 청소 담당 직원이라고 오해했다니, 나는 민망해서 온몸이 오그라들었다. 물론 그분은 전혀 개의치 않았겠지만 그래도 사과하고 싶었다. 하지만 나는 결국 사과보다 쉬운 길을 택했다. 내가 저지른 실수를 아예 모른 척하고 처음부터 그가 누군지 알고 있었던 척한 것이다. 변명을 좀 하자면, 게리 올드먼은 정말 대단한 스타인데도 스타인 티가 전혀 나지 않았다. 소탈하고 현실적이어서, 여봐란듯이 자신을 과시하기보다는 모두가 마실 차를 만들어 주는 모습을 더 많이 보여주었다.

시리우스 블랙이 해리에게 아버지 역할을 해주었듯, 나는 게리가 대니얼에게 영감을 주는 존재가 되어간다는 걸 느꼈다. 그는 해리가 연기 기술을 익힐 때 도움을 주었을 뿐만 아니라, 스포트라이트를 받으며 어른이 되어가야 하는 어려운 길을 잘 헤쳐나갈 때 옆에서 도왔다. 나를 포함해서 우리 몇몇은 대니얼과 게리의 그런 연대를 좀 질투하기도 했다. 게리의 영향을 받은 덕에 대니얼은 정말로 우리 중 누구보다도 연기하는 법을 잘 배워나가는 것 같았다. 옆에서 연기를 배울 때 게리 올드먼만 한 분이 또 어디 있겠는가?

* * *

워릭 데이비스는 내가 영화 촬영 시작부터 알아보았던 극소수의 배우 중 하나였다. 나는 〈윌로우〉(1988년에 개봉한 판타지 영화―옮긴이)의 팬이었으니까(지금 내가 키우는 개 이름도 윌로우다. 네 살 된 래브라도리트리버인 윌로우는 다람쥐에 환장하고, 걸신들린 것처럼 먹을 걸 좋아한다). 워릭은 시리즈 첫 편 시작부터 함께하면서 플리트윅 교수 역과 그립훅 역을 함께 맡았다. 그분은 언제나 차분한 매력을 보이며 아이들과 재미있게 놀았다. 워릭은 내가 참 좋아하는 친구가 되어주었고, 나는 세트장을 이리저리 누비는 그분의 모습을 보며 감탄할 수밖에 없었다. 그분은 키가 작아서 우리 어린이 배우들보다 세트장 이동에 더 오랜 시간이 들었다. 그래서 개조한 세그웨이 전동휠을 세트장에 가져와서 타고 다녔다. 워릭의 몸집에 맞게 크기를 줄인 세그웨이에는 's' 자가 사라져 '에그웨이^{egway}'라는 글자만 남았다. 플리트윅이나 그립훅이 전동휠로 아무렇지 않게 세트장을 돌아다니며 "좋은 아침!"이라고 명랑하게 인사하는 모습은 참 볼 만했다. 하지만 우리는 마법 세계의 온갖 인물과 도구에 둘러싸여 있었는지라, 그 특이한 광경에도 점차 익숙해지고 말았으니……

20

덤블도어의
상냥한 말

---

or
신선한 바람 좀
쐬러 가자

Beyond
the Wand

다들 알겠지만, 우리에겐 덤블도어가 둘이었다. 〈해리 포터와 마법사의 돌〉과 〈해리 포터와 비밀의 방〉에서는 리처드 해리스 경이 덤블도어를 연기했지만 안타깝게도 세상을 떠나시는 바람에 다음 시리즈에서는 마이클 갬번 경이 덤블도어가 되었다.

당시 나는 리처드 해리스가 얼마나 전설적인 배우인지 전혀 몰랐고, 그분과 함께한 일도 거의 없었다. 그분이 나에게 한두 마디 말을 건넸을 뿐이다. 촬영 중간에 대연회장 입구 바깥에 서있었을 때, 나를 한쪽으로 데려가셔서 아주 덤블도어다운 눈빛으로 나를 지그시 바라보시며 "너 잘하는구나"라고 말해주신 적이 있을 따름이다. 딱 그 말뿐이었다. 그분이 빈말을 하셨다고 생각하진 않는다. 하지만 내가 위대한 배우에게서 칭찬받았다는 걸 그때는 정말 몰랐다. 그때 **내가** 스스로 잘한다고 생각했던가? 음, 다른 애들과는 좀 다르게 하고 있다는 느낌은 있었다. 드레이코는 절대로 남들 하는 대로 따라 하려는 애가 아니었다. 다른 학생 모두가 **이쪽**에 선다면, 드레이코는 **저쪽**에 설 애였다. 전체 학생이 꾀죄죄해 보일 때, 드레이코는 완벽해 보이는 인물이었다. 다른 애들이 셔츠 윗단추를 풀고 다닐 때, 드레이코는 단추를 끝까지 꼭꼭 채웠다(사실 그때 난 이런 단정한 몸가짐을 싫어했다. 자의식으로 가득 찬 십대 애가 교복을 이토록 단정하게 입고 싶어 할 리 있겠는가?). 그러니 내가 연기하는 배역 덕분에라도 나는 쉽게 돋보일 수 있었다.

하지만 돋보인다는 게 잘한다는 뜻이었을까? 내가 1대 덤블도어에게 이런 상냥한 말을 들을 만한 배우였을까? 사실을 말하자면, 이건 아주 주관적인 문제다. 대니얼과 에마와 루퍼트까지 통틀어서 우리는 모두 스스로가 아직 배울 게 많다는 걸 알고 있었다. 물론 카메라 렌즈를 봐선 안 된다는 것과 우리가 서야 할 자리의 표시를 찾는 법쯤은 알고 있었지만, 우리의 연기가 그럭저럭 괜찮은 수준으로 보였다면 그건 우리 옆에 있는 어른 배우들의 자질 덕분이었다. 하지만 노력이 필요한 분야에서 일하는 사람이 다들 마찬가지듯, 나는 잘 되어가는 순간과 차라리 잊는 게 나은 순간을 고루 경험했다.

톰의 건방진 태도는 때로 화면 속 드레이코에게 생동감을 주었지만, 때로 그렇지 않을 때도 있었다. 〈해리 포터와 비밀의 방〉에서 해리와 론은 폴리주스 마법약을 마시고 크래브와 고일로 변신한 다음 드레이코를 따라 슬리데린의 휴게실에 들어간다. 해리는 안경을 벗어야 한다는 걸 잊었는데, 여기서 크리스 콜럼버스의 천재적인 연출력을 보여주는 좋은 사례가 나왔다. 고일이 이제껏 책을 읽느라 안경을 쓰고 있었다고 말하자, 나는 즉석에서 애드립을 해보라는 지시를 받았다. 그리하여 내가 가장 좋아하는 드레이코의 대사가 탄생했다. 세 번째 테이크를 찍던 콜럼버스는 뭔가 좋은 아이디어가 반짝이면서 살짝 광분 상태가 된 듯했다. 그는 신난 기색으로 내게 꾸물꾸물 다가와 한쪽으로 나를 데려가더니 내 귓가에 재치 있는 말을 속삭였다.

"고일이 책을 읽느라 안경을 쓰고 왔다고 말하면 이렇게 대꾸해. '네가 글을 읽을 줄은 몰랐는데.'"

우리는 마주 보며 씩 웃었고, 영화에는 다시 진행된 촬영분이 들어가게 되었다. 콜럼버스 감독이 "컷!"을 외친 다음에 웃음을 터뜨린 걸 보니 딱 알겠더라.

하지만 이어지는 장면에서는 좋은 모습을 보여주지 못했다. 우리 셋이 슬리데린 휴게실로 들어갈 때 드레이코가 《예언자일보》를 읽으며 앞장서는 장면이었다. 그 부분은 드레이코의 대사가 특히 길었다. 내가 그날의 대사를 전혀 외우지 못해서 촬영은 몇 시간이나 걸리고 말았다. 나는 데이비드 헤이먼에게 상당히 심하게 꾸지람을 들었고, 심지어 우리 엄마에게도 내가 대사를 잘 **외워야 한다**는 경고 조의 전화가 가고 말았다. 제작진은 결국 내가 읽을 수 있게끔 대사를 출력한 종이를 《예언자일보》에 붙여야 했다. 리처드 해리스 경이 그날 촬영장에 있었다면 내 연기에 감탄하지는 않으셨을 거다.

점점 경험이 쌓여가면서 나는 장면 연기를 '잘한다'와 '못한다'는 개념이 보통 사람들의 생각보다 좀 더 미묘하다는 점을 깨닫게 되었다. 배우로서 나 혼자 연기를 아주 잘할 수야 있겠지만, 내가 그 장면에서 다른 배우들과 어우러지지 않는다면 그건 잘한 게 아니다. 그건 마치 테니스를 칠 때 있는 힘껏 공을 때린다고 해서 잘 치는 게 아닌 것과 마찬가지다. 한 개인이 잘하고 못하고는 문제가 아니다. 영화는 합동 공연이며, 맥락과 해석과 의견이 들어가는 종합적인 특성이 있다. 만약 루퍼트가 드레이코를 연기하고 내가 론을 연기한다면 그 영화는 달라졌을까? 더 좋았을까? 아니면 나빴을까? 달라졌을 수도 있고, 더 좋았을 수도 있고, 나빴을 수도 있다. 모두 저마다의 의견이 다를 테니까.

그래서 나는 1대 덤블도어가 따스하게 건넨 상냥한 말을 기억하고 있지만, 그건 약간 양념을 친 칭찬이었다고 생각한다. 내가 초기 시리즈에서 많이 보여주었던 건 카메라 앞에서 편안하게 굴었던 꼬마의 건방진 모습이었다. 칭찬에 기분이 좋기는 했지만, 난 그걸 완전히 칭찬으로만 받아들이진 않았다.

* * *

나는 1대 덤블도어보다는 2대 덤블도어와 훨씬 더 접점이 많았다. 리처드 해리스와 마이클 갬번은 실제로 성격이 아주 달랐다. 리처드 해리스는 많은 면에서 우리 할아버지 같았다. 따스하고 조용한 지혜가 있는 분이었고, 연기하는 배역에 아주 잘 어울렸다. 반면에 마이클 갬번은 좀 더 쇼맨십이 있었다. 그분은 노마법사를 연기했지만, 속마음은 소년에 훨씬 가까웠다. 마이클은 자기비하적인 면이 있긴 했지만 어느 정도 지위와 연세가 있는 분이라서 무슨 말을 해도, 그 말이 제아무리 별나더라도 별 탈 없이 넘어가곤 했다. 그분은 재미있는 이야기와 재치 있는 장난을 무척 좋아했기에 그런 점이 캐릭터 해석에도 드러났다고 생각한다. 내가 보기에 마이클은 놀라우리만큼 인상적인 연기를 펼쳤는데, 특히 〈해리 포터와 혼혈 왕자〉에서 그 연기력이 잘 드러났다.

무엇보다도 마이클은 아주 재미있는 분이었다. 우리가 영화를 촬영할 때 지켜야 했던 기본적인 규칙 중 하나는 절대로 직접 차를 몰고 촬영장에 오지 말라는 것이었다. 보험 처리 문제도 있어서라고 생각된다. 하지만 그보다 훨씬 더 중요한 이유가 있었으니, 아침 6시부터 현관문 앞에 서서 배우가 출근하기를 기다려 주는 운전기사가 없다면 출연진의 절반 정도는 지각할 거라는 사실을 제작진이 알고 있었기 때문이다. 배우 서른 명을 세트장에 모아야 하는데 그중 반이나 지각하는 상황을 누가 바라겠는가. 하지만 모든 규칙에는 예외가 있었으니, 여기서 예외는 바로 마이클 갬번이었다. 그분은 자동차를 무척 좋아했다. 어느 날엔 새로 출시된 아우디 R8을 타고 오더니, 좀 지난 다음에는 페라리를 타고 오는 식이었다. 마이클은 촬영장에 직접 차를 몰고 와서 5번 문 바로 앞에 주차하곤 했는데, 사실 그곳은 주차하기에는 심하게 불편한 곳이었다. 내가 분장실에서 머리카락을 염색하고 있노라면 바깥에서 엔진 회전하는 소리가 들려왔다. 그럴 때마다 내가 과산화수소를 바르고 은박지로 덮어놓은 머리 꼴로 벌떡 일어나서 마이클의 차를 확인하러 밖으로 달려갔을까? 당연히 그랬다. 그분은 우리 어린이 배우들을 차에 태워주곤 했다. 그것도 당연히 규칙에 어긋나는 일이었지만, 누가 감히 그러지 말라고 마이클과 말다툼을 벌인단 말인가? 그분은 덤블도어인데.

마이클은 바보인 척도 잘 했다. 그분은 종종 아무것도 모른다는 듯 "얘야, 우리가 지금 어느 장면을 촬영하고 있지? 어디쯤이지? 내가 맡은 배역이 뭐더라?"라고 묻곤 했다. 하지만 대개는 사람들을 놀리려는 의도였다고 확신한다. 가끔 마이클이 대사를 완벽하게 외우지 못했나 싶을 때가 있기도 했다. 그러면 제작진은 카메라 뒤에다 대사를 적은 거대한 보드를 들어 올려 그에게 보여주어야 했는데, 그걸 보면 가끔 내가 대사를 잊어버렸을 때 속상하고 민망하던 마음이 조금 누그러지곤 했다. 그렇다고 해서 마이클이 연기에 진지하게 임하지 않았다는 말은 아니다. 그분은 아주 진지하게 연기하셨고, 특히 우리 둘이 촬영했던 장면에서는 더없이 진지했다. 바로 〈해리 포터와 혼혈 왕자〉에서 드레이코가 번개 맞은 탑 꼭대기에서 가장 중요하고도 기억에 남는 열연을 펼치는 부분이 그 예다. 그 편에서는 드레이코와 어른들만 나오는 장면이 꽤 많았고, 그중에서도 번개 맞은 탑 부분이 가장 길었다. 드레이코가 덤블도어에게 마법 지팡이를 겨누고는 교장 선생님을 죽이라는 볼드모트의 명령을 실행하고자 용기를 그러모으는 장면 말이다.

사실 나는 그 장면을 찍을 때 그렇게 긴장하진 않았고, 오히려 신이 났었다. 그 장면이야말로 나의 순간이라는 걸 알고 있었으니까. 나는 다른 애들과 같이 리허설을 하러 오는 게 익숙했지만, 혼자 리허설 하러 오라는 요청을 받은 건 그때가 처음이었다. 이 장면 때문에 달라진 상황을 나는 한껏 즐겼다. 이전에 내게 주어진 지시는 대부분 '구석에서 어슬렁거리면서 짜증스러운 표정 지어봐!'라든가 '테니스공을 보면서 이게 용이라고 생각해 봐!' 정도였다. 그러다 마침내 이 시리즈에서 대단히 중요한 순간에 등장하여 정말로 온 마음을 다할 수 있게 되자 기분이 좋았다. 그래서 나는 리허설을 잘 해냈고, 대사를 거꾸로도 외울 수 있을 만큼 달달 외웠다.

드디어 그날이 왔다. 그런데 그토록 열심히 준비했건만, 왜 그런지 나는 특정 대사에서 자꾸만 말을 더듬고 말았다. 참 이상하긴 한데, 어떤 구멍에 빠져버리면 다시 올라오기가 어려운 법이다. 머릿속에서 스스로를 다그치는 작은 목소리가 들렸다. '너 이 대사 다 **알잖아**. 밤새 잠도 안 자고 읊었잖아. 왜 제대로 못 해?' 일단 이런 목소리가 들리기 시작하면 걷잡을 수가 없다. 카메라 앞에서 한껏 굳어버리고 마는 것이다. 우리는 서너 번, 아니 어쩌면 더 많이 테이크를 찍었는데 그때마다 나 때문에 망치고 말았다. 결국 제작진은 휴식 시간을 갖기로 했고, 마이클은 마법을 부리듯 수염 속에서 담배를 꺼냈다. 그분과 나는 종종 천문탑이 있는 세트 밖으로 나가서 우리끼리 하는 말로 '신선한 바람을 좀 쐴' 때가 있었다. 거기에는 페인트 기술자와 석고 기술자와 목수와 전기 기술자들이 있었고, 나와 덤블도어는 그들 사이에 섞여서 교묘하게 숨겨온 담배를 피우곤 했다.

"신선한 바람 좀 쐬러 가겠니?"

그의 제안에 따라 우리는 밖으로 나갔다. 마이클은 마법사 복장을 하고 얼굴에 붙인 수염에 주머니를 씌운 채였고(주로 수염이 헝클어지지 않게 하려는 목적이지만, 가끔은 담뱃불이 붙을까 무서워서일 때도 있었다), 나 역시 검은 정장을 한껏 차려입고 있었다. 담뱃불을 붙이고 몇 모금 연기를 내뿜고 나서 나는 죄송하다고 말했다.

"죄송해요, 마이클. 전 대사를 분명히 외우고 있어요. 그런데 왜 자꾸 틀리는지 모르겠어요. 지금은 정말 정신이 하나도 없네요."

마이클은 괜찮다는 뜻으로 상냥하게 손을 내저으며 사과를 받아주었지만, 나는 초조한 나머지 계속 읊어댔다.

"진짜 제가 왜 이러는지 모르겠어요. 왜 대사를 쭉 이어나갈 수가 없는지 이해가 안 가요."

그러자 그분은 미소를 지으며 말했다.

"애야, 내가 하루에 얼마를 받는지 아니? 네가 이런 식으로 계속 NG를 낸다면 다음 주쯤에는 페라리를 새로 한 대 뽑을 것 같구나. 그러니까 계속 하던 대로 해, 녀석아."

257

이렇게 말하는 마이클의 표정은 농담의 기색이 전혀 없이 진지했다.

나의 초조함을 가라앉혀 주려고 그런 말을 하신 걸까? 모르겠다. 하지만 곧바로 부담감이 사라졌다. 우리는 세트장으로 돌아갔고, 그 순간부터 모든 게 아주 순조롭게 흘러갔다. 이리하여 난 두 번째로 덤블도어에게 상냥한 말을 들은 것이다. 마이클 갬번이 경험 적은 배우를 격려하는 방식은 리처드 해리스와는 많이 달랐지만, 효과적이기는 마찬가지였다.

내가 찍은 장면이 영화에 얼마나 많이 들어갔는지는 완성된 영화를 봐야 비로소 알 수 있다. 가끔은 찍은 장면이 거의 들어가지 않을 때도 있었다. 그래서 〈해리 포터와 혼혈 왕자〉에 내 촬영분이 모두 들어간 것을 보자 흐뭇했다. 느낌이 참 좋았다. 리처드 해리스가 영화 초반부에 내게 해주었던 칭찬에 부응한 걸까? 여기까지 읽었으니 다들 알겠지만, 난 배우 개개인이 연기를 잘한다는 말에 의구심을 품고 있다. 영화에는 개인의 연기력 말고도 거기에 기여하는 요소가 너무나 많기 때문이다. 분명 나는 많은 찬사를 받았고 결과를 생각하면 당연히 기뻤지만, 사실은 과찬을 받은 느낌이었다. 그 장면이 발한 효과는 상당 부분 촬영 방식과 이야기 속 장면의 위치에서 비롯된 것이기 때문이다. 말하자면 나의 통제력만으로는 어찌할 수 없는 요소들 덕분에 잘했다고 칭찬받은 거다.

〈해리 포터와 혼혈 왕자〉를 찍고 난 다음 영화가 개봉되기 전, 나는 집을 옮겼다. 그때 나는 엄마 집에서 나와 사랑하는 반려견 팀버와 함께 서리에 있는 집으로 독립해 나왔다. 그리고 내가 엄마와 살던 옛 집에는 친한 친구 휘트니가 들어가 살게 되었다. 그런데 하루는 그가 전화를 걸어서 내 앞으로 편지가 한 통 왔다고 알려주었다. 나는 순간 주차위반 벌금 고지서라고 생각했지만, 휘트니는 자기가 실수로 편지를 뜯어보았다고 했다.

"조라는 사람이 보낸 거야."

조라는 사람?

"그리고 편지지 위쪽에 부엉이 그림이 있더라."

그러자 뭔지 감이 왔다. 내가 대뜸 물었다.

"편지에 뭐라고 쓰여있어?"

"몰라. 안 읽어봤어."

"그럼 읽어줘!"

"무슨 혼혈 왕자 어쩌고 하는 내용인데……."

그러니까, 휘트니는 해리 포터 팬이 아니었다.

"그 편지 잘 가지고 있어. 지금 바로 갈게."

나는 그에게 말했다. 그 편지는 조 롤링이 보낸 것이었고, 참 오랜만에 개인적으로 받는 연락이었다. 금박 장식이 된 아름다운 편지지에 쓰여있는 내용은 영화가 나온 걸 보고 참 기분이 좋았다는 말과 더불어 나의 연기에 대한 칭찬이었다. 그 편지는 현재 액자에 장식된 채로 지금도 나와 함께 있다. 하지만 마이클이 같이 신선한 바람을 쐬면서 특이한 방식으로 격려해 주지 않았더라면 결과는 아주 달라졌을지도 모른다.

21

앨런 릭먼의 귓불

---

or
내 망토
밟을 생각 마라!

Beyond
the Wand

〈해리 포터와 혼혈 왕자〉는 시리즈 여섯 번째 영화다. 스네이프가 덤블도어를 죽였다. 그와 드레이코, 벨라트릭스를 비롯한 죽음을 먹는 자들 무리는 대연회장으로 쳐들어갔고, 마법사들은 호그와트를 탈출했다. 우리는 지금 큰 도박을 하는 중이었다.

감독인 데이비드 예이츠는 그 장면을 구체적으로 생각해 놓았다. 우리가 스네이프를 필두로 볼링핀처럼, 혹은 기러기처럼 V자 대열로 서서 복도를 밀고 들어오는 모습이었다. 하지만 헬레나 보넘 카터는 생각이 달랐다. 그분은 긴 테이블을 따라 춤을 추듯 들어오면서 모든 걸 걷어차고 비명을 지르고 미친 듯이 웃고 싶어 했다. 그건 벨라트릭스라는 캐릭터 특성상 아주 좋은 생각이었다. 벨라트릭스는 완전히 고삐가 풀린 것 같은 사람이니까. 하지만 우리 나머지 인물들을 고정적으로 찍을 때는 문제가 되었다. 카메라팀은 우리가 대연회장을 빠르게 쓸어버리는 모습을 앞에서 뒷걸음질 치며 몇 테이크 찍었다. 하지만 잘되지 않았다. 앨런 릭먼은 카메라에 완벽하게 잡혔지만, 나머지 배우들이 좀 흐릿하게 나와버려서였다. 우리가 그 뒤에 너무 멀리 있는 게 문제였다. 데이비드 예이츠 감독은 우리가 앨런에게 더 가까이 가야 한다고 지시했다.

영화 시리즈 초반부터 앨런 릭먼은 스네이프 교수 의상에 대해 나름 제안을 했다. 그는 스네이프가 매우 길고 펄럭이는 옷을 입어야 한다고 생각했다. 그런 의상 중에는 걸을 때마다 뒤에서 마치 웨딩드레스 자락처럼 길게 끌리는 망토도 있었다. 데이비드가 우리에게 앨런 뒤로 가까이 다가가라고 지시하자, 카메라가 돌기 직전 앨런은 뒤돌아 우리 나머지 사람들을 바라보았다. 그는 눈을 가늘게 뜨고 입술을 꾹 다물더니 한쪽 눈썹을 아주 살짝 치켜떴다. 호그와트 학생이라면 스네이프 교수 특유의 무시무시한 기세를 마주하는 순간 다리가 풀리기 마련이다. 그리고 이건 진짜인데, 우리 배우들 역시 그가 무슨 말을 할까 기다리면서 마음이 조마조마했다. 앨런은 스네이프처럼 말했다. 한 마디 한 마디 또렷하고 의미심장하게 힘주어서, 단어 중간중간 길고 고통스러운 침묵을 섞어가며 말했다는 뜻이다.

"절대로……"

한 마디 말 뒤로 침묵이 이어졌다. 우리는 서로를 곁눈질하며 속으로 의아해했다. 절대로 뭘 어쩌라고?

"발로……"

우리는 발을 내려다보았다. 그리고 다시 앨런을 바라보았다.

"내 망토 밟을 생각……"

우리는 눈을 깜빡였다. 깜빡임은 계속되었다.

"마라."

우리는 긴장 어린 웃음을 지었지만, 앨런은 웃고 있지 않았다. 그는 우리를 하나하나 싸늘한 눈빛으로 노려보더니, 망토 뒷자락을 박쥐처럼 휙 나부끼며 돌아섰다. 그의 눈빛에서 풀려난 우리 죽음을 먹는 자들은 서로를 바라보았고, 누군가가 입 모양으로 소리 없이 말했다.

"진심이야?"

그랬다. **죽을 만큼** 진심이었다. 그래서 우리는 무슨 일이 있어도 그의 망토 자락을 밟지 않겠다고 마음먹었다.

우리는 재촬영에 들어갔다. 이번에는 무리를 지어 그에게 가까이 다가갔다. 하지만 누가 감히 스네이프 뒤에 딱 붙어 선단 말인가? 그럴 놈이 있다면 바로 드레이코였다. 그리하여 죽음을 먹는 자들이 대연회장으로 다급하게 진입할 때 나의 발은 질질 끌리는 스네이프의 망토 자락에서 불과 몇 센티미터 떨어진 곳을 디디게 되었다. 감독이 우리에게 지시를 내렸다.

"고개 들어요! 시선 내리지 말아요. 여러분 얼굴이 다 보여야 하니까!"

그 말은 우리가 앨런의 망토 자락을 바라보며 조심스럽게 피할 수가 없다는 뜻이었다. 그래서 다시 촬영에 들어가면서 나는 속으로 계

속 되뇌었다. '망토 자락 밟지 말자. 망토 자락 밟지 말자. 망토 자락
밟지⋯⋯.'

"액션!"

앨런은 앞으로 성큼성큼 나아갔다. 우리도 그 뒤를 따랐다.

한 발짝⋯⋯

두 발짝⋯⋯

세 발짝⋯⋯.

당시 앨런의 망토는 목에 건 고리에 달려 어깨 위로 드리워져 있
었다. 하지만 대연회장으로 가는 길 중간쯤 다다랐나 싶은 순간, 나는
어쩔 수 없이 그의 망토 자락을 밟고 말았다. 앨런이 고개를 홱 돌렸
다. 어색한 찰나 동안 나는 그가 몸을 휘청일 거라고 생각했다. 하지만
앨런은 세트장이 울리도록 목 졸린 비명을 질렀다.

"아아아아악!"

"컷!"

침묵이 흘렀다.

나는 조심스럽게 망토 자락에서 발을 떼었다. 앨런이 느릿느릿 돌
아섰다. 나는 최대한 미안한 기색을 담아 미소 지으며 새된 소리로 사
과했다.

"죄송해요, 앨런."

앨런은 말이 없었다.

"저⋯⋯ 제가 일부러 그런 게 아니에요."

나는 더듬대며 말했지만, 앨런은 여전히 말이 없었다. 그저 나에게서 돌아섰을 뿐이다. 난 속으로 생각했다. 제길, 나 때문에 진짜 화났나 보네.

제작진 하나가 소리쳤다.

"다시 갈게요!"

우리는 고분고분 시작 지점으로 돌아갔다. 나는 속으로 또 되뇌었다. '제발, 펠턴. 망토 자락 밟지 말자. 망토 자락 밟지 말자. 망토 자락 밟지……'

"액션!"

죽음을 먹는 자들의 대열이 다시금 나아가기 시작했을 때 내가 얼마나 소심하게 발걸음을 떼었을지 상상해 보라. 나는 작게 한 발짝을 떼고……

작게 또 두 발짝……

작게 또 세 발짝……

"아아아아아악!"

이번에는 더 안 좋았다. 앨런은 온몸을 뒤로 휘청이면서 균형을 잡으려고 손을 마구 내저었다.

"컷!"

나는 겁에 질린 채 발을 내려다보았다. 내가 **또** 망토를 밟았을 리 없는데 정말 이상하네. 알고 보니, 너무너무 다행스럽게도, 내가 밟은 게 아니었다. 옆에 있던 죽음을 먹는 자 하나가 지정된 자리보다 더 앞서 나왔던 것이다. 앨런은 무시무시하게 화를 냈다.

"나 진짜……"

앨런의 목소리가 울렸다.

"이 짓……"

그의 선언이 들려왔다.

"다시는…… 안…… 해!"

감독과 조율을 거친 후에, 앨런은 마지막으로 한 번만 더 해보기로 했다. 죽음을 먹는 자들과 나는 겁에 질려 서로를 흘끔거렸지만, 고맙게도 세 번째 테이크에선 아무도 그놈의 망토를 밟지 않았다. 하지만 스네이프 교수가 그 장면에서 살짝 목 졸린 표정을 지은 것 같았다면 바로 이런 이유 때문이다.

* * *

이어지는 장면에서, 스네이프와 죽음을 먹는 자들은 교정으로 도망친다. 해그리드의 오두막은 불탄다. 해리와 스네이프는 대결을 벌이는데, 그전에 스네이프는 자신이 혼혈 왕자라는 사실을 밝힌다.

이 장면의 외부 세트장은 리브스덴 스튜디오에 지어졌다. 거대한 언덕은 마치 축구장을 비스듬하게 만들어 놓은 듯했다. 우리는 밤에 그 장면을 촬영했다. 헬레나 보넘 카터는 그 배경 어딘가에서 미친 연기를 했다. 밤새 깨어있으려고 벌컥벌컥 들이마신 에스프레소의 각성

효과로 광기 어린 춤을 추는 모습이었다. 앨런과 나는 들판 한가운데 서서 대니얼이 도착하기를 기다렸다.

이런 장면 설정 도중에는 가끔 어색한 순간이 생긴다. 제작진은 모든 걸 적재적소에 두고 배우들을 특정 위치에 배치하는데, 그런 다음에 배우들은 서로를 응시해야 한다. 그래야 그 장면에 정확한 조명 효과를 줄 수 있기 때문이다. 그러다 한 테이크가 끝나고 다음 테이크를 찍기까지 비는 시간에 제작진이 방금 찍은 장면을 돌려보는 동안에도 우리는 움직이지 않고 계속 서로를 응시해야 한다. 꼼짝도 못 한 채로 그 자리에 가만히 서서 다시 연기하라는 신호가 오기를 참을성 있게 기다리는 것이다. 솔직히 잘 알지도 못하는 사람의 눈을 가만히 바라보고 있으면 때로 좀 불편한 기분이 든다. 그럴 때면 난 귓불을 보는 꼼수를 사용하곤 했다. 상대의 눈이 아니라 귓불을 응시하면 어색함이 다소 줄어들면서 카메라가 돌 때까지 시간을 괜찮게 보낼 수 있다.

그날 밤도 어쩌다 보니 난 앨런 릭먼의 귓불을 보고 있었다. 우리는 한 테이크 촬영을 마치고 제작진이 촬영 분량을 돌려보는 동안 가만히 서서 감독의 촬영 재개 신호를 기다리고 있었다. 그런데 제작진의 작업이 계속 늘어져서, 앨런과 나는 아주 오랫동안 어색한 침묵에 휩싸이고 말았다. 적어도 나는 어색했지만, 앨런 본인은 그런 침묵을 전혀 불편해하지 않는 듯하다는 느낌이 항상 있었다. 사실, 앨런은 말없이 있는 편을 더 좋아하는 분이었다. 이 장면을 찍었을 때는 이미 그분과 몇 년이나 촬영장에서 같이 지낸 상태였지만, 앨런 옆에 있으면 여전히 조심스러웠다. 게다가 내가 망토를 밟은 일도 있어서 더욱 난감했다.

하지만 차가운 밤공기 가운데 둘이서 서있다 보니 난 전형적인 영국인답게 이 침묵을 깨야겠다는 마음이 들었다. 말을 거는 것쯤이야 별일 아니건만, 어쩐지 그러기가 쉽지 않았다. 결국 난 용기를 있는 대로 그러모아 입을 열었다.

"앨런, 좀 어떠세요? 괜찮으세요? 불편하진 않으시고요?"

상당히 길게 느껴지는 5초의 시간이 흘렀다. 그보다 더 오래인 것만 같은 10초의 시간이 흘렀다. 급기야 혹시 내 말을 못 들으신 걸까 싶기까지 했다. 다시 물어봐야 하나? 하지만 드디어 앨런은 천천히 고개를 돌리더니 스네이프 교수다운 눈빛으로 나를 빤히 바라보았다. 나는 숨을 죽이고 생각했다. 내가 뭐 잘못한 거 있나. 저 뒤에서 헬레나의 괴성이 들렸다. 바람이 불었다. 날씨는 춥지, 피곤하지, 게다가 지난 세 시간 내내 발이 바닥에 달라붙은 것처럼 그 자리에 가만히 서있어야 했다. 할리우드 레드 카펫도 이 정도는 아니었다.

이윽고 아주 느릿하게, 아주 분명하게 앨런이 말했다.

"나…… 이제 **한계다**."

그러더니 그는 고개를 돌려 외면했다. 하지만 그가 돌아서는 순간 입술에 아주 살짝 어린 미소가 보였다. 그 순간 나는 깨달았다. 이제까지 언제나 무서운 분으로만 생각했는데 사실은 그게 아니었구나. 대단히 건조한 유머 감각을 지닌 분이었구나. 나는 앨런을 조심스러워할 필요가 없었던 거다. 오히려 그 반대였다. 나는 명석하고 재치 있고 재미있는 분과 함께하는 시간을 즐겨야 했던 것이다.

* * *

영화 촬영을 시작하면 배우들은 등받이 천에 맡은 배역 이름이 적힌 의자를 받게 된다. 그리고 그 의자는 촬영 내내 배우와 함께한다.

어느 날, 앨런 릭먼은 헬레나 보넘 카터와 헬렌 매크로리, 제이슨 아이작스, 마이클 갬번과 함께 앉아있었다. 제아무리 명배우가 많이 나오는 해리 포터라 해도, 이만한 거물급 배우들이 모여있는 모습은 상당히 인상적이었다. 말하자면 영국 영화계의 일류 배우들이 모인 자리였다. 그들에겐 편안한 접이식 간이 의자가 있던 반면, 나는 그들보다 훨씬 작은 접이식 의자를 갖고 다녔다. 영화를 처음 촬영하기 시작했던 1편 때는 큰 의자에 앉으면 내 발이 바닥에 닿지도 않았기 때문이다. 그런데 날 본 앨런은 곧바로 일어섰다. 그리고 조감독에게 다가가더니 내 쪽을 가리키며 내가 제대로 된 의자를 받아야 한다고 주장했다. 그래야 나머지 사람들과 같은 높이로 앉을 수 있다면서. 처음에는 혹시 저분이 농담을 하나 싶었다. 하지만 곧 앨런이 아주 진지한 요구를 한다는 게 분명히 드러났다.

"앨런, 괜찮아요. 전 작은 의자에 앉아도 좋아요."

내가 말했지만 앨런은 거절을 받아들이지 않으려 했다. 그는 큰 소리를 내지도 않았고, 무례하게 말하지도 않았다. 그저 나에게 다른 배우들과 같은 크기의 의자를 주어야 한다고 조용히 주장했을 뿐이다.

　이건 작은 일화지만, 그 순간 느꼈던 친절함을 나는 결코 잊지 못할 것이다. 앨런은 어린 배우들이 다른 주연급 배우들과 동등한 대우를 받기를 바랐다. 그럴 필요가 없는 일인데도 몸소 나서주었다는 사실이 앨런이 어떤 분인지 잘 보여준다.

* * *

　이제 앨런은 세상을 떠났어도, 나는 그 접이식 의자 사건을 가끔 떠올리곤 한다. 세상을 떠난 분은 앨런만이 아니다. 리처드 해리스, 존 허트, 헬렌 매크로리……. 세상을 떠난 해리 포터 출연 배우들은 어쩔 수 없이 점점 늘어가고 있다. 돌아가신 분들을 생각하면 지옥에 떨어진 것처럼 괴로울 때가 있다. 내가 어른이 된 지금에서야 그분들이 나에게 어떤 영향을 주었는지, 또 그분들이 얼마나 훌륭한 본보기였는지 깨닫기 시작해서다.

　시간은 눈 깜짝할 새 흐른다. 가끔 나는 아직도 내가 HMV 음반 가게에서 DVD를 훔치던 애 같다. 하지만 간혹 이젠 어린아이가 아니로구나 싶을 때가 분명히 있다. 이젠 내 나이의 반도 안 되는 팬들을 만나게 되겠지. 사실, 지금 나에게 다가오는 팬들은 해리 포터 1편을 찍었을 땐 태어나지도 않았던 이들이 대부분이다. 앞으로 찍는 영화에서 나는 산만한 어린이 배우와는 거리가 아주 먼 베테랑 배우일 것이다. 그렇게 어른 배우로서 촬영장에 있을 때야말로 내겐 중요한 순간일 것이다. 어린 내가 자라며 옆에서 지켜본 배우들, 나보다 앞서간 배우들에게서 얼마나 긍정적인 영향을 받았는지 이제 깨달았기 때문이다. 다시금 삶은 예술을 반영한다는 강한 깨달음을 얻었다. 해리 포터 시리즈에서 우리는 어리고 경험 없는 마법사가 되어 뛰어난 마법사들의 가르침을 받는 학교에 다녔다. 그 과정에서 뛰어난 분들의 영향을 알게 모르게 받은 우리는 7년 후 그럭저럭 괜찮은 어른이 되었다. 그 과정은 마법이 아니라 실제의 삶이었던 셈이다. 영화 제작자들은 설익고 미숙한 데다 솔직히 자기가 뭘 하는지도 잘 모르는 어린이 배우들을 잔뜩 뽑았다. 하지만 그런 애들이라도 영국 연기계의 최고봉에 오른 분들 옆에서 몇 년 동안 얼씬대다 보면 어쩔 수 없이 한두 가지는 배우기 마련이다.

정말로 우리는 그렇게 배워갔다. 하지만 어설프게 배우지는 않았다. 우리를 한쪽으로 데려가서 "애, 세트장에서는 이렇게 행동해야 해"라고 알려주는 사람은 아무도 없었다. 나는 선배 배우들이 어떤 행동을 하는지, 또 어떤 행동을 **하지 않는지**를 보고 배웠을 뿐이다. 그분들은 특별 대우를 요구하지 않았다. 목소리를 높이는 법도 없었고, 어떤 일을 두고 소란을 피우지도 않았다. 그러다 아주 나중에 가서야 내가 몸담은 연기 분야에서 그런 태도가 일반적이지만은 않음을 비로소 알게 되었다. 촬영 시 어떤 배우가 자기 영향력을 과시할 의도로, 아니면 아예 시간을 잊은 나머지 정해진 시간보다 한 시간씩 늦게 촬영장에 나타나는 경우를 종종 보았고, 특히 미국에서 그랬다. 본인이 감독도 아닌데 배우가 연기하다 말고 자기 입으로 "컷!"을 외칠 때도 있다. 이런 건 나의 멘토인 배우들이 보여준, 차분하고 예의 바르며 매사 준비된 마음가짐으로 임하는 영국 대가들의 모습과는 정반대다. 내가 촬영장에서 조심스러운 태도를 갖추는 걸 본 사람들이 그럴 필요 없다고, 주변 사람들에게 기본적인 예의조차 갖추지 않아도 된다고 말할 때마다 항상 놀랍기만 하다. 나의 태도는 앨런 같은 분들에게서 배운 것이다. 그분들을 보았기에 우리 어린이 배우들이 막돼먹은 인간으로 자라지 않을 수 있었다고 나는 생각한다. 우리는 어른 배우들이 촬영장에 있는 모든 사람을 친절하고 참을성 있는 태도로 존중하는 모습을 지켜보며 자랐다. 앨런은 꾸준히 사람들을 위해 손수 차를 끓여주곤 했다. 그가 우리 어린이 배우에게, 더욱 중요하게는 카메라팀부터 식사 담당 부서 직원까지 제작진 하나하나에게 말을 거는 태도는 동료 배우들을 대하는 태도와 다를 것이 없었다. 특유의 대단한 존재감을 드러낼 때조차도, 우리가 그의 망할 망토 자락을 밟았을 때조차도, 앨런의 눈빛에는 희미한 반짝임이 존재했다. 가끔 그걸 알아보기 힘들 때도 있었지만, 그래도 그 반짝임은 없었던 적이 없었다.

　이제 어른이 된 나는 세상을 떠난 선배 배우들이 우리에게 베풀어준 것에 감사를 표할 수 있다면 얼마나 좋을까 생각한다. 그들은 몸소 겸손하고 쾌활한 모습을 보임으로써 우리를 겸손하고 쾌활한 사람이 되게 했다. 나는 그 점을 언제까지나 고맙게 생각할 것이다.

22

위험인물
1호(제3탄)

---

or
세계 최고의/
최악의 샤프롱

촬영장에서 일하는 어린이 배우에게는 샤프롱이 있어야 한다. 그게 법이다.

샤프롱은 필요한 제도다. 수백 명의 아이가 이리 뛰고 저리 뛰는 상황에서 누가 뭘 하고 있는지 일일이 지켜보기란 쉽지 않다. 그럴 때 샤프롱은 어린이 배우의 안전을 보장하고, 하루 동안 촬영하면서 아이가 할 수 있는 일과 해서는 안 될 일을 정해놓은 수많은 규칙을 확실하게 준수하기 위해 있다. 그중 가장 중요한 임무는 시간을 잘 지키는 것이다. 어린이 배우가 절대로 한 번에 세 시간 넘게 촬영을 하지 않도록 하고, 매일 주어진 학습량을 지키도록 해야 한다. 식사는 잘하는지, 혹시 말썽을 피우지는 않는지 확인도 해야 한다. 어렸을 땐 이런 규칙 중 몇 가지는 우스워 보였다. 심지어 샤프롱은 어린이 배우와 화장실도 같이 가주어야 했다. 그래서 어린이가 혹시 화장실에 가고 싶은지, 언제 화장실에 갈 건지 항상 알고 있었다.

에마와 루퍼트를 비롯한 몇몇 어린이 배우들은 전문 샤프롱을 두었다. 그들은 샤프롱이 직업인 이들로, 지켜야 할 준수 사항을 빠짐없이 확인하고 필요한 고생이란 고생은 다 해가며 일에 철저하게 임했다. 어떤 아이들은 가족이 샤프롱을 해주었다. 예를 들어, 대니얼은 아버지인 앨런이 샤프롱이었다. 내 경우는 할아버지가 자애로운 눈빛으로 날 돌봐주셨고(또 나에게 썩은 미소를 짓는 법도 가르쳐 주셨고), 엄마도 촬영장에 나와 동행하곤 했다.

그러다 〈해리 포터와 아즈카반의 죄수〉 촬영 때는 아무도 내 샤프롱을 해줄 수가 없게 되었다. 다급한 상황이라 어쩔 수 없이 형 크리스가 샤프롱이 되었다. 어린아이의 관점에서 형은 더할 나위 없는 최고의 샤프롱이었다. 하지만 객관적인 관점에서 보자면 영화 제작 역사상 최악의 샤프롱이라 해도 과언이 아니었다.

앞서 나는 형과 내가 밤새 낚시를 하고 바로 세트장에 가서는, 제작진이 보기엔 여덟 시간 새근새근 자고 상쾌한 모습으로 영화 찍을 준비가 된 것처럼 굴었다고 말한 바 있다. 크리스 형은 나와 밤새 낚시를 하면서 잉어 낚는 법 말고도 꽤 많은 걸 가르쳐 주었다. 열네 살 톰에게 담배 마는 법을 가르쳐 준 사람도 형이었다. 당연하게도 나는 담배 마는 법을 배우는 데서만 그치지 않고 곧 그걸 직접 피우게 되었다. 앞서 말했듯, 형이 셋이나 되었기에 특정 영역에서 다른 애들보다 앞선 것이다.

크리스가 내 샤프롱이 되었을 때, 나는 분장실이 아니라 배우용 트레일러를 받게 되었다. 그건 혼자 쓸 수 있는 캐러밴으로, 내 트레일러는 5번 문 바로 옆 주차장에 있었다. 내가 분장을 하러 가면, 형은 구내식당에서 양껏 먹은 다음 온종일 트레일러에서 잠을 잤다. 가끔은 완전히 사라져 버리기도 했다. 힘들게 촬영을 마치고 트레일러로 돌아오면 크리스 형은 대자로 드러누워 하품하면서 그제야 일어날 준비를 했다. 그리고 차를 한 잔 마시고는 담배를 몇 개비 피운 후, 함께 몸을 풀고 호수로 가서 밤새 낚시와 이런저런 것들을 했다.

전문적이고 양심적이며 꼼꼼한 샤프롱이라면 말 그대로 스톱워치를 들고 어린이 배우 옆에 서서 세트장에서 정해진 시간을 초과하지는 않는지, 개인 교습을 받는 시간이 부족해서 학습에 지장이 가지는 않는지 확인했을 것이다. 전문적이고 양심적이며 꼼꼼한 샤프롱이라면 세트장에서 일하고 난 어린이 배우가 되도록 빨리 개인 교습을 받도록 서둘렀을 것이다. 하지만 크리스 형은 안 그랬다. 가끔 형은 트레일러에서 늘어지게 잤고, 자지 않을 때는 나와 같이 세트장을 나와 스튜디오를 최대한 빙빙 돌아서 어슬렁어슬렁 개인 교습을 받으러 갔다. 도중에 주방에 들러 콜라 캔과 초콜릿 바를 챙긴 다음(야, 이거 쟁여놔. 콜라도 마시고 싶은 대로 다 마셔!) 최소한 한 번은 '신선한 바람 좀 쐬려고' 대연회장 뒤에서 몇 분씩 능장을 부리기도 했다.

샤프롱은 또한 매일의 경비를 잘 계산해서 지출해야 한다. 로케이션이 있을 때면 배우와 샤프롱, 제작진은 일주일에 한 번씩 각각 일일 경비를 현금으로 계산해서 받아 생활비로 쓴다. 일일 경비는 하루 30파운드에 달하는데, 샤프롱의 관리하에 식비와 세탁비, 집에 거는 전화비 등 외부 활동 비용으로 사용한다. 그러니 이런 돈을 애한테 현금으로 맡기는 건 미친 짓이라 할 수 있다. 안 그런가?

그런데 크리스 형의 생각은 달랐다. 멋진 형답게 나에게 현금을 기꺼이, 곧바로 쥐여주었다. 물론 형은 돈을 안 주겠다고 협박하며 날 위협하기도 했다.

"내가 시키는 대로 해! 안 그럼 네 돈 다 내가 가질 거야, 이 버러지야!"

하지만 보통은 현금을 곧바로 내 뒷주머니에 받아 챙길 수 있었다. 그리고 나는 온종일 페페라미(돼지고기 육포 브랜드—옮긴이)와 맥코이(감자칩 브랜드—옮긴이) 한 봉지만 먹어도 그럭저럭 살 수 있었고, 빨래 같은 재미없는 일에다 내 빳빳한 20파운드 지폐를 날려버리고 싶은 마음은 별로 없었다. 그래서 나의 일일 경비는 오랫동안 새 스케이트보드나 최신 컴퓨터 게임을 사는 데 쓰였다. (크리스 형의 일일 경비도 영화 제작자들의 예상이나 의도와는 전혀 다른 식으로 유용하게 쓰였다. 형은 그걸로 대마초를 샀다. 말하자면 해리 포터 덕에 꾸준한 약쟁이가 되었던 거다.)

크리스 형은 또한 세트장에서 가끔 '얻게' 되는 기념품이 우연히 생기기만을 기다리지도 않았다. 그래서 마지막 세 편을 찍을 때는, 스튜디오에서 나가는 사람들의 자동차를 검사해 허가받지 않은 물품을 가지고 나가는지 확인하는 절차가 자연스레 생기게 되었다. 물론 이런 검사 절차가 생긴 게 전적으로 우리 형 탓만은 아니다. 게다가 남의 물건을 슬쩍하는 사기꾼들 때문에 보안 담당 요원들을 고용해야 했는데 그 역시 전적으로 우리 형 탓은 아니었다. 리브스덴 스튜디오에는 고정 근무자가 무척 많아서, 갈레온 한 움큼이나 가끔 호그와트 교복 넥타이를 몰래 가져가곤 했다. 하지만 크리스는 이런 범죄자들 가운데서도 우두머리급이었다. 영화 소품 책인 길더로이 록하트의 《마법 같은 나》가 기적처럼 형의 가방에 들어가 있던 적이 몇 번이나 있었다. 하지만 여기서 말해두겠는데, 내가 이렇게 쓰긴 했어도 형은 결코 비정한 범죄자가 아니었다. 크리스 형이 빼돌린 물건 몇 개는 지역 자선단체 경매에 부쳐지거나 형의 마음에 든 좋은 일에 주어졌다. 한 번은 영화가 개봉되기 전에 미리 유출하려는 목적으로 누군가가 거액의 돈을 줄 테니 세트장 사진을 찍어달라고 형에게 요청한 적이 있다. 물론 형은 거절했다(적어도 나한테는 거절했다고 말했다).

그러니 세계 최악의 샤프롱은 또한 세계 최고의 샤프롱이기도 했다. 형은 아직 여드름 난 십대 소년에 불과했던 나를 어른처럼 대했다. 게다가 형은 세트장에서 가장 인기 있는 사람이었다. 모두 크리스를 좋아했는데, 그 경험이 형에게는 긍정적이었다고 난 생각한다. 크리스 형이 처음 영화 세트장에 왔을 땐 아주 내성적이었고 머리를 싹 민 데다 둥근 금귀고리를 달고 있었으니 좀 호전적인 사람으로 보였을 수도 있다. 하지만 세트장에 있는 사람들이 형을 두 팔 벌려 환영해 주어서 형은 마음이 조금 누그러졌다. 그전까지 크리스 형은 징크 형과 달리, 연기 같은 건 그저 취미일 뿐이라며 좀 거슬려 하고 무시했었다. 그러나 굳이 말하자면, 해리 포터 식구들의 도움을 받으면서 형의 좀 더 섬세한 면이 나타났다. 형은 안 그런 척하지만, 다 보이거든?

* * *

크리스 형과 나는 하드코어 갱스터 랩과 잉어 낚시 말고도, 온갖 크기와 종류에 상관없이 자동차를 무척 좋아했다. 우리는 '오토 트레이더'(자동차 구매자와 판매자를 위한 온라인 플랫폼—옮긴이) 페이지를 쭉 훑어보면서 앞으로 사고 싶은 차들을 보며 침을 흘렸다. 우리가 광적으로 좋아했던 건 BMW, 특히 검은색 BMW였다. 그땐 내가 운전할 수 있는 나이가 아니었지만 그런 건 아무래도 괜찮았다. 크리스 형은 이미 면허가 있었고, 형의 여러 가지 다양한 열정을 물려받은 나는 자동차광인 면모 역시 갖게 되었다. 그러던 어느 날, 근처에 검은색 중고 BMW 328i가 매물로 올라왔는데 마침 내 통장엔 형에게 이 차를 사줄 만큼의 현금이 있었다. 지금이야말로 내가 번 돈을 쓸 좋은 기회라는 데는 전혀 이의가 없었다. 우리는 꼬깃꼬깃한 돈다발을 테스코 여행 가방에 한가득 담아 택시를 타고 판매자의 집으로 갔다. 그 사람이 우리를 좀 의심스럽게 생각했다는 건 두말하면 잔소리다. 우리는 자리에 앉아 그가 현금을 세면서 지폐를 불빛에 비춰 보는 모습을 하염없이 지켜보며, 이런 거야 늘 있는 일이라는 듯 애써 차분한 태도를 유지했다. 드디어 판매자가 돈을 다 확인하고 만족스러워하자, 크리스는 차 키를 받은 다음 나를 조수석에 태우고 운전석에 앉았다. 그리고 엄청난 자제력을 발휘해 천천히 200미터가량 차를 몰아간 다음 판매자의 집이 보이지 않는 코너를 돌았다. 그리고 형은 차를 세웠다. 핸드브레이크를 잡은 다음, 형은 몸을 돌려 나를 바라보았다. 그 표정은 파악하기 어려웠다. 이윽고 형은 두 손으로 내 머리를 잡더니 이마에 키스하고서 억제할 수 없는 기쁨의 비명을 질렀다.

"고마워! 지이이인짜 고마워!"

형은 거듭 말했다. 우리는 마치 아주 대단하고 세심한 강도질을 한 것처럼 의기양양하게 소리를 질렀다. 난 운전할 수 있으려면 아직 몇 년 있어야 했지만, 크리스 형만큼이나 BMW에 푹 빠져있었다. 회전하는 엔진의 우레 같은 소리나 얼굴이 이지러질 정도로 빠른 가속이 어찌나 좋던지. 무슨 의무라도 되듯 제 방 벽에 페라리 포스터를 붙여놓은 여타의 십대 아이들과 나도 그리 다를 것이 없었다. 단 하나 다른 점이 있다면, 내겐 크리스 형의 꿈을 이뤄줄 수단이 있었다는 거겠지.

* * *

세계 최고이자 최악의 샤프롱의 영향을 받아 때때로 나의 반항적인 면이 드러나게 되었다는 걸 이젠 다들 알았을 것이다. 크리스 형은 나에게 금단의 열매와도 같은 대마초를 가르쳐 주었다. 대마초는 내가 이제껏 들었던 랩의 가사에 빠짐없이 등장하는 것이라, 내가 대마초를 접하고 시작하게 된 것도 어쩌면 놀랄 일이 아니었다.

이제부터 들려줄 이야기는 북햄의 마을 회관 뒤쪽, 수풀이 무성한 들판에서 있었던 일이다. 그곳은 엄마와 내가 살던 곳에서 아주 가까웠다. 부모님이 이혼한 후 나는 전형적인 사춘기를 겪고 있었다. 그때 나는 아끼는 빨간 우탕 후드티를 입고서 친구들 셋과 들판에 둥그렇게 앉아 넷이서 대마초를 돌려 피웠다. 흡연용 기구가 우리 주변에 흩어져 있었다. 담뱃잎과 담배 마는 종이, 라이터, 그리고 대마초 3.5그램이었다. 옹기종기 앉은 우리 머리 위로는 누구라도 알아볼 만큼 퀴퀴한 대마초 냄새가 풍겼다.

그렇게 손에 대마초를 든 채로 고개를 든 나의 눈에 남녀 두 사람이 보였다. 100미터도 되지 않는 곳에 선 두 사람은 경찰이었다. 그들은 확실한 목적을 띠고 우리 쪽으로 성큼성큼 걸어오는 중이었다.

제길.

누군지는 밝힐 수 없지만, 나의 세 형 중 하나가 이럴 때는 이렇게 하라며 조언을 해준 적이 있다.

"야, 이것만 기억해. 증거가 없으면 경찰은 너한테 아무 짓도 못 해."

법을 잘 안다는 형의 말에 따르면, 실제로 대마초를 소지했고 그래서 유죄라는 걸 증명하는 의무는 경찰에게 있다고 했다. 그러니 주머니에 대마초가 없으면 절대로 걸릴 일이 없다고 말했다. 경찰들이 이제 50미터 안으로 다가온 상황에서 형의 조언이 귓가에 맴돌았다. 나는 눈부시게 새빨간 후드 티를 입은 채로 일어서서 흡연 기구들을 그러모아 대마초와 함께 어떻게든 옆에 있는 울타리에 숨기려고 했다. 저 앞에서 오는 경찰들이 뻔히 보는 가운데 도구를 숨긴 나는 다시 친구들이 있는 곳으로 와서 앉았다.

드디어 경찰들이 가까이 왔다. 그들은 우리를 내려다보았다. 우리는 순진무구한 눈빛으로 그들을 올려다보았다. 하지만 이상한 연기 냄새 때문에 우리가 뭘 했는지는 너무나 명백하게 드러났다.

장면) 서리의 어느 공터. 낮.

경찰: 너희 여기서 뭐 하니?
톰: (잔뜩 성이 난 채) 아무것도 안 하는데요.
경찰: 아니, 너희 뭔가 했잖아. 네가 저 울타리에 뭘 넣는 걸 봤다고.
톰: 잘못 봤겠죠.
경찰: (참으며) 아니야, 제대로 봤어.
톰: 아, 저는 아무것도 안 했다니까요.

무거운 침묵이 오랫동안 흐름. 눈썹을 치켜뜬 경찰은 이 건방진 꼬마와 어설픈 법적 대응에 별 감흥을 못 느낀 게 분명함. 시간이 재깍재

깍 흐를 때마다 건방진 꼬마들은 점점 자신이 없어짐. 그러다 결국……

경찰: 정말로 계속 발뺌할 거냐?

톰: (결국, 풀이 꺾이고 성낼 기운도 싹 사라진 채) 죄송해요. 아니, 저기요, 진짜 죄송하다고요, 네? 정말 죄송해요. 제발 용서해 주세요, 제가 진짜 죄송하다고요…….

경찰은 나를 다시 울타리로 보내서 흡연 도구들을 가져오게 했다. 거기엔 반쯤 피우다 말아서 아직도 연기가 나는 대마초도 있었다.

예상대로 나는 5파운드어치의 대마초 소지 혐의로 체포되었다. 솔직히 이게 무슨 백 년에 한 번 있을까 말까 하는 중범죄는 아니었다. 경찰도 주요 국제 마약 밀매 조직을 소탕한 게 아니었다. 평소였다면 경찰은 우리를 몇 마디 말로 나무란 다음 집으로 보냈을 것이다. 하지만 여자 경찰관은 당시 수습 기간이었기에, 남자 경찰관은 수습 경찰에게 정석대로 일을 처리하는 법을 보여주고 있었다. 그래서 난 경찰차 뒷좌석에 실려 가는 신세가 되고 말았다.

나는 증거가 확실한 범죄로 체포되었다. 이렇게 저지른 범죄는 하마터면 몹시 나쁜 결과를 초래할 수도 있었다. 만약 해리 포터에 출연하는 배우가 난처한 상황에 처했다는 사실을 들으면, 워너브러더스사는 어느 정도 입막음을 할 능력이 있었다. 하지만 드레이코 말포이가 대마초 소지 혐의로 체포된다면 대처하기 어려웠을 것이다. 하지만 그때 경찰차에 앉은 난 그런 걱정은 별로 하지 않았다. 별 걱정을 하지 않았던 이유는 내가 대마초 때문에 기분이 하늘로 붕 떠있었기 때문이다. 그러다 드디어, 퍼뜩 생각이 났다. 내가 HMV 음반 가게에서 붙잡혔을 때, 그러잖아도 창피한 순간을 훨씬 더 창피하고 수치스럽게 만들어 버릴 단 하나의 가능성이 있긴 있었다. 나는 속으로 빌었다. 제발, 엄마한테 전화하지 말아야 할 텐데.

하지만 경찰은 엄마에게 전화했다.

실망스러운 기색이 가득한 엄마의 눈빛을 보는 것보다 더 안 좋은 일이 어디 있을까. 게다가 그 눈에 눈물이 가득하다면 더욱 안 좋다. 우리는 경찰서에 있는 작은 접견실 탁자에 앉았다. 제복 차림의 경찰관이 다가와 '직무대로' 제대로 심문한 다음 나를 호되게 혼냈다. 지금 생각해 보면 아마도 내가 다시는 대마초를 피우지 못하도록 겁을 주려던 게 분명했다. 그때 난 일단 엄마의 실망한 모습을 보고 너무나 창피한 나머지 정신이 번쩍 든 상태라, '혹시 날 알아봤을까'란 생각을 결국 안 할 수가 없었다. 그들은 나에게 아무런 티를 내지 않았다. 날 알아봤다 해도 전문가다운 태도로 내 정체를 언급하지 않았던 것이겠지. 만약 못 알아봤다면, 내가 대니얼이나 에마, 루퍼트만큼 유명하진 않아서 참 다행이라고 생각해야겠지. 나는 훈방 조치되어 풀이 확 죽은 채 바보 같은 기분으로 집에 돌아갔다. 다행히 워너브러더스는 이러한 나의 일탈을 알지 못했다(알아냈다 하더라도 굳이 언급하지 않았다). 그리하여 내가 드레이코로 살아갈 순간이 거기서 끝나지는 않게 되었다.

말포이의
방식

---

or
볼드모트의
포옹

Beyond
the Wand

이제까지는 나의 머글 가족에 대해 알아보았다. 하지만 드레이코 말포이가 되어서 가장 좋았던 점은 바로 또 다른 가족이 생겼다는 것이다. 죽음을 먹는 자들로 이루어진 마법사 가족 말이다. 물론 이야기에서는 말포이가야말로 세상에서 가장 악독한 가문이다. 드레이코를 이해하려면 그가 아들을 학대하는 아버지 밑에서 컸다는 점을 알아야 한다. 그래서 드레이코는 기분 나쁜 성미를 가진 인물이 될 수밖에 없었다. 다른 사람은 이런 마음을 갖지 않았다는 걸 까맣게 몰랐기 때문이다. 하지만 이야기와 카메라가 없는 실제 삶에서는 나의 말포이 가족이야말로 진짜 머글 가족만큼이나 유대감이 깊었다. 그래서 나는 루시우스 역을 맡았던 제이슨 아이작스를 아직도 아빠라고 부른다.

　제이슨을 처음 만났을 때 난 정말로 깜짝 놀랐다. 그때 크리스 형과 나는 둘 다 영화 〈패트리어트: 늪 속의 여우〉를 재미있게 보면서 제이슨이 연기한 캐릭터가 얼마나 악마 같은지 감탄했기 때문이었다. 우리가 처음 촬영한 장면의 배경은 다이애건 앨리에 있는 어둠의 마법 전문 상점인 '보긴 앤 버크'였다. 두 번째 영화 〈해리 포터와 비밀의 방〉에 나오는 장면으로, 이 사랑스럽고 매력적인 분이 내게 손을 내밀어 악수를 청하며 자신이 나의 아버지 역이라고 소개했던 순간을 난 아직도 똑똑히 기억한다. 물론 제이슨은 루시우스 말포이처럼 차려입고 있었지만, 첫 만남의 모습에서는 루시우스의 위협적인 분위기가 전혀 드러나지 않았다. 제이슨은 곧바로 나를 데리고 곁에 있던 출연진과 제작진에게 자기소개를 하면서 내 마음을 아주 편안하게 해주었다. 그리고 내게 차를 한잔 주겠다고 한 다음 이야기를 시작했다. 그가 들려주는 일화에 주변에 있던 사람들은 처음부터 웃음을 터뜨렸다. 제이슨의 멋진 이야기를 들으며 나도 옆에서 그의 후광을 한껏 누리고 있었는데, 어디선가 "촬영 들어갑니다!"라는 소리가 들렸다. 그게 무슨 말인지는 나도 당연히 알고 있었건만, 제이슨은 이야기를 계속 늘어놓기만 했다.

"카메라가 돌 거예요!"

나는 나직하게 말했다. 하지만 제이슨은 듣는 것 같지 않았다.

"준비…… 액션!"

그러자 한창 재미있게 이야기를 늘어놓다 말고 그는 고개를 돌려서는 나를 미워하듯 바라보았다. 나름 애정 어린 방식의 증오가 담긴 표정이었다. 제이슨은 사라지고, 루시우스가 나타난 것이다…….

어떤 사람의 성품이 이토록 갑자기, 또 이토록 극단적으로 바뀌는 모습을 보면 상당히 당황스럽다. 화면에서 내가 그를 곧바로 무서워하는 것처럼 보인 건 연기가 아니라 진짜였다. 어쩌면 제이슨은 일부러 그랬을 수도 있다. 아니었을 수도 있지만. 어쨌든 효과는 좋았다. 루시우스가 지닌 소품 중에는 끝부분에 뱀 송곳니가 달린 까맣고 긴 지팡이가 있다. 그 기다란 지팡이에 루시우스의 마법 지팡이가 들어가게 만들자는 건 제이슨의 생각이었다. 처음에 이 제안을 들은 크리스 콜럼버스 감독은 심드렁했지만 제이슨은 고집을 부렸다.

"정말 멋진 생각 같은데요!"

그러자 콜럼버스 감독은 이렇게 대답했다.

"캐릭터 상품 판매 담당자들이 무척 좋아하겠군요……."

그런데 긴 지팡이 끝에 달린 뱀 송곳니는 우리 둘의 예상보다도 훨씬 날카로웠다. 첫 장면 촬영 중, 루시우스가 그 지팡이로 내 손을 때리는 동작이 있었다. 루시우스가 쓰레기를 보듯 드레이코를 노려보는 가운데, 나는 눈물을 참고서 아픔을 견디며 드레이코다운 모습으로 그 장면을 끝까지 촬영했다. 그러다 드디어 "컷!" 소리가 들리자, 루시우스 말포이는 싹 사라지고 제이슨이 되돌아와서 걱정 가득한 모습으로 사과를 거듭했다. 아까만 해도 "아무것도 만지지 마라, 드레이코!"라며 굳은 입매를 짓던 입에서 이제는 "얘야, 나 때문에 다쳤니? 괜찮아?" 이런 걱정 가득한 다정한 목소리가 나오다니. 마치 스위치를 탁 눌러서 바꾼 것 같았다.

제이슨의 변신을 생각하면 지금도 소름이 돋는다. 그가 루시우스일 때는 어떤 모습을 보여줄지 나는 전혀 예상할 수가 없었다. 이번에는 어떤 각도에서 날 놀라게 하려나? 어떻게 위협적인 분위기를 주려나? 연기의 관점에서 보면 그건 재능이었다. 그의 연기를 보면 드레이코라는 인물을 이해할 수 있었다. 루시우스가 나를 대하는 방식을 보면서, 그와 똑같은 방식으로 다른 사람들을 대하면 되겠다는 일종의 허가증을 얻은 셈이었다. 그의 연기를 통해, 알고 보니 드레이코에게 두 가지 면이 있음을 깨닫게 되었다. 드레이코는 물론 남을 괴롭히는 악당이지만, 알고 보면 아버지를 무서워하는 소년이었다.

나는 모습을 확확 바꾸는 제이슨의 능력이 아주 독특한 것이라는 사실을 서서히 알게 되었다. 같이 일했던 어른 배우들은 스스로의 모습에서 벗어나 캐릭터에 몰입하기 위해 하는 소소한 습관이 있거나 목소리 연습을 할 때가 많았다. 하지만 제이슨은 손가락만 딱 튕기면 단번에 루시우스가 되는 것 같았다. 나는 촬영장에서 그분만큼 평온한 사람을 본 적이 없었다. 마치 촬영장에서 태어난 것 같은 분이랄까. 제이슨은 모든 사람에게 말을 걸었고, 모든 사람을 포용했으며, 이야기하기 아주 재미있는 일화를 끝도 없이 풀어냈다. 그러다가 "촬영 들어갑니다!"라는 신호가 나와서 모든 사람이 촬영 준비를 할 때도, 제이슨은 계속 흥을 타며 이야기를 늘어놓았다. 그건 "액션!" 소리가 들리자마자 본인이 서슴없이 곧바로 캐릭터에 몰입할 수 있다는 걸 잘 알기 때문이다. 참 무시무시할 만큼 대단한 능력 아닌가.

촬영 첫날부터 제이슨은 나를 자신의 동료이자 동등한 존재로, 재미있게 이야기를 나눌 만한 사람으로 대해주었다(이런 내 생각이 정말인지 아닌지는 제이슨에게 물어봐야겠지만). 내가 더 어렸을 때는 제이슨이 나를 찾아다 촬영장에 데리고 가주었다. 그 후로 내가 성장하면서, 제이슨은 나의 삶과 관심사, 내 음악과 좋은 습관과 나쁜 습관, 나의 경력에 관심을 가지기 시작했다. 그분은 절대로 나를 판단하지 않았다. 그분은 이 업계에서 아이가 어른이 되어간다는 게 어떤 건지, 배우가 떴다가 지면서 무슨 일이 벌어지는지 처음으로 거리낌 없이 말해준 어른이었다. 미래를 어떻게 준비해야 하는지 조언도 해주었다. 또한 나는 연기를 잘하는 배우라고, 이 기회를 흘려버려서는 안 된다고도 말해주었다. 그 격려에 나는 좀 당황했지만, 그런 지원을 받아서 정말 감사했고, 이토록 자신의 시간과 에너지를 쓰면서 내 편이 되어주는 분이 있어서 든든했다. 만약 앞으로의 내 경력이 제이슨의 영화계 경력을 반이라도 따라갈 수 있다면, 그의 반만큼이라도 많은 영화에 출연해서 도움이 되는 역을 한다면 내 연기 인생은 꽤 성공했다고 생각할 수 있을 것 같다.

내가 제이슨 칭찬을 많이 했던가? 그렇다면 다행이다. 왜냐하면 우리는 함께 있어서 즐거웠던 것만큼이나 서로를 열 받게 했기 때문이다. 그분 칭찬만 하고 은근슬쩍 넘길 마음은 전혀 없다. 제이슨은 나를 그렇게 키우지 않았으니까. 그보다는 더 잘 키웠단 얘기다. 제이슨이 배우들이 가지고 있는 전통적인 약점이 전혀 없는 분은 아니라고 말해두겠다. 그분은 결코 수줍어하거나 뒤로 빼는 일이 없었다. 이렇듯 아주 강렬한 연기 개성을 지닌 배우들에게 둘러싸여 일할 때는 나의 존재감을 발휘하기 위해 아주 열심히 노력해야 했다.

최종편을 찍으며 야외 촬영을 했을 때였다. 볼드모트가 말포이 저택의 상석에 앉아 죽음을 먹는 자들을 거느리고서 채러티 버비지를 공중에 띄워놓고 죽이려는 장면으로, 내가 보기엔 꽤 규모 있는 촬영이었다. 그때 나는 경력 많고 대단한 배우들에게 둘러싸인 꼬맹이일 뿐이었다. 그런데 촬영 전, '메이크 어 위시'(국제 비정부기구 재단으로, 난치병을 앓는 아동들의 소원을 이루어 주는 소원 성취 전문기관—옮긴이)에 선정된 아이가 가족과 함께 촬영장을 방문했고, 그 애는 곧바로 제이슨에게 해리 포터 7권을 내밀며 사인을 요청했다. 제이슨은 책을 받아 들고는 우리가 곧 촬영할 부분을 찾아 펼쳤다가 원작에 대본보다 더 많은 대사가 있는 걸 찾아냈다. 제이슨은 자기 재능을 겸손하게 숨기는 사람이 아니었다. 그는 인상을 찌푸리고는 소리쳤다.

"이런 쌍! 책을 보니 내가 이런 말도 하네!"

그는 아이의 책을 들고 감독인 데이비드 예이츠에게 가서 선언했다.

"여기에 이런 대사가 있잖습니까! 내가 보기엔 내가 여기서 이 말을 하는 게 좋을 것 같은데요. 안 그래요?"

예이츠 감독은 제이슨이 장난을 치는 건지 아닌지 구분하지 못했다. 나 역시 아직도 그게 장난이었는지 어쨌는지 모르겠다. 어쨌든 감독은 얼굴에 무한한 참을성을 드러내고 있었다. 제이슨이 이런 식으로 대본을 수정해서 자기 촬영분을 늘리려 한 적이 한두 번이 아니었기 때문이다. 감독은 한층 너그러운 태도를 보였다.

"고마워요, 제이슨. 그런데 사실은 그러지 않아도 괜찮거든요. **참 멋진** 생각이긴 하네요. 하지만 일단 대본대로 한번 가보면 어떨까요?"

그러자 방금 예의 바르게 거절당했다는 걸 똑똑히 알게 된 제이슨은 풀이 죽은 채로 책을 아이에게 돌려주었다. 그때까지 아이는 자신의 소중한 해리 포터 책을 말포이 가문 방식으로 그에게 **뺏겼다**고 생각하고 있었다.

농담은 이쯤 하자. 제이슨은 나에게 대단한 롤모델이 되어주었다. 물론 그분의 연기력을 너무나 우러러보고 있지만, 또한 그분이 자신의 진짜 가족에게 쏟는 헌신적인 면도 우러러보게 됐고, 나에게 베푼 우정에도 감사하다. 해리 포터 촬영이 모두 끝난 후에도 나는 영화에서 만난 그 누구보다도 제이슨과 자주 만나 이야기를 나눈다. 그분의 전철을 밟는 것이 나의 목표다. 하지만 내가 이런 말을 했다고 제이슨에게 말했다간 여러분을 가만두지 않겠다.

* * *

제이슨은 촬영장에서 나를 아주 편안하게 해주었지만, 그와는 정반대였던 분도 있었다. 이제껏 내가 함께 연기했던 수많은 전설적인 배우들 중에서도 랠프 파인스 같은 존재감을 지닌 사람은 없었다. 그분이 볼드모트처럼 무시무시했다는 소리는 아니다. 그의 얼굴은 언제나 특수효과로 코를 지울 수 있도록 초록색 점으로 뒤덮여 있었다(스포일러 주의: 그의 실제 얼굴에는 코가 있다). 그리고 이건 거짓말이 아닌데, 볼드모트가 초록색 옷을 입고서 한 손에 찻잔을, 다른 손엔 신문을 든 채 의자에 앉은 모습은 상당히 웃기다. 하지만 촬영에 들어가면 그의 존재감은 정말 묵직했다. 그분은 카레라스의 호루라기 소리에 따라 움직이는 우리 어린애들과는 달랐다. 하지만 활기차게 이야기를 늘어놓는 제이슨과도 달랐다. 게임을 즐기고 여기저기 들쑤시고 다니며 아이들과 노는 해그리드와 똑같은 로비 콜트레인과도 달랐다. 그분에게는 촬영장에 있는 모든 이들과 구별되는 다른 면모가 있었다.

호그와트 전투의 최종 장면을 촬영하는 동안, 나는 어느새 랠프의 특이한 방법을 좋든 싫든 어쩔 수 없이 받아들였음을 깨달았다. 우리는 다들 의상을 완벽하게 차려입고 카메라 한 대 돌리는 일 없이 몇 주간이나 동선을 익혔다. 한 촬영장에서 이토록 오랫동안 있어본 적은 처음이었다. 이건 아주 중요한 장면이라서, 마지막 여덟 번째 영화를 절정부로 장식하고 싶었던 제작진은 가능한 한 모든 방법을 동원해 그 순간을 촬영하려 했다. 그래서 최종 편집본에는 결국 들어가지 못한 장면들이 무척 많았다. 그 장면 중에는 볼드모트와 최종 결투를 앞둔 해리에게 드레이코가 마법 지팡이를 던져주는 장면도 있었다. 상상해 보라! 저 촬영분 어딘가에 드레이코가 극적으로 문제를 해결하는 부분이 있는데 아무도 그걸 보지 못하게 되다니. 하지만 내게 가장 중요했던 순간은 드레이코가 아버지의 부름에 따라 볼드모트에게 걸어가는 장면이었다. 그때 나는 서른 번인가 마흔 번을 걸었을 거다. 수많은 재촬영본에서 나는 똑같은 연기를 했다. 볼드모트 옆을 걸어가면서 거리를 둔 채 천천히 걸음을 떼며 고개를 숙이고 살짝 겁먹은 기색을 보였다. 그런데 그때마다 랠프는 다른 모습으로 나를 보았다. 가끔은 미소를 짓기도 했다. 또 어떤 때는 웃음기가 없었다. 독백하다 말고 나에게 돌아가라고 말할 때도 있었다. 그런 건 당황스러울 수 있었다. 혹시 지금 컷을 했나? 아니면 계속 촬영 중인가? 가끔은 랠프가 아까 했던 대사를 반복할 때도 있었다. 그런데 그때마다 대사를 아주 다른 방식으로 말했다.

그렇게 여러 번 테이크를 되풀이하다 보니, 이젠 내가 그를 향해 걸어가는 게 몇 번째인지 기억도 나지 않았을 때, 이번에는 그가 팔을 살짝 들어 올리는 게 아닌가. 아주 작은 움직임이었어도 나는 걸음을 멈추고 잠깐 생각할 수밖에 없었다. 지금 나를 안으려고? 정말일까 확신하지 못한 채로, 나는 양팔을 옆에 늘어뜨리고 그를 향해 터덜터덜 걸어갔다. 그는 두 팔로 나를 그러안으며 영화 역사상 가장 반갑지 않은 포옹을 했다. 아무리 촬영이라지만 난 온몸이 오싹해졌다. 드레이코가 볼드모트의 포옹을 무서워했듯, 현실의 톰에게도 이 포옹이 똑같이 어색했다. 그땐 정말로 소름이 쫙 끼쳤고, 지금 다시 생각해도 역시 소름이 끼친다.

그 장면은 오십 번 찍은 테이크 중의 하나였다. 결국, 최종본에 쓰인 테이크가 어떤 것이었는지는 런던에서 열린 최초의 시사회에서 알게 되었다. 그 장면에서 관객은 너무나 고요했다. 그 순간에는 심한 뒤틀림이 존재했다. 볼드모트가 누군가를 포옹하며 애정을 드러내는 모습을 보다니 이건 진짜 아니라는 기분이 들 수밖에 없지 않은가. 그래서 내 주위에 있는 모든 사람이 불편한 기색으로 숨죽이는 게 느껴졌다. 정말 대단하구나! 후에 난 미국에서 열린 시사회에도 참석했다. 자리에 앉은 나는 이번에도 그 부분에서 똑같은 반응이 나오리란 기대를 갖고 즐겁게 그 순간을 기다렸다. 그리고 나 자신이 역사상 가장 사악한 흑마법사에게 다가가는 장면을 보았다. 그리고 볼드모트가 드레이코와 어색해도 너무 어색한 포옹을 하는 장면이 나오자 기대감에 부풀었다. 이제 충격 어린 침묵이 흐르리라 생각했다. 그런데 관객석에 앉은 모든 이가 갑자기 폭소를 터뜨리는 게 아닌가. 미국 관객들은 그 장면이 너무 웃기다고 여긴 것이다. 지금까지도 난 뭐가 그렇게 웃겼는지 알 수가 없다. 하지만 그래도 무척 마음에 들었다!

* * *

지금은 세상을 떠난 헬렌 매크로리는 시리즈 6편에서부터 나의 어머니인 나르시사 말포이를 연기했다. 원래는 헬렌이 벨라트릭스 레스트레인지를 맡으면 어떨까 하는 논의가 있었지만, 임신을 하게 되자 헬렌은 역할을 맡지 않기로 하고 출산에 전념했다. 누군가는 말포이 가문과 죽음을 먹는 자들의 모임이라는 긴밀한 집단에 합류해 제이슨 과 랩프 사이에서 나타나는 화면 속 긴장감을 맞받아치며 연기하기가 상당히 겁났을 것 같다고 생각할 수도 있다. 하지만 난 헬렌이 위압감 을 느끼고 겁먹었다는 인상을 받은 적이 단 한 번도 없었다. 그분은 다 른 이들 때문에 겁을 먹기에는 너무나 냉철하고 멋진 사람이었다.

헬렌에게는 **타고난** 냉철함이 있었다. 그분은 한쪽에 조용히 앉아 서 감초 종이로 직접 담배를 말았고, 사람들과 뭐라도 이야기해 보려 는 마음이나 할 말이 없는 상황에서 아무 말이라도 해야 할 필요를 전 혀 느끼지 않았다. 아주 엄격해 보여서 원한다면 언제라도 상대방을 바닥에 무릎 꿇릴 수 있을 것도 같았다. 하지만 난 그분이 부드러운 마음을 지녔다는 걸 곧 알게 되었다. 어느새 난 인생이나 사랑, 그리 고 그로 인해 생기는 온갖 질문을 할 만큼 헬렌과 편안한 사이가 되었 고, 헬렌은 언제나 자신의 시간을 비워놓았다. 그분은 나를 얕잡아 보 는 기색 따위 전혀 없이 내게 조언을 해주었다. 헬렌의 캐릭터 접근법 은 제이슨이나 랩프와는 아주 달랐다. 그분은 제이슨처럼 스위치를 갑 자기 탁 켜서 그 캐릭터로 바뀌는 배우는 아니었다. 랩프처럼 길고 극 적인 침묵을 보이지도 않았다. 그분이 배역에 몰입한 티는 거의 나지 않았지만, 일단 나르시사라는 캐릭터가 되면 말포이 가문 사람은 이런 자들이구나 싶은 면이 그 눈빛에 속속 드러났고, 또한 그분의 천성에 있는 다소 부드러운 면도 보였다. 나는 헬렌을 그저 보기만 해도 드레이코에 대해서 더 깊이 이해할 수 있었다.

어째서 드레이코가 덤블도어를 죽인다는 생각에 그토록 겁먹었는지 정확하게 알려진 바는 없지만, 내겐 나름의 추측이 있다. 만약 드레이코의 아버지가 준 영향만을 드러냈다면 드레이코가 보여준 반응은 말이 되지 않을 것이다. 하지만 드레이코의 어머니인 나르시사는 아들을 구하기 위해 볼드모트에게 거짓말을 한 여자다. 어머니의 영향을 받아 드레이코는 인간미를 갖추게 되었고, 내가 6편에서 했던 연기에서 그런 인간미를 어떻게든 드러냈다면 그건 헬렌이 놀라운 연기를 보여준 덕분이다. 그분은 다른 위대한 배우들과 마찬가지로 나름의 조용한 방식을 통해 내 연기를 다듬어 주었다.

볼드모트의 포옹 장면에서, 드레이코가 호그와트를 떠나 죽음을 먹는 자들에게 합류할지 말지 결정하지 못했을 때 그의 시선을 끈 것은 아버지가 다급하게 부르는 목소리였다. 하지만 결정을 내리게 한 것은 어머니의 부드러움이었다. 나르시사의 성격에서 부드러운 면을 자아내어 드레이코에게 나아갈 이유를 준 것은 헬렌의 능력이었다. 영화 속 엄마든 실제 삶의 엄마든, 엄마 말을 거절하기는 참 힘들더라.

24

모든 것엔
끝이 있다

---

or
대연회장의
소녀

Beyond
the Wand

이 책의 첫 부분으로 다시 돌아가 보자. 내가 처음으로 찍은 영화인 〈바로워즈〉의 마지막 촬영 날, 나는 분장실 의자에 앉아 주황색 파마 머리를 자르고 있다가 갑자기 촬영이 영영 끝났다는 걸 깨닫고 만다. 슬픔에 복받친 나는 울기 시작했고, 미용사가 가위로 날 찔렀다고 핑 계를 댔지만 그건 전혀 사실이 아니었다. 사실은 무언가가 끝나버린다 는 걸 잘 받아들이지 못해서였다.

하지만 내가 좋아하는 비틀스의 멤버가 말했듯, 모든 것엔 끝이 있다(All Things Must Pass).

해리 포터 최종편 촬영은 두 편을 함께 찍는 대규모 작업이었고, 앞선 여섯 편 사이사이에 6개월씩의 휴식기가 있었던 것과 달리 두 편 사이에는 휴식기도 없었다. 촬영은 끝없이 이어지는 것 같았다. 사실 내가 촬영한 시간은 대니얼, 에마, 루퍼트가 촬영한 시간의 4분의 1도

안 됐기에, 그 셋이 이 대장정 동안 어떻게 지냈는지는 알 길이 없다. 하지만 마지막 며칠의 촬영은 내가 바라던 것보다 훨씬 빠르게 진행되었다. 끝날 때가 아직 멀었다고 생각하며 이제껏 살아온 인생의 절반을 이 이야기와 보냈건만, 느릿느릿 다가오던 끝은 갑자기 우리 모두를 덮쳤다. 하지만 결승점이 눈앞에 보이자 동시에 전반적인 안도감도 느껴졌다. 하지만 그 안도감은 행복 같은 게 아니었다. 내가 촬영장에서 보내는 마지막 날이 왔을 땐 어떻게 될지도 알아버렸다. 끝날 때마다 내가 늘 하던 짓이 있었으니까.

나의 마지막 날은 세컨드 유닛second-unit(B팀이라고도 부르며, 영화에 사용되는 자료 화면 영상 촬영 담당자들을 칭함—옮긴이) 촬영이었다. 우리는 드레이코가 전투 현장을 떠나는 모습을 촬영했다. 돌무더기가 흩어진 다리 위를 급히 건너다 잠시 멈춰 서서 고개를 돌리고는 무언가 생각하더니 이내 걸어가는 장면이었다. 그건 영화에 결국 포함되지 않은 수많은 장면 중 하나가 되었다. 이제 마무리할 때가 되자, 나는 최선을 다해 감정을 숨겼다. 그리고 제작진과 재빨리 악수하고서 영국인답게 짧고 딱딱한 작별의 인사를 나누었다. 그리고 자리를 떴다.

차 안에 들어가는 순간, 나는 대성통곡을 하기 시작했다. 눈물이 멈추지 않았지만, 운전기사인 지미에게는 최선을 다해 감추고 싶었다. 하지만 이번에는 울어도 남 탓을 할 수가 없었기에 그냥 울어버렸다. 마지막 순간이 어땠는지 내게 묻는 사람들은 아마도 내가 대니얼, 에마, 루퍼트를 비롯한 여러 배우와 다정하게 작별 인사를 나누었다는 이야기를 듣고 싶으리라. 하지만 나의 촬영 마지막 날에는 셋 다 없었다. 내가 가장 친하게 지내던 사람 중에는 카메라팀과 특수효과팀, 분장팀 사람들도 있었다. 그들은 오랫동안 내 인생에서 크게 자리 잡은 이들이라, 같이 연기한 배우들과 헤어지는 것만큼이나 그들과 헤어지는 게 슬펐다. 생각하면 참 우울했다. 앞으로는 이들 중 많은 사람을 이제껏 그래왔듯이 꾸준히 볼 수는 없겠지. 어쩌면 다시는 볼 수 없을지도 모른다. 내가 선택했기 때문이 아니라, 삶이 그렇게 흘러갈 수밖에 없기 때문에.

* * *

나는 해리 포터 시리즈 말고도 다른 영화에서 연기 경력을 쌓았다. 5편과 6편 사이의 휴식기에는 〈사라진 동생The Disappeared〉이라는 영화의 배역을 맡게 되었다. 그건 루퍼트 그린트의 파트너인 조지아와 같이 출연한 저예산 영화로, 대부분 런던의 지하 동굴에서 촬영했다. 경험 면에서는 마법 세계와 크게 다를 게 없을지도 모르겠으나, 연기 면으로는 큰 도전이었다. 해리 포터 시리즈는 분장과 의상, 세트에 상당히 의존했다. 배우가 분장을 통해 그 역할처럼 보이면 반은 먹고 들어갔으니까. 하지만 이 영화에서는 친구의 형제가 납치된 상황에 휘말렸다가 결국엔 미친 사제에게 목이 부러져 죽는 배역을 잘 구현하려니 좀 더 깊이 파고들어야 했다(우리 엄마는 고무 마네킹 톰을 싫어했던 것만큼이나 이 역할을 싫어했다). 그리고 이 영화는 규모 면에서도 달랐다. 나는 대규모 제작진과 온갖 고예산 영화 도구들에 둘러싸여 한 장면의 동선을 파악하는 데 네 시간씩 들였었다. 그런데 이 영화에서는 한밤중에 엘리펀트 앤드 캐슬 지역의 공유지 놀이터에 가서, 나와 나이 차이도 별로 안 나는 카메라맨과 함께 영화를 찍었다. 심지어 촬영지로 걸어가는 순간부터 일정이 지연되었기 때문에 어쩔 수 없이 리허설도 거치지 않고 촬영에 들어갔다. 난생처음으로 거물급 배우들이 아니라 연기과를 갓 졸업한 배우들과 함께 주먹구구식 환경에서 일하게 된 것이다. 해리 포터 촬영장에서는 대본이 아주 엄격하게 지켜져서 즉흥 연기가 거의 불가능했다. 제아무리 제이슨 아이작스가 애드립을 넣으려 해도 잘 받아들여지지 않았다. 그런데 이 영화를 찍을 때는 대사와 캐릭터 설정 논의가 훨씬 더 협력적으로 진행된다는 걸 알게 되었다. 내게는 배울 게 아주 많았던 경험이었다.

내가 촬영장까지 직접 운전해서 갈 수 있던 작품도 이게 처음이었다. 이제는 알아서 촬영장에 가서 뭐든지 혼자 해야 했다. 그래서 〈사라진 동생〉은 배우로서의 지평을 넓히는 데 상당히 중요한 작품이자, 평범한 인간으로 성장하는 데 훨씬 더 중요한 작품이 되었다.

누군가 알아봐 주는 삶보다는 사람들 사이에 적당히 섞여 들어 사는 편이 내겐 항상 마음 편했다. 그런 면에서 나는 운이 좋았다. 어찌 어찌 노력하다 보니 해리 포터 시리즈를 내 인생에서 가장 빛나는 순간으로 보지 않아도 되었기 때문이다. 내가 열심히 추구했던 수많은 것들, 그러니까 낚시, 음악, 자동차, 친구들과 어울려 노는 것 등이 내 겐 더욱 중요했다. 해리 포터 영화는 내가 사랑하는 순위에 네다섯 번째쯤 있었다. 아마 대니얼과 에마와 루퍼트는 나와 상당히 다를 거라 생각한다. 그 셋에게는 해리 포터가 삶의 가장 우선순위였으니까. 하지만 내가 해리 포터 영화에서 연기한 건 그저 여러 가지 활동 중 하나였을 뿐이다.

사람들이 좀처럼 믿기 힘들어할지도 모르겠는데, 진실을 하나 알려주겠다. 으레 다들 직관적으로 생각하는 것과는 달리, 영화 시리즈가 끝나기 전보다 다 끝난 후에 해리 포터 시리즈 출연자로서 받게 된 관심이 비교도 할 수 없을 정도로 증가했다. 예전에는 밝게 빛나는 백금발 머리로 길거리를 활보하고 다녀도 아무도 눈여겨보지 않았고, 내 이름을 소리쳐 부르는 사람도 없었다. 그런데 지금은 길을 걷기가 힘들다. 해리 포터는 매년 점점 더 인기가 높아지는 것 같다. 대체 어떻게 된 일인지 정확히 파악하기는 힘들다. 궁극적으로는 원작 소설이 뛰어나기 때문이라고 봐야 할 것이다. 동시대에 쓰인 수많은 동화와 달리, 해리 포터 소설과 영화는 다음 세대까지 이어지고 있다. 이 소설과 영화는 13세 어린이와 30세 성인을 연결해 주는 몇 안 되는 문화적 기념비다. 그래서 마치 눈덩이가 불어나듯 점점 더 많은 이들이 마법 세계로 끌려들어 오는 것이다. 만약 내가 영화를 찍고 있었을 때 누가 와서 앞으로 해리 포터 테마파크가 생길 거라고, 그래서 유니버설 스튜디오에 있는 해리 포터 구역에서 리본 커팅식을 하게 될 거라고 말해주었다면 나는 아마 대놓고 비웃었을 것이다.

그리하여 최종편 촬영이 끝나고 어쩔 수 없이 슬픔이 닥친 가운데서도 안도감 역시 만끽할 수 있었다. 이제 분장실에 앉아서 매주 머리를 포일에 말 필요가 없어서 좋았다. 다시 평범한 나의 일상에 오롯이 집중할 수 있게 되어 좋았다. 마이클 갬번이나 앨런 릭먼, 제이슨 아이작스 같은 분들이 내 연기가 마음에 든다 해주셨지만, 난 연기 경력을 개발하는 데 그다지 마음을 쓰지 않았다. 큰 명성을 얻는 일이나 엄청난 성공을 바라지 않았다. 딱히 그래야 할 이유를 알 수 없어서였다. 스물두 살의 나는 머글의 삶이 만족스러웠다. 평범한 거리로 돌아가서 친구들과 반려견과 여자 친구와 함께 지내는 게 좋았다.

* * *

그녀를 처음 본 건 4편을 촬영했던 열일곱 살 때, 대연회장에서였다. 세트장에는 우리가 정기적으로 보는 엑스트라들이 백 명 넘게 있었는데, 그날 그녀는 (이렇게 말해서 미안하지만) 그리핀도라이 쪽 엑스트라로 와있었다. 당시 대연회장에 들어오는 학생들은 화장을 할 수 없다는 규칙이 있었다. 하지만 그녀는 이 규칙을 지키지 않았다. 그녀는 내 나이쯤 되어 보였고, 태닝해서 빛나는 피부 위로 길고 새카만 속눈썹을 지닌 모습이 정말이지 대단히 예뻐 보였다. 그녀를 돌아본 사람이 나 하나만은 아니었다.

나중에 알고 보니 그녀는 스턴트 코디네이터의 조수였다. 여러모로 눈에 띄었는데, 일단 그토록 우락부락하고 건장한 스턴트맨 사이에 혼자만 자그마한 사람이었기 때문이었다. 어느 날, 내가 세컨드 조감독 사무실에 들어가 보니 대연회장에서 봤던 예쁜 소녀가 일정표를 들고 와서 그날 있을 스턴트 촬영 일정을 같이 짜고 있었다. 그래서 우리는 이야기를 나누었고, 나는 그녀에게 차 한잔 하면서 담배를 피우지 않겠느냐고 제안했다.

"좋아. 그러자."

그녀는 승낙했고, 나는 머그잔에 차를 내려 벤슨 앤 헤지스 골드 담뱃갑을 가지고 그녀와 아래층으로 내려가 5번 문 바깥에 섰다. 당시 나는 담배를 무척 자주 피워서, 손에 가장 많이 들고 있던 게 담배일 정도였다. 그때 그녀가 비흡연자라는 것도 모르고서 나는 담배를 내밀었다. 그녀는 받아 든 담배 한 개비를 보며 살짝 얼굴을 찡그렸고, 두 모금을 피운 다음 격하게 기침을 했던 것 같다.

"너 담배 안 피우는구나?"

"아니야, 피워. 근데……, 이게 나한테는 좀 독하네."

우리는 끊임없이 이런저런 잡담을 했다. 그러는 동안 제작진은 계속 5번 문으로 드나들었다. 그곳은 서있기에 정신없는 장소였다. 그러다 소품 담당 부서 직원 하나가 이쪽으로 다가왔다. 나는 그를 잘 알고 지내서 가끔 함께 수다도 떨었는데, 그만 나도 모르게 그의 이름을 잊어버리고 말았다. 그러나 이제 와서 이름을 묻기에는 너무 늦었다.

"톰, 잘 지냈어?"

그가 명랑하게 물었다.

"어, 안녕."

나는 이렇게 대답하고는 그에게 더없이 매력적인 미소를 지으며 같이 이야기를 나누었다. 이윽고 그가 5번 문으로 들어가자, 나는 그녀를 돌아보고서 솔직하게 털어놓았다.

"아, 이런. 어떻게 이런 일이!"

"왜?"

"우리가 여기서 일한 지도 몇 년이나 됐거든. 나 쟤 얼굴 잘 알고 가족 이야기도 많이 했어……. 그런데 쟤 이름도 모른다니까!"

그녀는 웃지 않았다. 이렇다 할 반응도 없었다. 그저 차가운 눈빛을 보내며 말했을 뿐이다.

"넌 내 이름도 모르잖아?"

순간 엄청난 공포가 닥쳤다. 그녀의 말이 옳았다. 나는 그대로 얼어붙었다. 이윽고 나는 생각이 날 듯 말 듯한 것처럼 손가락을 튕겨댔다. 그녀는 내가 마음껏 꼼지락대도록 잠시, 아니 잠시보다는 더 길게 놔두었다가 날 고통스러운 순간에서 구해주었다.

"내 이름은 제이드야."

* * *

제이드를 간단하게 표현하자면 이렇다. 그녀는 날카롭고 재치가
번뜩이며 직설적으로 말하는 사람이었다. 헛소리를 들으면 곧바로 잘
라버리는 사람 있잖은가. 우리는 상당히 빠르게 친해졌다. 제이드는
아주 활력이 넘쳤다. 그녀는 젊은 스턴트맨들과 함께 어울려 지내야
했는데, 성급하게 일반화하고 싶진 않지만, 스턴트맨들은 촬영장의 꼰
대라 할 만했다. 제이드는 쉬는 시간에 차를 한잔 마시고 싶을 때마다
내 트레일러로 몰래 들어오곤 했는데, 한 번은 스턴트맨들이 내 트레
일러로 몰려와 나를 때리고 트레일러를 난장판으로 만드는 시늉을 하
기도 했다. 단지 제이드를 민망하게 하고 싶어서 말이다. 그러던 어느
날 나조차도 놀라운 일이 벌어지고 말았다. 내가 그녀에게 이렇게 물
은 것이다.

"우리 뭐, 남자 친구 여자 친구 이런 건가?"

그러자 그녀는 내게 미소를 지었다. 나도 그녀에게 더욱 크게 미
소 지었다.

제대로 하는 첫 번째 데이트로 우리는 런던 동물원에 갔다. 나는
새로 산 반짝반짝 빛나는 BMW M6를 타고 제이드의 부모님 댁 앞에
나타났다. 후에 내가 애정을 담아 '스티비 지Stivie G'라고 부르게 된 그
녀의 아버지도 나와 같은 차를 갖고 있었지만, 그분 차는 보급형이었
다. 겉으로 보기에는 똑같지만 보닛 안쪽은 많이 다른 모델 말이다. 내
차의 내부 기관이 훨씬 좋았으니까. 현관문을 연 제이드의 아빠는 오
늘 하루 외동딸을 데리고 런던을 돌아다니려는 머리털 하얀 남자애가

열아홉 살짜리가 타고 다니기에는 너무 마력이 센 자동차를 끌고 온 모습을 보게 되었다. 아버지로서 그는 나에게 얼마든지 엄격한 대질신문을 할 권리가 있었고, 하다못해 의심스럽게 눈을 위아래로 굴릴 수도 있었을 것이다. 하지만 그런 행동을 하기에 그분은 너무나도 맘씨 좋은 분이라는 게 얼마 지나지 않아 드러났다. 스티비 지는 십대인 내가 허세를 부리며 다니는 모습을 받아들여 주었고, 함부로 판단하지 않았다. 그 당시에 날 본 사람들이라면 다들 내가 상당히 멍청한 놈이라고 생각했을 것이다. 제이드와 나는 런던 동물원에서 처음으로 손을 잡았고, 좀 더 순한 멘솔 담배를 두어 개비 피웠다. 나의 반짝이는 머리카락 때문에 내가 드레이코 말포이라는 게 다 드러났지만, 아무도 우리를 불러 세우거나 심지어 아는 척하지도 않았다. 물론 우리 둘만의 세계에 빠져있어서 눈치채지 못했을 가능성이 더 크긴 하다.

그때부터 상황은 빠르게 발전했다. 몇 달 후 나는 제이드의 열아홉 번째 생일에 그녀를 데리고 베네치아에 갔다(정말 기적 같게도 스티비 지는 잘 살펴보지도 않고 그 계획에 동의해 주었다). 근데 그건 참 바보 같은 결정이었어, 톰. 똑똑했더라면 좀 더 소박한 곳에서 시작해서 점점 좋은 곳으로 차근차근 옮겨갔어야 했다고. 처음부터 세상에서 가장 낭만적인 도시의 말도 안 되게 화려한 호텔을 예약해 버린다면 앞으로 더 좋은 곳에 갈 여지가 없어지니까. 하지만 그때 나는 제이드에게 감동을 주고 싶었던 것 같다. 우리는 세상에서 가장 호화로운 레스토랑인 해리스 바에 가서 부유한 어른들 사이에 둘러싸인 애들

꼴이 되고 말았다. 벨리니 와인을 너무 많이 마시며 떠드는 바람에 웨이터가 와서 나에게 조용히 좀 해줄 수 없겠느냐고 공손하게 묻기까지 했으니까. 우리는 정말 재미있게 놀았다.

몇 년 후, 해리 포터 영화 시리즈를 마무리하고 실컷 울고 나자, 우리는 영화 촬영이 마무리된 걸 기념하는 의미로 다시 이탈리아로 휴가를 갔다. 나는 금발을 싹 민 모습으로 해리 포터라는 대장정을 마친 것을 함께 조용히 축하했다. 나는 미래에 대해 이렇다 할 계획이 없었다. 언제 곧 다시 다른 영화를 찍게 될지도 사실 예상하지 않았다. 그래서 소속사에서 이탈리아에 있는 나에게 전화를 걸어 대작 영화에서 출연 제의가 왔다고 하자 당황하고 말았다. 〈혹성탈출: 진화의 시작〉이라는 영화였는데, 이걸 수락한다면 당장 다음 주에 비행기를 타고 밴쿠버에 가야 했다.

그 역을 맡을 사람은 나 말고도 많았을 텐데 대체 어떤 이유로, 또 어떻게 나를 지목한 건지 지금까지도 알 수 없는 일이다. 그때도 난 해리 포터 시리즈에서 10년간 연기할 수 있었던 건 그저 내가 열두 살 때 오디션장에 나타났기 때문이란 사실을 아주 잘 알고 있었다. 만약 내가 오디션을 보지 않았더라도 다른 애가 그 역을 맡아서 역시 성공적으로 잘 해냈을 것이다. 그곳은 수억 달러의 예산을 들여 제임스 프랭코와 앤디 서키스를 캐스팅한 거대한 할리우드 영화사다. 그곳의 제작자들은 세상에 있는 어떤 배우라도 마음껏 데려올 수 있었다. 그런데 오디션을 보라는 말도 없이 나를 뽑았다고? 당황스러웠지만, 정말 멋지다는 생각이 안 들 수가 없었다. 내가 앞으로도 배우로 살아갈 수 있겠다는 걸 처음으로 깨달은 순간이었고, 그래서 나름 희망적이었다.

〈혹성탈출: 진화의 시작〉은 내가 출연한 영화 중에서 아빠가 처음으로 신나 했던 작품이었다. 아빠는 내가 본 적 없는 〈혹성탈출〉 원작 영화의 주인공인 찰턴 헤스턴의 팬이었다. 작중 내 대사였던 "냄새나는 앞발 치워, 이 더러운 유인원 자식아"라는 말이 악명 높은 대사인 줄도 몰랐다. 난 그저 영화 제목이 신작 모험물 같다고 생각해서, 감사한 마음으로 제안을 받아들였을 뿐이다.

해리 포터 영화 시리즈가 영화 제작사에 길이 남을 대작이라는 걸 부정할 수는 없지만, 싼 티 나는 낡은 리브스덴 스튜디오에서 찍어서 그런지 소박하고도 영국적인 분위기가 있기는 했다. 5번 문 바깥에서 피우던 담배 향기가 묻어나는 영화라고나 할까. 그런데 할리우드 대작 영화는 모든 게 더 크고 더 좋았다. 예를 들어 케이터링부터 그랬다. 어느 날 밴쿠버의 촬영장에 있던 내게 누가 와서는 '크래프티crafty'에서 뭘 좀 갖다주길 바라느냐고 물었다. 나는 되물었다.

"그게 뭔가요?"

"크래프트 서비스요."

"그러니까 크래프트 서비스가 뭔데요?"

그들은 나를 거대한 푸드 트럭으로 데려갔다. 그곳에선 내가 원하는 건 '뭐든지' '언제든' 받을 수 있었다. 쿠키든 토스트든 감자칩이든 말만 하면 된다. 새벽 2시에 아이스크림이 먹고 싶다고? 오케이. 무슨 맛으로 드릴까요? 내가 한때 행세하고 다닌 적 있는 맥컬리 컬킨이 〈나 홀로 집에 2〉에서 시켰던 룸서비스를 생각해 보시라.

그래, 앞으로 나의 인생은 이렇게 되겠구나. 새벽에 아이스크림을 공짜로 먹는 삶을 살겠구나. 소속사에서 형식적으로 전화 한 통만 받으면 대작 영화를 촬영하고, 또 휙 날아가서 다른 영화에 출연하는 삶을 살겠구나. '이거지. 미래는 이렇게 흘러가겠지.'

그 생각은 완전히 틀렸더라.

25

마법 지팡이
너머

---

or
라라랜드에서
외로이

Beyond
the Wand

〈혹성탈출: 진화의 시작〉은 단 하나의 예외였다. 이건 내가 오디션을 보지 않고서도 배역을 얻은 첫 번째 대작 영화였고, 그 후로 오랫동안 그런 일은 일어나지 않았다. 이런 운은 곧바로 연달아 터지는 법이 없더라.

만약 내가 혼자 살았다면 그게 나의 마지막 영화가 되었을지도 모른다. 제이슨을 비롯한 여러 사람의 말마따나 내가 해리 포터 시리즈의 끝 무렵에서 잠재력을 보여주었을지는 모르겠으나, 스스로 재능을 발휘하고 그 잠재력을 실현해 나갈 의욕은 부족했다. 심지어 그냥 연기를 포기하고 전문 낚시꾼이 되는 게 더 행복하지 않을까 싶은 생각마저 들었다. 고맙게도 제이드는 나의 미래에 다른 생각을 품었다. 그녀가 격려해 주지 않았더라면 나는 지금쯤 배우라는 직업을 갖지 못했을 것이다. 내가 다시 열심히 오디션을 보러 다녀야 하는 현실이 확실해지자 우리는 모바일 카메라 장치를 설치했고(그땐 아이폰이 나오기 전이라는 걸 기억하자, 여러분) 우리가 어디 있든지 그녀는 나와 함께 대본을 읽어주곤 했다. 그건 정말 중요한 일이었는데, 누군가 같이 대본을 읽어주지 않는다면 혼자 벽에다 대고 테니스를 치는 거나 마찬가지가 되기 때문이다. 제이드의 부추김에 못 이겨 수도 없이 자기소개 비디오를 찍었다. 성공률은 백 분의 일 정도밖에 되지 않았으니까. 그동안 옛 학교 친구가 나에게 〈라비린스〉라는 미니시리즈의 배역을 얻어다 주었다. 케이프타운에서 촬영하는 그 드라마는 존 허트와 서배스천 스탠이 출연하는 역사 판타지물이었다.

나의 역할은 트렌카벨 자작이었다. 그는 드레이코 말포이와 달라도 너무 다른 캐릭터였다. 그리고 난 〈브레이브 하트〉에서 볼 법한 가발(다행히도 나는 이상한 헤어스타일에 면역이 잘 되어있다)을 쓰고 사슬 갑옷을 입은 채 위세 있는 모습으로 성에 들어가 수많은 군중 앞에서 영웅적인 연설을 하는 연기를 펼쳐야 했다. 사실, 이 영화에는 영웅적인 연설 장면이 두 번 등장하는데 그걸 두 번이나 해야 한다고 생각하니 겁도 났다. 난 드레이코 말포이라는 캐릭터는 아주 잘 알고 있었다. 그래서 대본 어디를 펼치든 드레이코가 어떻게 반응할지 알았다. 하지만 이번 촬영에선 아니었다. 같이 출연하는 배우나 제작진을 미리 만나지 않은 채로 처음부터 맨땅에서 뭔가를 창조하기란 정말 힘든 일이다. 게다가 난 일정 규모의 제작 환경에 익숙해지긴 했어도, 더는 리브스덴 스튜디오나 개인 트레일러나 5번 문 같은 편안한 곳에서 영화를 찍을 수 없었다. 그래서 이 드라마의 촬영장에 간 나는 계속 되뇌었다. 할 수 있어, 톰. 느긋하게 하자. 나는 그날 아침 촬영장에서 감독을 처음 만나고, 몇 시간 후에는 사슬 갑옷을 입은 수많은 엑스트라 사이를 성큼성큼 걸어가 나의 첫 번째 독백 연설을 할 준비를 했다.

여기서 잠깐 엑스트라에 관해 설명하겠다. 이들 연기자 중엔 연기에 몰입하는 사람이 있는가 하면 아닌 사람도 있다. 집중하는 엑스트라와 더불어 지루함을 애써 감추는 엑스트라가 있다는 뜻이다. 내가 엑스트라 앞에 서서 내 대사를 할 준비를 하고 사전 연습을 살짝 하면서 첫 테이크 촬영을 시작하려던 순간이었다. 수많은 배우가 집중해서 나를 바라보는 가운데 단 하나, 나를 보지 않는 사람이 있었다. 도드라져 보이는 그 얼굴은 십대 소년이었다. 나머지 사람들보다 어려 보이는 소년을 보자 예전의 내 모습이 떠올랐다. 그 애는 누가 봐도 드레이코다운 경멸을 담아 나를 바라보았다. 아마 내가 쟤였다면 딱 저런 표정을 지었겠지. 그 애의 생각이 들리는 것만 같았다. 아, 뭔가 하시겠다? 같잖은 가발을 쓴 형씨가 저기 올라가서 또 그대들이 어쨌도다 저쨌도다 옛날 말씨를 늘어놓겠지? 멍청하기 그지없네!

본인은 몰랐겠지만, 그 애는 내 속에 있던 온갖 불안감을 끄집어내고 있었다. 그래서 난 그 자리에서 결심했다. 나의 독백을 저 애한테 하는 말로 설정하자. 주위에 선 군중에게 시선을 던지는 대신, 나는 아주 정확하게 그 애에게만 초점을 맞췄다. 그리고 랠프 파인스의 전략을 본받아 아무 말 없이 침묵으로 뜻을 전하려 했다. 나는 그 애를 가만히 응시했다. 어색한 분위기가 형성되도록 두었다. 그러자 소년이 좌우를 흘끔거리는 게 보였다. 속으로 '지금 날 보고 있는 거야?'라는 생각을 하는 게 빤히 보였다. 점차 나는 그 애와 나머지 엑스트라들이 나를 진지하게 바라보고 있음을 감지했다. 그러자 약간 자신감이 생겨서 최고의 방법을 동원해 아주 열정적으로 연설을 했다. 그 전략이 좋았는지 나빴는지는 다른 이들이 판단해 주어야 하겠지만, 지금 와서 생각해 보면 그 어린 엑스트라 배우에게 고맙다. 그 애는 내가 필요로 했던 추진력과 더불어, 몇 년간 내가 선배 배우들에게서 배운, 사람의 관심을 붙잡아 두는 방법을 실제로 써먹어 봐야겠다는 생각이 들게 해 주었으니까.

드라마에서 두 번째로 했던 열정적인 독백은 그만큼 성공하진 못했다. 내게 이 역할을 제안하기 전, 제작자는 나와 전화 통화를 하며 다양한 섭외 사항을 확인하는 일반적인 과정을 거쳤다. 이 날짜에 시간이 됩니까? 여권은 유효기간이 충분합니까? 운전면허 있습니까? 배우라면 촬영 전 질문에는 모두 '네'라고 대답해야 한다는 걸 안다. 스와힐리어를 할 줄 압니까? 유창하게 합니다! 프랑스어 억양을 좀 넣어 말할 수 있습니까? Mais oui, monsieur(그럼요, 선생님)! 몰라도 이렇게 대답해야 한다는 것이다. 그래서 제작자가 나에게 말을 탈 줄 아느냐고 물었을 때, 나는 자연스럽게 그들이 원하는 대답을 들려주었다. 아, 저는 안장에서 태어난 것처럼 말을 아주 잘 탑니다!

완전히 거짓말은 아니었다. 내가 어렸을 적 우리 이웃집에서 말을 키워서 난 가끔 말 등에 오른 채 가만히 앉아 돌아다니곤 했다. 하지만 사실 나는 말을 무척 무서워했던 데다, 영화에서 내가 해내야 하는 역할은 말 타고 놀았던 어린 시절의 추억과 아주 달랐다. 이번에는 사슬 갑옷을 입은 백 명의 기사들이 검과 방패를 들고 서있는 앞을 말을 타고 왔다 갔다 하며 영웅적으로 열변을 토해야 했다. 심지어 연설 절정 부분에서는 군마의 옆구리를 발로 확 치고 앞서나가 휘하의 군대를 이끌고 전장으로 돌진해야 했다.

하지만 말은 나랑 생각이 다르더라. 첫 번째 테이크의 가장 중요한 부분, 그러니까 내가 구호를 외치며 검을 높이 치켜들고 강력한 군대를 이끌어 영광스러운 승리를 쟁취하려는 순간이 되자 난 영웅다운 태도로 발꿈치로 말을 재촉했다. 엑스트라들은 함성을 지르며, 겁 없는 지도자를 따라 죽을지도 모르는 전장에서 영광의 승리를 얻을 태세를 갖추었다. 하지만 내가 탄 말은 내 연설에 그다지 감동하지 않은 모양이었다. 내 말은 첫 촬영 날 마주쳤던 십대 엑스트라 아이만큼이나 전투에 달려 나갈 마음이 없는 듯했다. 그래서 우리는 다시 촬영했다.

"영예를 위하여! 가족을 위하여! 자유를 위하여!"

그러나 제기랄……. 내 말은 간신히 걸음을 뗄 뿐이었다. 감독과 제작자가 모니터 뒤에서 고개를 흔드는 모습이 보였다. 아무리 봐도 꼴이 웃겼겠지. 우리는 해결책을 찾아야 했다.

촬영장에 있던 말 조련사는 몸집이 작은 여성이었고, 내가 맡은 배역은 스네이프 교수가 두르는 것 같은 거대한 망토를 보란 듯이 걸

친 인물이었다. 그래서 조련사가 내 뒤에 앉고 허리를 잡은 다음, 그 위로 망토를 씌워서 수상쩍게 불룩한 모습으로 촬영하기로 했다. 내 말은 나보다 조련사의 말을 더 잘 들었다. 이윽고 때가 되어 조련사가 말의 옆구리를 발로 슬쩍 찌르자 힘 좋은 말은 사정없이 달리기 시작했다. 어찌나 무섭던지. 나는 말에서 떨어지지 않으려고 온 힘을 다해 고삐를 잡고서 눈을 휘둥그레 뜬 채 새하얗게 질린 얼굴로 전장을 질주했다. 나중에 찍은 장면을 돌려보니 내 표정은 심한 공포와 비참함 그 자체였다. 그 장면이 결국 최종본에 실리지 못했을 때도 놀랍지 않았다.

하지만 말과 얽힌 불행한 순간은 그 후에 또 찾아왔다. 〈로빈 후드: 도둑들의 왕자〉를 연출한 케빈 레이놀즈는 내가 가장 좋아하는 감독 중 하나인데, 2016년에 나에게 성서를 소재로 한 드라마에 출연해 달라는 제안을 했다. 나는 랠프 파인스의 동생인 조지프 파인스와 함께 로마 군인 역을 맡게 되었고, 조지프는 나를 당당하게 수하로 데리고 다니는 역할이었다. 영화 초반부의 핵심 장면 중 하나는 우리가 말을 타고 어마어마한 수의 엑스트라 사이를 지나는 동안 엑스트라들이 우리에게 종이로 만든 소품 돌멩이를 던지는 것이었다. 여기서 조지프는 예수와 대화를 나누고, 나는 옆에서 말 등에 조용히 앉아있어야 했다.

말들은 이미 우리 없이 이 장면을 몇 시간이고 연습했다. 하지만 그 돌멩이가 종이로 만들어진 것임을 몰라서 당연히 겁을 먹었다. 그 와중에 내가 탄 말이 확실하게 알아차린 점은 지금 자기 등에 뻣뻣하게 올라탄 사람이 평소의 조련사가 아니라는 것이었다. 조지프 파인스가 환상적인 연기를 펼치는 동안, 나의 말은 가만히 서있지를 못했다. 녀석은 계속해서 이쪽저쪽 빙글빙글 돌아대며 사람들 속으로 들어갔다 나오기를 반복했다. 나는 그놈의 말을 전혀 통제할 수가 없었다. 이윽고 케빈 레이놀즈가 소리쳤다.

"컷! **대체** 지금 뭘 하는 거야!"

나는 주눅 든 채 사과했다. 결국 우리는 말 조련사 한 명에게 로마 병사의 옷을 입혔고, 내가 소심하게 안장에 앉아있는 동안 그는 말고삐를 잡고 있었다.

그 후로 나는 카메라 앞에서 말을 타려 한 적이 없다.

* * *

해리 포터 시리즈 전에 나는 백 번도 넘게 온갖 오디션을 봤다. 그래서 캐스팅되지 않는 일에 꽤 익숙했었다. 그리고 이제 캐스팅에 떨어지는 일에 다시 익숙해져야 할 때가 온 것이다. 어느새 난 2주에 한 번씩 오디션을 보러 다니게 되었고, 거의 보는 족족 떨어졌다. 물론 내가 오디션을 봐야 한다는 사실에 놀랄 사람이 있다는 것도 알았다. 하지만 사실은 내가 어느 역이라도 먼저 제안을 받을 것 같다는 생각이 들지 않았다. 내게 다양한 쇼릴showreel(주요 영상물을 모아놓은 작품집―옮긴이)이 있는 것 같진 않았으니까. 배우로서 경력을 쌓아야 하는 시점에 직면한 지금, 그 누구도 내 미국 영어 억양이 어떤지 확인도 안 하고 내게 〈혹성탈출: 진화의 시작〉에 캐스팅 제의를 한 건 말도 안 되는 일이란 생각이 들었다. 직업 배우로 살아가려니 하루하루가 인생의 힘든 고비로 느껴질 때가 훨씬 더 많았다.

다시 말하지만, 나 혼자 살았다면 나는 이도 저도 아닌 상태로 남아있었을 것이다. 하지만 제이드는 나의 원동력이 되어주었고, 대니얼의 아버지인 앨런 래드클리프는 내게 훌륭한 조언을 해주었다. 좋은 에이전트를 찾아서 LA로 간 다음 가능한 한 많은 오디션을 보라는 조언이었다. 그래서 난 그 말을 따랐다.

한때 들은 말에 따르면 런던에 있는 배우보다 뉴욕에 있는 배우가 네 배 많고, LA에 있는 배우가 뉴욕에 있는 배우보다 네 배 많다고 한다. 곱셈을 간단히 해보면 온 세계의 수천 명이나 되는 배우들이 왜 할리우드로 오는지 알 수 있다. 그곳은 모순적인 도시다. 성공과 실패, 부유함과 가난함이 가득한 곳이자, 흥분과 주눅 든 마음이 똑같이 공존한다. 나는 초창기에 LA의 모든 면을 보았다. 한 번 그곳에 가면 할리우드의 평범한 호텔에 몇 주씩 머무르면서 하루에 대본을 세 편씩 읽고 최대한 많은 관계자와 대면하는 시간을 갖곤 했다.

어떤 곳은 내게 문을 열어주었다. LA의 한 소속사는 나를 고객으로 받아주었다. 그들은 점심을 먹자며 비버리 윌셔 호텔로 나를 데려가서 이 호텔에서 〈귀여운 여인〉을 촬영했다고 알려주었다. 나는 공손하게 고개를 끄덕였지만 〈귀여운 여인〉을 본 적이 없다는 말은 하지

323

않았다. 마치 영국 서리 출신 꼬맹이가 할리우드에서 가장 고급스럽고 아무나 못 오는 곳에서 와인을 마시고 식사를 하는 느낌이라, 난 그곳에 있는 게 어색했다. 우리끼리 하는 말인데, 나는 차라리 치킨 너깃 한 박스를 사 먹는 게 더 좋다. 식사를 마치고 소속사 사무실로 돌아와 정신을 차려보니 여섯 명의 사람이 앞에서 나를 바라보고 있었다. 그들은 대단한 열정이 이글거리는 눈빛으로 내가 대스타가 될 거라고, 어떻게 하면 내가 스타가 될 수 있는지 본인들이 잘 알고 있다고 말했다. 2분마다 새로운 사람이 방으로 들어와 나와 악수하며 나의 열렬한 팬이라고, 내가 이 소속사에 들어오게 되어 얼마나 좋은지 모르겠다고 말했다. 그때 난 속으로 생각했다. 대단하네! 좀 이상하긴 하지만 이런 데 익숙해져야겠지.

하지만 내가 뚫고 들어가기 어려운 곳들도 있었다. LA에서 처음 봤던 오디션은 어떤 TV 파일럿 프로그램의 선생님 역할이었다. 그때는 잘 몰랐는데, 할리우드 업계에서는 온갖 시리즈물의 TV 파일럿을 수천 개를 만들지만 대부분 실제로 방송사에 판매되지 못하고 폐기되는 경우가 많다. 그런 프로그램은 말하자면 영화 산업계의 일회용 냅킨 같은 것이다. 난 그렇다는 사실을 몰랐다. 내게는 모든 게 해리 포터 시리즈만큼의 잠재력을 가진 작품으로 보였다. 그래서 오디션이 열리는 스튜디오에 갔을 때 날 기다리고 있던 상황에 전혀 대비하지 않았다. 보안 데스크 뒤편에 거대한 해리 포터 포스터가 걸려있다 해도, 난 내가 누군지, 또 내가 왜 여기에 와서 스튜디오 안에 들어가려 하는

지 설명하기가 여전히 어려웠다. 한번은 오디션장에 갔는데, 내가 그저 희망을 품고 온 수많은 지원자 중 하나에 불과하다는 게 빤히 보이는 때가 있었다. 열두어 명도 더 되어 보이는 지원자들과 함께 앉을 자리를 배정받은 다음 나보다 앞서 오디션을 보게 된 서너 명의 사람이 끝나기를 기다리던 중이었다. 오디션장에서 무슨 일이 일어나는지 소리가 다 들렸어도(이런 건 영국에서 흔한 일이 아니다) 난 별로 신경 쓰지 않았다. 이윽고 내 차례가 되었다. 안으로 들어가자 여섯 명이 일렬로 앉아있었는데, 다들 지루하고 별 감흥 없는 표정이었다. 그들이 날 알아봤다 하더라도 전혀 내색하지 않는 게 확실했다. 나는 최대한 밝은 미소를 지으며 말했다.

"안녕하세요! 저는 영국에서 온 톰이라고 합니다!"

그들은 아무 말이 없었다. 나는 앞에 보이는 사람들에게 다가가 하나하나 악수를 했지만, 세 번째인가 네 번째 사람과 인사를 하면서 지금은 사실 악수할 때가 아니라는 생각이 슬슬 들기 시작했다. 결국, 그들 중 하나가 내 생각에 쐐기를 박아주었다.

"이러지 말고 저기 X 표시된 곳에 가서 연기 시작하실래요?"

뒤를 슬쩍 돌아보자 강력 테이프를 X자로 붙여놓은 바닥이 보였다.

"아, 네. 죄송합니다."

이윽고 나는 제자리에 섰다. 거기 섰어도 그들은 방에 들어온 나를 보는 둥 마는 둥 했다. 비로소 현실이 확 다가왔다. 이들은 여기에 몇 시간 동안 앉아있었다. 이 배역은 중요하지 않은 인물이고, 내가 예전에 어떤 배우였는지 이들이 알 리도 없고 알았어도 상관없었다. 오히려 그들은 어서 나를 치워버리고 싶어 했다.

일단 상황을 깨닫자 온 신경이 곤두서 버렸다. 내가 지금 오디션을 보는 배역은 성정이 불안한 캐릭터이긴 하지만, 내 초조해하는 마음이 캐릭터 해석에 도움이 된 것 같지는 않았다. 너무 민망한 미국식 발음을 해대며 나는 대사를 몇 번 더듬었다. 어떤 대사는 텍사스 말씨로, 어떤 대사는 뉴올리언스 말씨로, 또 다른 대사는 브루클린 말씨로 해버렸으니까. 가끔은 내가 한 말이 맞는지 확인하려고 말을 반복하기도 했다. 난 손발이 오그라드는 것 같았지만 보는 사람이야말로 더욱 오그라들었을 것이다. 내가 연기를 반쯤 하자 그중 서넛은 전화 통화를 하기도 했다. 절대 좋은 징조가 아니었다.

이건 내가 LA에서 본 오디션 중 처음으로 망한 사례였다. 그리고 망한 건 그때만도 아니다(다시금 사과드립니다, 앤서니 홉킨스 경……). 그 후로 상황이 차츰차츰 좋아졌다고 말할 수 있다면 좋으련만, 솔직히 말하자면 그러지 못했다. 하지만 난 이 과정을 통해 이상한 종류의 강박에 빠지기 시작했다. 오디션을 볼 때마다 방 바깥에 서있으면 초조한 머릿속으로 난 사실 여기에 있을 필요가 없다고, 그냥 나가버리자는 충동이 들면서 그래야 할 온갖 이유가 떠오르곤 했다. 하지만 오디션이 끝났을 때 해냈다는 안도감은 그 어떤 것과도 비교할 수 없었다. 오디션을 제아무리 잘 봤든 못 봤든, 짜릿한 아드레날린이 확 퍼지면서 온몸이 묘하게 떨렸다. 연기의 세상에서 아무런 진전 없이 원점으로 돌아온 것인지는 몰라도, 난 이곳에서 쾌감을 느끼고 있었다.

LA는 외로운 곳이다. 처음 왔을 때는 특히 그렇다. 그 광기 어린 도시에서 혼자 지내며 모든 걸 애써 알아보려는 것만큼 혼란스러운 경험이 또 있을까. 하지만 어느새 그곳에 다시 갈 때마다 알고 지내는 사람이 조금씩 생기기 시작했다. 내가 사람들을 많이 알수록 그곳은 한층 친숙해졌다. 그리고 도시가 친숙해지면서, 그곳 날씨와 밝은 태도와 삶의 질에 매혹되었다. LA는 상당히 별난 동네인데도, 어쩌면 별난 동네라서 그런지 나를 점점 끌어당기기 시작했다. 제이드와 나는 몇 번 짧게 그곳에서 살았고, 그러다 스티븐 보츠코가 만드는 새로운 TV 시리즈인 〈머더 인 더 퍼스트〉가 LA에서 촬영될 예정이라 오디션을 볼 기회가 생기자, 나는 거기에 지원했다. 우리는 런던에 있는 제이드 부모님 댁의 거실에서 자기소개 영상을 수도 없이 촬영했고(감사합니다, 스티비 지) 난 그 역을 따내기 위해 수도 없이 연습했다. 그러다 마침내 내가 배역을 땄다는 말을 듣자, 제이드와 나는 반려견 팀버를 데리고 LA로 이사했다.

삶은 좋았다. 모든 게 더 크고 더 환하고 더 좋았다. 우리는 웨스트 할리우드에 자그마한 목조 단층집을 구했다. 하얗게 페인트를 칠한 집에는 작은 정원과 말뚝 울타리가 있었다. 점차 내 일이 많아지기 시작하자 LA에서 겪었던 격한 외로움이 사라지고, 이 도시에서 사람들이 슬슬 알아봐 주는 즐거움이 생기기 시작했다. 영국에서는 내가 유명하다 해서 아무도 알아봐 주지 않는다. 알아본다고 하더라도 보통은 손가락으로 가리키면서 옆의 친구에게 수군거리거나, 기껏해야 이쪽으로 다가와서는 "저기요, 그 마법사 맞죠? 그러니까, 거기 나온 사람 맞죠?"라고 묻는다. 말을 더 걸어봤자 뭔가 빈정대는 한마디를 덧붙이는 게 전부다. 하지만 LA에서 내 얼굴과 이름이 점점 알려지기 시작하자 초반에 느꼈던 냉정함은 사라지고, 갑자기 **모든 사람이** 내가 유명한 사람임을 신경 쓰기 시작했다. 이런 건 나의 자아가 한 번도 받아보지 못한 손길이었다. 처음 보는 사람들이 호들갑을 떨며 다가와 내가 일하는 모습이 **너무 좋았다고** 말했다. 내가 일하는 모습? 내가 아는 한, 살면서 진정으로 내 일이라 할 만한 걸 한 적이 있던가? 굳이 말하자면 서리에 있는 낚시터 주차장에서 일했을 때밖에 없는데. 하지만 사람들이 나를 영화배우로 대해주고 있는데 내가 뭔데 아니라고 우기겠는가? 이런 경험은 처음이었다. 고맙게도 나는 커가면서 세 형의 영향을 받아 내 주제를 확실하게 알고 있었다. 학교에서나 다른 곳에서나, 나는 스스로를 특별하다고 생각할 수가 없었다. 그런데 지금, LA에 사는 모든 사람이 나를 마치 전혀 다른 사람인 것처럼 대하기 시작했다.

일단 옷이 달라졌다. 사람들은 내게 명품 옷을 주곤 했다. 공짜였냐고? 그렇다. 공짜였다. 대단한 일이다. 그다음에는 차가 달라졌다. 나는 BMW사의 VIP 담당자를 만났다. 난 이제껏 살면서 어떤 의미로든 내가 VIP라고 생각해 본 적이 한 번도 없었다. 그런데 갑자기 누가 봐도 VIP가 되더니, BMW 측에서는 내가 원하는 기간만큼 다양한 차를 대여해 주겠다고 했다. 우리는 사람들이 길게 줄을 선 클럽에 가곤 했다. 그곳은 사람들의 눈길을 한 몸에 받는 장소였다. 그러면 빨간 벨벳 로프로 막아놓은 입구가 곧바로 열리면서 우리는 기다릴 필요 없이 안으로 안내받았다. 왜냐하면 그게 '스타 배우'에게 일어나는 일이었으니까. 나의 세계는 이런 말도 안 되는 기회가 가득한 곳이 되어갔다. 공들여 꾸민 한밤의 외출과 멋진 공짜 쓰레기들로 가득한(달리 뭐라 표현할 방법이 없어서 이렇게 말해본다). 난 그게 좋았다. 제이드도 좋아했다.

솔직히, 마다할 사람이 누가 있을까?

* * *

만약 어떤 사람에게 '너는 정말 대단해'라고 계속해서 말한다면, 그 사람은 점차 그 말을 믿게 된다. 만약 어떤 사람에게 계속 허풍을 떨어대면, 머지않아 그는 허풍을 받아들이기 시작한다. 그렇지 않기란 거의 불가능하다. 내가 그 주 동안 이용하라고 받은 형광주황색 람보르기니를 타고 새로 생긴 화려한 레스토랑 앞에 서면 웨이터들이 급히 나를 데리고, 내 이름 덕분에 남들은 예약할 수도 없는 아슬아슬한 시간에 잡은 특별석으로 갔다. 그동안 파파라치들은 그 짧고도 미묘한 입장 순간을 어떻게든 찍어냈다. 예전의 톰이었다면 형에게 곧바로 전화를 걸어 내가 얼마나 미칠 것 같은지 말했을 것이다. 그리고 계속해서 스스로를 다그치면서 살았을 것이다. 이건 정신 나간 짓이었으니까. 하지만 새로이 달라진 톰은 그러지 않았다. 새로이 달라진 톰은 그게 자신의 일상인 척했다. 제아무리 대기 줄이 금문교처럼 길게 늘어선 고급 레스토랑이라도 나를 위해서라면 자리가 마련돼 있어야 했다. **당연히** 그랬고.

나는 내가 대접받는 대로 행동했다. 얼마간은 정말 재미있었다. 하지만 그것도 한때였다. 반짝이던 삶은 곧 빛이 바래기 시작했다.

내가 이런 식의 삶을 원한 줄은 몰랐다. 그리고 시간이 지나자 불편한 진실이 조용히 다가오기 시작했다. 난 이런 식의 삶을 원하지 **않았다는** 진실이었다. 어쩌면 배부른 소리로 들릴지도 모른다. 내가 고마워하지 않는다는 게 아니다. 분명 난 운 좋게 특권을 누리는 위치에 있었다. 하지만 내가 주도하고 있는 삶에는 진짜가 아닌 면이 존재했다. 이 시사회에 가고 싶지 않다는, 이 화려한 레스토랑이나 우리의 다음 휴가지로 염두에 둔 카리브해의 섬 따위에 **가고 싶지 않다는** 마음이 든 게 한두 번이 아니라는 걸 나는 깨달았다. 난 예전의 삶이 그리웠다. 크리스 형과 호수에서 했던 낚시가 그리웠다. 애시 형과 〈비비스와 버트헤드〉를 봤던 일이 그리웠다. 징크 형과 음악을 만들던 때가 그리웠다. 친구들과 공원 벤치에서 몰래 대마초 피웠던 일이 그리웠다. 한가한 시간에 연예인이 으레 가야 할 곳을 왔다 갔다 하는 것보다, 랩을 들으며 보낼 수 있었던 시절이 그리웠다. 내가 누군지 모르고, 알아도 신경 쓰지 않는 진짜 사람과 평범한 대화를 나눌 수 있었던 때가 그리웠다. 난 엄마가 그리웠다.

이런 감정을 알아채고 변했어야 했건만. 내 근심을 누군가에게 소리 내어 말해야 했건만. 말할 사람이 없었다면 적어도 스스로에게라도 말을 걸어야 했는데. 결국, 이건 나에게 달린 문제였으니까. 하지만 이상한 일이 이미 벌어지고 있었다. 사람들이 뭐든지 나 대신 다 못해 줘서 안달인 환경이 되자, 난 스스로 뭔가를 하고 생각하는 능력을 잃어가기 시작했다. 새로 꾸려진 나의 LA 담당 팀이 내 연기 경력을 격려해 주고 새로운 할리우드 생활 방식을 맛보게 해주면서, 나는 내 인생뿐만 아니라 한 걸음 더 나아가 의사 결정 능력 내지는 내 의견을 갖추는 능력을 외주로 맡겼다. 곁에 있는 사람들이 너는 운이 참 좋다고, 이런 식으로 사는 게 멋지다고 자주 말해주면, 별로 깊이 의식하지 않는다고 하더라도 어느새 그 말을 믿게 된다. 그러다 갑자기 비판 능력이 흐물흐물해지면서 오롯한 인간으로 존재하지 못하게 된다. 나는 조금씩 내 모습을 잃어갔다.

내가 진실을 왜곡하는 할리우드의 속임수에 빠져들수록 내가 누구인지 모르는, 정확히 말하자면 내가 누구여도 신경 쓰지 않는 사람을 만날 일은 점점 줄어들었다. 매일 나는 사람들과 진실하지 못한 인간적 교류를 한다고 느꼈다. 언제나 뭔가 저의가, 숨은 의미가, 무슨 의도가 있는 것만 같았다. 나는 나다울 수가 없었다. 그때 기억을 떠올리면 나는 우리 아빠를 흉내 내 자기비하적인 익살을 부리곤 했다. 그런 식의 유머 감각은 나의 천성이자 필수적인 부분이었다. 하지만 LA 의 소속사에서는 그런 게 전달되지 않았다. 다들 스스로를 너무 중요 하게 생각했다. 다들 '나'를 너무나 중요하게 생각했다.

어쩌면 겉으로 보이지 않는 다른 문제들이 작용했을 수도 있다. 우리 가족은 정신 건강 문제가 없지 않았으니까. 애시 형은 어렸을 적 에, 징크 형은 성인이 되어서 정신병원에 입원한 적이 있었다. 정신 건 강이 유전적 문제일 수 있다는 뜻이다. 할리우드에서 타락해 버린 젊 은이로 나를 설정하면 마음이 편하겠지만, 아마도 그 이상의 문제 역 시 존재했을 것이다. LA에 살면서 내가 유독 외로워하고 스스로 거리 감을 느꼈다는 건 의심의 여지가 없었다. 이런 감정 때문에 누구든 정 신 건강이 나빠질 수 있다. 게다가 이러한 문제는 벨벳 로프를 가뿐히 지나가거나 반짝이는 주황색 람보르기니 운전석에 앉아있으면 쉽사 리 가려질 수 있다.

나는 변해가는 내 모습으로부터 간절히 벗어나고 싶었다. 레드 카 펫에 오르는 연예인들의 생활 방식엔 전혀 관심이 없는 사람들과의 인 간적인 교류가 간절했다. 난 예전의 내 모습을 간절히 되찾고 싶었다. 난 진정성을 간절히 원했다.

그러다 그렇게 바라던 걸 바니스 비너리라는 술집에서 찾았다.

26

바니스
비너리의 연가

---

or

내가 가진 게
많다면

이제 바니스 비너리 이야기를 해주겠다.

로스앤젤레스는 오래되고 낡은 것 따윈 존재하지 않는 곳이지만, 펍은 이야기가 다르다. 바니스 비너리는 오래된 펍 중에서도 단연 오래된 곳이다. 그곳은 지난 60년간 있었던 전쟁의 상흔을 지닌 허름한 술집이다. 한때 도어스의 멤버 짐 모리슨이 앉던 자리에는 기념 명판이 붙어있고, 벽에는 60년 전부터 지금까지의 기념물들이 10년 단위로 붙어있다. 마치 나무의 나이테처럼 시간의 흐름을 기록해 주는 것들이다. 어쩌면 그래서 내가 그곳을 좋아하는지도 모른다. 바니스 비너리는 모든 걸 보아왔다. 그곳은 내가 누군지 신경 쓰지 않는다.

그리고 그곳을 자주 들르는 이들도 마찬가지였다. 누구나 만나고 싶어 하는 할리우드에 출몰하는 아름다운 연예인들과는 거리가 아주 먼, '내 알 바냐'라는 이들이 그곳에 다채롭게 뒤섞여 있었다. 이들이야말로 나의 사람들이었다. 나는 그들 앞에서 겉치레로 날 포장할 필요가 없었다. 그곳에선 아빠가 가르쳐 준 대로 느긋한 익살꾼이 될 수 있었다.

이십대 중반에서 후반에 이르는 동안 난 생각보다 훨씬 더 오랜 밤을 바니스 비너리에서 보냈다. 그전까지 난 술을 그다지 많이 마시지 않았다. 결혼식에서 샴페인 한 잔 마시는 정도였지, 그 이상으로 많이 마셨던 적은 없었다. 하지만 평범성을 너무나 바라는 마음으로 허름한 술집에 오랫동안 있다 보면 어쩔 수 없이 술을 많이 마시게 된다. 술에 별 관심이 없던 내가 어느새 해가 지기도 전에 맥주 몇 잔을 습관적으로 마시게 되었고, 그렇게 한 잔씩 할 때마다 어울리는 위스키까지 곁들이게 되었다.

인생이 아주 행복한 시기라도 음주는 습관이 될 수 있다. 그런데 상황을 회피하고픈 마음으로 술을 마신다면 더더욱 습관이 된다. 음주 습관은 술집에서 마시는 데서만 그치지 않고 때로는 촬영장에서도 나왔다. 그러다 일을 할 때도 술을 마시는 게 아무렇지 않아질 정도에 이르렀다. 나는 내가 되고픈 프로다운 모습이 아니라 일할 준비가 안 된 채로 촬영장에 나타나곤 했다. 하지만 문제는 술 자체가 아니었다. 내 증상이 문제였다. 음주 문제는 더욱 심해져서 나는 거의 매일같이 바니스 비너리에 가고 말았다. 그리고 바에 앉아 항상 앞에 맥주 한 잔 또는 더 센 술을 놓고서 단골들과 헛소리를 늘어놓곤 했다. 자정 넘어서까지 이어진 자리에서 난 술을 마시고 헛소리를 지껄이며 셔플보드를 하는 일로 시간을 보냈다. 난 그곳에서 재미있게 지내고 있다고 스스로에게 말했고, 사실 어느 정도는 정말 그랬다. 하지만 다시 생각해 보면 나는 무언가로부터 회피하고 있었다. 나 자신에게서 회피한 것일 수도 있고, 아니면 내가 처한 상황에서 회피한 것일 수도 있다. 그리고 바니스 비너리는 내가 도망쳐 숨기에 좋은 장소였다.

나는 바텐더들과 우정을 쌓았다. 그들은 주로 여성 바텐더들로 온갖 꼴을 보며 지내온 사람들이라 아주 딱딱했으며, 딱히 상냥하다 알려진 이들도 아니었다. 하지만 여섯 달쯤 지나자 바텐더들은 나에게 약간 마음을 열어주었고 우리는 같이 웃기 시작했다. 그들의 유머 감각은 아주 비뚤어졌다. 바니스 비너리에서 보내는 밤 문화의 매력이 있다면, 반절 정도는 다 함께 어울리면서 서로에게 짜증을 내도 괜찮다는 데 있을 것이다. 나는 그곳에서 사람들과 어울려 짜증을 내며 밤을 보냈다. 내 인생이 영원히 바뀌어 버리기 전날 밤까지도 말이다.

난 그날 밤에 얌전히 이불을 덮고 잤어야 했다. 다음 날 매니저 사무실에서 중요한 회의가 있었기 때문이다. 그 회의는 내일 일정표에 아무렇지 않게 적혀있었지만, 나는 그게 큰 프로젝트가 될 가능성이 있다는 걸 눈치챘다. 보통 때였더라면, 그래서 내 담당자 수중에 검토해야 할 대본이 있었더라면, 논의하기 전에 먼저 내게 읽어보라며 전달했을 것이었다. 하지만 이번에는 매니저가 그냥 사무실에 와서 내가 먼저 읽어볼 필요가 없는, 보지 않은 것을 두고 이야기하자고 연락했다. 난 당연히 큰 프로젝트 이야기일 거라고 예상했다. 그래서 무척 흥분했다.

　하지만 침대에 고이 누워 자기는커녕, 밤새 바니스 비너리에서 시간을 보냈다. 한숨도 자지 않아 지친 몰골로 위스키를 일곱 종류나 과음했다. 그런 다음 바텐더들에게 작별 인사를 하며 내일 보자고 말했다. 아침에 소속사 사무실 바깥에 BMW를 주차했을 때는 오늘 괜찮은 제안이 있을 거란 기대감에 기분이 상당히 좋았다. 우리 사무실은 로스앤젤레스의 호화로운 지역에 높이 솟아 유리창으로 외벽을 두른 고층 건물에 자리 잡고 있었다. 나는 전날 밤의 숙취가 가시지 않은 채로 엘리베이터를 타고 높이 올라 꼭대기 층에 이르렀고, 안내 데스크에 방문자 서명을 했다. 그리고 몇 분 후, 매니저가 나타나 회의실로 날 데려갔다.

　내가 매니저의 안색에 살짝 드러난 퉁명스러움이나 긴장감을 포착했던가? 그랬던 것도 같지만, 난 과연 무슨 일일까 듣고 싶은 기대감에 부풀어 있어서 크게 관심을 두지 않았다.

　겉으로 봐서는 모르겠지만, 그 빌딩은 한때 은행이었다. 물론 그린고츠 같은 화폐 계산대도, 두툼한 거래 장부나 꾀죄죄한 직원도 없었다. 그곳은 번쩍번쩍하고 현대적인 분위기였다. 하지만 그곳에는 거대하고 낡은 둥근 은행 금고문이 있었는데, 그 문을 통과하면 특히 중요한 회의가 열리는 사무실이 나왔다. 매니저가 그곳으로 나를 데려가자 온몸이 짜릿해졌다. 금고에 들어왔구나! 그렇다면 분명히 좋은 소식이 있겠네!

우리는 문을 통과해 사무실로 들어갔다. 순간, 내 몸의 피가 싹 얼어붙었다.

안쪽 방은 크지 않았다. 회의용 탁자가 놓인 가운데 나를 기다리고 있는 일곱 명의 사람이 말없이 둘러앉아 있을 만큼밖에 되지 않았다. 그중에는 제이드도 보였다. 제이드 옆으로 나의 에이전트 둘이 앉았고, 내 변호사가 보였다. 그 옆으로 또 담당자 두 명이 보였고, 마지막으로 몸집이 크고 머리가 벗어진 무시무시하게 생긴 낯선 이가 있었다.

아무도 말이 없었다. 다만 다들 나를 응시했을 뿐이다. 순간 나는 회의란 건 나를 불러내려는 구실이었을 뿐임을 깨달았다. 배우 경력에 한 획을 그을 대단한 배역 제안 같은 게 나올 자리가 전혀 아니었다. 하지만 그렇다면 나를 왜 데려왔는지는 **알 수가 없었다**. 그들의 눈빛과 방 안의 분위기를 보자 좋은 일이 아니라는 느낌만 왔을 뿐이다. 사람에게 심각한 문제가 일어나 목숨이 위험할 정도라면 가족과 친구들이 모여 재활 시설에 넣는 소위 '개입 절차intervention'(각종 중독에 시달리는 사람이 재활 시설에 입소하도록 주변 가족과 지인들이 손을 쓰는 절차로 전문 재활 시설과 함께 진행된다—옮긴이)가 있다고 들었다. 하지만 내겐 심각한 문제가 **없었다**. 안 그런가? 그러니 그런 상황일 리가 없다.

아니, 정말 그럴까?

나는 젖은 수건처럼 바닥에 철퍼덕 주저앉았다. 방 안이 빙글빙글 도는 것 같았다. 어느새 난 고개를 흔들며 중얼대고 있었다.

"이런 거 못해. 이런 거 **못해**……."

아무도 입을 열지 않았다. 그저 황량하고 심각한 눈빛으로 나를 바라볼 뿐이었다. 나는 비틀비틀 방을 나갔다. 맥박이 쿵쿵 뛰었다. 사람들은 날 막지 않았다. 나는 덩치 크고 머리카락이 없는 남자의 호위를 받으며 밖으로 나가 담배를 한 대 피우며 마음을 가라앉히려 했지만, 지금 같은 상황에서 차분한 마음이 들 리가 없었다. 배신감과 사나운 마음이 쉴 새 없이 몰아치며 내 속을 이글이글 태웠다. 내가 연기자로 살아오면서 만난 모든 사람이, 더욱 나쁘게는 나와 가장 가까운 사람마저도 한통속이 되어 나를 여기에 데려오다니. 정말 이럴 줄은 몰랐다. 화가 났고, 피곤했다. 솔직히 말하자면 너무나 숙취가 심했다. 그냥 도망칠까, 하고 단순한 생각도 해보았다. 하지만 왜인지 그러지는 않았다. 그저 다시 빌딩을 올라가 금고문 안 사무실에 들어갔다. 다들 방에 그대로 있었다. 여전히 나를 응시하는 그 모습에 나는 오싹해지면서도 극도로 화가 났다. 자리에 앉은 나는 그들의 시선을 마주할 마음이 없었다. 아니, 마주할 수가 없었다. 이어서 머리카락이 없는 덩치 큰 남자, 이 방에서 처음 본 낯선 남자가 나를 다루기 시작했다.

그는 이런 개입 절차의 전문가였다. 사람들이 누군가를 재활 시설에 보내서 결과를 확실하게 알고 싶을 때 연락하는 사람 말이다. 내 소속사는 그에게 비용을 지급하고 이 절차를 진행하도록 맡겼다. 이건 돈이 꽤 드는 서비스였고, 그는 맡은 일을 잘 해냈다. 그는 온갖 상황을 다 경험한 사람이었다. 그러니 내가 무슨 반응을 보이더라도 모두 그의 예상 범위 안에 있었다. 전문가는 내게 말했다. 지금 당장은 화가 나겠지만 때가 되면 이 방에 있는 사람들이 내게 한 행동을 용서할 수 있을 거라고. 나는 그에게 당장 꺼지라고 대꾸했다. 내가 이들을 용서할 가능성은 전혀 없었으니까. 난 완전히 지쳐버렸다. 눈앞이 빙글빙글 돌았다. 목이 졸리는 기분이었다. 전날 밤에는 바니스 비너리에서 지인들과 솔직하고 거리낌 없이 이야기를 나누었는데. 이젠 이른바 친구라는 것들이 내게 새 일감이 생겼다는 식으로 거짓말을 해서 날 이런 함정에 빠뜨려 놓고 둘러싸고 있다니. 이들은 위선자였다. 난 이해할 수 없었다. 내가 이토록 걱정되었다면, 왜 그냥 우리 집에 와서 평소처럼 말하지 못했던 건데? 그런데 용서하라고? 닥쳐. 이걸 어떻게 용서하라는 거야.

그 방에 있는 모든 이들이 내게 편지를 썼다. 그들은 차례차례 편지를 소리 내어 읽었다. 편지들은 대체로 상당히 짧았다. 그중 대다수는 내 기억에서 삭제된 것 같다. 제이드를 비롯한 사람들은 내 행동이 아주 걱정스러웠다고, 음주와 약물 남용이 우려되었다고 말했다. 하지만 난 그 이야기를 들을 만한 상태가 아니었다. 내가 알기로 잘못한 것이라 해봤자 하루에 맥주 몇 잔 마신 것뿐인데. 가끔 위스키를 마시긴 했지만, 대마초를 두어 번 피우긴 했지만 정말 그뿐인데. 내가 빈 보드카 병을 손에 쥐고서 잔뜩 토해놓은 자리에 쓰러져 자다가 일어난 것도 아닌데. 난 마약 굴에 숨어있던 것도, 아편을 한 것도, 일을 못하게 된 것도, 통제 불능 상태에 빠진 것도 아니었다. 제이드가 입을 열었을 때 난 말했다. 너 내가 완벽한 남자 친구가 되어주지 못했다는 이유로

이런 일을 꾸민 거야? 물론 제이드가 꾸민 일은 아니었다. 사실, 그녀
는 이런 개입 절차가 있다는 걸 불과 몇 시간 전에야 알았다. 하지만 나
는 너무 화가 나고 좌절한 나머지 해서는 안 될 생각을 하고야 말았다.

하지만 그중에서도 가장 큰 충격을 준 편지가 있었다. 그건 이 방
에서 나를 가장 모르는 사람이 쓴 편지였다. 얼굴을 거의 마주할 일이
없었던 나의 변호사는 아주 솔직하게 이런 글을 읽었다.

"톰, 저는 당신을 잘 모릅니다만, 좋은 분 같다고 생각합니다. 제
가 말씀드릴 것은, 이제껏 제 변호사 인생 중에 개입 절차에 관여한 건
이번이 열일곱 번째라는 겁니다. 그리고 그중 열한 분이 세상을 떠났
습니다. 열두 번째가 되지 마세요."

그의 말은 나의 분노와 거부를 뚫고서 내 마음을 파고들었다. 지
금 이 상황을 있지도 않은 문제에 과민 반응을 보이는 것으로 생각하
면서도, 변호사의 단호한 호소문에 고개를 숙이고 만 것이다.

우리가 그 방에서 절차를 시작한 지 두 시간이 지났다. 모두 하고
싶은 말을 다 했다. 그리고 다들 기진맥진했다. 그중에서도 내가 가장
지쳤다.

"그래서 내가 어떻게 했으면 좋겠는데요?"

내가 애원하듯 묻자 개입 전문가가 말했다.

"치료를 받게 하고 싶습니다."

"재활 시설에서요?"

"그렇습니다. 재활 시설에서요."

캘리포니아 재활 클리닉에 대해서 알아야 할 점이 하나 있다. 그곳 시설 이용 비용이 아주 비싸다는 것이다. 어떤 곳은 한 달에 4만 달러가 든다. 내가 가고 싶지도 않은 시설에 입소해서 4만 달러를 쓴다니? 미친 소리 아닌가. 이런 생각 자체가 말도 안 된다. 하지만 이런 개입 절차를 거치고 있던 나는 이미 큰 충격을 받은 상태였다. 시키는 대로 해야 한다는 압박감이 어마어마했다. 나는 결국 짜증을 내며 말했다.

"알았어요. 여러분이 그토록 바란다면야 그놈의 재활 클리닉에 들어갈게요. 이게 그렇게 큰 문제라고 생각한다면야, 한 달 동안 술 좀 안 마셔보죠."

침묵이 흘렀다.

개입 전문가가 말했다.

"말리부에 시설 예약을 해두었습니다. 지금 가주셨으면 합니다."

"알았어요. 그럼 집에 가서 물건 좀 정리할게요. 내일 가든가, 아니면 모레쯤 가든가 할게요."

하지만 그는 고개를 저었다.

"안 됩니다. 밖에 차가 대기 중입니다. 지금 가셨으면 합니다. 곧바로요. 다른 데는 들르지 않습니다."

나는 눈을 깜빡였다. 다들 미쳤나? 말도 안 돼. 24시간도 기다릴 수 없을 정도로 내가 심하단 말인가? 사람들이 대체 무슨 소리를 한 거야? 어쩌다가 우리가 이 지경이 됐지? 난 여기에 아무런 발언권도 없는 거야?

　그들은 아주 분명하게 안 된다고, 내겐 아무런 선택지가 없다고 말했다. 나의 매니저 중 하나가 이런 말을 했다.

　"지금 재활 시설에 가서 도움을 받지 않는다면 우리는 더는 매니저를 할 수가 없어요."

　이러니 할 말이 없었다.

　"나 기타 가져가야 해요."

　안 된단다.

　"갈아입을 옷이 필요해요."

　안 된단다.

　반항은 한 시간 동안 이어졌다. 다들 꿈쩍도 하지 않았다. 개입 전문가와 함께 차에 타야 했고, 그것도 당장 타야 했다.

　마침내 나는 지고 말았다. 전의를 모두 상실했다.

　내 인생에서 가장 초현실적인 순간이었다. 모든 통제권을 포기하고 반짝이는 유리 빌딩에서 개입 전문가와 함께 그가 준비한 자동차로 걸어가게 되다니. 말리부로 가는 데는 한 시간쯤 걸렸다. 길고 엄숙한 그 시간 동안 우리는 말없이 나란히 앉았다. 이윽고 말리부에 도착하자, 그는 고개를 돌려 내게 말했다.

　"마지막으로 맥주 한잔하고 가시겠습니까? 시설에 입소하기 전에요."

　그는 내 마음을 좀 편하게 해주려고 노력했던 것뿐이지만 그때 나는 그 질문을 이해할 수가 없었다. 방금까지 다들 내가 알코올중독이라고 하지 않았나. 그땐 사람들의 말에 동의하지 않았지만, 그렇다고 여기서 맥주 한잔 하려고 멈출 이유가 있나? 그러면 그들 말이 옳다는 걸 증명하는 것뿐이잖아?

"아뇨. 그놈의 맥주 따위 마시려고 들렀다 가진 않을 겁니다."

내 말에 그는 고개를 끄덕였다.

"알겠습니다."

우리는 다시 침묵에 빠졌고, 몇 킬로미터를 더 달리는 동안 나는 줄담배를 피워댔다. 담배도 문제였을 테지만 이건 문제 삼지 않았다. 얼마 지나지 않아 재활 센터의 문이 보였다.

* * *

말리부의 울창한 숲 사이를 지그재그로 난 길을 따라 2.4킬로미터 정도 달리면 거대한 협곡 바닥에 자리 잡은 재활 센터가 나왔다. 함께 길을 터벅터벅 나아가는 동안 나는 일종의 무감각한 상태에 빠져버렸다. 그곳은 아름다웠다. 정말로 숨이 멎을 듯한 장관이 펼쳐졌다. 하지만 정말이지 이곳만 아니라면 어디든 가도 상관없을 정도로 여기 있고 싶지 않았다.

개입 전문가는 협곡 바닥에 있는 커다랗고 하얀 건물 앞에 나를 내려주었다. 그곳은 멋있어 보였다. 하긴, 4만 달러나 내는데 그 값어

치는 해야겠지. 나는 몇 시간 동안 말을 거의 하지 않았다. 재활 센터의 문턱을 넘어가자 끔찍한 꿈을 꾸는 느낌이었다. 이윽고 입소 신청을 했다. 직원들은 내가 오기를 기다리고 있었고, 덩치 큰 대머리 남자는 나를 그들에게 넘겼다.

간호사가 내 옆에 앉아 몇 가지 질문을 했다. 어떤 중독 물질을 사용하셨나요? 얼마나 많이요? 얼마나 자주요? 나는 솔직하게 대답했지만, 내가 지금 올 필요 없는 곳에 온 사람 같다는 생각을 여전히 하고 있었다. 난 아침에 일어나서 또 하루를 꾸역꾸역 살아가려고 마약 주사를 맞아야 하는 사람이 아니었다. 헤로인 같은 건 조금이라도 한 적이 없단 말이다. 이건 죄다 큰 실수였다. 간호사는 내 대답을 기록했다. 그러더니 이렇게 물었다.

"가명을 쓰고 싶으신가요?"

무슨 말인지 알 수가 없었다.

"그게 무슨 소립니까?"

"여기서 지내시는 동안은 이름표를 착용하셔야 해요. 원하신다면 가명을 써도 되죠. 밥이나 샘 같은 걸로요."

나는 퍼뜩 깨달았다. 날 알아봤구나. 간호사는 나의 상황을 세심하게 배려해 주려던 것이었다고 생각한다. 하지만 나는 누군가에게 순순히 날 넘길 기분이 아니었다.

"사람들이 나를 해리 포터 영화에 나온 배우로 알아본다면 그건 내 얼굴 때문이겠죠. 내가 이름표에 써 붙인 이름 때문에 알아보진 않을 거라고요. 어디 한번 이름표에 '미키 X발 마우스'라고 써서 내 가슴에 달아나 봐요. 사람들이 못 알아보나."

당연히 간호사는 방어적인 태도를 보였다.

"저희는 다만 익명성을 보장할 수 있는 방법이라 생각한 것뿐입니다."

왜 그런지 몰라도 그 제안에 나는 비이성적으로 화가 났다. 그래서 심호흡을 하며 감정을 추슬렀다.

"난 가명 따위 필요 없어요."

그렇게 그 문제는 조용히 기각되었다.

다음으로 나는 두 시간에 걸쳐 건강검진을 받아야 했다. 사람들은 내 혈액과 소변 샘플을 받아갔다. 혈압을 측정하고, 음주 측정기도 불게 했다. 눈에 손전등도 비추고 이런저런 도구들로 나를 찌르고 밀쳐댔다. 그런 다음 해독 과정을 시작했다.

해독 과정은 치료를 시작하기 전 체내에 중독 물질이 확실히 없게끔 해주는 과정이다. 나는 전날 마신 알코올이 아직 남아있었기 때문에, 직원들은 나를 작은 방으로 데리고 갔다. 먼지투성이에다 소박한 가구들이 있는 아주 평범하고 하얀 방이었다. 당연히 비버리 월셔 호텔 같진 않았다. 방에는 침대 두 개가 있어서 난 어떤 사람과 방을 같이 썼다. 그는 여기에 온 지 사흘째가 되었는데도 아직 중독 상태에서 벗어나지 못했다. 난 무서웠다. 이 남자가 누군지 전혀 알 수가 없었다. 그는 침대에서 몸을 덜덜 떨어댔고, 메스암페타민 중독 상태에서 깨어나 일관성 없이 중얼댔다. 난 구토감을 느끼면서도 심하게 놀랐다. 지난밤에 위스키 좀 많이 마셨다고 갑자기 마약중독자와 같은 방을 쓰게 되다니. 우리는 몇 마디 대화를 나누었다. 그가 하는 말은 대개 이해할 수가 없었지만, 그가 나보다 훨씬 심하게 고통받고 있다는 사실만은 대번에 드러났다. 그래서 내가 여기 정말 와야 했던 게 맞는지 의심스러운 마음이 계속 들기만 했다.

센터에서 진정제 같은 걸 주었기에 난 그날 밤 깊이 잠들었다. 다음 날 일어나자 다시 음주 측정기를 불었고, 결과는 음성으로 나왔다. 다시금 나는 열두 시간짜리 해독 과정에 들어갔다가 다시 풀려났다. 직원들은 내게 센터 시설을 안내해 주었다. 주방과 휴게실, 운동장 등이었다. 거기에는 탁구대도 있었다. 그러자 에마가 전혀 악의 없이 내 뺨을 때렸던 해리 포터 스튜디오의 휴게용 천막이 떠올랐다. 그때 이후로 참 많은 시간이 흘렀구나. 그 생각에 배 속이 갑자기 뒤틀렸다. 어쩌다 여기까지 오게 되었나 곰곰이 생각하며 나는 에마를 참 많이 떠올렸다.

물론 센터 측에서는 내게 다른 환자들도 몇 사람 소개해 주었다. 다들 미팅 자리에 나온 것처럼 가슴에 이름표를 달고 있었다. 난 이런 곳에서 일반적으로 대화의 물꼬를 트는 말이 무엇인지 빠르게 배웠다. 바로 "당신은 뭘 골라 했죠?"였다. 어떤 것을 골라서 중독될 만큼 했냐는 말이다. 사람들이 내게 물을 때면 나는 대마초와 술이라고 대답했다. 그리고 질문을 받은 후엔 나도 같은 질문을 해야 할 의무감을 느꼈다. 대다수는 내가 보기에 나보다 훨씬 더 심각한 중독에 빠져 있었다. 헤로인, 오피오이드(아편 비슷한 작용을 하는 합성 진통제―옮긴이), 벤조다이아제핀(정신 안정제용 화합물―옮긴이), 메스암페타민(각성제의 일종―옮긴이), 크랙 코카인 등이었다. 거기다 대부분 술도 마셨지만, 그들에게 술은 부차적인 문제일 뿐이었다.

여기가 무슨 〈뻐꾸기 둥지 위로 날아간 새〉에 등장하는 곳 같다는 인상을 여러분에게 주고 싶지는 않다. 방 안에서 내게 배설물을 던지거나 비명을 지르거나 분노를 터뜨리는 사람은 없었다. 하지만 이곳 환자들의 약물중독 부작용은 극단적이고 경악스러웠다. 대부분 걷잡을 수 없이 몸을 떨었고, 상대방의 눈을 1초 이상 똑바로 바라보지 못했다. 말을 하다 말고 더듬댈 때도 있었다. 아무리 좋게 말해도 불안한 곳이었다.

낯설어 보였던 건 환자들만이 아니었다. 서리 출신의 영국 아이가 미국 재활 센터에 입소한 것 역시 너무나 낯선 상황이었다. 세상 사람들로부터 나를 격리하기 위해 터무니없이 많은 돈을 냈다고 생각하자 불쾌하고, 솔직히 기괴했다. 여기서 나는 가장 어린 사람이었지만, 고객들 역시 그다지 나이가 많지 않았다. 대부분 이 재활 시설에 식구를 보낼 수 있을 만큼 부유한 가정 출신이겠구나 싶었다. 이들의 양육 환경은 내가 자라온 환경과 천지 차이라는 느낌이 들었다. 이들은 나와 마음이 통하는 사람들이 아니었다. 여기는 내가 있을 곳이 아니었다. 속에서 치밀어 오르는 구토감은 점점 심해져 갔다.

지난 24시간 동안 겪은 감정 탓에 나는 완전히 지쳐버렸다. 나를 안정시키려고 의료진이 투여한 약 때문에 정신은 침통하고 쓸쓸하며 수동적인 상태가 되었다. 그날 가끔 다른 환자들과 몇 마디 나누기도 했지만, 대부분은 혼자 지내며 어찌어찌 하루를 버텼다. 누군가가 나를 알아봤을지도 모르겠지만, 그들은 내색하지 않았다. 각자의 문제에 완전히 사로잡혀 있는 처지라 그랬던 것 같다. 본인의 지옥 같은 처지를 견디고 있는 상황인데, 마법사 영화에 빗자루 타고 다니는 녀석으로 출연한 배우가 있다 한들 뭐 그리 관심이 가겠는가?

이윽고 밤이 되었다. 나는 저녁을 먹었다. 협곡 위로 높이 뜬 태양이 지는 모습을 바라보았다. 나는 신선한 바람을 쐬기 위해 운동장으로 나갔다. 지금 가진 것이라고는 몇 개비 남지 않은 담뱃갑뿐이었다. 난 옆 사람에게 불을 빌려야 했다. 담배를 피우고 싶다면 지정된 벤치에 앉아서 피워야 한다는 지시를 들었지만 난 그걸 무시하고 풀밭에 앉았다. 아무도 꾸짖거나 비키라고 하지 않아서, 난 거기 앉아 담배를 피우며 나의 처지와 지난 이틀 동안 있었던 일을 곰곰이 생각해 보았다. 분명히 나는 인생의 변곡점에 다다라 있었다. 여기에 날 보낸 타인의 결정에 내가 동의하지는 않았을지도 모른다. 내가 여기 왔어야 한다고는 전혀 생각하지 않았다. 하지만 여기 와버렸고, 이제는 결정을 내려야 했다. 나는 이 재활 센터의 과정에 참여할 건가?

아니면 다른 길을 택해야 하나?

앞으로 이어질 몇 시간 동안 내 남은 인생이 결정되리라는 걸 까맣게 모른 채로, 난 그저 앉아서 담배를 마저 피웠다. 이제 끔찍한 최악의 순간을 맞이하리라는 것도, 나를 빤히 바라보는 낯선 사람들의 호의에 의존해서 살아남게 된다는 것도 전혀 몰랐다. 그저 화가 난 채로, 더는 여기 있고 싶지 않다는 생각뿐이었다.

그래서 일어나 걷기 시작했다.

* * *

지그재그로 난 길을 성큼성큼 걸어 재활 센터를 떠나면서도, 나의 이런 반항으로 일이 커지리란 생각은 솔직히 하지 않았다. 몇백 미터쯤 걷고 난 다음에는 언제라도 보안 요원이 이쪽으로 달려와서 날 바닥에 쓰러뜨려 제압할 거라고 예상했다. 그러면 내 방으로 끌려가겠지. 어쩔 수 없이 말이다.

하지만 아무도 달려오지 않았다. 날 쓰러뜨려 제압하는 사람도 없었다.

2분은 5분이 되고 5분은 10분이 되었다. 재활 센터는 이제 보이지 않을 정도로 멀어졌다. 나는 지그재그로 난 가파른 길을 계속 걸었지만, 그러면서도 이렇게 도망치는 게 들통날 거라고 생각했다. 어딘가에 보안 검색 통로가, 감시 카메라가 있을 테니 말이다. 붙잡히고 싶은 마음이 있는 거나 마찬가지였다. 그러면 또 화낼 구실이 생기겠지 싶은 마음이었다.

하지만 아무도 나타나지 않았다. 나는 걷고 또 걸었다. 언덕 위로 1킬로미터를 훌쩍 넘게, 3킬로미터를 계속 걸었다. 언덕 꼭대기에 다다르자 울타리가 있었다. 난 울타리를 간신히 넘었다. 이곳 지형은 걷기에 약간 위험했다. 난 평상복을 걸쳤고 수중에는 담배 몇 개비뿐 아무것도 없었다. 휴대폰도, 지갑도, 돈도, 라이터도 없었다. 하지만 계속 걷다 보니 머지않아 저 앞으로 움직이는 자동차의 불빛이 보였다. 퍼시픽 코스트 고속도로까지 온 것이다. 난 고속도로 너머가 바다라는 걸 알고 있었고, 언제나 바다에 애정을 품고 있었다. 바다가 나를 부르는 소리에 그쪽으로 다가가기 시작했다.

지금쯤이면 센터 사람들이 나를 찾으러 나섰을 거란 생각이 들었다. 그래서 난 GTA(1997년 발매되어 시리즈로 이어져 오는 미국 게임으로, 플레이어가 범죄자의 시점에서 도시에서 범죄를 저지르는 설정으로 큰 인기를 끌고 있다—옮긴이) 속 캐릭터나 다름없는 상태로 변했다. 자동차가 이쪽으로 올 때마다 수풀에 몸을 숨기고 도랑에 뛰어드는 바람에 얼굴과 팔이 사정없이 긁혔다. 울타리를 뛰어넘어 그늘로 계속 달리다 보니 결국 인적이 드문 야생의 해변이 나왔다. 달빛이 환하게 비치는 가운데 나의 온몸은 진흙과 피와 땀투성이였다. 그러자 바다에 들어가고픈 충동이 일었다. 순간 좌절감이 터져 나왔다. 이제야 알게 된 건데, 그때의 난 아주 오랜만에 완전히 말짱한 정신이 되어 또렷한 인식 능력과 분노에 압도당하고 말았다. 난 하느님을 향해, 하늘에 대고 소리를 지르기 시작했다. 모든 사람이 들어주었으면 싶었지만 사실은 아무에게도 향하지 않은 비명을 질렀다. 내게 왜 이런 일이 일어난 건지, 어쩌다가 내가 이렇게 되었는지 생각하자 온몸이 분노로 가득 찼다. 나는 가슴이 터져라 하늘과 바다에 대고 소리를 질렀다. 더는 소리가 나오지 않을 때까지, 더는 소리를 지를 수 없을 때까지 계속 소리를 질렀다.

눈물이 왈칵 터졌다. 진흙투성이에다 흠뻑 젖고 머리는 산발한 채로 난 무너져 내렸다. 옷은 찢어지고 더러워졌다. 분명히 어딜 봐도 미친놈이었을 꼴이다. 스스로도 정말 미친 것 같았다. 내가 지른 고함이 바다에 메아리쳐 무^無로 돌아가면서 마침내 차분함이 나를 뒤덮었다. 마치 하느님께서 내 목소리를 들어주신 것 같았다. 난 재빨리 새로운 임무를 하고픈 마음에 사로잡혔다. 평범해 보이는 곳, 그곳으로 돌아가야 했다. 바니스 비너리에 돌아가야 했다. 그건 쉬운 임무가 아니었다. 지금 있는 곳은 웨스트 할리우드에서 너무나 멀리 떨어져 있었으니까. 휴대폰도 돈도 없이 걸어서 그곳까지 가야 했다.

나는 고개를 푹 숙이고서 해변을 따라 계속 걸었다. 이쪽을 손짓하듯 아름답게 밤을 비추며 쭉 이어지는 말리부의 값비싼 저택들 옆을 그렇게 하염없이 지나갔다. 하지만 해변 끝을 따라 걸었기에 아무도 나를 보지 못했다. 가파른 해변을 따라 파도가 시끄럽게 부서졌다. 제대로 된 길은 없었다. 파도를 헤치며 걸어가야 하는 구간이 대부분이었다. 신발과 바지는 흠뻑 젖었고, 마지막 남은 담배 세 개비만 겨우 젖지 않게 지켰을 따름이었다. 가끔 해변이 불쑥 바다를 향해 뻗어 나갈 때는 바위를 넘어서 다시금 모래밭을 찾아냈다. 그러다 몸도 마음도 기진맥진해 버리고 말았다. 이젠 탈수 상태가 되었다. 여기가 어딘지, 난 어디로 가는 건지 결국 알 수가 없었다. 웨스트 할리우드로, 바니스 비너리로 가려던 것 같은데, 그곳은 다다르기 불가능할 정도로 멀었다.

  이윽고 나는 쭉 뻗은 고요한 해안선에 도착했다. 약간 안으로 들어간 곳에 주유소가 있었다. 난 그쪽으로 향했다. 지금 내 모습은 저게 대체 뭔가 싶은 연약한 존재가 바다에서 나타나 눈에 유일하게 보이는 건물로 다가가는 꼴이었을 것이다. 예전 내 모습이 어땠든 지금은 전혀 알아볼 수 없을 만큼 망가진 꼴이었다. 내가 지금 바라는 건 단 하나, 라이터뿐이었다. 어쩌면 여기에 라이터 있는 사람이 있을지도 몰라.

* * *

  그날 날 구해준 건 세 사람이었다. 난 그들이 나의 세 동방박사라고 생각한다. 그들이 보여준 친절함 덕분에 나는 있어야 할 곳으로 돌아갔을 뿐만 아니라, 내 삶에서 중요한 것이 무엇인지 이해할 수 있도록 자극을 받았다. 초라한 주유소로 비틀비틀 걸어가던 나는 아무것도 모른 채로 첫 번째 동방박사를 만났다.

  주유소에는 손님이 아무도 없었다. 다만 계산대 뒤로 야간 근무를 하는 나이 든 원주민 남자만 있을 뿐이었다. 내가 다가가 라이터가 있냐고 묻자 그는 미안한 기색으로 조용히 말했다.

"죄송합니다, 난 담배를 피우지 않아서요."

나는 멍하니 그를 바라보았다. 그러다 고맙다고 몇 마디 중얼거린 다음 비틀거리며 주유소를 나섰다. 그리고 다시 길을 걸어가려는데, 그 남자가 나를 뒤따라 나오는 모습이 보였다.

"괜찮으세요?"

나는 뭐라 말해야 할지 알 수가 없었다. 어떻게 안 괜찮다는 말을 입 밖에 낼 수가 있단 말인가. 그래서 난 갈라진 목소리로 이렇게만 물었다.

"혹시 물 좀 주시겠습니까?"

그는 주유소 뒤를 가리켰다.

"냉장고에 가보세요. 물 한 병 가져가세요. 커다란 병으로요."

나는 그에게 고맙다고 말하고는 주유소 뒤쪽으로 비틀비틀 다가가 2리터짜리 물병을 들고 마셨다. 내가 다시 돌아서자 남자는 도로 계산대에 돌아가 있었다.

"어디로 가십니까?"

"웨스트 할리우드요."

"멀리 가시네요."

"네."

"돈은 있습니까?"

나는 고개를 저었다. 남자는 미소를 짓더니 지갑에서 20달러를 꺼냈다. 그 지갑에 있던 돈 전부였다.

"받으세요."

나는 다시금 남자와 20달러를 빤히 바라보았다. 그는 조용히 말했다.

"나는 부자가 아닙니다. 돈도 많지 않죠. 큰 집도 없습니다. 멋진 차도 없고요. 하지만 아내가 있고, 자식들이 있고, 손주들이 있습니다. 그래서 나는 **가진 게 많은** 사람입니다. 가진 게 **아주 많은** 사람이죠."

그는 강렬한 눈빛으로 나를 바라보더니 고개를 살짝 기울이며 물었다.

"**선생님은** 가진 게 많은 분입니까?"

나는 반사적으로 서글픈 웃음을 터트렸다.

"가진 게 많냐고요? 전 백만장자라고요! 그런데 여기서 남한테 물 한 병 구걸하면서 마지막 남은 20달러까지 받아 가고 있네요."

그러면서 속으로 생각만 하고 입 밖으로 내지 못한 말이 있었다. '아뇨. 저는 가진 게 많은 사람이 아닙니다. 당신과는 달라요.'

남자는 다시 미소 지었다.

"그걸로 웨스트 할리우드까지 가시는 데 도움이 되면 좋겠습니다."

"제가 다시 와서 돈을 갚겠습니다. 약속할게요."

하지만 그는 고개를 저었다.

"그럴 필요 없습니다. 다음에 선생님의 도움이 필요한 사람이 나타나면 그분에게 주십시오."

나는 연신 고맙다는 말을 하면서 주유소를 떠났다. 그의 친절한 행동은 마음에 무척 위안이 되었다. 마치 피로회복제 같은 친절함이었다. 내가 성공적으로 목적지에 도착하는 임무를 수행할 수도 있겠다는 기분이 들기 시작했다. 나는 캄캄한 어둠을 헤치며 퍼시픽 코스트 고속도로를 따라 계속 걸었다. 차가 지나갈 때마다 길에서 물러나 수풀 속에 몸을 숨겼다. 물에 젖은 신발을 신고서 몇 킬로미터를 더 걸어가자, 낡은 포드 머스탱 승용차가 곁을 쌩 지나갔다. 나는 몸을 웅크리고 숨었다. 그런데 100미터쯤 앞에서 그 차의 창문 밖으로 담배꽁초가 주황빛을 뿜으며 날아가 도로에 떨어지는 게 보였다. 나는 그 꽁초의 작디작은 불로 내 젖은 담배에 불을 붙이려고 필사적으로 달려갔다. 가까스로 불이 꺼지기 전에 도착한 나는 길옆에 쭈그리고 앉아서 차례차례 담배 세 개비에 불을 붙였다. 그리고 하늘을 향해 고개를 끄덕이며 하느님께서 주신 불에 감사했다. 그런 다음 계속 길을 걸었다.

그렇게 몇 킬로미터를 걸어서 나타난 다른 주유소에서 나는 두 번째 동방박사를 만났다. 물에 젖어 축축하고 땀이 난 채로 완전히 지쳐버린 데다, 아직도 피투성이에 진흙이 잔뜩 묻은 꼴로 비틀거리며 주유소에 들어간 나는 혹시 나를 도와줄 사람이 있는지 물어보았다. 하지만 직원은 팔짱을 낀 채로 도와줄 사람이 없다며 나가라고 했다. 자정이 거의 다 된 시각에다 밖에 보이는 건 주차한 차 한 대뿐이었다. 오랫동안 걸어오다가 한참 만에 본 자동차였다. 나는 비척비척 차로 다가가 아주 힘없는 손길로 차창을 두드렸다. 운전석 창문이 열리자 나보다 덩치가 두 배는 큰 흑인 젊은이가 보였다.

"저기요, 이상한 소리로 들리겠지만······."

내 말에 젊은이는 고개를 저었다.

"저는 우버만 받아요. 타고 싶으면 휴대폰으로 예약하세요."

하지만 나는 휴대폰이 없었다. 가진 것이라고는 몸에 걸친 눅눅하고 찢어진 옷과 원주민 남자가 준 20달러 지폐뿐이었다. 난 즉석에서 말도 안 되는 이야기를 지어냈다. 여자 친구와 엄청난 말다툼을 벌인 끝에 여자가 날 이곳 허허벌판에 버리고 갔다고 말이다. 그래서 지금 가진 돈이 20달러밖에 없는데, **제발 부탁이니** 웨스트 할리우드 방향으로 20달러어치면 태워주면 안 되겠냐고 물었다. 내 꼴이 말이 아니었을 테니, 그 젊은이는 나를 한번 쓱 보고 고개를 저으며 창문을 올려버려야 했을 것이다. 하지만 그는 그러지 않았다. 나를 위아래로 훑어보고는 뒤에 타라고 했다. 자동차 좌석이 이토록 좋게 느껴질 줄이야.

"어디에 가신다고요?"

그가 물었다. 나는 바니스 비너리라고 말하고선, 20달러밖에 없으니 돈이 되는 데까지만 가서 내려달라고 거듭 말했다. 하지만 그는 내 말에 손을 내저었다. 아마도 그는 차에서 내린 내가 웨스트 할리우드까지 갈 만한 상태가 아님을 알았을 것이다. 아니면 앞서 만난 주유소 직원 남자처럼 그저 친절해서 그랬을지도 모른다.

"거기까지 데려다줄게요."

그의 너그러운 말을 난 애써 이해해 보려 했다. 혹시 책에 사인해 줘야 하나? 내 사진을 찍어서 집에 있는 애들에게 보여주고 싶은 건가? 아니었다. 젊은이는 그저 도움이 필요한 사람을 도와주고 싶었을 뿐이다. 그는 나를 목적지까지 데려다주었다. 요금은 60달러쯤, 어쩌면 그 이상 나왔을 것이다. 난 나중에 갚을 테니 그에게 이름과 전화번호를 적어달라고 애원했지만 그는 다시금 손을 내저었다.

"신경 쓰지 마세요. 괜찮으니까."

젊은이가 나를 바니스 비너리 앞에 내려주었을 때는 오전 1시 반이었다. 나는 제대로 된 요금을 낼 마음으로 끝까지 그에게 전화번호를 물어보았지만 그는 꿈쩍도 하지 않았다. 이윽고 차가 도로를 달리며 눈앞에서 사라졌다. 나는 다시는 그 젊은이를 볼 수 없었다.

그래서 바니스 비너리 쪽을 바라보았다. 지금은 다들 떠날 시각이었다. 손님들은 대부분 떠나고 없었다. 모르는 사람들이 예상치 않게 친절을 베풀어 준 덕분에 여기까지 오게 됐다니, 믿을 수가 없었다. 완전히 지치고 더러운 몰골을 한 채로 난 비틀거리며 가게 문으로 다가갔다. 이윽고 문 앞에서 경호원인 닉을 만났다. 그는 나를 잘 아는 사람이었다. 여기는 나의 단골 술집이었으니까. 나를 위아래로 훑어보는 닉의 눈빛엔 뭔가 잘못되어도 단단히 잘못되었다는 기색이 역력했다. 하지만 그는 아무 말도 하지 않았다. 그저 옆으로 비켜서면서 이렇게 말했을 뿐이다.

"늦게 왔네요. 하지만 빨리 한잔하고 싶으면 들어오든지……."

난 안으로 들어갔다. 바에는 아직도 단골 몇 명이 앉아있었다. 곧바로 나의 눈길이 그들의 술에 이끌린 순간, 퍼뜩 드는 생각이 있었다.

나, 지난 48시간 동안 술에 손을 대기는커녕 마실 생각도 하지 않았구나. 멍한 눈빛으로 서서 내가 왜 여기 왔는지 생각했다. 바텐더는 당연하다는 듯 맥주 한 잔을 내 앞에 두었다. 나는 본능적으로 잔을 잡으려다가 깨달았다. 이제 난 이게 뭐든 전혀 관심이 없어졌구나. 그래서 술잔에서 물러나 다시 술집 문으로 갔다. 닉은 거기서 안으로 들어오려는 술주정뱅이들을 내쫓고 있었다. 내가 초점을 잃은 멍한 눈빛을 짓자, 그가 물었다.

"괜찮아요?"

"나 20달러만 빌려줄래요? 집에 가야 해서."

닉은 나를 오랫동안 지그시 바라보았다.

"차 키는 어쨌어요?"

"없어요. 난 아무것도 가진 게 없어."

이렇게 말하고 나자 주유소에서 만난 남자의 목소리가 떠올랐다. '선생님은 가진 게 많은 분입니까?'

닉이 말했다.

"그럼 나랑 같이 집에 가죠. 자, 갑시다."

나는 그에게 뭐라 하지 않았다.

그날 밤 닉은 나를 자기 집으로 데려갔고, 나의 세 번째 동방박사가 되어주었다. 그곳은 작은 아파트였지만 따스하고 편안했으며 무척 환영받는 느낌이 들었다. 그는 나를 앉힌 다음 수도 없이 차를 끓여주면서 몇 시간이고 내 이야기를 들어주었다. 내 입에서 말이 마구 흘러

나왔다. 이제껏 제대로 표현하지 못했던 불안한 마음이 내 안에서 솟아올랐다. 그러자 내 상황의 진실이 서서히 드러나기 시작했다. 너무나 두려웠기에 오랫동안 인정하지 않은 사실에 직면하게 된 것이다. 난 이제 제이드를 사랑하지 않는다는 사실이었다. 두말할 것도 없이, 제이드는 나의 경력 유지에 아주 중요한 역할을 감당했다. 하지만 제이드에게 심하게 의존하게 된 나머지 나의 행복은 물론이고 나의 의견조차도 모두 제이드에게 달린 게 되어버리고 말았다. 그녀를 향한 내 감정이 변했다는 불편한 진실에 나는 눈감아 버렸다. 우리는 삶에서 같은 것을 원하지 않았다. 나는 제이드에게 솔직하지 못했고, 더 중요하게는 나 자신에게 솔직하지 못했다. 내가 나란 존재를 구하고 싶다면, 그리고 제이드에게 올바르게 처신하고 싶다면, 나는 그녀에게 진실을 말해야 했다.

이윽고 해가 떴다. 나중에 알고 보니 경찰은 밤새 나를 찾았다 한다. 제이드와 내 친구들 모두 날 찾아다녔다. 그들은 내가 말리부의 숲속 어딘가에서 죽었거나 경찰에게 체포되어 유치장에 갇혀있을 거라 생각했다. 날이 밝자, 나는 닉에게 전화 좀 쓰겠다고 부탁했다. 그리고 제이드에게 전화를 걸어 나의 위치를 알렸다.

내 목소리를 듣고 내가 무사하다는 걸 알게 되자 제이드는 대단히 안심했다. 제이드는 날 데리러 왔고, 우리는 함께 집으로 돌아갔다. 나는 그녀와 앉아서 내 감정이 어떤지 설명했다. 그 순간은 무척 감정적이고 날것 그대로였다. 그렇게 단 한 번의 대화로 나는 우리 삶의 행로를 바꾸어 갔다. 나의 말은 아무나 가볍게 할 수 있는 것도, 가볍게 들을 수 있는 것도 아니었다. 난 제이드의 평생 내가 뭐든지 다 해줄 것이라 말했고, 그 말은 진심이었다. 하지만 난 길을 잃었기에 다시 갈 길을 찾아야 했다. 제이드는 내겐 너무나 과분할지도 모르는 우아한 태도로 내 말을 받아주었다. 그렇게 우리의 관계는 끝났다.

나는 밤새도록 집에 오는 길을 찾았지만 아직 집에 오지 못했다는 깨달음을 얻게 되었다. 지인들의 개입을 통해 재활 시설에 가게 되어 심란했고, 화가 났으며, 당황스러웠다. 하지만 그렇게 개입이 이루어진 데는 타당한 이유가 있었음을, 내게는 도움이 필요했음을 이해하게 되었다. 그래서 이제는 내가 직접 도움을 요청할 마음이었다.

알차게
보낸 시간

or
나의
여러 모습

Beyond
the Wand

재활 시설. 그 말은 낙인 효과가 있다. 하지만 난 재활이라는 말에 오명이 붙어야 한다고 생각하지 않는다.

　나 자신의 모습을 되찾으며 보낸 몇 주는 인생에서 가장 훌륭하고도 중요한 시기였다. 하지만 당시에 나는 그 사실을 전혀 깨닫지 못했다. 재활 시설에 나를 보내려고 지인들이 개입한 과정은 고통스럽고 창피했다. 결국, 내가 가게 된 첫 번째 시설은 나와 맞지도 않았다. 하지만 돌이켜 생각해 보면, 그 모든 과정을 겪어서 다행이었다고 본다. 그래서 내 삶을 더 나은 방향으로 돌려줄 개안epiphanies, 그러니까 일종의 각성을 할 수 있었기 때문이다. 내가 술을 마셨으니 이런 개입 과정이 정당한 것이었다고 생각하지는 않았지만, 이 과정을 통해 나를 불행으로 몰아가는 세상과 잠시 떨어져 명확한 생각을 얻게 된 점은 다행이었다. 내가 개입 절차를 겪게 된 날 사무실에 있던 모든 사람이 나를 신경 쓰고 있었기에 그 자리에 왔음을 결국 나는 깨달았다. 그들은 나의 경력이나 나의 상품 가치가 아니라, 나란 존재에 신경을 써주었던 것이다.

제이드와 헤어지자는 힘겨운 대화를 나눈 후, 나는 캘리포니아 전원 지역 한가운데 있는 시설에 들어가기로 마음먹었다. 가족이 운영하는 그 시설은 사방 몇 킬로미터 안에 아무것도 없는 곳으로, 최대 수용 환자의 수가 열다섯 명을 넘지 않아 이전의 재활 센터보다 규모가 작았다. 사실 그곳은 의료 시설이라기보다는 힘든 시기를 겪는 젊은 이들을 위한 피난처라고 봐야 했다. 그 시설은 건물이 두 채로, 하나는 남자용이고 다른 하나는 여자용이었다. 환자들은 주로 처방전이 있어야 살 수 있는 약이나 알코올중독을 겪고 있었다. 이들은 내가 개입 절차를 거쳐 들어간 센터에서 함께 지내야 했던 심각한 수준의 환자들이 아니었다. 물론 그렇다고 이들에게 문제가 없다는 소리는 아니었다. 그들도 분명히 문제가 있었고, 그것도 나보다 더 심각한 문제에 시달린다는 사실이 곧바로 분명하게 드러났다. 하지만 난 이들과는 금방 유대감을 느끼게 되었다. 여기선 내가 동떨어졌다는 느낌을 그리 강하게 받지 않았다.

그리하여 갑자기 내 삶에 엄격한 기틀이 잡혔다. 난 내가 사실 잘 짜인 삶을 그리워하고 있었다는 걸 깨달았다. 어린 시절을 통틀어 해리 포터 촬영장에서 지내면서, 난 알게 모르게 체계적인 삶을 살아갈 수밖에 없었다. 언제까지 오고, 어디에 서고, 어디를 보고, 무엇을 말할지 다 지시를 받으며 살았던 거다. 그런 식으로 확실함이 있는 삶에는 무언가 사람을 진정시키는 효과가 있다. 게다가 그토록 오랫동안 반드시 무언가를 해야 하는 삶을 살아오다가 갑자기 그 확실함이 사라지면 삶의 방향이 흐트러지게 된다. 그런데 이제 그 기틀이 다시 나타난 것이다. 우리는 해가 뜨면 일어나 아침 감사 기도를 했다. 기도 시간엔 모두 둥그렇게 둘러앉아 한 사람이 대표로 시나 격언이나 기도문을 읽으며 오늘 하루 살아갈 계획을 세웠다. 그 계획은 소소하게 실현 가능한 목표였다. 예를 들어, 나는 오늘 하루 말대꾸를 자제하는 걸 목표로 한 적이 있다(예전에 내게 있었던 건방진 면이 아직 완전히 없어지진 않은 상황이었다). 아침 식사를 한 후에는 온종일 한 시간씩 이어지는 수업을 들었다. 수업마다 쉬는 시간은 5분이라서 그동안 신선한 바람을 쐴 수 있었다. 어떤 수업은 그룹으로 진행되고, 어떤 수업은 단독으로 이루어졌다. 수업은 인지 행동 치료, 최면 치료, 일대일 상담 등이었다. 가끔 우리는 웃기도 하고 울기도 했으며, 서로에게 각자가 품은 생각과 문제, 여기 온 이유 등에 대해 솔직하고 공개적으로 이야기했다.

이 치료 과정의 하이라이트는 우리가 시설에서 외출하여 베니스 비치에 있는 노숙자들에게 식사를 나눠주는 푸드 트럭에서 했던 자원봉사였다. 나는 자원봉사자 사이에서 느껴지는 공통된 동료애가 정말 좋았다. 봉사자 중 몇몇은 시설에서 외출 나온 사람이었고, 몇몇은 지역 주민이었으며, 나이대도 노년부터 젊은 층까지 다양했지만 다들 도움이 필요한 이들을 도와주기 위해 뭉친 사람들이었다. 내가 남을 돕기 위해 온 이상, 내가 누구며 뭘 하던 사람이었는지는 중요하지 않았다. 나는 그게 참 좋았다. (거기서 봉사하면서 부리토 만드는 법을 배웠다. 애시 형과 본 〈비비스와 버트헤드〉에서 말로만 들었던 부리토를 본 건 그때가 처음이었다.)

치료 과정에서 우리는 모두 완벽하게 타인이었고, 서로 다른 면으로 취약한 인간이었다. 그렇지만 이런 상황에서는 서로 아주 빨리 친해지게 된다. 한 가족이 되는 것 같은 유대감을 형성하는 것이다. 그렇게 며칠 있다 보면 동료 환자들에게 깊은 관심이 생기는데, 그 자체로 대단히 파격적인 경험이다. 이전에는 집에 있으면서 아무것도 할 마음이 일지 않아 침대에서 아무도 날 일으킬 수 없는 나날이 많았다. 게다가 난 스스로의 상황에 너무나 매몰되어 있던 나머지 누구에게도 동정을 표할 수가 없었다. 그런데 이곳에서는 낯선 사람과 함께 물감을 칠하며 기타를 꾸미거나 내 우쿨렐레로 남에게 코드 잡는 법을 가르쳐 주는 것이 일상에서 가장 중요한 일이 되어갔다. 우리는 다들 모든 걸 탁 터놓고 지냈기에, 결국 나만의 문제보다 서로를 더 신경 쓰게 되었다. 그것이야말로 궁극적인 정신 건강 비법이다. 갑자기 나를 압도했던 모든 것들에 거리를 두고 관조하게 되는 것이다.

* * *

재활 시설의 규칙들은 내게 긍정적으로 작용했다. 규칙 덕분에 나는 다시 정상 궤도에 오르게 되었다. 하지만 규칙 때문에 나는 또 몰락하기도 했다. 까놓고 말해서, 규칙을 지키는 게 내 삶의 방식이었던 적은 한 번도 없지 않은가.

그곳의 규칙은 개인 공간^{personal space}을 중요하게 보았다. 서로의 몸에 손을 대는 건 허용되지 않았다. 애정 표현은 철저하게 금지되었다. 포옹을 할 수 있냐고? 전혀 할 수 없었다. 그땐 그런 규칙이 이상하게만 보였다. 물론 지금은 왜 그랬는지 이해하지만. 그러나 당시의 난 오랜 연인 관계를 막 청산했을 때였고 그 시설에는 예쁜 여자들이 많았다. 그중 한 사람이 특히 예뻤는데, 나는 쓰레기통을 비우는 척 그녀와 함께 밖으로 나가 건물 옆쪽에서 서로를 애무하다가 치료사들에게 한두 번 들키기도 했다. 그러던 어느 날 밤 나는 중범죄를 저지르고 말았다. 여자용 건물에 몰래 숨어들어 그녀의 방에 들어간 것이다. 솔직히 특별히 나쁜 마음을 먹고 그런 건 결코 아니었다. 그녀가 저녁 식사 내내 말이 없어서 괜찮은지 확인해 보고 싶었던 것뿐이었다. 하지만 방문을 두드리는 소리가 들리자, 발각되어 질책을 당할까 봐 무척 겁이 났다. 그래서 얼른 바닥에 엎드려 침대 밑에 숨었다. 문이 열리자 나는 숨을 죽였다. 이윽고 내 쪽으로 신발 한 쌍이 다가왔다. 신발은 침대 가장자리에서 멈췄다. 어색한 순간이 이어지다가 이윽고 침대 밑으로 고개를 숙인 여성의 얼굴이 나타났다. 나는 최대한 매력적인 미소를 지어 보인 다음 작게 손을 흔들며 새된 소리로 말했다.

"안녕하세요!"

"지금 뭐 하는 거죠?"

"아무것도 안 하는데요!"

"왜 이 사람 침대 밑에 있어요?"

"그냥요!"

이게 좋아 보이는 상황이 아니라는 걸 인정할 수밖에 없었다. 그 여성은 실망스러운 눈빛으로 날 쳐다보았다. 내가 경찰에 체포되었을 때 우리 엄마가 지었던 눈빛과 다르지 않았다.

나는 다음 날 애니메이션 영화 목소리 녹음을 하기 위해 시설에서 외출 허락을 받았다. 시설에 들어와 치료를 받은 지 3주째였다. 난 완전히 말짱한 정신이었고 머릿속도 아주 맑았다. 몸도 걸리적거리는 데 없이 가뿐했고, 긍정적인 기분으로 가득 차있었다. 개입 전문가는 차에 나를 태우고 스튜디오에 갔다. 그리고 일이 끝났을 때 나는 더할 나위 없이 행복했다. 하지만 차에 타기 전, 개입 전문가는 내게 이젠 시설에서 치료를 받을 수 없게 되었다고 말했다. 난 시설에 돌아갈 수가 없고, 내 짐은 이미 싸두었으며, 아무에게도 작별 인사도 못 하고 떠나야 한다는 것이었다. 어린 시절 통했던 장난스러운 태도는 이제 전혀 먹혀들지 않았다.

속상했고, 화도 났다. 그래서 울음을 터뜨리며 울타리를 걷어찼다. 시설로 돌아온 나는 시설 사람들에게 나를 쫓아내지 말라고 애원했다. 내가 왜 여기 머물러야 하는지 온갖 이유를 몇 시간이나 읊어댔다. 그러다 바닥에 주저앉아 눈물을 펑펑 쏟았다. 나한테 이러는 건 실수라고, 내가 앞으로 더 잘하겠다고 애써 그들을 설득하려 했다. 하지만 그들은 태도를 굽히지 않았다. 이제껏 내가 규칙을 너무 많이 어겼다고, 그래서 다른 사람들의 회복을 방해하고 있다고, 그러니 떠나야 한다고 말했다.

나는 그다음 주 동안 멍하니 지냈다. 이제껏 완전히 새로운 세상에서 내가 아주 깊이 마음 썼던 사람들과 함께 지냈건만. 갑자기 그 공동체에 속하지 못하게 되다니. 난 그 사람들이 그리웠다. 하지만 지난 3주는 내 인생을 바꾸어 놓았다. 전에는 나 자신이 완전히 마비된 상태로 존재했었다는 걸 깨달았으니까. 이러다가 언제든 다리에서 뛰어내릴 정도였다는 건 아니다. 하지만 다리에서 뛰어내리는 것이나 복권에 당첨되는 것이나 똑같은 결과인 것처럼 느껴지는 수준이었다. 나는 좋은 것이든 나쁜 것이든 어느 쪽에도 관심이 없었다. 누가 와서 내가 차기 제임스 본드로 결정됐다는 말을 했어도 심드렁하게 반응했을 것이다. 하지만 이제 나는 감정을 되찾았고, 나라는 엔진에서는 감정이 불꽃처럼 뿜어져 나오고 있었다. 어떤 감정은 긍정적이었다. 또 어떤 감정은 부정적이기도 했다. 하지만 좋은 감정이든 나쁜 감정이든 아예 없는 것보다는 나았다.

* * *

시설에서는 나에게 떠나달라고 말할 수 있었다. 센터에 있는 내 가족 같은 이들에게 작별 인사조차 못 하게 막을 수도 있었다. 하지만 내가 목요일마다 베니스 비치에 있는 푸드 트럭으로 자원봉사 나가는 걸 막을 수는 없었다.

이젠 어디로 가야 할지, 뭘 해야 할지, 정말이지 아무런 생각이 들지 않았다. 베니스 비치의 보드워크는 위압감을 주는 사람들과 노숙자들로 가득한 곳이었고, 바글대는 사람들이 몸싸움을 벌일 때면 위협적인 공간이 되기도 했다. 푸드 트럭에서 무료 음식을 나눠줄 때면 이쪽을 수상쩍게 여기는 소심한 반응이 돌아왔다. 하지만 나중에는 음식을 받은 사람들이 무척 고마워하기에, 이 일에 참여하는 게 대단히 보람되다는 사실을 깨달았다. 하지만 난 당시에 갈피를 잡지 못한 상태였다. 그래서 보드워크에서 자원봉사를 하던 도중 옛 친구를 만나 그날 밤 그의 집에서 같이 저녁을 먹자는 제안을 받았을 때, 난 고맙게 초대에 응했다.

옛 친구의 이름은 그레그 사이프스였다. 그레그는 배우이자 성우이고, 동물과 환경보호 분야 활동가로 일했다. 그는 반려견 윙맨과 함께 보드워크에 있는 좁은 아파트에서 살았다. 또한 채식주의자이며 음주와 흡연을 하지 않았다. 그는 이제껏 내가 만나본 이들 중에서 가장 깨끗하고 열린 마음을 지닌 사람이었다. 그래서 난 생각했다. '얘네 집에서 며칠 있다 가는 게 좋겠다.' 그런데 며칠은 몇 달이 되었다. 나는 그레그의 집 바닥에 깔린 요가 매트에서 잤다. 가끔은 밤에 바깥 보드워크에서 시끄러운 소리가 날 때도 있었다. 그리고 아침 6시가 되면 윙맨이 내 얼굴을 핥아서 깨웠다. 그 시간 동안 나는 다시금 한 인간 존재가 되어갔다.

그레그는 자기가 하는 바다 수영을 리셋reset이라고 불렀다. 뭐든 결정을 내릴 때는 일단 리셋을 하고 나서 해야 더 좋은 결정을 할 수 있다고 내게 알려주었다. 난 처음엔 저항했지만, 몇 주가 지나자 결국 그의 철학을 받아들이게 되었다. 우리는 적어도 하루에 두 번, 아침과 저녁에 리셋 바다 수영을 했다. 바다로 뛰어들기 전, 우리는 두 손을 하늘로 뻗고서 짧은 기도를 드린 다음 세 번 깊이 심호흡을 했다. 그리고 우리가 마음속에 품고 있는 어린아이의 모습으로 환호성을 지르며 바다에 뛰어들었다. 그레그는 또한 바다에서 나올 때도 하늘로 손을 뻗어 감사 기도를 함으로써 삶에서 얻은 모든 것에 고마워해야 한다고 알려주었다. 그레그는 아인슈타인이 그의 꿈에 나타나 해변에서 뒤로 걸으면 새로운 신경 경로neural pathway를 만들 수 있다고 알려주었다 했다. 그래서 우리는 항상 해변에서 바다를 바라보며 뒤로 걸어 다녔고, 그러면서 흩어진 플라스틱 쓰레기들을 주웠다. 그레그는 내게 말하곤 했다.

"어디를 가든 머문 자리가 더 좋은 환경이 되도록 만들어 봐."

그레그는 또한 갈매기들과 즐겨 이야기를 나누었다. 처음에 난 정말 터무니없는 일이라고 생각했다. 그레그는 아주 친근하고 새된 소리로 갈매기들에게 말하곤 했다.

"너 정말 아름답구나! 잘하고 있어!"

처음에는 그레그를 따라 하지 않았다. 솔직히 그가 좀 미쳤다고까지 생각했다. 그러자 그레그는 갈매기가 세상에서 가장 똑똑한 새라는 자신의 이론을 계속 이야기했다. 내가 이유를 묻자, 그는 이렇게 대답했다.

"해변에서 이만큼 시간을 보내는 새가 또 있으면 말해봐!"

그 사실만큼은 이의를 제기할 수가 없어서, 이젠 나도 LA에 있을 때마다 습관처럼 바다 수영도 하고 갈매기에게 말도 건다.

어떤 이들은 그레그가 살짝 돌았다고 생각한다. 그는 긴 히피 머리를 하고, 직접 만든 기묘한 곳을 입고, 언제나 반려견 윙맨을 데리고 다니며 개를 자신의 영적 스승guru이라고 말한다. 가끔은 이해할 수 없는 문장을 느릿느릿하고도 놀라울 정도로 차분하게 말하기도 한다. 하지만 그 누구도 그레그만큼 내게 조건 없는 친절과 너그러움과 이해심을 보여준 적이 없었다. 그 누구도 나 자신에 대해 이만큼이나 알려준 사람이 없었고, 광명을 찾아가는 새로운 길을 끝없이 제시해 준 적이 없었다.

그레그가 이 말을 듣는다면 본인이 가르쳐 준 건 아무것도 없다고 반박할 것이다. 자신은 그저 지켜봐 주기만 했다고 말이다.

* * *

그레그와 몇 달 지낸 후, 서른한 살의 나이로 나는 결심했다. 베니스 비치에서 나만의 허름한 집을 찾아 삶을 다시 시작해 보자고. 난 새 옷을 샀다. 대부분 중고 할인 매장에서 구했고, 대부분 꽃무늬였다. 윌로우라는 이름의 래브라도 유기견도 입양했다. 나는 다시 나로 오롯이 존재하는 즐거움을 누릴 수 있었다. 부유한 지역에 저택을 가진 유명 인사 톰, 주황색 람보르기니를 타고 다니는 톰이 아니라 다른 톰으로, 타인과 나눌 만한 무언가 좋은 것을 가진 톰으로 살게 된 것이다. 나는 매일 해변에 갔다. 그리고 이런 걸 해야 한다며 타인의 의견에 떠밀려 맡는 배역이 아니라 내가 맡고 싶은 배역을 골라 연기 일을 했다. 가장 중요한 점은, 내가 다시 내 인생의 결정권을 갖게 되었다는 것이었다. 난 그저 아무 목적 없는 외출이나, 누가 나더러 외출해야 한다고 정해서 하는 외출을 하지 않게 되었다. 그러자 인생이 나아지더라.

그런데 몇 년쯤 지난 어느 날이었다. 아무런 경고도, 특별한 계기도 없었는데 갑자기 무감각한 상태가 다시 도졌다. 나는 심한 충격을 받았다. 논리적으로 말이 안 되는 상황이었으니까. 갑자기 예상치 못하게, 아무리 해도 침대에서 일어날 이유를 찾을 수가 없는 상태가 되어버린 것이다. 윌로우가 나를 돌봐주지 않았더라면 난 이불에서 나오지도 못했을 것이다. 나는 그런 감정을 한동안 견디며 이것도 곧 지나갈 거라고 되뇌었지만, 결국 단순하게 없어질 감정이 아니라는 걸 받아들이고 말았다. 이런 감정을 그만 느끼려면, 아니 더는 느끼지 않으려면 뭔가 적극적인 조치를 해야겠다고 결심했다.

처음엔 재활 시설이란 말이 의미하는 바가 너무 싫어서 갈등했다. 하지만 그때의 나는 내가 아니었다. 결국 나는 이런 감정의 변화가 생긴 건 나의 유전적 성향 때문임을 부인하지 않고 서서히 인정하며 받아들이게 되었다. 나는 모든 결정권을 포기하고 친구들의 도움을 약간 받아 나를 도와줄 만한 곳을 찾았다. 솔직히 말하면 내가 이제껏 내린 결정 중 가장 힘든 것이기도 했다. 하지만 내게 도움이 필요하다는 사실을 인정하게 되었다는 사실 자체를 깨달았기에 그 순간은 중요했다.

이런 감정을 겪는 건 나만이 아니다. 다들 인생의 특정 단계에서 신체 건강의 문제를 경험하는 것처럼, 정신 건강의 문제 역시 경험하게 된다. 이는 부끄러워할 문제도, 나약함의 징후도 아니다. 내가 이 사실을 지면에 밝히자고 결정한 이유 중 하나는, 나의 경험을 공유함으로써 같은 어려움을 겪고 있을 누군가에게 도움이 될 수 있으리란 희망 때문이다. 나는 첫 번째 재활 시설에서 겪은 경험을 통해 타인을 돕는 것이 기분 장애를 이겨내는 강력한 무기임을 알게 되었다. 또 다른 효과적인 무기는 모든 생각과 감정을 털어놓는 것이다. 받아들여질 만한 부드러운 감정과 생각만이 아니라 모든 걸 말이다. 나는 미국적인 문화에서 감정과 생각을 표현하기가 더 쉽다는 걸 알게 되었다. 우리 영국인들은 내성적이고, 우리의 감정에 관해 이야기하는 걸 지나친 응석이라 여길 때가 있다. 하지만 속내를 드러내는 건 꼭 필요하다. 그러니 해보자. 나는 이제 아무런 부끄러움 없이 손을 들고서 '저 안 괜찮습니다'라고 말할 수 있다. 지금까지도 나는 나의 여러 모습 중 어떤 모습으로 깨어나 하루를 보낼지 알 수가 없다. 양치질을 하거나 수건을 거는 등의 아주 소소한 행동이나, 차와 커피 중 뭘 마셔야 할지 정하는 아주 사소한 행위에도 압도당해 감정이 널뛸 수가 있기 때문이다. 가끔 나는 하루를 보내는 가장 좋은 방법이란 내가 이룰 수 있는 아주 작은 목표를 설정하는 것이라 생각한다. 1분 내로 해낼 수 있는 소소한 일 말이다. 만약 힘든 기분이 드는 사람이 있다면, 나만 그런 게 아니라는 걸 명심하고 누군가에게 그 기분에 대해 말했으면 좋겠다. 햇볕을 쬐기는 쉽지만, 비를 맞으며 즐거워하긴 쉽지 않다. 하지만 화창한 날이 있으면 반드시 비 오는 날도 있게 마련이다. 날씨가 항상 변하듯, 슬픔과 행복이라는 감정은 정신상으로 동일한 상영 시간을 갖는 법이다.

이제 다시 재활이라는 개념으로 돌아가 보자. 재활에는 낙인이 뒤따른다. 나는 치료라는 개념이, 필요할 때만 잠깐 했다가 나중에 그만두는 것이라 보지 않는다. 받아들이기 쉽지 않지만 치료는 일상적으로 이루어져야 한다는 인식이 첫 단계이며, 나는 이런 인식 변화에 나름 이바지하고 싶다. 내가 보기에 우리는 모두 어떤 형태로든 치료가 필요하다. 그러니 우리의 기분이 어떤지 거리낌 없이 이야기하는 게 일상적인 일이 되지 말란 법이 있는가? 예를 들어 '오늘 축구 경기에서 우리 팀이 이겨서 기분 좋아요', '심판이 왜 페널티를 안 주는지 정말 짜증 나네요', '다음에 어떤 선수와 계약하게 될지 즐겁게 기대하고 있어요' 같은 말은 얼마든지 하지 않는가? 축구 경기에는 얼마든지 열정적인 발언과 기꺼이 경청하는 자세를 보여주지 않는가? 그렇다면 말할 수 없는 것들에도 똑같은 열정과 자세를 보여줄 수 있지 않나? '오늘 아침엔 모든 게 너무 버겁게만 느껴져서 침대에서 일어날 수가 없었어요.' '내가 지금 뭐 하고 사는 건지 모르겠어요.' '난 분명히 사랑받고 있는데 왜 이토록 외로울까요?' 이런 말을 해서는 안 되는 이유가 뭔가? 심리 치료를 무절제한 중독이나 질병을 겪는 사람들에게 급히 처방하는 것으로만 보지 말고, 치료가 우리에게 무엇을 해줄 수 있는지를 보자. 치료는 우리의 머릿속 목소리와 세상의 압박과 우리가 스스로 거는 기대에서 벗어나 여유를 가질 수 있는 필수적인 기회다. 치료는 재활 센터에 한 달씩이나 입소하지 않아도 할 수 있다. 1년에 서른 시간 정도를 내어 누군가에게 나의 감정에 관해서 이야기해도 좋고, 아니면 하루에 30분 시간을 내어 긍정적인 마음가짐을 다져도 좋고, 아니면 30초만 시간을 내어 가만히 호흡하면서 내가 있는 자리와 지금의 내 모습을 되돌아보는 것도 좋다. 재활이라는 게 전적으로 나 자신을 돌아보는 시간일 뿐이라 해도, 그것만으로도 매우 알차게 쓴 시간이지 않을까?

후기

지금은 어떻게 지내고 있느냐 하면, 현재 나는 런던에서 살고 있다. 후기를 쓰는 이 시점은 LA에서 겪은 모험을 마친 뒤로, 어떤 면에서는 지금껏 우여곡절을 거쳐 원점으로 돌아온 기분이다. 내 삶은 더욱 안정되었고, 더 평범해졌다. 나는 매일 아침 런던 북부의 녹음 가득한 초지에 자리 잡은 내 집에서 더없이 감사하는 마음으로 일어난다. 그리고 이어폰으로 아침 뉴스를 들으며 윌로우와 함께 산책한다. 윌로우는 언제나 다람쥐만 보면 경찰처럼 쫓아가야 하는 것 같다. 산책을 마치고 집으로 돌아오면 아침으로 햄치즈샌드위치를 만들어 먹는다(나는 아직도 아홉 살짜리 입맛을 갖고 있다). 그런 다음엔 대본을 읽거나 음악을 연주하고, 그 후엔 자전거를 타고 내가 이제 처음으로 연극 공연을 하게 되는 웨스트엔드에 간다.

연극 제목은 〈2:22 A Ghost Story〉로, 나는 매 공연 전 무대에 오를 준비를 하면서 항상 되돌아보곤 한다. 내 삶에서 이야기들이 참 중요했다는 걸, 또한 그 이야기들이 참 많은 사람에게 소중한 가치를 담고 있다는 사실을 말이다. 이야기들을 가치 없다 무시하기란 쉽다. 20년 전, 계단 아래 벽장에 사는 소년의 이야기로 만들어지는 영화에 캐스팅되기를 원하는 수많은 어린 지원자들과 줄을 섰던 나 역시 하마터면 이야기를 무시할 뻔했다. 내가 듣기엔 그리 대단한 이야기 같지 않았으니까. 솔직히 좀 우습다고까지 생각했다. 물론 지금은 그렇게 생각하지 않는다. 우리는 스스로를 통합하고 서로를 향해 통로를 지으며 한 몸처럼 느끼도록 만드는 방법이 점점 발전해 가는 세상에서 살고 있다. 해리 포터의 찬란한 세계야말로 그런 통합을 가장 성공적으로 이뤄냈다는 생각마저 든다. 전 세계 팬들에게서 난 매일 그런 말을 듣고 있다.

그런 성공적인 이야기에 참여할 수 있었다니, 겸허한 마음이 들면서도 참 특별한 영광을 누리고 있는 기분이다. 후세에 바통을 넘겨줄 수 있도록 예술과 스토리텔링의 힘을 사용하고픈 마음에 그 어느 때보다 야심을 품게 된다.

내가 해리 포터 책을 다시 읽지 않았다는 사실이나 심지어 시사회 이후로는 영화 전편을 본 적이 없다는 사실에 놀라는 사람들이 있다. 때로 친구들과 함께 TV를 보다 보면 해리 포터 영화가 나오는데, 그럴 때마다 어김없이 난 '해리 포터에 나오는 재수 없는 놈'이라든가 '빗자루 타고 다니는 멍청한 자식'이라는 놀림을 받곤 한다. 하지만 난 일부러 자리를 잡고 앉아 영화를 시작부터 끝까지 본 적이 없다. 자부심이 없어서는 절대 아니다. 오히려 그 반대여서 그렇다. 언젠가 내가 더없이 기대하고 있는 미래의 순간을 위해 남겨두고 있기 때문이다. 언젠가 이 이야기들을 나의 머글 자녀들과 공유하고 싶어서다. 우리는 먼저 책을 읽고, 그다음에 영화를 볼 것이다.

몇 년 전, 재활 시설에서 불쑥 나와 혼자서 말리부 해변을 정처 없이 걷던 그날 밤, 내가 만난 첫 번째 동방박사는 나에게 "선생님은 가진 게 많은 분입니까?"라고 물었다. 난 그때 어떻게 대답해야 할지 몰랐다. 솔직히 그 질문을 완벽하게 이해하고 있었던 것 같지도 않다. 그는 자신이 가진 게 많은 사람이라고, 돈이 많아서가 아니라 가족이 있어서라고 대답했다. 삶에서 뭐가 중요한지 아는 분이었던 것이다. 그는 돈이나 명성, 찬사가 아무리 많다 한들 만족할 수 없다는 걸 알고 있었다. 그는 타인을 도울 줄 알았고, 그 마음은 자연스럽게 다른 이들에게로 전해졌다. 이제 나도 알게 되었다. 우리 삶에 존재하는 유일하고 참된 화폐란 우리가 주변 사람에게 끼치는 영향력이다.

이제껏 내 삶은 운이 좋았다는 걸 안다. 내게 너무나 많은 기회를 주었던 영화들이 언제까지나 고맙고 또 자랑스러울 것이다. 날이 갈수록 마법 세계의 불꽃이 더욱 밝게 타오르게 해주는 팬들은 훨씬 자랑스럽다. 그래서 내가 얼마나 운이 좋았는지 매일 되새기려고 한다. 사랑과 가족, 우정이 앞서는 삶을 살고 있으니까. 해리 포터 이야기에서 보여주는 가장 큰 교훈이 바로 이것이라는 걸 난 절대 잊지 않을 것이다. 이 점을 깨달을 때 나는 진정으로 가진 게 많은 사람이 되기 때문이다.

누락된 이야기 or
내가 누구일 것 같아요?

> 내가 진실하고 솔직하다면
> 내가 내 마음을 완전히 토로한다면
> 희망을 볼 텐데, 약속을 볼 텐데
> 날 위해 존재하는 새로운 세상을 볼 텐데
> ─톰 펠턴, 〈로스터Loster〉

내가 여러분을 아주 화려한 할리우드 크리스마스 파티에 데려간다고 하자.

그렇다면 여러분은 초조할까? 있어야 할 곳이 아닌 장소에 온 기분이려나?

본인만 그런 걸까 걱정하지 말자. 나도 그러니까.

때는 2013년이었다. 나는 〈머더 인 더 퍼스트〉의 촬영을 막 시작한 참이었다. 내가 LA에서 살게 된 이유인 TV 드라마 시리즈 말이다. 크리스마스가 다가오자 스티븐 보츠코가 파티를 열었다. 그분은 〈힐 스트리트 블루스〉와 〈LA 로〉 같은, 할리우드에서 손꼽히는 범죄 드라마들을 많이 만든 제작자로 현재는 안타깝게도 세상을 떠났다. 그때 나는 LA에 산 지 얼마 되지 않아서 아는 사람이 많지 않은데, 스티븐은 처음 만났을 때부터 내게 친절한 분이었다. 그는 다정하고 가족을 우선시하는 분이자 영화 제작 산업에 열정적인 사람이었다. 할리우드를 주름잡는 관계자가 여는 크리스마스 파티는 업계에서 아주 중요한 인물이 총출동한 자리나 다름없었다. 하지만 그 안에 들어서는 순간, 역시 따스하고 편안한 파티임을 알 수 있었다.

그렇게 스티븐의 집에 들어서자, 오지 말아야 할 곳에 온 느낌이 살짝 들긴 했어도, 난 대단한 환영을 받았다. 참 놀랍게도, 샴페인 한 잔 마시고 초콜릿 퐁뒤를 먹자 자신감이 생기더라. 음식을 좀 먹고, 술도 좀 마시고, 그렇게 구석에 좀 서있었다. 그러다 사람들과 대화를 시작했다. 다들 참 아름다워 보였다. 그래서 난 생각했다. '괜찮을지도 모르겠는데. 나도 할리우드에서 자리를 잡고 살 수 있을지도 모르겠는데. 어쩌면 짐 싸서 잉글랜드로 곧장 돌아갈 일은 없을지도 모르겠는데.'

사람은 나이가 들수록 주변을 보는 시야가 넓어진다. 학교에서 일진이 누군지 감지하면서 시야가 넓어질 수도 있고, 운전을 배우면서 넓어질 수도 있다. 하지만 그런 시야는 누군가가 나를 주목하고 있다는 걸 알 때도 나름 작동하게 된다. 내가 구석에 서있으려니까, 방 저편에서 자그만 대머리 남자가 눈에 들어왔다. 정장을 맵시 입게 차려입은 남자는 내 쪽으로 곧장 다가오고 있었다. 확실히 그랬다.

잠시 후, 드디어 그가 내 앞에 서서 싱긋 웃었다. 열정과 다정함이 찬란히 빛나는 미소였다. 그는 익숙한 눈빛으로 나를 바라보았다. 내겐 **참으로** 익숙한 눈빛이었다. '나 당신 알아요' 하는 눈빛 말이다. 나도 마주 웃어주었다. 그러자 그는 더 크게 웃었다. 마음이 따스해졌다.

조금 더 편안해진 기분이었다. 그는 나와 악수를 하며 말했다.

"만나서 정말 반갑습니다. **정말** 반가워요. 당신 작품을 **너무** 좋아합니다. LA에서 잘 지내고 계시죠?"

나는 어딜 봐도 영국인다운 차분한 기색으로 대답했다.

"오, 아시겠지만 적응하고 있습니다. 즐겁게요."

"그렇다니 좋군요. **참** 좋습니다."

그는 명함을 꺼내더니 내게 건네주며 말했다.

"필요하시다면 연락하십시오. **무슨 일이든** 상관없습니다."

나는 명함을 보았다. 그의 이름이 보이면서 위에 '변호사'라고 쓰여있었다. 난 속으로 생각했다. '알아두면 편하겠네.'

"있죠, 솔직하게 말할게요. 본론을요. 우리는 당신의 열렬한 팬이거든요. 우리 가족이 모두 그래요. 완전 푹 **빠졌다**니까요."

그의 말에 나는 소심하게 대답했다.

"감사합니다."

"아니, 아니, 그런 게 아니라니까. 모르시겠지만, 우리 집에서는요, **항상** 틀어놓는다고요. 매일 당신 얼굴이 나와요. 우리 가족이 보고 있다고요."

"그거 정말 영광입니다."

"제가 애가 둘입니다. 서로 사사건건 의견 충돌만 해대거든요. 근데 걔들이요, 둘 다, 당신을 정말, 정말 좋아해 죽는다고요."

"그렇다니 기쁘네요. 자녀분들이 그 영화를 보면서 자라서 그렇겠죠?"

"두말하면 잔소리죠. 그 영화 보면서 큰 거나 다름없어요. 매일 밤 틀어놓는다고요."

그가 내 팔을 잡더니 말했다.

"여기 잠깐 계세요. 절대로 어디 가지 마시고요. 아내랑 딸을 데려올 테니까요. 사진을 찍고 싶어 할 거예요."

그는 급히 자기 가족을 찾으러 갔다. 나는 그 자리에 서있었다. 약간 얼떨떨하면서도 사실 살짝 기분이 좋았다. LA의 거물급 인사가 내가 출현한 작품에 감탄을 금치 못하면서 셀카를 찍자고 가족을 데려오겠다잖나. 오늘 밤 뭔가 일이 좋은 쪽으로 풀릴 것 같은데. 갑자기 모든 게 생각보다 그리 무섭게만 느껴지진 않았다.

그의 아내와 딸이 드디어 왔다. 아내분이 날 보며 말했다.

"어머나 **세상에**, 배우님이 그 배역을 생생히 연기하는 모습은 정말 놀랍기만 해요."

나는 겸손을 내비치며 말했다.

"어, 감사합니다. 제 일을 했을 뿐이에요."

그분은 나를 보며 활짝 웃었다. 딸은 어땠냐고? 그다지 웃지는 않았다. 딸 쪽도 웃기는 했는데, 눈썹을 보니 살짝 의심스럽다는 듯이 치켜뜬 채였으니까. 나는 그게 십대 애들 특유의, 도도하게 멋져 보이려고 애쓰는 모습이라 여겼다. 나는 계속 소소한 대화를 이어가려 했다.

"아, 그럼 제 작품 중에서 어떤 게 제일 마음에 드세요?"

그러자 변호사의 아내는 살짝 얼굴을 찌푸렸다. 마치 내가 가장 예뻐하는 자식이 누구냐고 물어봤다는 투였다. 잠시 고민하던 그분은 이렇게 말했다.

"고르라면…… 시즌 3이 좋아요."

시즌 3이라고? 사람들은 보통 〈아즈카반의 죄수〉를 좋다고 꼽지는 않는데. 뭐, 아무렴 어때. 번역에 뭔가 문제가 있었나 보지. 하여튼 미국인들이란 다들 **특이하다니까!**

변호사의 가족이 내 주위로 옹기종기 섰다. 변호사는 누군가에게 휴대폰을 내밀더니, 내 옆구리를 찌르며 말했다.

"해봐요!"

"뭘요?"

내가 묻자, 딸이 대꾸했다.

"대사 한 마디 해주세요!"

대사라니? 어떤 대사를 말하는 거지? 자기들을 '더러운 머드블러드(해리 포터 세계에서 마법사 집안 출신이 아닌 마법사를 비하해서 일컫는 말—옮긴이)'라고 불러달라는 건가? 아니면 '우리 아버지가 알면 가만히 계실 거 같냐'고 말해야 하나?

휴대폰을 받은 사람이 찍을 준비를 했다. 나는 말포이 특유의 어투로 "포터!"라고 내뱉을 준비를 했다. 하지만 그때, 변호사가 선수를 쳤다. 그는 자기 나름의 연기력을 펼치며 '문제의 대사'를 읊었다.

"그으으래, 쌍!"

그의 고함 소리에 나는 움찔 얼어붙었다. 헤드라이트 불빛을 직격으로 받은 토끼의 기분이 이럴까. 순간 이 사람들이 나를 누구라고 생각하는지 알아차렸다. 이들은 지금 드레이코 말포이를 만났다고 생각하지 않았다. 〈브레이킹 배드〉의 제시 핑크맨을 만나서 너무 즐겁다고 생각하고 있었다. 이들은 나를 배우 애런 폴로 알고 있었다.

"말해요! 대사 해줘요!"

나는 더럭 겁이 났다. 그래도 카메라를 보며 웃으면서, 양손의 엄지를 치켜세우고는 약간 미친 표정을 지으면서 외쳤다.

"그으래, 쌍!"

찰칵!

변호사 가족은 너무 좋아했다. 누가 봐도 나는 그들에게 행복한 저녁의 추억을 선사했다. 미심쩍어하던 딸까지도 기분 좋아 보였다. 그들은 상상 속의 애런 폴과 셀카를 찍었고, 나는 차마 그들에게 내가 애런 폴이 아니라고 할 수가 없었다. 그러기엔 너무 깊이 들어와 버렸다.

어찌어찌 나는 몇 분 더 즐겁게 대화를 나눴다. 이윽고 변호사 가족이 작별 인사를 건넸다. 나는 다정한 옛 친구처럼 그들 모두를 안아주었다. 그때 핑크맨이 아닌 드레이코 말포이와 술을 마셨다는 사실을 그 가족은 나중에 알게 되었을까. 지금까지도 난 알 수 없다.

* * *

다시 본론으로 돌아오자.

2012년 LA에 처음 왔을 때, 나는 호텔에서 머무르면서 성공하는 배우들의 첫걸음이 이럴 거라고 생각했다. LA는 정말 대단한 곳이라 여겨졌고, 솔직하게 말하자면 처음에 난 내가 어딘가 들어설 때마다 사람들이 날 알아볼 거란 생각을 반쯤은 했다. 그런데 어땠는지 아는가? 아무도 눈길 한번 주지 않더라. 철저하게 무명이 된 기분이었다. 처음에는 다 알고도 모른 척하는 것이려니 생각했는데, 나중에 알고 보니 아무도 내가 누군지 모르고 있었다.

그러던 어느 날 밤, 나는 선셋 블러바드에 있는 커다란 맥도날드에서 햄버거와 치킨 너깃 라지 세트를 사려고 줄을 섰다. 헤드폰을 쓰고 착한 영국인답게 인내심을 발휘하여 줄을 서있었는데, 누군가가 내 오른쪽 어깨를 쿡 찔렀다. 헤드폰을 벗고 뒤를 돌아보자, 신난 표정의 여자가 쭈뼛거리며 내 뒤에 서있었다.

"무슨 일이시죠?"

"정말 죄송한데요…… 이런 거 물어봐도 되는지 모르겠지만…… 혹시……?"

나는 고개를 끄덕이려고 했다. 웃을 준비도 되어있었다. 이게 무슨 상황인지 알았으니까.

그녀는 주위를 둘러보더니 목소리를 낮추어 말했다.

"정말 라이언 고슬링 맞아요?"

나는 웃음을 터뜨렸다. 이거 설마 날 놀리는 건가? 딱 봐도 아니었다. 나는 지금 들은 질문을 글로 써달라고 그분에게 부탁했다. 나조차 도 〈노트북〉에서 연기한 라이언 고슬링에게 푹 빠져있었기 때문이다.

(그 후로 나를 라이언 고슬링으로 착각한 사람은 한 명도 없었다. 하지만 언젠가 또 누군가가 착각해 주기를 바란다.)

* * *

이번엔 또 다른 이야기다. 한번은 바니스 비너리에서 차갑게 얼린 맥주를 한잔하고 있었다. 앞에 나온 바니스 비너리 다들 기억하고 계 시는지? 내가 만사를 잊고 싶을 때 가는 술집 말이다. 바에 기대서서 사람들과 수다를 떨고 있었는데, 어떤 사람 둘이 내게 슬금슬금 다가 왔다. 그들 표정을 보니 딱 답이 나왔다. 그중 하나가 마침내 내게 물 었다.

"저기, 말해봐요. 어떤 편이 제일 좋아요?"

"다 좋아해요. 스토리가 다 아주 멋지잖아요."

"우리는 그 편 좋아하는데. 당신 아버지가……."

"그렇죠, 제이슨 참 좋은 분이죠……."

"가족용 소파를 쓰레기장에 버려야 했던 편 말이에요."

나는 눈을 깜빡였다. 그러면서 그들을 멍하니 바라보았다. 내가 해리 포터의 소소한 이야기를 속속들이 아는 건 결코 아니었지만, 루 시우스가 그런 짓을 한 적이 없다는 것만큼은 확실히 알고 있었다. 소파를 버렸다 해도 본인이 하지 않고 도비를 시킬 사람 아닌가.

"지금 말씀하시는 인물은 제가 아닌 것 같은데요."

"〈말콤네 좀 말려줘〉에 출연하신 분 아니에요?"

"아, 아닌데요. 저 그 배우 아닙니다."

그들은 서로를 멀뚱히 바라보더니, 이윽고 다시 날 보고서 씩 웃었다.

"와, 아니라고 해도 말이죠, 〈말콤네 좀 말려줘〉에 나오는 배우라고 말하고 다녀도 될 정도니까 그냥 거기 나왔다고 해요. 그럼 여자들이랑 실컷 잘 수 있다고⋯⋯."

나는 다시 눈을 깜빡였다. 그리고 멍하니 그들을 다시 바라보며 속으로 생각했다. '말해도 되지 않을까. '저기요, 바보 같은 말일지도 모르겠는데, 혹시 나를 본 게 그 드라마가 아니라⋯⋯."

하지만 난 말하지 않았다. 그냥 적당히 이렇게 말했을 뿐이었다.

"알았어요, 친구들. 그거 좋은 생각이네. 나중에 한번 써먹어 볼게요."

그리고 난 조용히 맥주를 마셨다.

* * *

이건 라스베이거스에서 있던 일이다. 나는 친구인 리치네 가족과 스물한 살 생일을 축하하는 여행 중에 사람이 붐비는 호텔 로비에 와

있었다. 그때 내 머리는 드레이코 말포이다운 백금발이었다. 그러자 누군가가 소리쳤다.

"에미넴이다!"

뭐라고? 어디? 나는 주변을 둘러보았다. 인파 사이에 소란이 일었다. 다들 에미넴을 찾고 있었다. 나 역시 마찬가지였다. 진짜 백금발 머리의 악당인 에미넴을 나도 만날 수 있을까? 나의 옛 친구 제시 핑크맨이라면 이렇게 말했겠지. 그래, 썅. 그래서 리치와 나도 로비를 막 찾아보고 있었는데, 누군가가 내 소매를 잡아당겼다. 아래를 내려다보니 눈을 둥그렇게 뜬 아홉 살 난 남자애가 손에 사인북을 들고 서 있었다. 아이는 소심하게 나한테 사인을 요청했고, 나는 무릎을 꿇어 아이와 눈높이를 맞춘 채로 짧은 대화를 나누며 그 애의 사인북에 사인했다. 그동안 로비에 있는 사람들은 저마다 에미넴을 찾느라 정신이 없었다. 아이에게 사인북을 돌려주자 그 애가 말했다.

"있잖아요, 형 에미넴처럼 생겼어요."

(이제껏 들은 말 중 가장 멋진 말이었다.)

리치와 나는 짧게 시선을 교환했고, 리치는 고개를 끄덕였다.

"좀 닮긴 했어."

마침내 난 이해했다. 말마따나 지금은 잽싸게 도망쳐야 할 때였다. 우리는 사람이 모인 곳에서 슬그머니 물러나 로비를 떠났다. 유명인을 보려고 혈안이 되어있는 사람들이 여기 어딘가에 분명 에미넴이 있다고 철석같이 믿고 있는 그곳에서……

* * *

사실, 지금 한 이야기들은 이 책이 처음 출간되고 난 후에 덧붙여 쓰는 것이다. 여기에는 이유가 있다.

대중의 시선을 받는 사람이라면, 주목받는 일이나 그릇된 모습으로 오해받는 상황에 익숙해지기 마련이다. 이런 경험은 무척 신나기도 하고, 때로는 좌절스럽기도 하다. 나를 붕 띄워주기도 하면서 또 현실로 끌어내리기도 한다. 이런 경험을 하면 혼란에 빠질 수 있다. 내가 연기한 배역이 나 자체라고 사람들이 오해하기도 하고, 또는 다른 이의 배역을 내가 한 것이라 오해하기도 하고, 완전히 사람을 착각하는 이런 상황을 겪다 보면 급기야 스스로도 그런 실수를 저지르게 되는 순간이 찾아온다. 어떤 노배우가 내게 해준 말이 있다. 사람들이 자신을 알아보거나 그 배우가 정말 맞나 긴가민가 여길 때, 그는 가끔 이런 말을 한다고 했다.

"내가 누구일 것 같아요?"

이건 어색한 순간의 분위기를 풀어주는 예쁜 말이지만, 알고 보면 더 깊은 진실을 암시하는 말이기도 하다. 가끔, 대중의 시선을 받는 우리 같은 이들은 '내가 누군지' 모르게 되는 경우가 있다. 자아를 인식하는 우리의 감각이 왜곡되고 시야가 흐려지기 때문이다.

이 책이 출간되기 전, 내가 누구일지 아는 사람이 과연 있겠느냐 생각이 들기도 했다. 솔직히 말하면 나도 내가 누구인지 확신할 수가 없다. 책에 내용을 증보한 이유는 출간 후 바로 여러분 독자들, 나를 이 자리에 올려준 머글 여러분 때문에 내게 일어난 변화를 써 내려가기 위함이었다.

지난 20년 동안 사람들이 나를 알아보는 이유가 무엇인지는 머릿속으로 한 번도 의심해 본 적이 없었다. 과거에도 그렇고 지금도 역시 마찬가지로, 사람들이 해리 포터 시리즈를 책으로 읽고 영화로 봐오면서 품은 멋진 기억이 실제로 재현된 것이 바로 나니까. 다른 배우의 팬들이 나를 보고 그 배우로 오해한다 해도, 나는 그들이 머릿속 드레이코 말포이를 기억하고 무의식적으로 날 찾아낸 것이라고 확신한다.

결론을 말하자면 이 기억들은 모두 드레이코 말포이와 연관된 것이지 톰 펠턴과는 아무 상관이 없다. 그런 진실을 원망할 마음은 추호도 없다. 그리고 언제나 이런 상황이었다 해도, 여전히 혼란스러울 순 있다. '나는 누구인가?'라는 질문에 대한 답을 흐리게 만들기 때문이다.

하지만 이 책이 나온 후 사람들을 만나 책 얘기를 하려고 북 투어를 시작하자, 미처 예상하지 못했던 일이 일어났다. 만나는 사람들에게서 변화가 느껴졌다. 북 투어 기획 행사에 온 사람들은 나를 그저 드레이코 말포이로만 아는 것 같지 않았다. 그들은 내가 **진짜** 누구인지 아는 것 같았다. 그들은 내가 하는 음악과 우리 형제, 엄마, 아빠, 조부모님, 나의 연극 작품과 내 개들에 대해 알고 있었다. 갑자기 내가 그들의 어린 시절 추억 속에 있는 존재만은 아닌 것 같은 느낌이 들었다. 오히려 뭔가 더 성취할 것이 있는 사람이 된 것 같았다. 항상 뒤돌아보며 사는 게 아니라 정말로 미래를 향해 나아갈 수 있을 듯한 기분이었다.

우리가 만났을 때 내게 그런 느낌을 준 분이 지금 이 글을 읽고 계신다면, 감사합니다.

내가 항상 주장해 온 게 있다. 내 이야기를 한다면 가능한 한 터놓고 솔직하게 해야겠다는 것이었다. 내게는 그게 카타르시스를 주는 과정이자 섬세한 형태의 치료법이었다. 최종 결과물로 나온, 여러분이 지금 손에 든 책이나 직접 들은 이야기들은 사실 중요한 게 아니었다. 난 몇 년에 걸쳐 끄적여 온 공책을 모아서 일관성 있는 무언가로 만들어 내는 과정을 개인적으로 추구하게 되었고, 일단 그 과정이 끝나면 이런 버전의 나를 대중 앞에 내놓아야 한다는 사실을 완전히 잊고 말았다. 사람들이 "윌로우는 잘 지내요?"라고 묻거나 내가 개입을 당해 재활 시설에 갔던 일에 대해 물을 때 나는 순간 어리둥절해지기도 했다. 어떻게 이런 걸 알고 있지? 그러다 잠시 후에야 깨닫게 되는 것이다. '야! 네가 온 세상에 다 말했잖아!'

그리하여 내가 한 이야기에 대한 반응을 보며 내가 나 자신을 느끼는 방식이 변화했을 뿐만 아니라, 쓰기 참 어려웠다고 생각했던 부분이 타인에게도 의미가 있는 듯하다는 게 내겐 참으로 놀라웠다. 그보다 더 놀라운 점은, 그래서 사람들에게 도움이 되었다는 것이다. 이 과정을 통해 나는 우리 **모두** 어느 정도는 길을 잃은 상황임을 되새기게 되었다. 그리고 내 노래 가사 한 구절을 인용해서 말하자면, 그중에는 다른 이들보다 더 길을 잃은 사람들이 있다. 내 경험을 읽고 길을 조금이라도 찾아낸 사람이 있다는 사실을 알게 될 때마다 말할 수 없는 기쁨을 한가득 느낀다. 내 이야기를 통해 얻게 된 점을 다른 이들과 나눈 사람이 있다니, 그래서 긍정적인 기운이 저절로 퍼지게 된다니, 생각만 해도 너무나 벅차다. 그런데 그런 일이 정말 일어난 것 같다.

인터넷을 통해 온 세상에서 내가 받은 사랑과 격려에 얼마나 흥분했는지 모른다. 하지만 해리 포터 커뮤니티 안팎으로 온라인상의 반응이 그리 긍정적이지만은 않았다는 것 역시 알고 있다. 그리고 나도 그 온라인 세상의 일부로서, 자신의 모습을 대중에게 표현할 때 서로에게 지켜야 할 책임에 대해서도 생각하게 되었다.

우리는 원한다면 누구나 플랫폼을 가질 수 있는 시대에 살고 있다. 우리가 사는 세상에선 버튼을 한 번만 클릭하면, 스마트폰을 한 번만 밀면 누구든 의견을 개진할 수 있다. 옛날에는 내가 팬레터를 받기까지 석 달이 걸렸고, 답장을 하는 데도 그만큼 오래 걸렸다. 하지만 지금은 몇 초 만에 의견 교류가 이루어진다. 이런 일이 일어나는 속도, 세상이 변해가는 속도란 참으로 무섭다. 세상이 빨리 변하면, 우리도 빨리 배워야 하는 것만 같다. 하지만 난 우리가 그 변화 속도를 따라잡을 만큼 빨리 배우지는 못한다는 생각이 든다. 인터넷은 커뮤니티를 만들고 열정적인 사람들을 한데 모으는 무척 멋진 도구다. 우리는 세상 어디든 누구에게든 동시에 이야기할 수 있다. 좋든 나쁘든, 이를 통해 서로의 행복에 영향을 끼칠 어마어마한 힘을 갖게 되었다. 그리고 해리 포터 이야기를 아는 사람이라면 누구나 알겠지만, 힘은 현명하게 사용해야 하는 법이다.

하지만 우린 어느새 그 점을 간과하게 되었던 것 같다. 인터넷의 장점은 때로 자극적인 낚시성 게시물과 폭력과 증오 등의 어두운 면에 가려지곤 한다. 순간의 열기에 휩쓸려 반대 의견 뒤에 사람이 있다는 것도 생각 못 하고 말을 뱉지 않는가. 나는 인터넷이라는 도구의 힘을 긍정적인 방식으로 제어할 수 있다면 모두가 더욱 행복해지리란 사실을 경험으로 알고 있다. 난 직접 그 모습을 보았고, 변화가 일어나고 있다고 낙관적인 자세로 믿는다. 난 사람들이 악의적인 보복을 받을까 두려워하는 일 없이 자신의 의견을 표현할 권리를 옹호하고 싶다. 다른 사람을 바보로 치부하고 무시당한다고 느끼게 만들어서 내가 얻을 수 있는 건 아무것도 없다. 반면, 터놓고 솔직한 자세로 상대를 존중하는 대화를 통해서는 얼마든지 얻을 게 많다. 우리는 스스로의 힘으로 생각할 줄 알아야 하지만, 혼자서 생각할 필요는 없다. 우리는 인터넷과 인터넷을 통해 얻는 자유를 호의적인 힘으로 사용해야 한다. 인터넷이라는 대안적 도구는 우리를 극도로 어두운 공간으로 이끌어 가기도 하지만, 토론하고 상대방의 다른 관점을 들으면서, 또한 더욱 중요하게는 친절한 자세로 세상을 더 좋게 이끌어 갈 수 있기 때문이다.

***

내가 아는 사람들이 이 책의 모든 내용을 좋아했던 건 아니다. 몇 몇 부분 때문에 우리 가족은 무척 불편해했고, 엄마는 내가 만난 동방 박사 세 사람 이야기를 차마 읽지 못했다. 그리고 엄마도 내가 개입 절차를 당했을 때 참여할 수 있었으면 좋았을 거라고 생각했다. 당시 내가 무슨 생각을 하고 있는지 엄마는 전혀 알 수가 없었을 텐데도 말이다. 하지만 내가 받은 모든 리뷰 중에서도 내 마음에 남는 게 하나 있으니, 바로 우리 할아버지의 리뷰였다. 지금 여러분과 함께 나누고 싶다.

앞서 말했지만, 할아버지는 내게 말포이의 썩은 미소를 가르쳐 주신 분이다. 앞으로 내 책을 읽게 될 독자들의 반응 중에서도 내가 가장 초조하고도 열렬하게 기다렸던 게 할아버지의 의견이었다. 읽고서 좋아하실까? 혹시 싫어하시려나? 내가 서른셋밖에 안 된 어린 나이에 자서전을 쓰게 된 걸 혹시 얼토당토않게 보시려나? 그럴 수도 있겠다는 생각이 들었다. 그렇다면, 그렇다고 말하시겠지.

솔직히 말하자면, 과연 할아버지 연세에 이 책을 눈으로 읽을 수 있으실지도 난 알 수가 없었다. 그래서 할아버지를 뵈러 간 자리에서 살짝 수줍은 마음으로 몇 장은 직접 읽어드릴 작정이었다. 할아버지 집에 가서 같이 앉아 차와 비스킷을 좀 들었다. 기억할지 모르겠지만, 할아버지는 과학자로 상당히 출중하신 분이었지만 예술에도 또한 전념하셨다. 그래서 우리는 처음에 내 책 이야기를 하지 않았다. 딜런 토머스의 책 《언더 밀크 우드》를 두고 이야기를 했다. 같이 몇 줄 읽으면서 이 내용이 현대 배경으로 어떻게 각색될 수 있을지 생각해 보았다. 그러다 마침내 나는 용기를 그러모아 말했다.

"할아버지, 제 책 한 부분을 읽어드리고 싶어서요."

"네 책이라고?"

"네, 제 책이요."

"나 벌써 읽었는데. 두 번 읽었다."

"아! 어떠셨어요?"

할아버지는 내게 몸을 숙이고서 길고 하얀 턱수염을 쓰다듬으며 덤블도어다운 눈빛으로 안경 너머 나를 지그시 응시했다.

"정말……."

"네, 정말?"

"……정말……."

"정말 어땠는데요?"

"……재밌었다. 그런데 말이다, 톰."

"네, 할아버지."

"우리 《언더 밀크 우드》 이야기를 마저 하면 어떻겠니?"

나는 씩 웃었다. 참 할아버지다운, 말하자면 현명한 노마법사가 할 법한 말이었으니까.

할아버지 말의 속뜻은 이랬다.

톰, 너는 아직 아무것도 이루지 못했다. 너는 이제 시작일 뿐이야. 제1장은 마쳤을지도 모르지. 그러니 뒤를 돌아보지 말거라. 앞만 보고 나아가.

다음으로 향해 가거라, 톰. 가장 좋은 것은 아직 오지 않았으니까.

감사의 글

에버리 출판사의 마법사들에게 감사를 드린다. 특히 이 책이 나오기까지 열심히 일해준 클레어 콜린스, 앤드루 굿펠로, 샬럿 하드먼, 제시카 앤더슨, 팻시 오닐, 셸리스 로버트슨, 새러 스칼렛, 레베카 존스, 재닛 슬링거에게 고맙다. 나의 도서 에이전트인 스테퍼니 스웨이츠와 커티스 브라운사의 모든 분에게 감사드린다. 깃펜 쓰는 법과 인내심을 보여준 나의 프랑스어 및 이차방정식 선생님인 애덤 파핏에게도 감사드린다.

온 세상의 모든 팬들, 특히 지치지 않고 격려를 보내준 felt-beats.com의 여성 팬분들에게 감사드린다. 나를 코믹콘에 소개하고 손을 잡고서 온 세상을 같이 다녀준 존 앨캔타에게도 고맙다. 언제나 나를 보살펴 주는 전담 팀원인 게리 오설리번, 클리프 머리, 저스틴 그레이 스톤, 앨리슨 밴드, 스티븐 거시, 제이미 펠드먼, 스콧 워맥, 로

밀리 보울비에게 감사드린다. 이제껏 나를 도와준 앤 버리, 수 애비커스, 맥신 호프먼, 마이클 더프, 니나 골드, 피터 휴이트, 앤디 테넌트, 크리스 콜럼버스, 알폰소 쿠아론, 마이크 뉴얼, 데이비드 예이츠, 케빈 레이놀즈, 아마 아산테, 찰리 스트레이틴, 사라 슈거맨, 레이첼 탈레이에게 감사드린다. 각자의 순간마다 나를 품어준 조지프 파인스, 앤디 서키스, 폴 호지, 샘 스웨인스베리, 그랜트 거스틴과 고인이 된 데이브 르게노에게 감사드린다. 세상에서 제일가는 두 번째 아빠가 되어 주신 제이슨 아이작스에게 감사드린다. 나의 성장기에 훌륭한 추억을 만들어 준 리치 잭슨, 멜리사 탐시크와 어머니 앤, 테사 데이비스, 마이클 이글-호지슨, 스티비, 롭 챌린스와 리나 챌린스, '셰프' 매트 화이츠, 댄 로와 모든 동료들에게 감사드린다. 나를 열린 마음으로 받아들여 준 제이드와 스티비 G를 비롯한 고든 일가에게도 감사 말씀을 드린다.

나의 어…… 음…… 뭐…… 형제나 다름없는 데릭 피츠, 갈매기와 대화하는 법을 알려준 그레그 사이프스에게 고맙다. 호그와트 시절과 그 이후까지도 계속 함께해 준 대니얼 래드클리프와 루퍼트 그린트에게 감사드린다. 이 모든 시간 동안 오리로 함께 꽥꽥거려 준 에마 왓슨에게도 고맙다. 해리 포터 영화에서 함께 일해오며 오늘날의 내 모습을 아로새겨 주신 모든 분들에게 감사드린다. 나를 계속 바닥을 기는 버러지로 있게 해준 형들도 고맙다. 우리 조부모님, 특히 삶의 경이로움을 발견하도록 격려를 아끼지 않으신 할아버지와 어미새 같으신 웬디 할머니에게 감사드린다. 매일 나의 등대가 되어주고 바순을 가르쳐 주는 사랑하는 해마Seahorse에게도 감사드린다.

　마지막으로, 정말 이 모든 것에 대해 엄마와 아빠에게 감사드린다.

22 September 1987

Sunny

부모님과 형들,
태어난 지 몇 분 된 나

휴가지에서 아빠와 나

Me & Mum

FRANCE 1993

1993년 프랑스 가족 캠핑

THE FELTON BOYS

Ank   Chris   me   Ash

펠턴 사형제
징크, 애시, 크리스 형과 함께

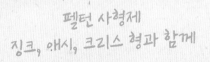

이상한 그리핀도이 색 옷을 입고

성탄절 공연 때
처음으로 연기했던 모습

. . . 뉴욕

ABACUS agency

39 Horne Road
Shepperton
Middlesex TW17 0DJ

Tel: 01932 568224
Fax: 01932 568225

Full C.V's
available
from Agency

TOM FELTON

Television: James in BUGS -Carnival Films
Film: Peagreen in THE BORROWERS
Working Title Films
Radio: Hercule in HERE'S TO
EVERYONE, Ioeth in THE WIZARD
OF EARTHSEA, -Both BBC
COMMERCIALS
SINGS, VIOLIN

Height 4 feet 6 inches
Blue Eyes
D.O.B 22.9.87

Tony Arnold 1996

첫 광고 촬영 때
할아버지 역 배우와 함께

대연회장 교수석에 앉아 계신
진짜 할아버지

〈바로워즈〉촬영장에서 즐거운 한때

셰퍼턴
스튜디오에서
엄마와 나

1996

말레이시아에서
조디 포스터와
〈애나 앤드 킹〉촬영 중

슬리데린으로
변신 중

해리 포터 촬영 초기

에마, 앨피와 함께
머글 공부 중

십대 소년이 좋아하는 장소

2001

Harry Potter Star Is Carp Crazy!

He's great at Quidditch and loves nothing more than hopping on a broomstick! But carp fishing is more important than any of this to Tom Felton, the lad who plays Draco Malfoy in the Harry Potter films.

처음으로 촬영한 대규모 장면에서
연기를 지시하는 크리스 콜럼버스 감독

데본, 조지, 고마워!

아빠와 함께

To mum Love
u
Loads Tom Fely

First Name: Thomas   Surname: Felton

Date: January 2002   Form: 9 SA

House Points Gained	0
Lates	9
Absences (out of 148)	77
Uniform Marks	0

FORM TUTOR'S COMMENT

Thomas is a confident and interesting member of the form who has a good sense of humour. However, as this report shows, many of his teachers are concerned about his progress. This has been hindered by his absences, but the situation worsened by lack of effort and poor behaviour whilst in school. Thomas does not contribute to school life and the form group which is a shame as I feel that he has much to offer.

Signed: S Tiller

HEAD OF YEAR'S COMMENT

Thomas must put more effort into his studies when he is in school, and avoid distracting others. We expect more from Thomas. Signed: Millet

HEAD'S/DEPUTY HEAD'S SIGNATURE

Signed: D Evans

초창기의 엇갈린 평가

로비

해그리드와
소름 끼치는
고무 모형 톰

디즈니 어워즈에서
에마와 함께

징크 형의 대학을
방문한 형제들

해리 포터 시사회에
가는 길에 엄마와 함께

괴물책을 설명해 주는 알폰소 쿠아론 감독

HP3

〈해리 포터와 아즈카반의 죄수〉를
촬영하며 내가 가장 좋아하는
'망할 놈의 새'를 만나다

브로드웨이 무대 뒤에서

퀴디치와 크리켓에서 대결한
나와 대니얼

슬리데린의 승리 후
데이비드 홈즈와 함께

일본 코믹콘에서

촬영 후 그레이백과
다정한 한때

말포이네 세 식구

위즐리 사랑해

촬영 없을 때 때리기 / 촬영 중 때리기

해변에서 스케이트보드 타기

내가 제일 좋아하는 오리와 꽥꽥

팬들을 만나다

〈혹성탈출: 진화의 시작〉

할리우드의 삶으로 폴짝

〈나이트 울프〉

조지프 파인스

〈부활〉

〈더 포가튼 배틀〉

캘리포니아의 해변 생활

나의 소중한 친구 윌로우와 함께

(좀 커졌다)

베니스 비치에서 나와 그레그 사이프스

영화에선 앙숙, 현실에선 절친

베아트리스 로밀리   만디프 길   샘 스웨인스버리

나의 웨스트엔드 극장 데뷔

옮긴이_ 심연희

연세대학교와 같은 학교 대학원에서 영문학을 공부하고 독일 뮌헨 대학교[LMU]에서 언어학과 미국학을 공부했다. 영어와 독일어 전문 번역가로 활동 중이다. 옮긴 책 중 대표적인 것으로는 소설 《아웃랜더》, 《레슨 인 케미스트리》, 《스파크》, 《미드나잇 선》, 그래픽노블 《인어 소녀》, 《티 드래곤 클럽》, 시리즈물 《이사도라 문》, 《마녀요정 미라벨》 등이 있다.

마법 지팡이 너머의 세계

초판 1쇄 발행 2024년 5월 24일
초판 2쇄 발행 2024년 6월 26일

지은이 | 톰 펠턴
옮긴이 | 심연희
발행인 | 강봉자, 김은경

펴낸곳 | (주)문학수첩
주소 | 경기도 파주시 회동길 503-1 (문발동 633-4) 출판문화단지
전화 | 031-955-9088(마케팅부) 031-955-9532(편집부)
팩스 | 031-955-9066
등록 | 1991년 11월 27일 제16-482호

ISBN 979-11-93790-09-0 03840